Im Jahre 8 n. Chr. wird Ovid von Kaiser Augustus nach Tomis am Schwarzen Meer verbannt, an den Rand der zivilisierten Welt. Er beginnt «Offene Briefe» zu schreiben – und diese nach Rom zur Veröffentlichung zu schicken. Sie sind sorgsam dichterisch komponiert und von großer stilistischer Eleganz. Diese bewegenden Dokumente frühester Exil-Literatur wurden das ganze Mittelalter über gelesen und haben das moderne Bewußtsein Europas mitgeprägt.
Die neue Einführung des Münchner Altphilologen Niklas Holzberg und die neuen, besonders ausführlichen Anmerkungen zu den unzähligen Anspielungen in den Briefen erhöhen den Wert dieser Edition.

Publius Ovidius Naso (Ovid) wurde 43 v. Chr. in Sulmo geboren und starb um 17 n. Chr. in Tomis (heute Konstanza) am Schwarzen Meer. Ovid entstammte dem Ritterstand, wurde in Rom und Athen ausgebildet, reiste nach Kleinasien und Sizilien, zog sich nach politischer Laufbahn (triumvir, decemvir, dann auch Richter) aus dem öffentlichen Leben zurück, um als Dichter zu wirken. Berühmt wurde Ovid neben den ‹Amores› (Liebeselegien) vor allem durch die ‹Ars amatoria› (Liebeskunst) und die ‹Metamorphosen› (Metamorphosen, Fischer Taschenbuch Band 10497). Aus bis heute unbekannten Gründen, vermutlich Mitwisserschaft einer Hofaffäre oder politische Intrigen, verhängte Augustus 8 n. Chr. durch Edikt die «relegatio» über Ovid, so daß ihm trotz Verbannung zumindest Vermögen und Bürgerrechte erhalten blieben.

PUBLIUS OVIDIUS NASO

BRIEFE AUS DER VERBANNUNG

TRISTIA · EPISTULAE EX PONTO

Übertragen aus dem Lateinischen
von Wilhelm Willige

Eingeleitet und erläutert
von Niklas Holzberg

Fischer Taschenbuch Verlag

Ungekürzte deutsche Textausgabe
Veröffentlicht im Fischer Taschenbuch Verlag GmbH
Frankfurt am Main, Januar 1993

Lizenzausgabe mit freundlicher Genehmigung
des Artemis Verlags Zürich und München

Umschlaggestaltung: Buchholz/Hinsch/Hensinger
Umschlagabbildung: Wolfgang Balk
Gesamtherstellung: Clausen & Bosse, Leck
Printed in Germany
ISBN 3-596-10498-X

TRISTIA

LIEDER DER TRAUER

ERSTES BUCH

I

Ohne mich gehst du, mein Büchlein, zur Stadt, und ich will es dir gönnen.
Weh mir! Ist deinem Herrn doch diese Reise versagt.
Geh denn, doch bar des Schmucks, wie es ziemt einem Buch des Verbannten:
leidvoll trage das Kleid, das diesem Schicksal gemäß!
Saft des Rittersporns soll dich mit purpurnem Glanz nicht umgeben,
da diese Farbe ja doch sich für die Trauer nicht schickt.
Ziere Zinnober den Titel dir nicht, das Papier nicht die Zeder!
Trag' nicht an schwarzer Stirn strahlende Hörner zur Schau!
All diese Mittelchen mögen die glücklichen Bücher verschönen:
dir aber ziemt es, gedenk meines Geschickes zu sein.
Brüchiger Bimsstein soll dir die beiden Ränder nicht glätten,
daß du recht struppig erscheinst wie mit verworrenem Haar.
Brauchst dich auch nicht deiner Flecke zu schämen: es wird dann ein jeder,
der sie erblickt hat, sehn, daß ich beim Schreiben geweint!
Geh, Buch! Grüße mit Worten von mir die teuersten Plätze!
So auf dem «Fuß», dem's erlaubt blieb, komm' ich wenigstens hin.
Wenn, wie es möglich im Volk, dort jemand mich nicht vergessen,
wenn dort einer vielleicht wissen will, wie es mir geht,
meldest du ihm, daß ich lebe, verneinst nur, daß ich wohlauf sei,
sagst, daß zu leben mir schon gilt als ein Göttergeschenk.

Aber so schweigsam sei – wenn weitres die Leser verlangen –,
daß du nicht irgendeinmal sagst, was du sagen nicht darfst!
Wieder erinnert, bespricht meine «Frevel» aufs neue der Leser:
öffentlich werd' ich vom Volk schließlich für schuldig erklärt.
Ja nicht verteidige mich, wie sehr auch die Reden dir wehtun:
steht schon die Sache nicht gut, schadet Verteidigung nur.
Jemanden wirst du schon finden, der mich, den Entschwundnen, bedauert
und nicht trockenen Augs diese Gedichte durchliest,
der in der Stille mir wünscht, so daß kein Böser es höre,
daß mir der Kaiser, versöhnt, leichtere Strafe verhängt.
Ich auch bete, daß nie ins Elend gerate, wer immer
wünscht, daß der Himmlischen Sinn gnädig den Elenden sei:
Werde sein Wunsch doch erfüllt und schwinde der Zorn des Gebieters!
Sterben lasse er mich dort, wo die Väter gelebt!
Führst du den Auftrag aus, mein Buch, so trifft dich wohl Tadel,
daß du geringer an Wert seist als mein übriges Werk:
wie nach der Sache muß auch nach den Zeitumständen ein Richter
fragen: erwägt man die Zeit, wirst du gerechtfertigt sein.
Dichtungen gehen gemeinhin hervor aus heitrem Gemüte;
mir hat plötzliches Leid düstere Zeiten gebracht.
Dichtungen fordern des Schreibenden einsame, stille Besinnung:
mir wird das Meer, wird der Sturm, mir wird der Winter zur Pein.
Dichtungen schädlich ist jegliche Furcht: oft mein' ich, ein Schwert wird
jeden Augenblick mir tödlich gebohrt durch den Hals.
Dies hier – daß ich es schaffe, wird billig ein Richter bewundern,

wird, was er liest, mir verzeihn, wie es auch sei, was er liest.
Bring' mir Homer und stell' ihn solch hartem Geschick gegenüber:
solches erduldend, vergeht selbst sein gewaltiger Geist.
Schließlich: reist du, mein Buch, so frage nicht mehr nach dem Ruhme,
und es beschäme dich nicht, wenn du beim Lesen mißfällst!
Nicht so günstig erweist sich das Schicksal mir, daß du Sorge
hättest zu tragen um Lob, welches man spendete dir.
Als ich noch glücklich war, da bewegte mich Liebe zum Ruhme:
nach eines Namens Glanz strebt' ich mit heißem Bemühn.
Wenn mir Gesänge jetzt nicht und der schädliche Eifer verhaßt sind,
sei es genug! Meine Kunst brachte Verbannung mir ein.
Du aber gehe statt meiner! Du schau dir Rom an: du darfst es.
Gäben die Götter, daß ich dürfte mein Büchlein jetzt sein!
Glaube nur nicht, weil du nun in die riesige Stadt als ein Pilger
kommst, daß man dich nicht erkennt, wenn du dem Volke erscheinst!
Hättest du gleich keinen Titel, so macht doch die Farbe dich kenntlich.
Hehle es nur, wenn du willst! Jedem ist klar: du bist mein.
Dennoch tritt heimlich ein! Meine Lieder könnten dir schaden:
sind sie doch nicht wie einst froh und des Beifalls gewiß.
Wenn aber jemand kommt, der glaubt, weil du mein bist, man dürfe
dich nicht lesen, und dich von seinem Schoße verstößt,
sag ihm: «Betrachte den Titel! Ich bin kein Lehrer der Liebe:
Buße hat jenes Werk, wie es verdiente, getan.»
Wissen willst du vielleicht, ob ich dich zu Palatiums Höhe
schicke, damit du empor steigst in des Kaisers Palast.
Mag das erhabene Haus mir samt seinen Göttern verzeihen!

Dort von der Höhe herab kam auf dies Haupt ja der Blitz.
Zwar ich erinnere mich, daß gütige Mächte da droben
wohnen; ich fürchte jedoch Gottheiten, die mich gestraft.
Schrecken erregt der Taube das leiseste Rauschen von Flügeln,
wenn deine Klauen einmal, Habicht, ihr Wunden gebracht.
Lämmer wagen nicht mehr, vom Stalle sich weit zu entfernen,
wenn man sie einmal des Wolfs gierigen Zähnen entriß.
Phaëthon, wenn er noch lebte, vermiede den Himmel und rührte
nimmer die Rosse mehr an, die er sich töricht gewünscht.
Ich auch gestehe: ich scheue vor Juppiters Speer, den ich spürte;
donnert es, glaub' ich, daß mich grimmig sein Brand schon erfaßt.
Wer von der griechischen Flotte Kaphereus' Klippen entkommen,
dreht vor Euboeas Flut immer die Segel hinweg.
Auch mein Nachen, den einmal die Schrecken des Sturmes ergriffen,
schaudert zurück vor dem Ort, wo er schon Schaden erlitt.
Darum hüte dich, Buch, und trachte mit furchtsamem Herzen,
daß dich das schlichtere Volk lese – und damit genug!
Ikarus, der zu erhabene Höhen mit kraftlosen Flügeln
suchte, hat einem Meer sinkend den Namen verliehn.
Doch ob du Ruder, ob Segel gebrauchen sollst, ist von hier aus
schwer zu sagen: da gibt Rat die Gelegenheit dir.
Hat Er Muße, um dich zu empfangen und triffst du auf sanfte
Stimmung und siehst seines Zorns Strenge inzwischen verweht,
ist jemand da, der dich, da du einzutreten noch zauderst,
einführt, vorher jedoch kurz dich empfiehlt, so tritt ein!
Magst du zu günstiger Stunde, mit größerem Glück als dein Herr selbst

dorthin gelangen und so lindern ein wenig mein Leid!
Dies zu beheben vermag ja niemand als er, der die Wunden
mir geschlagen, und nur auf Achilleische Art.
Aber gib acht, daß du nicht, wo du nützen möchtest, nur schadest –
ist doch mein Herz von Furcht mehr als von Hoffnung erfüllt –
und daß der Zorn, der ruhte, von neuem nicht etwa emporflammt!
Hüte dich, daß nicht auch du Anlaß zu Strafe nur gibst!
Wenn man indessen in unseres Hauses Innres dich aufnimmt,
wenn du die Kapsel erreichst, die dir zur Wohnung bestimmt,
wirst du dort deine Geschwister erblicken, gelegt nach der Reihe,
sie, die der nämliche Drang alle in Nachtwachen schuf.
Offen wird ihre Titel die Schar der übrigen zeigen,
und seinen Namen trägt jedes an sichtbarer Stirn;
drei nur wirst du beiseite, verborgen im Dunkel, erblicken,
sie, die die Liebeskunst lehren, die jeder doch kennt:
sie sollst du fliehn oder, wenn du die Kraft und den Mut hast, zu reden,
nenne dem Ödipus sie und dem Telegonus gleich!
Keins von den dreien, sofern du dich sorgst um deinen Erzeuger,
liebe, ich warne dich gut, lehren sie dich es auch selbst!
Dann sind da die «Verwandlungen» noch in dreimal fünf Büchern,
Dichtungen, welche man jüngst meiner Vernichtung entriß.
Ihnen richtest du aus, daß auch die Gestalt meines Schicksals
einzutreten verdient in der Verwandelten Kreis.
Ist doch sein Aussehn jetzt dem früheren gar nicht mehr ähnlich:
heut ist's zum Weinen, dereinst war es von heiterer Art.

Mancherlei Auftrag hätte ich zwar, wenn du fragst, noch zu geben;
aber ich fürchte, zu lang halt' ich dich ab von der Fahrt,
und wenn du alles, mein Buch, was mir einfällt, mit dir dahinträgst,
würdest du dem, der dich trägt, eine beschwerliche Last.
Lang ist der Weg: so eile! Ich wohne ja bald in dem Lande
dort am Ende der Welt, fern meinem eigenen Land.

2

Götter der See und des Himmels – was bleibt mir denn sonst, als zu beten? –
schont mein beschädigtes Schiff, daß es nicht vollends zerbirst!
Leistet, ich flehe, dem Zorn des mächtigen Kaisers nicht Vorschub:
oft, wenn ein Gott uns bedrängt, hilft uns ein anderer Gott.
Mulciber stand gegen Troja, für Troja kämpfte Apollo;
Freund war Venus und Feind Pallas dem teukrischen Volk.
Gnädig dem Turnus, haßte Saturnus' Tochter Äneas;
Venus' göttliche Macht nahm aber diesen in Schutz.
Oft hat der wilde Neptun den schlauen Odysseus getroffen,
doch ihrem Oheim entriß schützend Minerva ihn oft:
Wer wird verbieten, daß mir, wie fern ich auch stehe von jenen,
beisteht irgendein Gott, wenn eine Gottheit mir zürnt?
Aber vergeblich verschwende ich Elender nutzlose Worte:
wuchtende Wogen besprühn selbst noch des Redenden Mund,
und ein entsetzlicher Sturm verschlägt mir die Worte, die Bitten,
läßt zu den Göttern sie nicht gehen, wohin sie gesandt.
Also die nämlichen Winde, damit es doppelt mir wehtut,

tragen, ich weiß nicht wohin, Segel zugleich und Gebet.
Ich Unseliger! Was für Berge von Wasser sich wälzen!
Schon, ach, scheint es, die Flut schäumt zu den Sternen empor.
Was für Täler entstehn, wo des Meeres Gewässer zerreißen!
Schon, ach, scheint es, sie gehn bis in des Tartarus Nacht.
Blick' ich umher, so erspäh' ich doch nichts als See nur und Himmel,
jene von Brandung geschwellt, dieser von Wolken verhängt.
Zwischen den beiden heulen mit gräßlichem Toben die Stürme:
wem sie gehorche als Herrn, weiß nicht die Woge des Meers;
denn bald faßt sich der Ostwind Kräfte von seiten des Morgens,
bald ist der Westwind da, den uns der Abend gesandt;
jetzt braust eisiger Nord von dort, wo der trockene Bär steht,
jetzt greift ein in den Kampf Südwind mit feindlicher Stirn.
Steuermann weiß nicht mehr, wohin er drehn, was er fliehn soll,
und es versagt seine Kunst selbst, von Gefahren umringt.
Ja, um uns ist's geschehn! Es ist keine Hoffnung auf Rettung.
Da ich noch rede, ergießt mir sich die Woge aufs Haupt.
Flut wird dies Leben ersticken: es dringt todbringendes Wasser
mir in den Mund schon ein, da er vergebens noch fleht.
Doch meine Frau, die getreue, beklagt nur, daß ich verbannt bin,
weil sie dies Unglück allein kennt und nur dieses beweint.
Ahnt sie doch nicht, daß mein Leib hintreibt auf dem endlosen Meere,
ahnt nicht, daß mich der Sturm jagt, daß der Tod mir schon naht.
Gut, daß ich ihr nicht erlaubte, das Schiff mit mir zu besteigen,

denn sonst müßte ich jetzt dulden den doppelten Tod.
So aber, wenn ich auch sterbe – da sie ja außer Gefahr ist –,
bleibt eine Hälfte von mir wenigstens lebend zurück.
Weh mir, wie plötzlich zuckte die Flamme aus finstrem Gewölke!
Ach, welch schrecklich Getös dröhnt aus dem Himmelsgewölk!
Und nicht gelinder werden die Planken des Schiffes geschlagen,
als eines Schleudergeräts Ladung die Stadtmauer trifft.
Da! Diese Woge, die kommt, überragt die bisherigen Wogen:
da auf die neunte sie folgt, geht sie der elften voran.
Angst vor dem Tod hab' ich nicht: die Art dieses Todes beklag' ich.
Nehmt ihr den Schiffbruch weg, ist mir der Tod ein Geschenk.
Viel ist es, fällt man, sein Schicksal erfüllend, vom Schwerte getroffen,
daß man auf festen Grund legt seinen sterbenden Leib,
irgend den Seinigen Wünsche noch kündet und hofft auf Bestattung,
daß man als Nahrung nicht diene den Fischen des Meers.
Glaubt ihr solchen Verderbens mich wert – ich fahre allein nicht
hier: meine Strafe, warum trifft sie die Schuldlosen mit?
Ach, ihr himmlischen Götter und ihr, des Meeres Gebieter,
zwiefach Getümmel, nun stellt endlich die Drohungen ein!
Und dieses Leben, das gnädig der Zorn mir des Kaisers vergönnt hat,
laßt's ans befohlene Ziel tragen mich heillosen Mann!
Wollt ihr mich strafen für das, was ich damals begangen, so meint doch
selbst mein Richter, die Schuld fordere nicht meinen Tod.

Hätte der Kaiser mich schon zu den stygischen Fluten entsenden
wollen, so hätt' er dazu nicht eurer Hilfe bedurft.
Hat er doch über mein Leben die unbestrittne Verfügung:
was er mir gab, wird er selbst nehmen, sobald er nur will.
Euch aber, die ich durch keinerlei Frevel, das glaub' ich, verletzte,
bitt' ich nun, daß euch genug sei mein bisheriges Leid.
Selbst wenn ihr alle jedoch den Elenden wolltet bewahren,
ist ja vernichtet mein Glück, kehrt mir auch nimmer zurück;
selbst wenn das Meer sich legt, wenn günstige Winde mir wehen,
wenn ihr mir Rettung gewährt, bin ich nicht minder verbannt.
Nicht mit der Gier, unaufhörlich Reichtum auf Reichtum zu häufen,
auch nicht mit Waren zum Tausch pflüg' ich die Weite der See;
auch nicht Athen will ich schaun, das ich einst, um zu lernen, besuchte,
Städte von Asien nicht, Lande, die einst ich gesehn;
nicht zu der glänzenden Stadt Alexanders lass' ich mich bringen,
mich deinen Freuden zu weihn, heitrer, vergnüglicher Nil,
wenn ich mir freundliche Winde erflehe – wer sollt' es wohl glauben? –
ist das sarmatische Land nur meiner Segel Begehr.
Wilde Gestade des Unheilsmeers muß ich leider betreten:
langsam nur geht's ins Exil, und ich beklage es noch!
Um in der Welt, wer weiß wo, Tomis Bewohner zu sehen,
bete ich, daß meine Fahrt leichter und schneller verläuft.
Habt ihr Liebe für mich, so besänftigt die riesigen Wogen!
Meinem gefährdeten Schiff sei euer Wille geneigt!

Haßt ihr mich mehr, so laßt den befohlenen Strand mich erreichen!
Liegt meine Strafe zum Teil doch in der Wahl dieses Lands.
Tragt – was soll ich denn hier? – meine Segel, ihr rasenden Winde!
Weshalb will das Gefährt hin zum italischen Strand?
Dies hat der Kaiser verwehrt! Was haltet ihr mich, den er fortschickt?
Möge das pontische Land schließlich mein Antlitz doch sehn!
Was er befiehlt, ich verdient' es: die Frevel, die er verdammt hat,
noch zu verteidigen, dies find' ich nicht recht, nicht erlaubt.
Lassen sich Götter indes durch menschliche Taten nicht täuschen,
wißt ihr ja doch: meine Schuld war keine frevelnde Tat.
Vielmehr, wenn ihr es wißt, wenn meine Verirrung mich fortriß,
wenn nur töricht mein Sinn, nimmer verbrecherisch war,
wenn ich, was auch der Niedrigste darf, seinem Haus mich ergeben,
wenn mir Augustus' Befehl gilt als Verordnung des Staats,
wenn ich die Zeit seiner Herrschaft stets eine glückliche nannte,
Weihrauchopfer gebracht Cäsar und seinem Geschlecht,
wenn dies meine Gesinnung gewesen, so schont mich, ihr Götter!
Wenn aber nicht, alsdann werde das Meer mir zum Grab!
Täusche ich mich? Beginnen die lastenden Wolken zu schwinden?
Gibt das Meer sich besiegt? Bricht sich der Woge Gewalt?
Nicht durch Zufall! Nein, ihr, die ich rief zur Entscheidung,
die man nicht täuschen kann, bringt diese Hilfe mir jetzt.

3

Tritt das Bild jener schrecklichen Nacht mir wieder vor Augen,
welche für mich in der Stadt blieb als die späteste Frist,
denk' ich wieder der Nacht, da ich soviel Teures verlassen,
dringen die Tränen mir jetzt noch aus den Augen hervor.
Schon war gekommen der Tag, da mir der Wille des Kaisers
Abschied zu nehmen befahl von dem italischen Strand.
Weder hatt' ich Besinnung noch Ruhe, genug mich zu rüsten;
war doch der Geist mir erstarrt während des langen Verzugs.
Nicht mir Diener und nicht mir Begleiter zu wählen bedacht' ich,
nicht das Geld und das Kleid, wie ein Verbannter sie braucht,
war nicht anders betäubt als wer, vom Blitze getroffen,
lebt und ist sich doch selbst nicht seines Lebens bewußt.
Doch als gerade der Schmerz diese Trübung des Geistes entfernte,
als meine Sinne zuletzt endlich sich wieder erholt,
sagt' ich ein Abschiedswort, ein letztes, den trauernden Freunden:
hielt von den vielen doch nur dieser und jener zu mir.
Liebend umfing die Gattin den Weinenden, heftiger weinend:
über ihr schuldlos Gesicht strömten die Tränen hinab.
Weit war die Tochter entfernt am entlegenen libyschen Strande,
konnte von meinem Geschick noch unterrichtet nicht sein.
Rings, wohin man auch blickte, war Trauer und Jammer zu hören;
Totenklage, so schien's, schallte im Inneren laut;
Männer und Frauen, ja Sklaven betrauern mich wie einen Toten:
da ist kein Winkel im Haus, wo man nicht Tränen vergießt.
Wenn es erlaubt ist, im kleinen zu nennen solch mächtiges Beispiel,

sah es wie Trojas Bild bei der Eroberung aus.
Endlich ruhte das Reden der Menschen, das Bellen der Hunde;
schon hoch oben der Mond lenkte sein nächtlich Gespann.
Als ich ihn sah und von ihm meinen Blick hin wandte zur Hochburg –
lag sie doch unserem Haus leider vergebens so nah –,
sagt' ich: «Gottheiten ihr, die ihr rings in der Nachbarschaft waltet,
Tempel, die ich schon bald nimmer mit Augen soll schaun,
Götter, von denen ich scheide, umhegt von der Burg des Quirinus
droben – für alle Zeit seid mir in Ehrfurcht gegrüßt!
Und wiewohl ich den Schild zu spät, schon verwundet, ergreife,
macht den Verbannten doch frei von des Gewaltigen Haß!
Sagt dem göttlichen Mann, welcher Wahn mich verblendete, zeigt ihm
so meine Schuld, daß sie ihm nicht als Verbrechen erscheint,
daß, was ihr wißt, auch er, der die Strafe verhängt hat, erkenne:
habe den Gott ich versöhnt, kann ich unselig nicht sein.»
So zu den Himmlischen betet' ich selbst und mehr noch die Gattin:
Schluchzen hemmte sie oft mitten im flehenden Ruf.
Auch vor den Laren dann warf sie sich nieder mit wehenden Haaren,
rührte mit zitterndem Mund an den erloschenen Herd,
redete Worte gar viel zu den feindlich gesinnten Penaten,
richtete doch für den Mann, den sie beweinte, nichts aus.
Und schon versagte die eilende Nacht ein weiteres Zögern,
und der parrhasische Bär hatte den Pol schon umkreist.
Was sollt' ich tun? Die zärtliche Liebe zum Vaterland hielt mich;

doch nur die einzige Nacht ließ der Verbannungsbefehl.
Ah, wie vielmals sagt' ich, wenn jemand mich mahnte: «Was drängst du?
Sieh doch, wohin du zu gehn treibst und von wo du mich jagst!»
Ah, wie vielmals hab' ich gelogen, bestimmt sei die Stunde,
die zur gebotenen Fahrt mir als geeignet erschien!
Dreimal betrat ich die Schwelle, und dreimal ließ ich mich rufen,
und meinem Herzenstrieb folgte der zaudernde Fuß.
Oftmals sagt' ich Lebwohl und redete wiederum vieles,
und einen letzten Kuß gab ich, als wollt' ich nun gehn.
Oft wiederholt' ich den nämlichen Auftrag, ohn' es zu merken,
wandte noch einmal den Blick zu den Geliebten zurück.
Schließlich sagt' ich: «Was eil' ich? Nach Skythien soll ich ja gehen,
scheiden von Rom: das sind zwei Gründe, um noch zu verziehn.
Mir, der doch lebt, wird für ewig die lebende Gattin entrissen,
mir wird versagt auch das Haus und was es Holdes mir birgt,
sie auch, die ich geliebt wie ein Bruder, meine Gefährten,
Herzen, die treu mir vereint blieben wie Theseus dem Freund!
Jetzt, da ich darf, will ich noch sie umarmen: denn fürderhin darf ich's
niemals vielleicht; so dient mir diese Frist zum Gewinn.»
Rasch nun! Ich unterbreche, was noch ich zu sagen gedachte,
alles umfangend im Geist, was meinem Herzen vertraut.
Während ich sprach und wir weinten, da stieg zu der Höhe des Himmels
strahlend der Morgenstern, unheilverkündend für uns.
Ganz so ist meine Trennung, als ließe ich eigene Glieder,
ja, ein Teil meines Leibs löst sich, so scheint's, von mir ab.

Mettus hat solches erduldet, als einst nach verschiedenen Seiten
Pferde zur Züchtigung ihn rissen für seinen Verrat.
Vollends brechen die Meinigen aus in Schreien und Jammern,
schlagen mit trauernder Hand sich an die nackende Brust;
vollends hängte die Frau sich nun an des Scheidenden Schultern,
während ich Tränen vergoß, sprach sie die Worte zu mir:
«Trennen kann man uns nicht: laß zusammen von hinnen uns gehen!
Dir will ich folgen: verbannt sei ich mit dir als dein Weib!
Auch für mich ist ein Weg gebahnt, ist Raum in der Fremde,
und in das Flüchtlingsschiff steig' ich als winzige Last.
Dich heißt zürnend der Kaiser die Heimaterde verlassen,
mich die Liebe: so wird Liebe ein Kaiser mir sein.»
Solches versuchte sie jetzt, wie sie es zuvor schon versuchte:
schwer nur fügte sie sich dem, was der Nutzen gebot.
Ging ich? Ach nein, man trug hinweg mich gleich einem Leichnam,
struppig, das Haar im Gesicht, und mein Gewand war beschmutzt.
Sie war von Sinnen vor Schmerz, erzählt man, und plötzlich umnachtet,
sank sie mitten im Haus nieder und war wie entseelt.
Als sie dann zu sich gekommen und sich von den frostigen Fliesen
aufgerichtet, das Haar schmutzig, vom Staube entstellt,
hat sie sich selber beweint und beweint die verwaiste Behausung,
ihres entrissenen Manns Namen gerufen im Leid,
hat dann gejammert, als sähe sie Scheiterhaufen errichtet,
müsse der Tochter, des Manns Leichenverbrennungen sehn;
sterben wollte sie da, von nichts mehr wissen im Tode:

nur der Gedanke an mich hielt sie im Leben zurück.
Lebe sie für den Entfernten, da so das Schicksal es fügte!
Lebe sie, daß sie ihm stets tröstliche Hilfe gewährt!

4

Des erymanthischen Bären Bewacher versinkt in der Meerflut,
wühlt mit seinem Gestirn auf das Gewoge der See;
nicht freiwillig durchfurchen jedoch das Ionische Meer wir,
sondern weil uns die Furcht zwingt, so vermessen zu sein.
O wie elend ich bin! Wie schwellen die Wogen im Sturme!
Tief aus dem Grunde der Flut wirbelt den Sand er herauf.
Wellen wie Berge bespringen den Bug und das Heck des gekrümmten
Schiffes: der Gottheiten Bild wird von der Brandung gepeitscht.
Fichtene Planken erdröhnen, es knirschen die Taue im Anprall,
und bis zum Kiele hinab stöhnt das Gefährt um mein Leid.
Bleich ist der Seemann im Antlitz und zeigt, daß Angst ihn durchschauert,
fügt sich, erliegend, dem Schiff, lenkt es nicht mehr nach der Kunst,
und wie ein kraftloser Reiter des starr sich sträubenden Halses
Zügel dem Hengst überläßt, die er zu nutzen nicht weiß,
so hat der Steurer, ich seh' es, die Segel dem Schiff überlassen,
daß es nicht fährt, wie er will, sondern der Brandung gehorcht.
Drum, wenn Äolus nicht ganz andere Winde herausläßt,
komm' ich in Gegenden, die mir zu betreten versagt.
Denn Illyrien haben wir längst links liegen gelassen,
können Italiens Strand, der mir verwehrt ist, erspähn.
Hör', ich bitte dich, Wind, doch auf, zu erstreben verbotne
Lande: dem mächtigen Gott zeig' dich gehorsam wie ich!

Während ich fürchte und wünsche zurückgeworfen zu werden,
prasselt mit aller Gewalt uns in die Flanke der Schwall.
Schont mich, ihr alle, ja, schont mich, ihr Götter des blauen Gewässers,
und es genüge, daß mir Juppiter feindlich gesinnt!
Nehmt die ermattete Seele in Schutz vor dem grausamen Tode,
wenn ein Vernichteter noch kann der Vernichtung entgehn!

5

Du, den ich allzeit mehr als alle Gefährten muß rühmen,
dem wie keinem mein Los immer als seines erschien,
Teuerster, der mir vom Blitze Getroffnen als erster, ich weiß es,
beizustehen gewagt, helfenden Zuspruch gewährt,
du, der gütig den Rat mir gegeben hat, weiterzuleben,
als in der elenden Brust Todesverlangen erwacht –
setze ich Zeichen statt Namen, so weißt du doch gut, wen ich meine,
und du erkennst es ja wohl, was du mir Gutes getan.
Bis in das innerste Mark bin ich davon durchdrungen für immer,
daß ich mein Leben nur dir schulde für ewige Zeit.
Eher noch wird dieser Geist in die leeren Lüfte verwehen,
wird, wenn der Holzstoß flammt, weichen aus meinem Gebein,
eh die Erinnerung je mich verläßt an solche Verdienste
oder, und sei es auch spät, mir diese Güte entfällt.
Seien die Götter dir gnädig! Es mögen die Götter ein Glück dir
schenken, dem nichts gebricht, das nicht dem meinigen gleicht!
Würde dagegen mein Schiff von freundlichen Winden getragen,
würde der Welt vielleicht nie diese Treue bekannt:

Theseus' Freundschaft könnte Pirithous so nicht empfinden,
käm' er nicht lebend mit ihm bis zu der Unteren Strom;
daß zu dem Vorbild wahrhafter Liebe dein Phokier wurde,
deine Furien nur wirkten es, düstrer Orest;
wäre Euryalus gegen die Rutuler einst nicht gefallen,
wäre des Nisus Ruhm, des Hyrtaciden, ein Nichts.
Ja, wie man Goldes Glanz erst sieht, wenn's im Feuer gebrannt ist,
so wird die Treue erst ganz sichtbar, wenn Schicksal uns schlägt.
Während das Glück uns fördert, uns lächelt mit heiterer Miene,
schließt sich alles uns an, weil unser Wohlstand erblüht.
Aber sobald es uns grollt, ist es aus, und keiner mehr kennt uns,
wo uns noch eben die Schar eifernder Freunde umgab.
All dies, was mir dereinst das Beispiel der Alten gezeigt hat,
wurde durch eigenes Leid jetzt mir als Wahrheit bekannt.
Zwei oder drei kaum seid ihr von soviel Freunden geblieben:
nur meinem Glück, nicht mir waren die übrigen treu.
Um soviel mehr, ihr wenigen, eilt mir im Unglück zu Hilfe!
Seid in des Schiffbruchs Not mir der gesicherte Strand!
Laßt euch auch nicht zu sehr von grundlosen Sorgen beirren,
daß eure Treue zu mir kränke den zürnenden Gott!
Oft hat der Kaiser die Treue bei widrigem Kriegsglück gepriesen,
liebt bei den Seinigen sie, billigt sie auch bei dem Feind.
Meine Sache ist besser, da ich ja nicht feindliche Waffen
führte, durch Torheit nur diese Verbannung verdient.
Sei also, bitt' ich dich, wachsam für mich und meine Geschicke,
ob sich der Gottheit Zorn irgend besänftigen läßt!
Wünschte sich jemand, von all meinen Schicksalsschlägen zu wissen –
mehr, als die Sache erlaubt, forderte dieser von mir.
Soviel Übel erlitt ich, wie Sterne am Himmel erstrahlen

oder wie Körnchen der Sand zählt am Gestade des Meers.
Vieles hab' ich ertragen, das schlimmer als glaublich und das doch,
was auch geschehn sein mag, niemandem möglich erscheint.
Auch muß manches davon mit mir im Grabe versinken:
wenn ich's verschweige, so bleibt's hoffentlich immer verhüllt.
Wär' meine Stimme auch stark, meine Brust noch fester als Eisen,
wäre mir vielfacher Mund, vielfache Zunge geschenkt,
würd' ich mich doch nicht bemühn, dies alles in Worte zu fassen:
reichten die Kräfte doch nie aus, zu erzählen mein Leid.
Statt von Odysseus schreibt von meinem Erdulden, gelehrte
Dichter: ich duldete weit mehr, als Odysseus erlitt.
Klein ist der Raum, den jener in vielen Jahren durchirrte
zwischen Dulichiums Strand und der trojanischen Stadt:
ganzen Gestirnen vorüber durchmaß ich entlegene Meere,
mich hat des Kaisers Zorn bis zu den Geten verbracht.
Jener hatte die treue Gefolgschaft, treue Gefährten:
mich, den Verbannten, jedoch ließen die Freunde im Stich.
Jener suchte mit Freuden als Sieger das Land seiner Heimat:
ich – aus der Heimat hinweg floh ich, besiegt und verbannt.
Nicht in Dulichium, Samos noch Ithaka bin ich zu Hause:
ferne von ihnen zu sein – klein wär' die Strafe für mich,
sondern in ihr, der Stadt, die von sieben Hügeln umherschaut
auf eine Welt, als des Reichs Sitz und der Gottheiten, Rom.
Jener war kräftigen Leibes und all seinen Mühen gewachsen:
meine Kräfte sind schwach, wenig zu leisten imstand.
Jener ward ständig umhergetrieben in wütenden Kämpfen,
ich bin nur in der Kunst zarter Bemühung geübt.
Mich hat ein Gott geschlagen, und keiner erleichtert mein Leid mir:

Hilfe hat ihm in der Not streitbar die Göttin gebracht.
Schwächer als Juppiter ist der Herr der schwellenden Fluten:
jenen verfolgte Neptuns, mich aber Juppiters Zorn.
Seine Beschwerden sind schließlich zum größten Teil nur erfunden;
keinerlei Märchen jedoch ist bei dem Leid, das mich traf.
Endlich aber hat er die ersehnte Heimat betreten,
Fluren, die lang er gesucht, hat er doch endlich erreicht:
ich aber muß für immer die heimische Erde entbehren,
wenn der beleidigte Gott nicht seinem Zorne entsagt.

6

Lyde ward nicht so sehr geliebt von dem Dichter von Klaros,
nicht von dem Dichter von Kos Bittis so innig verehrt,
wie ich tief in mein Herz dich geschlossen, du teuere Gattin,
wert eines froheren wohl, nicht eines besseren Manns.
Du warst gleichsam die Stütze, die meinen Zusammenbruch aufhielt:
wenn ich noch jetzt etwas bin, ist es allein dein Verdienst.
Dir ist's zu danken, wenn ich nicht jenen zum Raub ward, zur Beute,
denen mein Schiffbruch Begier nach seinen Trümmern geweckt;
denn wie der Wolf, dieser Räuber, getrieben von Hunger und Blutdurst,
gern in den Schafstall kommt, den man nicht sorglich bewacht,
wie auch der Geier gefräßig umheräugt, ob er nicht irgend
sich einen Leichnam erspäht, welchen die Erde nicht birgt,
so hat, ich weiß nicht wer, mich schmählich verraten im Unglück,
meinen Besitz mir, wenn du's littest, zu nehmen gewillt.

Du hast diesen entschlossen vertrieben mit Hilfe der Freunde,
denen man niemals genug dafür zu danken vermag.
Drum ist so wahr wie elend der Zeuge, von dem du gerühmt wirst,
wenn von Gewicht noch ist, was dieser Zeuge erklärt.
Weder hat Hektors Weib an Bewährung dich einst übertroffen,
noch dich beim Tod des Gemahls Laodamia besiegt;
hätte dein Los den Maeonier dir zum Sänger gegeben,
käme Penelopes Ruhm nimmer dem deinigen gleich,
ob du nun dir dies dankst, weil keiner die Treue dich lehrte,
weil du bei deiner Geburt diese Gesinnung empfingst,
ob dich die fürstliche Frau, die du all diese Jahre verehrt hast,
lehrte, als Gattin ein weit leuchtendes Vorbild zu sein,
und dich ähnlich machte sich selbst im dauernden Umgang,
wenn man darf den Vergleich ziehn zwischen hoch und gering.
Weh mir, daß meinen Gedichten nicht größere Kräfte verliehn sind,
daß meiner Stimme Gewalt deinen Verdiensten nicht gleicht:
war auch früher in mir ein wenig von glühendem Leben,
ist's durch die Länge des Leids schließlich erstorben, erstickt.
Unter den heiligen Heldinnen fändest du Platz als die erste,
würdest an deines Gemüts Werten als erste erkannt.
Dennoch, wieviel nun auch meine Lobeserhebungen wert sind,
wirst du in meinem Gedicht leben für ewige Zeit.

7

Wenn du ein Bildnis hast, das ähnlich ist meinen Zügen,
nimm mir des Bacchus' Kranz, nimm mir den Efeu vom Haar!
Dichtern der Freude allein geziemen die Zeichen des Glückes;
meine Schläfen jedoch eignen sich nicht für den Kranz.

Halte geheim, daß es hier dir gesagt wird, doch merk es dir, Bester,
der du mich immer umher trägst an dem Ring deiner Hand,
hast in funkelndes Gold mein Bild gefaßt, des Verbannten
Angesicht, das dir lieb, da du es darfst, noch zu schaun!
Wenn du's betrachtest, so kommt es vielleicht in den Sinn dir, zu sagen:
«Ach, wie weit ist der Freund Naso von uns nun entfernt!»
Lieb ist ein solches Gedenken; doch ist meine Dichtung ein beßres
Bildnis von mir: sie lies, bitt' ich dich, wie sie auch sei!
Lies jene Dichtungen von den verwandelten Menschengestalten,
jenes unselige Werk, das meine Fahrt unterbrach!
Dieses habe ich zwar, wie so viel von dem Meinigen, scheidend
selbst mit eigener Hand trauernd ins Feuer getan,
und wie Althaea den Sohn verbrannt in Gestalt eines Holzscheits,
und sie als Schwester sich zwar, doch nicht als Mutter gezeigt,
legte auch ich mein Fleisch und Blut, unschuldige Bücher,
daß sie vergingen mit mir, in die verzehrende Glut,
weil ich die Musen haßte, die meine Verfehlung bewirkten,
oder die Dichtung noch nicht fertig, im Werden noch war.
Da sie nun aber nicht völlig beseitigt, sondern noch da ist –
mehrere Abschriften sind, glaub' ich, vorhanden davon –,
möcht' ich doch gern, daß sie leben als Frucht einer tätigen Muße,
welche den Leser erfreut und ihn erinnert an mich.
Dennoch wird niemand sie mit Geduld zu lesen vermögen,
wenn er nicht weiß, daß dem Buch letzte Bearbeitung fehlt.
Mitten im Schmieden noch war ich, da wurde das Werk mir entrissen,

konnte nicht mehr, was ich schrieb, feilen und glätten zuletzt.
Lob nicht, sondern Verzeihung erbitt' ich, und hab' ich dir, Leser,
kein Mißfallen erregt, bin ich schon reichlich gelobt.
Diese sechs Verse noch nimm und setze sie vorn vor das erste
Buch, wenn du meinst, sie sind wert, ihm an der Stirne zu stehn:
«Wer du auch seist, der dies Werk, das des Vaters beraubt ist, zur Hand nimmt,
werde ein Platz in der Stadt wenigstens ihm doch gegönnt!
Freundlicher stimme es dich, daß der Dichter nicht selbst es herausgab,
daß man es gleichsam dem Grab seines Verfassers entriß!
Was drum die ungeglättete Dichtung an Mängeln noch aufweist,
hätte ich gerne getilgt, hätt' es mein Schicksal erlaubt.»

8

Rückwärts zum Ursprung empor aus der Meerflut werden die Flüsse
gleiten; der Gott des Lichts lenkt seine Rosse zurück;
Sterne wird tragen die Erde, den Himmel zerspaltet die Pflugschar;
Woge wird Flammen versprühn, Feuer bringt Fluten hervor;
alles wird dem Gesetz der Natur zuwider verlaufen,
und nicht ein Teilchen der Welt wahrt seinen richtigen Gang;
dann wird alles geschehn, was ich sonst für unmöglich gehalten,
nichts mehr gibt es, was nicht unseren Glauben verdient.
Solches verkünd' ich als Seher, da der mich enttäuscht hat, von dem ich
glaubte, mir werde von ihm Hilfe im Elend zuteil.

Treuloser! Konnt' ich bei dir so sehr in Vergessenheit kommen,
war deine Angst so groß, zu dem Geschlagnen zu gehn,
daß du nicht Blick noch Trost mehr gönntest dem Niedergebeugten,
Fühlloser, ihm nicht einmal gabest das letzte Geleit?
Gilt jener heilige, Ehrfurcht fordernde Name der Freundschaft
dir als ein nichtiges Ding, daß du mit Füßen ihn trittst?
War es zuviel, den Freund, den die Last zu Boden geworfen,
aufzusuchen und ihm lindernden Zuspruch zu weihn
und, wenn du schon nicht Tränen bei meinem Schicksal vergossest,
mir in geheucheltem Schmerz wenige Worte zu leihn,
das, was auch Fremde tun: zumindest zu rufen «welch Unglück!»
folgend der Stimme des Volks, dem, was man sagt insgemein,
schließlich den Anblick der nimmer zu schauenden traurigen Mienen
dulden am letzten Tag, der noch dem Scheidenden blieb,
einmal und dann eine ganze Ewigkeit nicht mehr die Worte
hören und ähnlich im Ton sie zu erwidern: «Leb wohl»?
Andere freilich taten's, die sonst mit mir nicht verbunden
waren: ihr Weinen bewies, wie sie im Herzen gesinnt.
Wie? Wenn ich nicht durch gemeinsames Leben, gewichtige Gründe
und durch die Liebe mit dir wäre seit langem vereint?
Wie? Wenn du nicht von mir manch Ernstes und Heiteres wüßtest,
ich manch Heiteres nicht wüßte und Ernstes von dir?
[Wie? Wenn du nur noch in Rom zu meiner Bekanntschaft gehörtest,
der du an jeglichem Ort warest so oft mir vereint?]
Wär' ohne Wirkung denn alles verweht mit den Stürmen des Meeres,

alles in Lethes Flut unwiederbringlich versenkt?
Nicht aus der freundlichen Stadt des Quirinus stammst du, so glaub' ich,
nicht aus der Stadt, die man mir nicht zu betreten erlaubt,
sondern von Klippen wie hier an der Küste des düsteren Pontus,
Skythiens wildem Gebirg oder Sarmatiens wohl;
rings um dein Herz her hast du Adern so hart wie der Kiesel,
und dein gefühllos Gemüt ist von der eisernen Art;
und auch die Amme, die einst deinem zarten Gaumen zum Saugen
reichte die üppige Brust, mochte ein Tiger wohl sein:
Könnte mein Leid dich doch sonst nicht so gleichgültig lassen wie heute,
und ich vermöchte dich nicht grausamer Härte zu zeihn.
Da nun aber auch dies zu den Schicksalsschlägen hinzukommt,
daß meine frühere Zeit all ihre Geltung verlor,
mach, daß ich diese Verfehlung vergesse und dich mit dem selben
Munde, mit dem ich geklagt, lobe für hilfreichen Dienst!

9

Mögest du, niemals gestört, das Ziel deines Lebens erreichen,
der du dies Werk hier liest, ohne mir feindlich zu sein!
Könnten doch meine Gebete für dich sich wirksam erweisen!
Ach, als ich flehte für mich, hörten die Götter es nicht.
Während du glücklich bist, erfreust du dich vieler Gefährten;
wird dein Himmel jedoch trübe, so bist du allein.
Siehst du nicht, wie die Tauben auf saubere Dächer sich setzen,
während den schmutzigen Turm keiner der Vögel besucht?
Niemals begeben die Ameisen sich in Speicher, die leer sind:
Freunde gehn nicht zu dem, der sein Vermögen verlor,

und wie der Schatten den Wandrer bei strahlender Sonne begleitet,
aber entweicht, wenn Gewölk hüllend das Licht ihm entzieht,
so wird die schwankende Menge gelockt von den Strahlen des Glückes:
läßt eine Wolke den Glanz schwinden, so läuft man uns weg.
Dies, so bitt' ich dich, möge dir immer als irrig erscheinen!
Aber bei meinem Geschick muß ich, was wahr ist, gestehn.
Als ich noch aufrecht stand, da hatte mein Haus, das bekannt war,
aber von Ehrgeiz frei, immer Besucher genug;
als es den Stoß empfing, da fürchteten alle den Einsturz:
vorsichtig wandten sie sich ab zu gemeinsamer Flucht.
Freilich, ich wundre mich nicht, wenn sie Blitze scheuen, durch deren
Feuer den Nachbarn meist gleiche Beschädigung droht.
Dennoch: es billigt der Kaiser beim Feind, mag er noch so verhaßt sein,
wenn er im harten Geschick treulich beim Freunde verharrt;
nein, er pflegt nicht zu zürnen – denn maßvoll ist er wie keiner –
wenn man im Unglück noch liebt, was man immer geliebt.
Als vom Begleiter Orests, des Argivers, er Näheres hörte,
hat den Pylades selbst Thoas, so heißt es, gelobt.
Daß der Enkel des Aktor beständig dem großen Achilles
Treue bewahrte, das war Hektor zu rühmen gewohnt.
Daß, seinem Freunde getreu, zu den Toten Theseus gelangte,
das hat des Tartarus Gott, heißt's, mit Erbarmen erfüllt;
als du, Turnus, vernahmst von Euryalus' Treue zu Nisus,
haben – das ist wohl gewiß – Tränen dein Antlitz benetzt.
Treue besteht auch im Elend; sie wird auch beim Feinde gebilligt:

weh mir, wie wenige rührt, was ich soeben gesagt!
So ist jetzt meine Lage, das Schicksal, das mich getroffen,
daß es zu weinen gibt ohne Beschränkung und Maß.
Aber wie tief auch mein Herz das eigene Unglück betrauert,
ward es durch deinen Erfolg dennoch mit Freude erfüllt.
Dies hab' ich damals schon, mein Teuerster, kommen gesehen,
als die Winde dein Schiff noch bis hierher nicht gebracht:
findet die Tugend und findet ein Leben, das frei ist von Flecken,
irgend Belohnung, so ziemt niemandem höherer Preis.
Wenn einer stolz sein darf auf angeborene Gaben –
deine Beredsamkeit dient jeglicher Sache zum Heil.
Dies hat von je mich bewogen, es dir persönlich zu sagen:
«Groß ist die Bühne, die, Freund, deiner Begabungen harrt.»
Dies hat mir nicht ein Opferbrand, kein günstiger Donner,
nicht eines Vogels Geschrei oder sein Fliegen gesagt:
Einsicht kündet mir dies, belehrt mich über die Zukunft;
sie hat die Ahnung mir, sie die Gewißheit verliehn.
Da es denn wahr ist, so gilt dir von ganzem Herzen mein Glückwunsch,
gilt auch mir: daß dein Geist nicht im Verborgenen blieb.
Wäre der meinige doch im tiefsten Dunkel verborgen!
Besser mit meinem Bemühn hätt' ich im Dunkel verharrt,
und wie dir, du Beredter, die ernsten Bestrebungen nützen,
waren die meinigen ganz anders und schadeten mir.
Aber du kennst mein Leben, du weißt, daß jenen Gebilden
nicht ihres Urhebers Tun oder Gesinnung entspricht,
weißt, daß dies alte Gedicht nur ein Spiel meiner Jugend, daß all dies
zwar nicht zu loben, jedoch sicher nur scherzhaft gemeint.
Drum will ich keinesfalls verteidigen meine Vergehen;
aber entschuldigen, das glaube ich, kann man sie wohl.

Wo du nur kannst, entschuldige sie und verlasse den Freund nicht!
Wo du begannst mit Erfolg, sei der Erfolg dir getreu!

10

Mich beschützt und beschütze, so fleh' ich, die blonde Minerva!
Hat von dem Bild ihres Helms doch seinen Namen das Schiff.
Haben die Segel wir nötig, so folgt es dem leisesten Lufthauch;
wenn es des Ruders bedarf, findet's mit Rudern den Weg.
Nimmer genügt's ihm, Begleiter im eilenden Lauf zu besiegen:
Schiffe, die weit uns voran fahren, sind bald überholt.
Wogen zerteilt es nicht minder als weither rollende Wasser,
wird von der wütenden Flut nicht überspült und besiegt.
In dem korinthischen Kenchreae lernte zuerst ich es kennen;
treu auf der bänglichen Fahrt bleibt es mir Führer und Freund,
und durch so manche Gefahr und von widrigen Winden bewegte
Wasser hat Pallas' Macht sicheren Schutz ihm gewährt.
Möge es jetzt auch sicher das Tor zum Pontus durchqueren,
finden des getischen Strands Wellen, zu denen es strebt!
Gleich nachdem es ins Meer der äolischen Helle mich brachte
und einen weiten Weg furchte auf schmalem Geleis,
wandten wir uns nach links, und so sind wir schließlich zu deinem
Hafen von Hektors Stadt, imbrische Insel, gelangt.
Bald erreichten bei leichtem Wind wir Zerynthus' Gestade,
ward mit ermüdetem Kiel Thrakiens Samos berührt.
Kurz ist der Sprung für den, der Tempyra sucht gegenüber,
und bis zu dieser Stadt brachte das Schiff seinen Herrn.

Denn mir gefiel es, zu Fuß durch bistonische Felder zu wandern;
zur hellespontischen Flut kehrte inzwischen das Schiff,
suchte Dardania auf, das nach seinem Begründer benannt ist,
Lampsacus auch, das beschützt wird von dem ländlichen Gott,
und, durch die engen Gewässer der Jungfrau, die schlimm hier gefahren,
Sestos, durchs Meer getrennt von der abydischen Stadt,
Kyzikos dann, das an die propontische Küste sich klammert,
Kyzikos, trefflich erbaut von dem thessalischen Volk,
und den byzantischen Strand, der das Tor zum Pontus bewacht hält:
hier ist des Zwillingsmeers weite verbindende Tür.
Komme es gut hindurch und, getrieben von kräftigem Südwind,
fahre es sicher und rasch durch die Kyanen hindurch
und zu den thynischen Buchten, von ihnen über Apollos
Stadt zu dem winzigen Platz, der sich Anchialos nennt!
Segle es drauf an Mesembrias Hafen vorüber, Odessus
und der Befestigung, die, Bacchus, nach dir ist benannt,
auch an der Ortschaft, die von Alcathous Stadt, wie erzählt wird,
stammt, von den Flüchtlingen, die hier ihre Wohnung gebaut!
Möge es glücklich von dort zur miletischen Siedlung gelangen,
die der beleidigte Gott zürnend zum Ziel mir gesetzt!
Ist dies geglückt, so falle ein Lamm der Minerva zum Danke:
was ich besitze, erlaubt größere Opfer mir nicht.
Ihr, Tyndariden, auch ihr, die als Brüder verehrt diese Insel,
wollt euern gnädigen Schutz leihn einem zwiefachen Weg!
Wählt doch ein Schiff die Fahrt durch die symplegadische Enge,
durch die bistonische See segelt ein andres dahin;

gebt, da wir so verschiedene Gegenden suchen, daß jenes
habe den richtigen Wind, dieses den richtigen auch!

11

Jeglicher Brief, den du in dem ganzen Buche gelesen,
ward auf ruhloser Fahrt niedergeschrieben von mir.
Entweder hat, als im Frost des Dezembers ich zitterte, mich dies
Adria schreiben gesehn, rings von den Wassern umspült,
oder, nachdem wir den meeretrennenden Isthmos erreichten
und ich ein anderes Schiff nahm für die weitere Fahrt,
hab' ich, Verse ersinnend beim wilden Getöse der Wogen,
wohl des Ägäischen Meers Inseln in Staunen versetzt:
wundere ich mich doch selbst, daß in all dem Aufruhr der Seele,
all den Stürmen der See nicht meine Kunst mich verließ.
Mag man nun Stumpfheit nennen ein solches Tun oder Tollheit,
hat dies Bemühen mir doch Trost und Erquickung gebracht.
Oft ward ich bangend umher von den stürmischen «Böckchen» getrieben,
oft durch Steropes Stern wurde bedrohlich die See,
und es verdunkelte uns den Tag der Wächter des Bären,
Südwinds nächtlicher Guß hat die Hyaden erschöpft;
oft drang Wasser ins Schiff, und doch hab' ich immer Gedichte,
wie sie auch seien, gemacht, schrieb sie mit zitternder Hand.
Jetzt auch knirschen, vom Nordwind gespannt, die Taue des Schiffes,
und einem Grabhügel gleich hebt sich die wallende Flut.
Selbst der Steuermann hebt die Hände empor zu den Sternen,
ruft nach Hilfe und fleht, nicht mehr gedenk seiner Kunst.
Rings, wohin ich auch blicke, bedrohn mich des Todes Gespenster,

den ich in zweifelndem Sinn fürchte und fürchtend erfleh'.
Bald nun erreich' ich den Hafen: der Hafen sogar wird mich schrecken:
Grund zur Furcht ist an Land mehr als auf feindlicher See.
Denn ich erdulde zugleich die Tücke des Meers und der Menschen:
doppelte Sorge und Furcht bringen mir Woge und Schwert.
Dieses, so fürcht' ich, erhofft sich Beute, sobald nur mein Blut fließt,
jene verlangt nach dem Ruhm, daß sie den Tod mir gebracht.
Links ist barbarisches Land, gewohnt an gieriges Rauben,
immer von blutigem Mord, immer von Kriegen durchtobt,
und wo vom Sturme des Winters die Flut gewaltig bewegt wird,
ist meine eigene Brust wilder erregt als das Meer.
Drum desto mehr mußt du dieses verzeihn, mein redlicher Leser,
wenn es so, wie es ist, schlechter noch ist, als du hoffst.
Denn ich schreib' es ja nicht in meinem Garten wie einstmals,
und du, mein Ruhbett, hegst nicht meine Glieder wie sonst:
auf der unbändigen Meerflut treib' ich beim Lichte des Winters,
selbst das papierene Blatt wird vom Gewässer bespritzt.
Boshaft bekämpft mich der Sturm und empört sich, weil ich zu schreiben
wage, indessen sein Grimm grausam mein Leben bedroht.
Mag denn der Sturm den Menschen besiegen! Doch möge zugleich ich
meinem Liede das Ziel setzen, sich selber der Sturm!

ZWEITES BUCH

Was noch soll ich mit euch, unselige Werke, ihr Büchlein,
der ich im Elend verging nur durch mein eignes Talent?
Ach, was ruf' ich euch noch, meine Frevel, ihr Musen, verfemte?
Ist es zu wenig, daß schon einmal ich Strafe verdient?
Dichtungen haben bewirkt, daß Frauen und Männer mich wünschten
kennenzulernen, und das war nur ein Unglück für mich.
Dichtungen haben bewirkt, daß der Kaiser mich, mein Gebaren
tadelte wegen der «Kunst», die doch seit langem bekannt.
Nimm mir mein Schaffen, so nimmst du aus meinem Leben die Fehler:
Versen verdank' ich es ja, daß ich mit Schuld mich belud.
Dies empfing ich zum Lohn für all meine Arbeit, mein nimmer
müdes Bemühn: mein Talent brachte Bestrafung mir ein.
Wär' ich nun klug, ich haßte mit Recht die kunstreichen Schwestern,
Gottheiten, die mit Verderb ihren Verehrer bedrohn;
jetzt aber – so sehr ist meine Krankheit vom Wahnsinn begleitet! –
heb' ich den leidigen Fuß neu zu dem Stein, der ihn stieß,
ganz wie der Fechter, besiegt, zum Kampf auf dem Sande zurückkehrt,
wie das gestrandete Schiff kehrt in die schwellende Flut,
daß mir vielleicht wie jenem, der einst in Mysien herrschte,
sich aus dem nämlichen Tun Wunde und Heilung ergibt
und, die den Zorn erregte, die Muse auch stillt den Erregten:

haben Gesänge doch oft mächtige Götter versöhnt.
Selber befahl auch der Kaiser italischen Frauen und Müttern,
Lieder zu singen für Ops, Erdmutter, zinnengekrönt;
auch für Phoebus zu singen befahl er, als er die Spiele
stiftete, die ein Geschlecht immer nur einmal erlebt.
Mit diesen Beispielen möge, so fleh' ich, gnädigster Kaiser,
jetzt sich mildern dein Zorn, den mein Talent dir erregt.
Freilich ist er gerecht, und ich leugne das nicht: ich verdient' ihn;
sind meine Lippen doch nicht völlig verlassen von Scham.
Hätt' ich jedoch nicht gefehlt, was könntest du dann mir vergeben?
Anlaß zu mildem Verzeihn bietet mein Schicksal dir jetzt.
Wollte, sooft sich Menschen versündigen, Juppiter Blitze
schleudern, in kurzer Zeit wär' er von Waffen entblößt.
So aber, wenn er sich dröhnend entladen, die Erde erschreckt hat
und sich der Regen erschöpft, bleibt die gereinigte Luft.
Darum heißt er mit Recht der Vater und Herrscher der Götter:
Größres als Juppiter ist nicht in der Weite der Welt.
Du auch, da du der Herrscher und Vater des Vaterlands heißest,
zeig einer Gottheit dich jetzt gleich, deren Namen du trägst!
Und das tust du ja schon: besonnener hat ja kein Herrscher
je als du seines Reichs Zügel zu führen gewußt.
Oftmals hast du Verzeihung gewährt überwundenen Gegnern,
die, wenn sie selber gesiegt, niemals dir hätten verziehn;
viele schon hab' ich bereichert gesehen an Schätzen und Ehren,
die mit der Waffe zuvor hatten dein Leben bedroht:
war der Kampf erst vorbei, so erlosch mit dem Kampf auch dein Zürnen;
beide Parteien zugleich ehrten im Tempel den Gott,

und wie dein Krieger sich freut, sobald er den Gegner besiegt hat,
so hat dein Gegner Grund, sich als Besiegter zu freun.
Meine Sache ist besser: ich bin, man weiß es, kein Gegner,
der dich bekämpfte und der feindlicher Macht sich verband.
Schwören kann ich beim Meer, bei der Erde, den Göttern des Hades,
bei dir selber, dem stets nahen und sichtbaren Gott,
daß diese Seele dir diente und – das nur vermocht' ich, Erhabner –,
meiner Gesinnung nach wollte der Deinige sein.
Spät erst müssest du gehn zu den himmlischen Sternen, so wünscht' ich,
war nur ein Teilchen der Schar, die um dasselbe gefleht;
Weihrauch hab' ich gespendet für dich mit den anderen allen;
zu den Gebeten des Volks hab' ich auch meine gefügt.
Soll ich die Bücher erwähnen? Selbst jene, in denen ich fehlte –
tausendmal wird deines Ruhms Größe verkündet darin.
Blick' in das größere Werk, das noch nicht vollendet: es schildert
Wesen, die ihre Gestalt wechseln unglaublicherweis';
finden wirst du auch dort die Verherrlichung eueres Namens,
finden so manchen Beweis meiner Gesinnungen dort.
Größer kann durch Gedichte dein Ruhm nicht werden; denn dieser
kann nicht mehr wachsen und hat, größer zu werden, nicht Raum.
Riesig ist Juppiters Ruhm; doch hat er es gern, seine Taten
preisen zu hören und selbst Stoff des Gesanges zu sein:
wenn man die Kämpfe des Krieges mit den Giganten berichtet,
ist es wohl glaublich, daß Er sich seines Lobes erfreut.
Du wirst von andren gebührend gefeiert, mit tönendem Munde
singen sie dir zum Lob reichere Lieder als ich.

Dennoch gewinnt, wie das Blut von hundert geschlachteten Stieren,
  wohl auch ein Weihrauchdampf, sei er auch schwach, einen Gott.
Ah! Ein fühlloser Feind, ein allzu grausamer war es,
  wer es immer auch sei, der mein Getändel dir las,
daß man in all meinen Büchern nicht Dichtungen, die dich verehren,
  könne erblicken, die mich zeigen in reinerem Licht!
Wer aber durfte wohl noch mein Freund sein, wenn du mir zürntest?
  Wenig fehlte, so war selber ich damals mein Feind.
Hat ein beschädigtes Haus zu sinken begonnen, so legt sich
  auf den sich neigenden Teil drückend das ganze Gewicht.
Was auseinanderklafft, weil das Schicksal ihm Risse versetzte,
  stürzt, von der eigenen Last niedergezogen, dahin.
Ich ward so durch die Dichtung verhaßt bei den Menschen: die Menge
  schloß deinem zornigen Blick, wie es ihr ziemte, sich an.
Aber ich weiß doch, du hast meinen Lebenswandel gebilligt,
  als ich vorbei auf dem Pferd ritt, das du hattest verliehn;
wenn dies gleich nichts nützt und der Ruf eines rechtlichen Wandels
  keinem geschenkt wird, ich zog doch keinen Tadel mir zu:
war ich doch unter den zehnmal zehn Männern und habe nicht übel
  für die Parteien gesorgt, hab' ihre Rechte gewahrt,
habe Privates auch ohne Tadel als Richter entschieden:
  auch die besiegte Partei gab meine Redlichkeit zu.
Ach, ich Ärmster! Hätte mir nicht das Letzte geschadet,
  hätte dein Urteil mich mehr als nur einmal geschützt.
Mich vernichtet das Letzte: es senkt ein einziger Sturmwind
  bis auf den Grund mein Schiff, das schon so viel überstand,

und nicht ein Teilchen der Flut nur schädigte mich, sondern alle
Wogen, der Ozean selbst haben dies Leben zermalmt.
Weshalb sah ich etwas? Warum ward ich schuldig durch Blicke?
Weshalb war ich der Tor, der die Verfehlung erkannt?
Ohne Gewand, nichts ahnend, erblickte Actaeon Diana;
doch seinen Hunden dafür ward er nicht minder zum Raub.
Auch ein mißlich Geschick verlangt bei den Himmlischen Sühne:
ward eine Gottheit gekränkt, wird auch kein Zufall verziehn.
Ja, an dem Tage, an welchem die böse Verirrung mich fortriß,
ging mein Haus, das zwar klein, doch ohne Tadel, zugrund,
klein jedoch in dem Sinn, daß es schon seit Zeiten der Väter
ruhmvoll ist und an Rang steht hinter keinem zurück,
so daß es weder durch Reichtum noch Armut merklich hervortritt,
drum durch keins von den zwein falle ein Ritter ins Aug':
Ist auch klein unser Haus dem Besitztum nach und der Herkunft,
blieb es durch mein Talent doch im Verborgenen nicht.
Scheint es auch, daß ich zu unbesonnen mich seiner bediente,
groß ist der Name gleichwohl, den ich auf Erden gewann.
Kennt doch der sämtliche Schwarm der Beles'nen den Naso und zählt ihn
offen den Männern zu, die man nicht sollte verschmähn.
Also stürzt das den Musen Geweihte dahin: durch ein einz'ges,
doch nicht geringes Vergehn ist es gesunken, das Haus;
aber es sank doch so, daß es, wenn des beleidigten Kaisers
Zorn vergeht mit der Zeit, aufzuerstehen vermag;
ist doch bei dem Vollzug einer Strafe so groß seine Milde,
daß sie gelinder sich stets, als wir befürchteten, zeigt.

Mir ist das Leben geschenkt: dein Zorn macht halt vor der Tötung,
o du Fürst, der du dich schonend bedienst deiner Macht!
Hierzu kommt, da du mir es nicht nimmst, mein Vermögen vom Vater,
so als ob zu gering wäre des Lebens Geschenk.
Weder hast du mein Tun durch Beschluß des Senates verurteilt,
noch einen Richter erwählt, der die Verbannung verfügt;
drohend mit zornigem Wort – so fordert's die Würde des Fürsten –
hast du, wie es sich ziemt, selbst deine Kränkung gerächt.
Dazu war der Erlaß, ungnädig zwar und bedrohlich,
doch in dem Namen gelind, den er der Strafe erteilt:
zwar ein Verwiesener heiß' ich darin, doch nicht ein Verbannter;
eigene Wendungen stehn dir für mein Los zu Gebot.
Freilich, so mächtigem Mann zu mißfallen, das ist wohl die schwerste
Strafe für den, der gesund ist und bei rechtem Verstand;
doch eine Gottheit pflegt bisweilen versöhnlich zu werden,
und ist die Wolke verjagt, strahlt uns der heiterste Tag.
Sah ich doch einst eine dicht mit Reben beladene Ulme,
die mit dem Blitz seines Zorns Juppiter hatte berührt.
Wenn du auch selber zu hoffen verwehrst, stets werd' ich doch hoffen:
dies, dieses eine, kann selbst, wenn du's verbietest, geschehn.
Hoffnung erfüllt mich, sooft ich auf dich, du gnädigster Herrscher,
blicke; die Hoffnung sinkt, blick' ich zurück auf mein Tun,
und wie das Wüten der Stürme, solang sie die Wogen bewegen,
nicht stets gleichmäßig ist und nicht beständig ihr Zorn,

wie sie zuweilen sich legen und sich unterbrechen und schweigen,
daß man vermeint, ihre Macht hätten sie von sich getan,
ganz so entweicht, kehrt wieder und wechselt meine Befürchtung,
gibt auf Begnadigung mir Hoffnung und nimmt sie alsbald.
Drum bei den Himmlischen, die dir ein währendes Leben verleihen,
wenn nur das römische Volk teuer und wert ihnen bleibt,
und bei dem Vaterland, welches du väterlich sicherst und hütest –
kürzlich gehörte ich noch selbst zu dem Land und dem Volk –
werde dir, wie du es immer durch Tat und Gesinnung verdientest,
immer der dankbaren Stadt schuldige Liebe zuteil!
Livia möge mit dir gemeinsame Jahre durchleben,
sie, die nur eines Gemahls Hand, nur die deine verdient!
Wäre sie nicht, so müßtest als Unvermählter du leben,
gab es doch keine, der du Gatte vermöchtest zu sein.
Mit dir Glücklichem lebe dein Sohn auch glücklich und herrsche
mit dir Älterem weit, weit in sein Alter hinein!
Und deine Enkel, ein Sternbild der Jugend, mögen als Beispiel
deinen Vater und dich nehmen, wie sie es ja tun!
Möge die Göttin des Sieges, die stets deine Heere begleitet,
so sich bewähren auch jetzt, Ruhm deinen Fahnen verleihn!
Um den italischen Feldherrn schwebe, wie immer, ihr Flügel,
und mit des Lorbeers Kranz schmücke sie strahlend sein Haar:
führst du doch Kriege durch ihn, du kämpfst in seiner Person jetzt,
spendest ihm Segen und Heil, gibst deine Götter ihm mit,
und so bist du zur Hälfte zugegen, die Stadt zu betreuen,
bist zur Hälfte entfernt, führst einen furchtbaren Krieg.

Kehre er denn zu dir vom Feind, den er siegend geschlagen,
hoch auf bekränztem Roß stolz im Triumphe zurück! –
Schone mich, fleh' ich, verwahre den Blitz, deine grausame Waffe,
ach, die Geschosse, die mir Elendem allzu bekannt!
Vater des Vaterlands, schone und nimm, dieses Namens vergessend,
nicht die Hoffnung mir weg, dich zu versöhnen dereinst!
Heimkehr wünsch' ich ja nicht, wiewohl es glaublich, daß große
Götter Größeres oft gaben dem Menschen, der fleht:
gibst du dem Bittenden mildere, minder entlegne Verbannung,
um ein Beträchtliches wird leichter die Strafe dann sein.
Äußerstes dulde ich jetzt, verstoßen, inmitten von Feinden,
und kein Verbannter ist je weiter von Hause entfernt.
Einsam, verschickt an die Mündung der siebenarmigen Donau,
wird mir des Wagengestirns eisige Achse zur Pein:
Kolcher, Kizyger, auch tereteische Scharen und Geten
hält mir die Donau kaum durch ihr Gewässer vom Leib:
andere wurden von dir aus schwereren Gründen vertrieben,
weiter hinweg ward noch nie einer verstoßen als ich;
drüber hinaus ist nichts, es sei denn Kälte und Feinde
oder die Meerflut, die eisig im Froste erstarrt.
So weit reicht der römische Teil des finstren Euxinus,
grenzt ans sarmatische Land und ans Bastarnergebiet;
unter dem Rechte Italiens steht dieses Land erst seit kurzer
Zeit, und es haftet ja auch kaum an dem Rand deines Reichs.
Darum fleh' ich dich an, ins Sichere mich zu verweisen:
laß mit dem Vaterland mir nicht auch den Frieden entziehn,
daß mich nicht Völker bedrohn, die die Donau nur wenig entfernt hält,
daß, als dein Bürger, ich nicht falle dem Feind in die Hand!
Recht erspart einem jeden aus Latiums Blute Gebornen,

wenn nur der Kaiser noch lebt, Fesseln barbarischer Macht.
Da zwei Frevel, Gedicht und Verirrung, zugrunde mich richten,
sei meines zweiten Vergehns Fehltritt in Schweigen gehüllt:
denn ich bin es nicht wert, dich erneut zu verwunden, o Kaiser;
ist es doch mehr als zuviel, wenn man dich einmal betrübt.
Bleibt das andre: ich werde beschuldigt, durch schändliche Dichtung
schamlosen Ehebruchs Lehrer geworden zu sein.
Also ist's möglich, daß himmlische Herzen in manchem sich täuschen:
vieles Geringe entzieht sich deinem forschenden Blick,
und wie es Juppiter, der die Götter beschützt und den hohen
Himmel, an Muße gebricht, kleinere Dinge zu sehn,
so vermag sich, indes du des Weltreichs, das von dir abhängt,
waltest, Geringeres auch deinem Bemühn zu entziehn.
Läsest du denn als Herrscher des Reichs, deinen Posten verlassend,
Dichtungen, die aus den stets wechselnden Versen bestehn?
Macht dir denn nicht diese Last des Römischen Reiches zu schaffen?
Ruht auf den Schultern dir etwa die Bürde zu leicht,
um auf ein törichtes Spiel die erlauchten Gedanken zu richten
und meiner Muße Frucht prüfend vor Augen zu sehn?
Jetzt mußt Pannonien du, die illyrische Küste bezähmen,
Raetier, Thrakier drohn jetzt unter Waffen dem Reich;
Frieden erbittet Armenien jetzt, der parthische Reiter
streckt jetzt den Bogen und gibt Fahnen, geraubte, zurück.
Jetzt läßt dein Sohn Germanien spüren, daß du noch jung bist,
wo jetzt ein Caesar den Krieg führt auf des Caesars Geheiß.
Schließlich, indes in dem Körper des Reichs, der so groß ist wie keiner

jemals zuvor, kein Teil übrig noch ist, der nicht wankt,
macht auch die Stadt dir noch Müh' und die Sicherung deiner Gesetze
und ihrer Sitten, die du ähnlich den deinigen wünschst.
Dir ist niemals die Ruhe vergönnt, die den Völkern du bietest,
und mit der Laster Brut stehst du in rastlosem Krieg:
drum, bei der Last so großer Geschäfte – da sollt' ich mich wundern,
daß meinem tändelnden Buch nie einen Blick du gegönnt?
Wäre dir aber die Zeit vielleicht noch geblieben – ich wünscht' es –
hättst in der «Liebeskunst» du kein Verbrechen gesehn.
Zwar, ich gesteh' es, trägt dieses Werk kein ernsthaftes Antlitz,
ist auch nicht wert, daß ein so mächtiger Herrscher es liest;
deshalb enthält es doch nichts, was je die Gesetze verletzen
kann, und erteilt auch nicht Lehren den römischen Fraun;
ja, und damit du nicht zweifelst, für wen ich die Büchlein geschrieben –
eins von den dreien enthält Verse wie folgende vier:
«Haltet euch fern, ihr Binden des Hauptes, ihr Zeichen der Keuschheit,
fern du, langer Besatz, der du die Füße verhüllst!
Nur das Erlaubte besing' ich, geduldete Liebesgeschichten;
nirgend in meinem Gedicht wird ein Verbrechen gelehrt.»
Hab' ich nun alle wohl streng entfernt von dem Buche gehalten,
denen der Kopfschmuck, das Kleid seine Berührung verbot?
«Doch eine ehrbare Frau kann sich fremder Künste bedienen:
wenn auch niemand sie lehrt, hat sie den Reiz, der verführt.»
Soll drum die Frau nichts lesen, dieweil einem jeden Gedicht sie
Kenntnis entnehmen kann, die sie zum Fehltritt bestimmt?

Was ihre Hand auch berührt – wenn sie irgend auf Arges bedacht ist,
wird auf das Laster davon immer ihr Trachten gelenkt:
nimmt sie sich die «Annalen» – nichts kann man sich schmuckloser denken –
liest sie natürlich, durch wen Mutter die Ilia ward;
nimmt sie das Buch «Stamm-Mutter der Aeneaden», so fragt sie,
wer zur Mutter des Stamms Venus, die holde, gemacht.
Ist es erlaubt, nach der Reihe zu gehn, will ich später noch dartun:
schaden kann dem Gemüt jegliche Art von Gedicht;
aber die Schuld daran wird nicht stets beim Buche nur liegen:
nichts ist von Nutzen, was nicht schädigen könnte zugleich.
Was nützt mehr als das Feuer? Doch wer's unternähme, die Häuser
anzuzünden, der treibt Frevel mit Feuers Gewalt.
Heilkunst raubt bisweilen Gesundheit und schenkt sie auch manchmal,
zeigt, welches Kraut uns hilft, welches zum Schaden gereicht.
Räuber und Wanderer, beide umgürten sich wohl mit dem Schwerte,
jener zum schlimmen Gebrauch, dieser zu Schutz und zu Trutz.
Redners Kunst wird erlernt, um der Unschuld Sache zu führen,
bietet doch Frevelnden Schutz, Schuldlosen Drangsal und Not.
So wird sich zeigen, daß all meine Dichtung, wenn man im rechten
Geist sie zu lesen vermag, niemanden schädigen kann.
«Aber gewisse Frauen durch Laster!» – Es irrt, wer das annimmt,

traut er doch gar zu viel Macht meinen Dichtungen zu.
Dies aber laß mich gestehn: auch die Spiele enthalten den Keim des
Leichtsinns; darum befiehl, daß man die Schaustätten schließt!
Oft schon haben sie vielen zum Sündigen Anlaß gegeben,
während den harten Grund deckte den Fechtern der Sand.
Laß auch den Zirkus schließen, wo lockere Sitten gedeihen:
Männern, die es nicht kennt, sitzt hier das Mädchen gesellt.
Wenn sich gewisse Dämchen ergehn, um mit ihren Verehrern
dort sich zu treffen, warum sperrt man die Hallen denn nicht?
Welcher Ort ist erhabner als Tempel? Auch sie mag die Frau nur
meiden, die Laster und Lust etwa erfinderisch macht!
Steht sie in Juppiters Haus, läßt Juppiters Haus sie bedenken,
wie viele Frauen der Gott jemals zu Müttern gemacht;
fleht sie in Junos Tempel daneben, so kommt ihr der Einfall,
daß diese Göttin so oft unter den Kebsfrauen litt;
schaut sie zu Pallas empor, wird sie fragen, wieso denn die Jungfrau
aus einem Fehltritt als Sohn einst Erichthonius trug.
Kommen wird sie zum Tempel des mächtigen Mars, deiner Stiftung:
Venus steht neben Mars, aber ihr Mann vor dem Tor;
weilend in Isis' Haus wird sie fragen, weswegen denn Juno
sie durchs Ionische Meer und durch den Bosporus trieb.
Dann wird bei Venus Anchises, bei Luna der latmische Heros,
wird es Iasion sein, den man bei Ceres ihr nennt.
Alle Dinge vermögen ein böses Gemüt zu verderben,
alle behalten indes sicher und fest ihren Platz.
Jede, die sich verirrt in den Raum, den der Priester verbietet,
nimmt von diesem die Schuld, welche sie selber begeht.

303 Weit von der «Kunst», der nur für die lockeren Damen geschriebnen,
304 weist ja das Anfangsblatt edlere Hände zurück.
Dennoch ein Frevel ist's nicht, in verbuhlten Versen zu blättern;
vieles, was nimmer sie tut, lese die Keusche getrost!
Oft mit gerunzelter Stirn wird die ehrbare Frau auf die Nackten
blicken, die jeglicher Art Wollust zu bieten bereit.
Auch der Vestalinnen Blicke erspähen wohl Körper von Dirnen,
und den Geschäftsherrn trifft doch keine Strafe dafür.
Aber woher empfing meine Muse ihr lockeres Wesen?
Warum leitet mein Buch jemanden an, wie man liebt?
Nichts als erwiesene Schuld und Verfehlung muß ich bekennen,
ja, ich bereue das Werk und meinen schlechten Geschmack.
Warum hab' ich nicht Troja, das griechischen Waffen erlegne,
lieber in meinem Gedicht nochmals bedroht und bedrängt?
Warum schwieg ich von Theben, vom blutigen Zwiste der Brüder,
sieben Toren und wie jedes ein Feldherr berannt?
Rom, das kriegrische, hätte mir Stoff zur Genüge geboten:
Taten des Vaterlands preisen ist edles Bemühn.
Als du, Kaiser, mit deinen Verdiensten alles erfülltest,
hätte von all dem eins mir zu besingen geziemt,
und wie die leuchtenden Strahlen der Sonne die Augen verlocken,
hätte der Glanz deines Tuns auch meine Seele gelockt.
Schuldlos werd' ich gescholten. Ich pflüge den kärglichen Acker,
und für das andere Werk braucht's einer fruchtbaren Flur.
Darf sich ein Nachen doch deshalb noch nicht dem Meere vertrauen,

weil er im winzigen Teich sich zu ergötzen gewagt.
Fähig genug vielleicht – ich bezweifle auch dies – für die leichte
Gattung, reicht meine Kraft aus für die kleinere Form;
aber gebötst du zu schreiben, wie Juppiters Feuer Giganten
zähmte, beim bloßen Versuch müßt' ich erliegen der Last.
Reich an Geist muß man sein, zu besingen des Kaisers gewalt'ge
Taten, damit nicht das Werk werde vom Stoffe erdrückt;
dennoch, ich hatt' es gewagt; doch ich schien dich nur zu verkleinern,
und, was nicht recht, deine Macht setzt' ich, so schien es, herab;
also kehrt' ich zurück zu dem leichten Gesang meiner Jugend:
nur mit erdichteter Lust hab' ich beschwingt meinen Geist.
Anders wünscht' ich's gewiß; jedoch mich verführte mein Schicksal
leider, und all mein Talent hat mir Bestrafung erbracht.
Weh mir, was hab' ich gelernt! Wozu belehrten mich Eltern,
wurde Geschriebenes je mir vor die Augen gebracht?
Jene Verspieltheit machte verhaßt mich dir mit den «Künsten»,
welche, so hast du gemeint, reizten zu sträflicher Lust.
Nie aber lernte durch mich eine Frau ihre Treue vergessen,
da ja, was er nicht kennt, niemand zu lehren vermag.
Hab' ich auch üppiges Spiel und verliebtes Dichten getrieben,
hat doch kein übles Gerücht mir meinen Namen befleckt.
Gibt es doch selbst unterm Volk keinen einzigen Ehemann, welcher
dank meinem Frevel nicht weiß, ob er der Vater auch sei.
Glaub mir: mein Wandel ist sehr von meinem Gedicht unterschieden;
sittsam hab' ich gelebt, nur mit der Muse gescherzt;
Lug und Erdichtungen sind ein beträchtlicher Teil meiner Werke:

Schlimmeres haben sie sich als ihr Verfasser erlaubt;
Nicht die Gesinnung spiegelt das Buch: es will Freude bereiten,
weil es gar viel, was dem Ohr schmeichelt, zu bieten vermag.
Accius wäre dann wild, Terentius wäre ein Trinker,
kriegerisch wäre, wer je grausame Kriege besingt.
Schließlich: nicht ich nur habe von Liebesgetändel geschrieben;
aber Bestrafung erlitt ich nur, nachdem ich es schrieb.
Was hat die Muse des alternden Sängers von Teos denn andres,
als mit der Fülle des Weins Liebe zu einen, gelehrt?
Was hat auf Lesbos Sappho die Mädchen gelehrt als zu lieben?
Jener und Sappho indes blieben vor Tadel bewahrt.
Dir auch schadet es nicht, Kallimachos, daß du dem Leser
oft deine Wonnen im Vers selber zur Kenntnis gebracht.
Jegliches Stück des heitren Menander behandelt die Liebe;
Jüngling und Mädchen jedoch sind ihn zu lesen gewohnt.
Was ist die Ilias selbst denn andres als Ehebruch, der den
Ehegemahl in den Kampf gegen den Liebhaber treibt?
Ja, sie beginnt mit der Glut für Briseis und zeigt uns den Raub des
Mädchens und wie er den Zorn zwischen den Fürsten entfacht.
Oder: was heißt «Odyssee»? Ein Weib, das von vielen Bewerbern,
während ihr Gatte entfernt, wurde aus Liebe begehrt.
Wer als Homer erzählt, wie Mars und Venus gebunden
wurden auf schamlosem Bett und als Gefangne sich sahn?
Woher wüßten wir sonst als von dem maeonischen Dichter,
daß zwei Göttinnen einst für einen Gast sich entflammt?
Tragische Dichtung besiegt an Erhabenheit jegliche andre;
dennoch liefert auch ihr immer die Liebe den Stoff.
Was ist «Hippolytus» sonst als der Stiefmutter heimliches Feuer?

Weil sie den Bruder geliebt, wurde Kanake berühmt.
Hat nicht der elfenbeinerne Pelops, da Amor den Wagen
trieb, mit dem Phryger-Gespann Hippodamia entführt?
Daß eine Mutter das Eisen gefärbt mit dem Blut ihrer Söhne,
wirkte der Kränkung Schmerz, den ihre Liebe erlitt.
Liebe verwandelt' in Vögel den König zusamt der Geliebten
und der Mutter, die heut noch ihren Itys beklagt.
Liebte der frevelnde Bruder Aërope nicht, seine Schwester,
läsen wir heut nicht, Sol habe die Rosse gewandt.
Scylla wäre ja nie auf die tragische Bühne gekommen,
wenn sie um Liebe das Haar nicht ihrem Vater beschnitt.
Wer von Electra liest, von Orest, der von Sinnen gekommen,
liest auch vom Frevel Aegisths, von Clytaemnestras Vergehn.
Denn was soll ich vom finstren Bezwinger Chimaeras berichten,
den seine Wirtin beinah tückisch dem Tod übergab?
Sollt' ich Hermione nennen und dich, schoinëische Jungfrau,
Phoebuspriesterin, dich, die der Mykener geliebt,
Danae, Danaes Schwiegertochter, die Mutter des Bacchus,
Haemon und jene, der zwei Nächte verschmolzen in eins,
Pelias' Schwiegersohn oder Theseus und ihn, der als erster
Grieche das Schiff verließ, Ilions Boden betrat?
Iole trete, die Mutter des Pyrrhus, des Hercules Gattin,
Hylas trete sodann nebst Ganymedes hinzu!
Zeit gebricht mir, die tragischen Leidenschaften zu sichten:
schon für die Namen allein hätte mein Buch nicht den Raum.
Manche Tragödien sind verquickt mit dem Lachen der Unzucht,
künden mit manchem Wort, daß man der Scham sich entschlug,
und dem Verfasser schadet es nicht, der verbuhlt den Achilles
zeigt, daß er Taten der Kraft schmälert in seinem Gedicht.

Untereinander verknüpft Aristides milesische Frevel;
doch Aristides, er ward nicht aus der Heimat verbannt.
Eubius, der die Vernichtung von Leibesfrüchten geschildert,
der in seinem Gedicht schmutzige Dinge erzählt,
floh nicht, noch jener, der «Sybaritica» kürzlich verfaßt hat,
auch jene anderen nicht, die ihre Buhlschaft gestehn.
All dies steht neben Werken von großen Dichtern, und Herrscher
tragen freigebig bei, daß es den Leser erreicht.
Und nicht allein mit fremden Waffen sei ich verteidigt:
auch manch römisches Buch bietet des Schlüpfrigen viel.
Ja, wie Ennius singt von Mars im eigenen Tone,
Ennius, mächtig an Geist, aber noch roh in der Kunst,
wie Lucretius deutet den Ursprung fressenden Feuers,
sagt der dreifachen Welt ihre Zerstörung voraus,
so hat der lockre Catull oft seine Geliebte besungen,
die er in seinem Gedicht Lesbia fälschlich genannt,
und nicht zufrieden mit ihr, gibt er mancherlei Liebschaft zum besten,
hat seinen Ehebruch selbst in den Gedichten bekannt.
Gleich ist an Frechheit ihm der winzige Calvus gekommen,
der in verschiedenster Form uns seine Streiche enthüllt.
Soll ich von Ticidas reden, von Memmius, deren Gedichte
Dinge mit Namen genannt, Namen mit Schande bedeckt?
Cinna gesellt sich zu ihnen und, dreister als Cinna noch, Anser,
auch Cornificius' Werk, locker wie Catos Poem,
sie auch, in deren Büchern sich die unterm Namen Perilla
barg, die, Metellus, nach dir heute Metella genannt.
Der auch, der in die Fluten des Phasis führte die «Argo»,
hat seinen Liebesgenuß nicht zu verschweigen vermocht.
Ebenso zweideutig sind Hortensius', Servius' Lieder;
doch wen blenden wohl nicht Namen von solchem Gewicht?
Des Aristides Gedicht übersetzte Sisenna und fügte

eigene Späße hinzu; aber es schadet' ihm nicht.
Gallus gereichte es nicht zur Schande, Lycoris zu preisen,
wohl aber daß er beim Trunk nicht seine Zunge gezähmt.
Der zu vertrauen, die schwört, das hält Tibullus für mißlich,
weil sie ja selber auch ihn so ihrem Manne verhehlt.
Daß er die Herrin gelehrt hat, den Wächter zu täuschen, bekennt er,
jetzt aber setze man ihm zu mit der eigenen List.
Oft, als wolle er prüfen den Stein oder Ring der Geliebten,
hat er dabei, wie er sagt, gern ihre Finger berührt,
ja, er erzählt, daß er oft durch Winke und Blicke gesprochen
und auf das Rund des Tischs schweigsame Zeichen gemalt;
wie man mit Säften den Fleck vom Körper beseitigt, belehrt er,
der auf der Haut entsteht, wenn man sie preßt mit dem Mund;
schließlich verlangt er vom allzu unvorsichtigen Gatten,
achten auf ihn soll er gar: seltner dann sündige sie,
weiß um das Bellen des Hunds, wenn allein man heranschleicht, und wie man
vor der verschlossenen Tür räuspernd bemerkbar sich macht;
vielerlei Winke für solchen Betrug erteilt er und lehrt auch,
wie eine Gattin mit List ihren Gemahl hintergeht.
Ihm gereichte das nicht zum Tadel: Tibull wird gelesen,
und er gefällt, und er war, als du schon herrschtest, berühmt.
Auch beim Verführer Properz wirst die nämlichen Lehren du finden:
keinerlei Tadel indes wurde dafür ihm zuteil;
ich aber folgte auf sie – da redlicher Sinn die bekannten
Namen der Lebenden ja mir zu verschweigen befiehlt.
Doch ich befürchtete nicht, daß, wo all diese Schiffe gefahren,
alle bewahrt sind, eins aber zum Scheitern bestimmt.

Andere haben die Kunst, mit dem Würfel zu spielen, beschrieben –
nicht als leichtes Vergehn sahen die Väter das an –
wieviel die Knöchel gelten, durch welchen Wurf man das meiste
einnimmt, wie man es macht, daß man dem «Hunde» entrinnt,
welche Zahlen der Würfel uns zeigt, wie man vor seinem Wurfe
ansagt, wie man geschickt weiter die Würfel dann reicht,
wie der bunte «Soldat» auf der richtigen Bahn sich heranschleicht,
wenn ein Stein sich bedroht sieht von dem doppelten «Feind»,
wie der folgende Kampf ansagt und den ersten zurückruft
und auf gesicherter Flucht ohne Begleiter nicht geht,
wie auf winzigem Brett mit je drei Steinen gespielt wird,
wo dann gewinnt, wer zuerst bringt in die Reihe die drei,
und was an Spielen wohl sonst – ich will sie nicht alle hier nennen –
unseren teuren Besitz, unsere Zeit, nur vertut.
Sieh doch: ein andrer besingt die Formen und Würfe der Bälle,
jener hat Reifenspiel, dieser das Schwimmen gelehrt;
andere haben in Versen das Schminkverfahren geschildert;
der hat Gesetze für Schmaus und für Bewirtung verfaßt,
jener beschreibt den Ton, der sich eignet, um Becher zu formen,
lehrt auch, welches Gefäß paßt zur Bewahrung des Weins:
derart Spiele betreibt man beim Rauch des Kamins im Dezember –
drüber zu schreiben, das hat keinem noch Schaden gebracht.
Dadurch verleitet, hab' ich Gedichte gemacht, die nicht traurig,

aber es brachte mein Scherz traurige Strafe mir ein;
schließlich sehe ich unter den Schreibenden allen nicht einen,
dem seine Kunst zum Verderb wurde: man findet nur mich.
Hätt' ich nun Schwänke geschrieben, in denen mit Unzucht gescherzt wird,
wo mit verbotener Lust frevelnde Spiele man treibt
und in denen beständig im Putz sich zeigen die Buhler,
wo die durchtriebene Frau törichte Männer beschwatzt?
Damen und mannbare Mädchen und Männer und Jünglinge sehn das
alles: ein großer Teil auch des Senats ist dabei.
Und es genügt nicht, das Ohr zu verletzen durch schmutzige Reden:
Schamloses anzusehn wird auch das Auge gewöhnt.
Täuscht der Liebhaber dann durch ein neues Kunststück den Gatten,
klatscht man und gibt unter viel Beifallsgeschrei ihm den Preis.
Aber, wie unnütz das Spiel, dem Verfasser verhilft's zum Gewinne:
werden die Laster ihm doch teuer vom Prätor bezahlt.
Prüfe, Augustus, nur noch den Aufwand all deiner Spiele:
lesen wirst du, wie oft solche du teuer erkauft.
All dies hast du gesehn und hast es zu sehen gestattet –
immer so gnädig ist ja deine Erhabenheit stets –
und deine Augen, die sonst einem Weltreich dienen zum Heile,
sahen gelassen mit an, wie auf der Bühne man buhlt.
Wenn es erlaubt ist, ein Spiel zu verfassen, das Schamloses darstellt,
hab' ich durch das, was ich schrieb, mildere Strafe verdient.
Oder beschützt das Bühnengerüst ein solches Geschreibsel?
Wird, was im Mimus geschehn darf, von der Szene erlaubt?
Oft wurden meine Gedichte dem Volk unter Tänzen gesungen,

haben so oft auch dein Auge zu fesseln vermocht.
Ja, wie in unseren Häusern die Heldengestalten erstrahlen,
die eines Künstlers Hand malte in früherer Zeit,
so hat auch irgendwo ein kleines Bild seinen Platz dort,
das der Liebe Genuß zeigt in verschiedenster Form.
Und wie des Telamonsohnes Zorn in der Miene sich kundtut,
wie die barbarische Tat steht in Medeas Gesicht,
trocknet Venus, noch naß, mit den Fingern die triefenden Haare:
eben noch war sie vom Meer mütterlich hegend umhüllt.
Andre verkünden den Krieg, der mit blutigen Waffen geführt wird,
preisen die Taten, die du oder die Deinen vollbracht.
Neidisch hat die Natur auf ein schmales Gebiet mich verwiesen,
und nur gering ist die Kraft, die sie verlieh meinem Geist;
dennoch läßt auch der glückliche Dichter deiner Aeneis
«Mann und Waffen» den Weg finden aufs tyrische Bett,
und kein Teil wird mehr von dem ganzen Werke gelesen
als jener Liebe Verlauf, die kein gesetzlicher Bund.
Er auch hatte im Hirtengedicht Amaryllis' und Phyllis'
zärtliche Gluten zuvor scherzend als Jüngling erzählt.
Ich habe selbst schon früh mit jenem Buche gesündigt:
neu ist nicht das Vergehn, aber die Strafe ist neu.
Dichtungen gab ich heraus, schon eh ich als Reiter vor deinen
musternden Blicken so oft zog, nach der Ordnung, vorbei.
Törichtes Schreibwerk also, von dem ich als Jüngling nicht glaubte,
daß es mich schädigen kann, schadet mir nun, da ich alt.
Spät erst hat für das frühere Werk sich die Strafe ergossen:
zeitlich gar weit von der Schuld ist ihre Sühne getrennt.
Aber damit du nicht glaubst, daß all meine Werke nur tändeln:
oft hab' ich schon meinem Schiff größere Segel gesetzt.

Sechs der «Festzeiten» hab' ich und gleichviel Bücher geschrieben,
und einen Monat umfaßt jede der Rollen genau;
dies hab' ich deinem Namen, o Kaiser, vor kurzem gewidmet;
doch mein Geschick unterbrach, was ich dir hatte geweiht.
Auch den Tyrannen der tragischen Bühne verlieh ich das Szepter,
wie sie der ernste Kothurn braucht, ist die Sprache des Werks.
Ferner behandelte ich – dem Begonnenen fehlt zwar die letzte
Feile – die Wesen, die sich wandeln zu neuer Gestalt.
Ließest du doch deinen Sinn sich des Zorns eine Weile enthalten
und, wenn du Zeit hast, dir weniges lesen daraus,
nur daß du siehst, wie, bei der Entstehung des Weltalls beginnend,
ich bis in deine Zeit, Kaiser, die Dichtung geführt!
Dann wirst du sehen, wie sehr du selbst mich mit Liebe erfüllt hast,
wie meiner Huldigung Sang dir und den Deinigen gilt.
Niemanden hab' ich je durch beißende Verse verunglimpft,
und meine Dichtung hat nie jemandem Tadel erteilt:
rein vom gallegetränkten Spott hab' ich stets mich gehalten;
nicht mit vergiftetem Witz ist meine Dichtung gemischt.
Nein, unter all unserm Volk und in allem, was je ich geschrieben,
werd' ich der einzige sein, den meine Muse gekränkt.
Drum, so vermut' ich, wird keiner der Römer sich über mein Unglück
freuen, doch mancher ist wohl über mein Schicksal betrübt.
Glaublich erscheint es mir nicht, daß einer des Elenden spotte,
wenn man es irgend mir dankt, daß ich mich redlich erwies.

Könnte doch, fleh' ich, durch dies und andres dein Wille sich wandeln,
Vater, des Vaterlands Schützer und einziges Heil!
Nicht nach Italien will ich zurück, es sei denn in Zukunft,
wenn der Bestrafung schon lang dauernde Pein dich besiegt:
nur ein wenig geschützter und friedlicher sei die Verbannung,
daß dem Maß meiner Schuld auch meine Sühne entspricht!

DRITTES BUCH

I

«Zagend betret' ich die Stadt, des Verbannten Buch, der mich sendet:
reiche mir Müdem die Hand friedlich, mein Leser und Freund!
Schaudre auch nicht zurück, als müßtest du meiner dich schämen:
nicht ein Vers dieses Buchs predigt den Liebesgenuß.
Derart ist das Geschick meines Herrn, daß, vom Unglück getroffen,
er durch keinerlei Spiel es zu verheimlichen braucht.
Das auch, was er in grünender Jugend übel gescherzt hat,
leider nur allzu spät haßt und verurteilt er's jetzt.
Sieh doch zu, was ich bringe! Du wirst nur Trauriges finden,
da seine Dichtung ja doch seinen Geschicken entspricht.
Daß diese Dichtungen hinkend mit zweierlei Versen einhergehn,
kommt von des Versmaßes Art oder der Weite des Wegs.
Weder hat Zedernöl mich gefärbt noch geglättet der Bimsstein,
hab' ich mich doch geschämt, schöner zu sein als mein Herr.
Wenn meine Schrift durch Flecken verunziert oder verwischt ist,
kommt's, weil der Dichter selbst Tränen vergoß auf sein Werk.
Sollte zuweilen ein Wort nicht gut lateinisch erscheinen,
wisse man: dort, wo er schrieb, ist ein barbarisches Land.
Sagt mir, wenn's euch nicht lästig, ihr Leser, wohin ich denn gehn soll:

welche Behausung in Rom such' ich, der Fremdling, das Buch?»
Leider, nachdem ich solches mit stammelnder Zunge gesprochen,
fand sich ein einziger kaum, welcher die Wege mir wies.
«Dir mögen Götter verleihn, was sie unserem Dichter versagten:
leben zu dürfen bequem hier in dem heimischen Land!
Führe mich denn! Ich folge, wie sehr auch die Länge des Heimwegs
mir auf der See und dem Land habe die Füße geschwächt.»
Fügsam führt' er und sagte: «Dies sind die Foren des Caesar,
dies der Heilige Weg, der nach den Tempeln sich nennt.
Dies ist Vestas Sitz, der die Pallas bewahrt und das Feuer;
dies war in ältester Zeit Numas bescheidner Palast.»
Dann, sich wendend nach rechts: «Dort ist des Palatiums Pforte;
Stator ist dies, und hier ward einst gegründet die Stadt.»
Während ich alles bewundre, erblick' ich, funkelnd von Waffen,
wuchtige Pfosten, ein Haus, wert, daß ein Gott es bewohnt:
«Ist dies Juppiters Wohnung?» so fragt' ich; auf diese Vermutung
hatte ein Eichenkranz meine Gedanken gebracht.
Als ich begriff, wer sein Herr ist, da sagt' ich: «Wir sind nicht im Irrtum,
und es ist wahr: es bewohnt Juppiters Macht dieses Haus.
Aber was drängt sich, die Türe bedeckend, ein Lorbeer dagegen,
und was umschließt eines Baums Schatten die heilige Tür?
Ist's, weil dies Haus unaufhörliche Feste des Sieges verdient hat?
Oder weil es geliebt wird vom leukadischen Gott?

Weil es festlich an sich, oder weil es alles zum Fest macht?
Ist es des Friedens Mal, den es der Erde geschenkt?
Und, wie beständig der Lorbeer grünt und das Laub ihm nicht abfällt,
wenn man ihn pflückt, wird das Haus prangen in ewiger Zier?
Schriftzeichen künden, warum diese Tür mit dem Kranze gekrönt ist:
Er hat durch seine Gewalt, heißt es, die Bürger bewahrt.
Bester Vater, nur Einen geselle noch zu den Bewahrten,
der sich am Ende der Welt als ein Verstoßner verbirgt,
der die Bestrafungen, die er verdient zu haben nicht leugnet,
nicht einer frevelnden Tat, nur einer Irrung verdankt.
Weh über mich! Ich scheue den Ort und scheue den Herrscher,
und von der quälenden Furcht sind meine Zeilen durchbebt.
Siehst du die ganze Rolle zu blutloser Farbe erblassen?
Siehst du den wechselnden Vers schreiten mit zitterndem Fuß?
Irgendeinmal, so fleh' ich, versöhne dich meinem Erzeuger:
unter dem jetzigen Herrn lass' ihn noch schauen dich, Haus!»
Ohne Verweilen dann geht es zum strahlenden Tempel des Gottes
mit dem wallenden Haar mächtige Stufen empor.
Standbilder wechseln mit griechischen Säulen daselbst: die Beliden
sind's und ihr Vater, sein Schwert zückend, ein roher Barbar.
Lesenden steht dort zum Einblick offen, was alte und neue
Dichter mit Kunst und Verstand jemals gedacht und verfaßt.
Nach meinen Brüdern fragt' ich, jedoch nicht nach jenen, versteht sich,
denen ihr Vater jetzt wünscht, daß er sie niemals gezeugt;
aber ich fragte umsonst, und der Wächter, dem der geweihte
Raum unterstellt ist, befahl, daß ich verließe das Haus.

Andere Tempel besucht' ich, dem nahen Theater verbundne:
hier auch war meinem Fuß leider der Zutritt verwehrt,
und auch die Göttin der Freiheit gestattete mir ihre Wohnung
nicht zu betreten, die einst Bücher als erste doch barg.
Elenden Vaters Geschick erstreckt auf sein ganzes Geschlecht sich,
und die Verbannung, die er litt, wird uns Kindern zuteil.
Uns wie ihm wird der Kaiser vielleicht einst weniger streng sich
zeigen, wenn mit der Zeit endlich sein Zürnen vergeht.
Götter, ich flehe, vielmehr – denn ich muß ja zu allen nicht beten –
Kaiser, sei meinem Flehn, mächtige Gottheit, geneigt!
Jetzt aber, da mir ja doch eine staatliche Stätte versperrt ist,
sei mir im Bürgerhaus mich zu verstecken erlaubt!
Ihr auch, wenn es erlaubt ist, empfangt, ihr Hände des Volkes,
meine Gedichte, die Scham fühlen, weil man sie verstößt!

2

Also es war mir bestimmt, ich sollte Skythien sehen,
sehen ein Land, das liegt unter dem nördlichen Pol.
Ihr, Pieriden und Letos Sproß, ihr habt euerm Priester
nicht als Beschützer der Kunst wirksame Hilfe gebracht.
Das auch nützt mir nichts, daß ich frei von Verbrechen getändelt
und daß als Künstler ich weit mehr als im Leben gescherzt;
sondern, nachdem ich die Schrecken der See und des Landes erduldet,
hält der Pontus mich fest, starrend von ständigem Frost:
ich, der ich fern von Geschäften zu ruhiger Muße geboren,
früher bequem und weich alle Strapazen vermied,
dulde nun Äußerstes: weder vermochte ein Meer ohne Häfen

mich zu vernichten noch gar mancherlei Reisen zu Fuß;
nein, den Übeln trotzte der Mut; denn von ihm hat der Körper
Kräfte empfangen und hielt kaum zu Ertragendes aus.
Aber solang ich zu Wasser und Land mich in Sorgen umhertrieb,
lenkte die Mühsal den Gram ab und das leidende Herz.
Nun, da die Reise beendet, die Drangsal der Fahrt überstanden,
da ich die Erde betrat, die man zur Strafe mir wies,
mag ich nur weinen: die Flut meiner Augen ergießt sich nicht karger,
als die Gewässer im Lenz strömen vom schmelzenden Schnee:
Rom steigt auf und mein Haus, das Verlangen nach all jenen Orten
und was von mir in der Stadt, die ich verloren, verblieb.
Weh mir, daß ich so vielmals schon an der Tür meines Grabes
rüttelte, daß sie jedoch niemals sich öffnete mir!
Warum entrann ich so oft dem Schwert, was bedrohten die Stürme
oft dieses elende Haupt, aber versenkten es nicht?
Götter! O ihr, deren Feindschaft ich allzu beständig erlebe,
ihr, die ein einziger Gott hat zu Genossen im Zorn,
spornt doch, ich flehe zu euch, mein zögerndes Schicksal! Verbietet,
daß meines Untergangs Pforte sich länger verschließt!

3

Falls du vielleicht dich verwundern solltest, weshalb eines andren
Finger den Brief von mir schrieben, vernimm: ich war krank,
krank am äußersten Rand einer Welt, die mir nicht bekannt ist,
war ich verzweifelt beinah, ob ich noch würde gesund.

Kannst du dir denken, wie jetzt, da ich liege in grausiger Gegend,
zwischen den Geten es mir und den Sarmaten zumut?
Weder das Klima ertrag' ich, noch schmeckt mir das hiesige Wasser,
und es mißfällt auch das Land selbst mir, ich weiß nicht wieso;
kein geeignetes Haus noch Speise, die nützlich dem Kranken;
keiner erleichtert die Pein durch apollinische Kunst,
und auch kein Freund ist da, der mich tröstet oder die träge
weitergleitende Zeit mir durch Erzählen vertreibt.
Müde liege ich so in der Ferne bei fremdesten Völkern:
jetzt, da ich leidend bin, spür' ich, was alles mir fehlt;
alles zwar fällt mir dann ein, doch du, Frau, gehst über alles,
mehr als zur Hälfte gehört dir meines Herzens Bereich.
Dich, die Entfernte, nur führ' ich im Munde, dich nennt meine Stimme,
ohne dich kommt keine Nacht mir und kein einziger Tag,
ja, sie sagen sogar, ich hätte so irre geredet,
daß deines Namens Klang kam aus dem fiebernden Mund.
Wenn ich ermattete schon, die Zunge mir klebte am Gaumen,
eingeträufelter Wein kaum sie zu lösen vermöcht'
und man vermeldete mir, daß die Herrin gekommen, ich stünde
auf, und die Hoffnung auf dich wäre ein Quell mir der Kraft.
Ich also bin meines Lebens nicht sicher, doch du, ach, verlebst dort
heitere Tage vielleicht, ohne zu denken an mich?
Nein, so ist's nicht, das behaupt' ich, und soviel ist, Teuerste, klar mir:
ohne mich geht dir die Zeit nur in Betrübnis dahin.
Hat mein Schicksal indes die Jahre erfüllt, die es schuldet,
ist meines Lebens Frist plötzlich ans Ende gelangt,

wär' es dann viel, zu schonen den Sterbenden, mächtige Götter,
daß ich in heimischem Grund wenigstens fände mein Grab?
Hätte mich doch in der Stunde des Todes die Strafe getroffen
oder beschleunigter Tod vor der Verbannung ereilt!
Unangetastet wär' ich noch jüngst aus dem Leben geschieden:
jetzt, daß ich sterbe verbannt, ward mir das Leben geschenkt.
So in der Ferne denn soll ich am fremden Gestade verscheiden,
wird aus der Ortschaft allein bittres Geschick mir erstehn,
ja, es wird im gewohnten Bette mein Körper nicht siechen,
keiner wird sein, der um mich weint, wenn dem Tod ich verfiel,
und keine Tränen der Herrin, die auf das Antlitz mir fallen,
werden das Leben mir noch fristen um weniges nur;
Wünsche dann kann ich nicht äußern; es drückt mir die brechenden Augen
zu keine liebende Hand, wenn man mein Sterben beklagt;
ohne Geleit und Beweinung und ohn' ein ehrendes Grabmal
wird ein barbarisches Land decken im Tode dies Haupt.
Wirst du, sobald du es hörst, dich von ganzem Herzen bekümmern?
Wirst du die treue Brust schlagen mit bebender Hand?
Wirst du vergebens die Arme nach diesen Gegenden strecken,
um des unseligen Manns Namen vergeblich zu schrein?
Dennoch zerkratze dir nicht die Wangen und raufe dein Haar nicht!
Denn nicht zum erstenmal werd' ich, mein Licht, dir geraubt.
Glaub mir: ich bin schon gestorben, indem ich verlor meine Heimat:
das war der frühere Tod, war auch der schwerere mir;
jetzt, wenn du irgend es kannst – doch du kannst nicht, beste Gefährtin –

freue dich, daß mich der Tod all meines Leids überhebt!
Lindre, das kannst du, mein Leid, indem du's mit tapferem Herzen
trägst: ist doch dein Gemüt lang schon erfahren darin.
Ach, daß doch auch meine Seele zugleich mit dem Leibe verginge,
daß doch kein Teil von mir könnte dem Brande entfliehn!
Denn wenn, dem Tode entronnen, der Geist sich hoch in die Lüfte
schwingt, wenn es wahr ist, was einst lehrte der samische Greis,
dann wird zwischen sarmatischen Schatten der römische schweifen:
Seelen der Wilden gesellt, bleibt er ein Fremdling doch stets;
sorg' aber, daß in bescheidener Urne die Asche zurückkehrt:
möcht' ich als Toter doch nicht auch ein Verbannter noch sein.
Niemand verbietet dir dies: die Thebanerin barg ihren toten
Bruder dereinst im Grab trotz eines Königs Verbot.
Mische die Asche mir doch mit Blättern und Staub von Amomum,
setze recht nah bei der Stadt dann die geborgene bei!
Laß, daß ihn eilenden Auges der Wanderer lese, in großen
Lettern den folgenden Spruch schneiden ins marmorne Mal:
DER ICH HIER LIEGE, EIN SÄNGER DER ZÄRTLICHEN LIEBESGEFÜHLE,
DURCH MEIN TALENT GING ICH, NASO, DER DICHTER, ZUGRUND.
DER DU VORBEIKOMMST, LIEBTEST DU JE, SO MÖGEST DU GERNE
SAGEN: SANFT IN DER GRUFT RUHEN SOLL NASOS GEBEIN!
Dies als Grabschrift genügt; denn ein größeres Denkmal von längrer

Dauer werden für mich all meine Bücher ja sein;
diese, so glaub' ich, werden, wieviel sie auch schadeten, ihrem
Schöpfer künftigen Ruhm schenken und langen Bestand.
Du aber bringe nur immer die Grabgeschenke dem Toten,
Kränze bringe herbei, die deine Tränen betaun!
Mag auch das Feuer den Leib in Asche verwandeln, so wird doch
spüren der traurige Staub, daß du ihn treulich umsorgst.
Gern wohl schriebe ich mehr; doch die Stimme ist müde vom Reden,
trocken die Zunge: es fehlt mir zum Diktieren die Kraft.
Nimm meinen Gruß, den vielleicht ich mit scheidendem Munde dir sage,
und, was mir selbst, der dir dies sendet, versagt ist: leb wohl!

4

Du, der von jeher teuer mir war, doch ganz sich im harten
Schicksal bewährt hat, nachdem niedergesunken mein Glück,
wenn du irgend dem Freunde noch glaubst, der so vieles erfahren,
lebe für dich und weit halte vom Ruhm dich entfernt!
Lebe für dich, so sehr du nur kannst! Die Mächtigen meide!
Leicht, bei des Mächtigsten Zorn, trifft dich der wütende Blitz.
Denn wenn die Großen uns auch alleine zu nützen vermögen,
nütze nur er lieber nicht: schädigen kann er gar viel.
Winters Stürmen entrinnt das Schiff, das die Rahe gesenkt hat;
breiteres Segel bewirkt mehr als das schmale Gefahr.
Borke ist leicht, und du siehst auf dem Kamm der Woge sie schwimmen,
während das schwere Gewicht senkt auch das Netz auf den Grund.

Hätte man früher davor mich gewarnt, wie ich heute dich warne,
wär' ich, wo immer ich sein sollte, vielleicht: in der Stadt.
Als ich noch lebte mit dir, als leichtere Winde mir wehten,
lief dieser Nachen mit mir glatt durch die friedliche Flut.
Wer auf dem Ebenen fällt, wiewohl dies kaum sich ereignet,
steht doch sogleich wieder auf, wenn er den Boden berührt;
aber der arme Elpenor, nachdem er vom Dache gestürzt war,
trat als ein Schatten danach kläglich entgegen dem Herrn.
Wie ist's gekommen, daß Daedalus sicher die Flügel bewegte,
Icarus' Namen jedoch trägt ein gewaltiges Meer?
Nur weil dieser zu hoch und jener im Niederen schwebte;
beide ja hatten sich nicht eigener Flügel bedient.
Gut lebt, glaub mir, wer gut im Verborgenen bleibt, und es sollte
jeder sich halten an das, was sein Geschick ihm gewährt.
Hätte Eumedes doch nicht seinen Sohn verloren, wenn dieser
nicht in die Rosse Achills töricht sich hätte verliebt.
Merops hätt' in der Flamme den Sohn nicht gesehen, die Töchter
nicht im Baum, hätt' er selbst Phaëthon halten gekonnt.
Du auch fürchte dich immer vor allzu Verstiegnem, ich bitt' dich,
und bei dem, was du planst, ziehe die Segel doch ein!
Denn du bist wert, ohn' anzustoßen die Bahn deines Lebens
durchzueilen und dich heitreren Loses zu freun.
Daß ich für dich dies wünsche, verdienst du durch Liebe und Güte
und durch die Treue, mit der immer zu mir du dich hältst.
Denn ich sah dich mein Schicksal mit solch einer Miene beklagen,
wie man vermutlich sie sehn konnte in meinem Gesicht,
sah deiner Tränen Flut sich über mein Antlitz ergießen,

trank sie mit Worten zugleich, die du aus Treue gesagt.
Jetzt noch nimmst du in Schutz mit dem Eifer des Freunds den Entfernten,
linderst die Leiden, die kaum jemand zu lindern vermag.
Lebe denn unbeneidet und ruhmlos, verbringe die Jahre
glücklich, verbinde dich nur Freunden, die gleich dir gestellt,
und deines Naso Namen, der einzig bisher nicht verbannt ist,
liebe: das übrige lebt hier an dem skythischen Meer.

4b

Erde, die nah ist den Sternen der erymanthischen Bärin,
hält mich, ein Land, das versengt wird von dem härtesten Frost.
Nordwärts bleiben noch Bosphoros, Don und die skythischen Sümpfe,
wenige Namen dann noch, Orte, die kaum noch bekannt.
Drüber hinaus ist nichts als unbewohnbare Kälte:
ach, wie nachbarlich nah ist mir das Ende der Welt!
Fern aber ist mir die Heimat und fern die geliebte Gefährtin,
fern ist, was nach diesen zwein jemals mir lieb war und hold.
Dennoch ist es mir nah, und zwar in dem Sinne, daß alles,
was ich berühren nicht kann, sichtbar doch ist meinem Geist.
Haus und Stadt und das Bild der Gemächer schweben vor Augen,
und mit den Orten ist das, was dort geschehen, verknüpft.
Ganz als wäre sie hier, erschau' ich das Bild der Gefährtin.
Sie erschwert mein Geschick, und sie erleichtert es auch:
daß sie mir fehlt, das erschwert, daß sie Liebe erweist, das erleichtert,
daß sie die Last, die auf ihr liegt, so beharrlich betreut.
Ihr auch bleibt meinem Herzen für immer verbunden, ihr Freunde;

nur zu gern hätt' ich euch alle mit Namen genannt.
Aber das Pflichtgefühl wird von Sorge gehemmt, und ich glaube,
selber wünscht ihr es nicht, daß meine Dichtung euch nennt.
Ehemals wolltet ihr es, und es galt als willkommene Ehrung,
wenn eure Namen mein Vers Lesern vor Augen gebracht;
da dies gefährlich, so werd' ich zu jedem im Innern des Herzens
sprechen und niemandem Grund geben, in Sorge zu sein.
Nie wird mein Vers einen Freund durch Nennung aus dem Verborgnen
ziehen: es liebe geheim mich, wer von je mich geliebt!
Dennoch wißt: wie entfernt auch das Land, wohin ich entrückt ward,
werdet ihr allzeit doch nahe mir bleiben im Geist,
und, wie ein jeglicher kann, erleichtert irgend mein Unglück
und dem Vertriebnen entzieht nie eure helfende Hand!
Gnädig möge euch so das Schicksal bleiben, daß niemals
ihr, ein ähnliches Los duldend, dasselbe erfleht!

5

Meine Freundschaft mit dir hat erst seit kurzem bestanden;
darum wär' es für dich leicht, zu verheimlichen sie;
aber du könntest mich nicht mit engeren Banden umschlingen,
wenn auch mein Schiff vielleicht führe mit günstigem Wind.
Als ich gestürzt war, alle aus Furcht den Zusammenbruch flohen
und sie der Freundschaft mit mir eilends den Rücken gewandt,
hast du gewagt, den vom Blitz getroffenen Leib zu berühren
und zu betreten das Haus, das als verlorenes galt,
ja, du erweisest mir das als ein Neuer, nicht lange Bekannter,

was von den Früheren kaum zwei oder drei mir gewährt.
Hab' ich doch deine bestürzte Miene gesehn und behalten,
sah, vom Weinen benetzt, bleicher dein Antlitz als meins,
und wie ich sah, daß die Tränen dir strömten zwischen den Worten,
trank ich sie mit dem Gesicht, trank mit den Ohren das Wort,
fühlte den Druck deiner Arme, die innig am Halse mir hingen,
fühlte die Küsse, die sich mischten mit schluchzendem Laut.
Auch in der Ferne, du Teurer, hat mich dein Einfluß verteidigt –
«Teurer»: du weißt, daß dies Wort hier deinen Namen vertritt –
viele und offensichtliche Zeichen zudem deiner Neigung
halt' ich im Herzen fest: nimmer entfallen sie mir.
Sei es dir immer vergönnt, für die Deinigen schützend zu sprechen,
bei einem glücklichern Fall ihnen zur Seite zu stehn!
Wenn du inzwischen mich fragst, was ich, ein Verlorner, an diesen
Küsten treibe – und gern glaub' ich, daß du es mich fragst,
noch eine Hoffnung beseelt mich im stillen, die mußt du mir lassen:
daß sich der zürnende Gott endlich besänftigen läßt.
Sei es ein nichtiger Wahn, sei's möglich, dies zu erlangen,
du, laß mich hoffen, daß einst sich, was ich wünsche, erfüllt!
Was dir an Kunst der Rede gegeben, verwende es darauf,
daß du beweist, mein Gebet könne erreichen sein Ziel!
Leichter versöhnt man den Zorn eines groß gearteten Mannes:
gütigen Regungen folgt gerne ein adlig Gemüt.
Leiber darniederzustrecken genügt der Großmut des Löwen:
liegt am Boden der Feind, findet sein Ende der Kampf;

Sterbende aber bedrängen die Wölfe und garstigen Bären
und was an wildem Getier minderen Adel nur hat.
Haben vor Troja wir Größeres als den beherzten Achilles?
Als der dardanische Greis weinte, ertrug er es nicht.
Welch eine Milde Emathias Herrscher beseelte, das lehrt uns
Porus, das zeigt uns die Art, wie er Darius begrub.
Nicht nur von menschlichem Zorn will ich reden, der sich begütigt:
Junos Eidam ist der, den sie bekämpft hat als Feind.
Schließlich hab' ich auch einigen Grund, auf Rettung zu hoffen:
nicht durch blutige Tat hab' ich die Strafe verwirkt.
Nicht erstrebte ich, alles zugrunde zu richten: des Kaisers
Haupt hab' ich nicht bedroht, das ja das Haupt einer Welt;
nie hab' ich Schlimmes gesagt, noch führt' ich prahlende Reden,
auch nicht im Rausche sind mir gottlose Reden entschlüpft:
ahnungslos hab' ich Frevel gesehn, drum duld' ich die Strafe,
und daß ich Augen gehabt, das ist mein ganzes Vergehn;
freilich vermag ich nicht ganz zu verteidigen meine Verfehlung;
aber der Irrtum hat auch Anteil an meinem Vergehn.
Also die Hoffnung bleibt, daß er selbst einst mildert die Strafe
und einen anderen Ort mir zum Verbleibe bestimmt.
Brächte der Stern doch der Frühe als Bote der strahlenden Sonne
mir in eiligem Lauf solch einen Morgen herauf!

6

Weder, mein Teuerster, willst du verleugnen unserer Freundschaft
Bündnis, noch wärst du dazu, wenn du es wolltest, imstand;

war doch keiner mir näher als du, solang es nur anging,
dir in der ganzen Stadt keiner verbundner als ich,
und so viel ward im ganzen Volk diese Liebe beredet,
daß sie bekannter beinah wurde als du und als ich,
und welch lautre Gesinnung zu teueren Freunden du hegest,
das ist dem Mann auch selbst, den du verehrst, ja bekannt.
Nichts verschwiegest du so, daß ich nicht Mitwisser wurde;
manches Vertrauliche auch hast du ins Herz mir gesenkt;
dir nur hab' ich erzählt, was ich je an Geheimnissen hatte,
ausgenommen nur das, was mich ins Unglück gestürzt;
hättst du's gewußt, du erfreutest dich heut eines heilen Gefährten,
Freund, und beraten von dir, wäre ich glücklich wie je.
Aber mein Schicksal freilich verstrickte in Schuld mich und Strafe:
da es jeglichen Weg sperrt mir zu Rettung und Heil.
Sei es, daß ich dies Übel durch Vorsicht konnte vermeiden,
sei es, daß keine Vernunft jemals das Schicksal besiegt,
du, der du mir durch dauernden Umgang innig verbunden,
den fast am meisten mein Herz wiederzusehen sich sehnt,
denk an mich, und wenn du durch Gunst zu Einfluß gelangt bist,
dann, ich bitte darum, mache ihn geltend für mich,
daß sich der Zorn der beleidigten Gottheit endlich besänftigt
und an verändertem Ort leichter die Strafe mir wird!
Dies auch nur dann, wenn kein Verbrechen auf meinem Gewissen
lastet und wenn meiner Schuld Quelle der Irrtum nur ist.
Leicht und gefahrlos ist's nicht, von dem traurigen Zufall zu sprechen,
der mich Schlimmes zu sehn, Schlimmes zu wissen gelehrt:
schrickt mein Sinn doch zurück wie vor eigenen Wunden vor jener

Zeit, und gedenkt er daran, spür ich aufs neue den Schmerz,
und was auch immer so tief mich mit Scham vermag zu erfüllen,
werde in Dunkel gehüllt, werde begraben in Nacht!
Nichts will ich also berichten als dies: daß ich fehlte und daß ich
keine Belohnung erstrebt, als ich den Fehltritt beging,
daß man als Torheit nur bezeichnen darf mein Vergehen,
wenn meine Untat du recht zu benennen gedenkst.
Wäre es anders, so such einen Ort, wo ich weiter entfernt sei,
und dann liege dies Land hier vor den Toren der Stadt!

7

Geh denn und grüße Perilla von mir, du mein eilends geschriebner
Brief, und treulich verhilf mir zum Gespräche mit ihr!
Entweder findest du sie mit der zärtlichen Mutter zusammen
oder von Büchern umringt und ihren Musen gesellt.
Was sie auch treibt – wenn sie weiß, daß du kommst, so wird sie es lassen,
fragen, warum du denn kommst und was ich treibe, sogleich.
Und du wirst sagen, ich lebe, doch so, daß ich lieber nicht lebte,
auch nicht die Länge der Zeit habe gelindert mein Leid;
dennoch, wie viel sie auch schadeten, kehrt' ich zurück zu den Musen,
zwinge in wechselndes Maß passende Worte hinein.
Bist auch du noch, so sprich, der gemeinsamen Übung ergeben,
singst noch Gesänge der Kunst, nicht nach dem heimischen Brauch?
Denn es hat die Natur dir Schönheit und züchtiges Wesen,
seltne Talente und manch geistige Gaben verliehn;

diese geleitet' als erster ich hin an die Quelle der Musen,
daß nicht der fruchtbaren Flut Ader dir nutzlos verrann.
All dies sah ich als erster im zarten Alter des Mädchens,
war wie ein Vater dem Kind, wurde dir Führer und Freund;
brennt dir also wie sonst die nämliche Glut noch im Herzen,
wird nur Sapphos Gesang noch überbieten dein Werk.
Doch ich befürchte, es könne mein jetziges Schicksal dich hemmen,
da ich gestürzt, sei dein Herz etwa entfremdet der Kunst.
Oft hast du mir deine Verse, ich hab' dir die meinen gelesen,
als es noch anging, und hab' oft dich beurteilt, belehrt:
entweder lieh ich mein Ohr den eben entstandnen Gedichten
oder ward Anlaß zur Scham, wo du dich müßig gezeigt.
Weil mir mein Schreiben geschadet, so hast du vielleicht dich, vom Beispiel
meiner Bestrafung geschreckt, auch diesem Schicksal gefügt:
fürchte dich nicht, Perilla, sofern nur an deinen Gedichten
niemals Weib oder Mann lernen die Kunst, wie man liebt!
Drum, o du Kundige, meide den Anlaß, müßig zu gehen!
Kehre zur holden Kunst, kehr' in dein Heiligtum heim!
Dies dein schönes Gesicht wird die Dauer der Jahre entstellen,
Runzel des Alters auch dir furchen die Stirne von einst;
denn nach der Schönheit streckt das zerstörende Alter die Hand aus:
lautlos schleicht es herbei, ohne Geräusch ist sein Schritt.
Sagt dann einer «wie schön war dies Mädchen», so wird es dich grämen,
und du beklagst dich wohl gar, daß dich dein Spiegel belügt.
Mäßige Habe gehört dir, wie sehr du auch große verdientest:
lebe indessen, als sei dein unermeßliches Gut!
Gibt doch die Göttin des Glückes und raubt nach eignem Belieben:
plötzlich ist Irus, wer eben ein Krösus noch war.

Sei es in Kürze gesagt: was wir haben, ist alles vergänglich
außer den Gütern des Geists oder des Herzens Besitz.
Sieh mich an, der die Heimat entbehrt, sein Haus und euch alle,
mich, dem man alles geraubt, was man zu nehmen vermocht;
dennoch geht meine Kunst mit mir, ich erfreue mich ihrer:
da hat der Kaiser selbst keinerlei Recht oder Macht.
Wer auch immer dies Leben mit wütendem Schwerte beende,
wenn ich erlosch, wird der Ruhm doch meinen Tod überstehn:
mich wird man lesen, solang das Rom des Mars von den Hügeln
siegreich weithin blickt auf die bezwungene Welt;
du auch, der größeres Glück mit der Kunst als mir sei beschieden,
rette, soweit du es kannst, dich vor dem künftigen Tod!

8

Heute wünschte ich mir, auf Triptolemus' Wagen zu stehen,
der eine keimende Saat senkt' in Gefild, das ihr fremd;
heut auch wollt' ich, ich dürfte gebieten den Drachen Medeas,
die sie gelenkt auf der Flucht aus der korinthischen Burg;
heute wünschte ich Federn zu haben und Flügel zu schwingen,
sei es nun, Perseus, wie du oder wie, Daedalus, du,
daß, wenn die lockere Luft meinen Flugbewegungen nachgibt,
plötzlich des Heimatlands Boden vor Augen mir kommt
und des verlassenen Hauses Anblick, die treuen Gefährten,
allen voran meiner Frau teures und liebes Gesicht!
Narr, wie kommst du dazu, solch kindische Wünsche zu hegen,
die dir kein einziger Tag je zu erfüllen vermag?
Wenn schon gewünscht sein muß, so bete doch zu des Erlauchten

Macht, die an dir du erfuhrst: bitte den Gott, wie's geziemt!
Er nur kann Schwingen und kann dir geflügelte Wagen verleihen:
schenkt er dir Heimkehr, schon tragen dich Flügel hinweg.
Flehe ich so – und Größeres könnt' ich freilich nicht bitten –,
fürcht' ich, daß mein Gebet wenig bescheiden erscheint;
einstmals darf man vielleicht, wenn er längst seinen Zorn schon gesättigt,
und mit Besorgnis auch dann, solches erflehen von ihm.
Auch ein Geringeres wird mir inzwischen ein großes Geschenk sein:
wenn er mich heißt von hier ziehn in ein andres Gebiet.
Weder Gewässer noch Himmel noch Luft noch Erde ertrag' ich:
weh mir, beständig hält Schwäche den Körper in Bann!
Ob nun mein krankes Gemüt sich mir schwer auf die Glieder gelegt hat,
ob es die Gegend ist, die mich so elend gemacht,
seit ich zum Pontus gekommen, verfolgen mich Träume, ich bin nur
Haut und Knochen, es schmeckt keinerlei Speise mir mehr,
und auch die Farbe, mit welcher der Herbst bei beginnender Kühle
all die Blätter durchdringt, die schon der Winter versehrt,
hält meine Glieder gepackt, und ich kann mich nicht wieder erholen:
Grund zu kläglicher Pein habe ich immer genug.
Besser nicht geht's meinem Geist als dem Körper, sondern erkrankt sind
alle beide, und so duld' ich verdoppeltes Weh;
nimmer verläßt mich auch und gleichsam leibhaft vor Augen,
könnte man sagen, erscheint mir meines Schicksals Gestalt:

wenn ich den Ort dann, die Sitten, die Bildung und Sprache der Menschen
ansehn muß und mir fällt ein, was ich bin, was ich war,
sehn' ich mich so nach dem Tod, daß ich zürne der Rache des Kaisers,
weil er nicht mit dem Schwert mich für die Kränkung bestraft;
doch, da er nun einmal im Haß sich milde erwiesen,
nehme ein Wechsel des Orts meiner Verbannung die Qual!

9

Also auch hier sind griechische Städte – wer sollte es glauben? –
hier, zwischen Namen vom Klang wilder barbarischer Art!
Bis hieher sind, entsandt von Milet, die Siedler gekommen,
haben im getischen Land griechische Häuser gebaut.
Doch steht fest, daß der Ort vor Gründung der Stadt schon den alten
Namen gehabt von dem Mord, der an Absyrtus geschah.
Denn auf dem Schiff, das mit Hilfe der streitbarn Minerva gebaut war
und das als erstes durchquert niemals befahrene Flut,
hat Medea, die treulos floh den verlassenen Vater,
einst, wie man sagt, zu dem Strand hier ihre Ruder gewandt.
Als von der Höhe des Hügels herab ihn ein Späher erblickte,
rief er: «Aus Kolchis Besuch! Kenn' ich die Segel doch gut!»
Während die Minyer eilen, das Tau vom Damme gelöst wird,
während, der hurtigen Hand folgend, der Anker sich hebt,
schlug, ihrer Schuld bewußt, mit der Hand, die so vieles Verruchte
trieb, die Kolcherin sich hart an die eigene Brust,
und, wiewohl noch ihr Sinn von gewaltiger Kühnheit erfüllt war,

wurde der Jungfrau Gesicht bleich wie vom Donner gerührt.
Darum, sobald sie die Segel erblickte, die nahenden, sprach sie:
«Wir sind ertappt: eine List halt' uns den Vater vom Leib!»
Während sie forscht, was sie tun soll, und suchend sieht in die Runde,
hat sie durch Zufall den Blick auch auf den Bruder gewandt.
Als sie bemerkt, daß er da ist, da sagt sie: «Wir sind die Sieger:
dieser muß sterben; sein Tod wird mir zur Rettung gedeihn.»
Ihm, dem Ahnungslosen, der nichts dergleichen befürchtet,
stößt sie ihr kaltes Schwert rasch in die schuldlose Brust.
Drauf zerschneidet sie ihn und streut die zerschnittenen Glieder,
daß man ihn suchen muß, rings auf den Feldern umher;
daß ihn der Vater erkenne, verbringt sie die blassenden Hände,
bringt sie das blutige Haupt hoch auf die Klippe empor,
daß der Erzeuger, gehemmt von unsäglicher Trauer, den Leichnam
sammeln müsse und sich traurig verzögre die Fahrt.
Drum heißt Tomis, «Zerstücklung», der Ort, von welchem erzählt wird,
daß ihres Bruders Leib hier eine Schwester zerschnitt.

10

Wenn des entrissenen Naso noch heut dort jemand gedenk ist
und wenn mein Name auch jetzt ohne mich lebt in der Stadt,
wisse man, daß unter Sternen, die niemals berühren des Meeres
Spiegel, ich leben muß tief im barbarischen Land!
Rings die Sarmaten, ein Volk von Wilden, die Bessen, die Geten,

Namen von widrigem Klang, meines Gesanges nicht wert!
Freilich bei warmer Luft ist die Donau ein schützendes Hemmnis:
sie, solange sie fließt, hält uns die Kriege vom Leib;
aber wenn traurig der Winter sein starrendes Antlitz uns zukehrt
und wenn die Erde dann weiß wurde im marmornen Frost,
eisige Stürme und Schnee verbieten, im Norden zu hausen,
treibt der schaurige Pol leicht diese Völker herbei.
Jetzt liegt Schnee, und damit weder Sonne noch Regen ihn auflöst,
härtet der Nordwind ihn, macht ihn beständig und fest.
Drum, wo der erste noch nicht zerschmilzt, eh der zweite gekommen,
bleibt er an manchem Ort meistens zwei Jahre hindurch,
und so groß ist die Macht des erregten Sturms, daß er hohe
Türme zu Boden wirft oder die Dächer entführt.
Felle trägt man, genähte Hosen zum Schutz vor der Kälte,
und von dem ganzen Leib sieht man dann nur das Gesicht;
oftmals klirren im Wind die vom Reife behafteten Haare,
und es erglänzt der Bart weiß, wenn der Frost ihn befällt;
Wein steht, ohne Gefäß, die Form des Kruges bewahrend,
wird nicht trinkend geschlürft, sondern in Brocken verzehrt.
Soll ich erzählen, wie Bäche, von Kälte gefesselt, gerinnen
und wie man hackt aus dem See krachendes Wasser heraus?
Selbst die Donau, die schmaler nicht ist als der Strom, der Papyrus
trägt, und wie er in das Meer mehrere Arme ergießt,
läßt ihre blauen Gewässer bei dauernden Stürmen gefrieren,
und mit bedeckter Flut schleicht sie zum Meere hinaus,
und, wo die Schiffe gefahren, dort geht man zu Fuß jetzt; die Fluten,
die in der Kälte erstarrt, tritt jetzt der Huf eines Pferds,

und über seltsame Brücken, darunter die Wasser dahinfliehn,
zieht das sarmatische Rind Wagen barbarischer Art.
Kaum zwar wird man mir glauben; doch da bei der Lüge kein Vorteil
wäre, muß man ja dem, der es bekundet, vertraun:
stillstehn sah ich des Meeres unendliche Fläche; des Eises
Decke, schlüpfrig und glatt, drückte die reglose Flut.
Doch nicht genug, daß ich's sah: ich betrat das harte Gewässer,
und wo die Woge sich türmt, wurde der Fuß doch nicht naß:
hättest du solch eine Flut dereinst, Leander, gefunden,
wäre die Meerenge nicht schuldig daran, daß du starbst.
Krumme Delphine vermögen dann nicht, in die Luft sich zu schnellen:
wenn sie's versuchen, so hält fest sie des Winters Gewalt,
und, wie heftig der Nord auch braust mit geschwungenen Flügeln,
keine Bewegung kommt in die gefesselte Flut;
eingeschlossen vom Frost stehn da wie in Marmor die Schiffe,
auch kein Ruder kann je spalten das starrende Meer.
Fische habe ich haften gesehn in den Banden des Eises;
Teile von ihnen jedoch waren am Leben noch jetzt.
Ob nun des übergewaltigen Nordwinds Wüten die Meerflut
oder ob er des Stroms steigende Fluten bezwingt,
jählings, sobald bei den trockenen Stürmen die Donau sich glättet,
bricht auf dem eilenden Pferd ein der barbarische Feind:
Feinde, mächtig zu Pferd, mit fernhin schwirrenden Pfeilen
plündern sie weit und breit aus das benachbarte Land;
andere flüchten, und da die Fluren von keinem geschützt sind,
fallen der Horde zum Raub Schätze, die niemand bewacht,
Landmanns bescheidene Schätze, das Vieh und die knarrenden Wagen
und was an Reichtümern sonst armen Bewohnern gehört.

Manche, gefangen, die Arme gefesselt hinter dem Rücken,
blicken umsonst auf ihr Haus und ihre Äcker zurück;
Manche fallen, erbärmlich getroffen von Pfeilen mit Haken;
denn an dem fliegenden Erz haftet ein giftiger Saft;
was man nicht mit sich zu schleppen vermag, wird zugrunde gerichtet,
auch das schuldlose Haus wird von der Flamme verzehrt.
Auch wenn der Friede dann kommt, macht Angst vorm Kriege sie zittern:
niemand drückt in den Grund furchend die Pflugschar hinein.
Entweder sieht man den Feind oder fürchtet ihn, wenn man ihn nicht sieht;
müßig und leblos brach liegt das verlassene Land.
Hier verbirgt keine süße Traube der Schatten des Weinstocks,
und es füllen sich nicht Kufen mit gärendem Most.
Äpfel versagt das Land, und Acontius fände die Frucht nicht,
drauf zu schreiben den Satz, daß die Geliebte ihn liest.
Fluren würdest du sehen, die nackt, ohne Laub, ohne Baum sind.
Wehe, ein glücklicher Mann bleibe nur ferne von hier!
Darum, obgleich sich weithin erstreckt der geräumige Erdkreis,
fand man geeignet das Land hier zur Bestrafung für mich.

11

Schändlicher, der du bei meinem Geschick frohlockst und mich immer
wieder aufs neue verklagst, Blutiger, wer du auch bist,
du bist von Felsen geboren, gesäugt mit der Milch eines Raubtiers,
und ich behaupte: dein Herz ist wie ein Kiesel so hart.

Welch eine höhere Stufe verbleibt, bis zu der sich dein Haß noch
steigern könnte? Welch Leid, meinst du wohl, fehle mir noch,
da mich barbarisches Land und des Meers unwirtliche Küste,
da mit dem Nordwind mich sieht der mänalische Bär?
Keine Verständigung gibt's mit dem wilden Volk durch die Sprache;
wo ich auch geh' oder steh', packt mich die quälende Angst,
und wie der flüchtige Hirsch, umstellt von gierigen Bären,
wie das umzingelte Lamm bebt vor den Wölfen des Bergs,
so erzittre ich, rings von kriegrischen Stämmen umgeben,
während beinahe der Feind drohend zu Leibe mir rückt.
Wär's nur ein winziger Teil meiner Strafe, daß ich die Gefährtin
misse, das Heimatland und was mir wert ist und lieb,
hätt' ich kein Leid zu ertragen als nur das Zürnen des Kaisers,
wäre des Kaisers Zorn etwa zu wenig des Leids?
Dennoch ist einer, der nochmals die Wunden, die frischen, betastet,
der mit beredsamem Wort meinen Charakter entehrt.
Jeder Beliebige kann bei mühloser Sache beredt sein,
und mit geringster Kraft kann man zerbrechen, was morsch.
Mannheit ist es, die Burgen und ragenden Mauern zu stürzen:
jeglicher feige Schuft stößt, was verfallen bereits.
Bin ich doch nicht, der ich war: was zertrittst du den nichtigen Schatten,
wirfst nach der Asche den Stein, willst meinen Staub noch bedrohn?
Hector war es, der kämpfte im Krieg; derselbe hingegen,
als ihn die Rosse Achills schleiften, war Hector nicht mehr;
ich auch, bedenke, bin nicht mehr der, den du kanntest vorzeiten:
nur dies gespenstische Bild blieb von dem Manne zurück.

Maßloser, sprich, was bekämpfst du mit bitteren Worten Gespenster?
Hör', ich bitte dich, auf, noch meinen Manen zu drohn!
Glaube nur, all meine Schuld sei erwiesen, und nichts sei geschehen,
was auf Verirrung mehr als auf Verbrechen beruht:
ich, ein Vertriebner, erdulde – erquicke dein Herz denn! – die Strafe,
die durch Verbannung schwer und durch den Ort des Exils.
Selbst ein Henker kann meinen, mein Schicksal sei zu beweinen;
einem Richter nur, dir, scheint es zu wenig zu sein.
Du bist grausamer noch als Busiris, härter als jener,
der mit langsamem Brand heizte den künstlichen Stier
und der den Stier nach der Sage geschenkt dem sizilischen Herrscher,
dem er mit solch einem Wort rühmte den Wert seiner Kunst:
«Dieses Geschenk ist von Nutzen, o König, doch mehr als ein Bildwerk,
und nicht die Schönheit allein gibt meinem Werk seinen Wert.
Siehst du die Öffnung hier an der rechten Seite des Stieres?
Hier laß werfen hinein, wen du beseitigen willst!
Röste den Eingeschloßnen mit langsam brennenden Kohlen!
Brüllt er alsdann, so wird's klingen, als wär' es der Stier.
Gib für diese Erfindung, Geschenk mit Geschenk zu vergüten,
gib mir, ich bitte dich, Lohn, wie mein Geschenk ihn verdient!»
Sprach's; aber Phalaris drauf: «Du erstaunlicher Finder von Foltern,
weihe denn selbst dein Werk, da du zugegen bist, ein!»
Gleich ward er grausam verbrannt in der Glut nach der eignen Beschreibung,
und aus dem jammernden Mund drang sein verdoppeltes Schrein.

Aber was soll der Sizilier hier zwischen Skythen und Geten?
Wer du auch seiest, zu dir kehrt meine Klage zurück.
Daß du an meinem Blut deinen Durst ersättigen könnest,
Wonne im Herzen und Lust hegest, soviel du nur willst:
fliehend hab' ich so vieles zu Land und zu Wasser erduldet,
daß ich fast meine, auch du hörst mit Bedauern davon.
Glaube mir: wenn man mit mir den Odysseus wollte vergleichen –
weniger groß ist Neptuns Rache als Juppiters Zorn.
Darum, wer du auch seiest, beschuldige nicht mich von neuem
und deine fühllose Hand nimm von der Wunde hinweg,
und, daß Vergessenheit schwäche den Ruf von meiner Verschuldung,
dulde, daß doch meines Tuns Folge zur Narbe verheilt!
Denk auch des Menschengeschicks, das dieselben erhebt und erniedrigt:
nimm dich nur selbst vor des Glücks wechselnden Launen in acht!
Da nun geschieht, was ich niemals hätte für möglich gehalten,
daß dich um mein Geschick höchste Besorgnis erfüllt:
Grund zur Furcht hast du nicht: dich sichert mein klägliches Schicksal,
Kaisers Zorn nur bringt jegliches Übel mit sich;
daß es dir deutlicher werde und daß du nicht glaubst, daß ich lüge,
wünscht' ich mir nur, daß dich selbst meine Bestrafung ereilt!

12

Westwind mindert den Frost: ein Jahr verbracht' ich am Pontus;
aber der Winter schien länger zu dauern als sonst.

Der einst Helle nicht gut auf seinem Rücken getragen,
macht nun die Dauer des Tags gleich mit der Dauer der Nacht.
Knaben und fröhliche Mädchen sind schon beim Pflücken der Veilchen,
die auf den Fluren erblühn, ohne daß jemand sie sät.
Wiesen bedecken sich wieder mit Blumen in buntesten Farben;
Vogels Kehle begrüßt kunstlos geschwätzig den Lenz.
Um nicht fürder als böse Mutter zu gelten, befestigt
Schwalbe ihr Nest am Gebälk, rüstet ihr winziges Heim.
Saat, die verborgen lag in den Furchen, die Ceres gesegnet,
kommt aus dem Boden und treibt grünende Halme hervor.
Dort wo die Rebe gedeiht, da wächst nun die Knospe am Schößling;
denn von dem getischen Strand halten die Reben sich fern.
Und wo die Bäume gedeihn, da schwillt das Gezweig nun am Baume;
denn von dem getischen Land halten die Bäume sich fern.
Festtage sind jetzt daheim; es reihen sich Spiele an Spiele,
und auf dem wortreichen Markt schweigt der geschwätzige Streit.
Jetzt wird das Reiten geübt und das Kämpfen mit leichteren Waffen;
Bälle nun wirft man; es dreht rasch sich im Wirbel der Reif.
Jugend, die sich gesalbt hat mit schlüpfrigem Öl vor dem Ringkampf,
taucht den ermüdeten Leib jetzt in den Jungfrauenquell.
Leben ist nun auf der Bühne; es brennt der Streit der Parteien:
drei Theater erfüllt statt der drei Märkte der Lärm.
O der viermal, o der unzählige Male Beglückte,
welcher der Stadt sich erfreut, da es ihm niemand versagt!
Und ich gewahre: der Schnee zerging in der Sonne des Frühlings;

nicht mehr hart aus dem Teich hackt man das Wasser heraus.
Weder das Meer friert zu, noch ziehn, wie zuvor, auf der Donau
knarrende Wagen, bespannt mit dem sarmatischen Rind.
Bald beginnen auch hier doch einige Schiffe zu landen;
aber am pontischen Strand bleibt doch ein Fremdling ihr Heck:
eilends dann lauf' ich dem Schiffer entgegen, begrüße und frag' ihn,
wer er sei und woher und was hieher ihn geführt.
Wundern sollte es mich, wenn er nicht aus nahe gelegnem
Land nur benachbarte Flut vorsichtig furcht mit dem Kiel.
Kommt doch so weit übers Meer aus Italien selten ein Seemann,
naht nur selten dem Strand, dem es an Häfen gebricht.
Aber vielleicht wird er griechisch, vielleicht auch lateinisch zu reden
wissen, und dieses wär' freilich willkommener mir.
Möglich ist auch, daß vom Eingang des Meers, von der langen Propontis,
jemand bei südlichem Wind lenkt seine Segel zu uns:
wer es auch sei, er kann eine Kunde getreu wiederholen,
kann sich beteiligen, trägt's weiter vielleicht einen Schritt.
Könnt' er doch von den gemeldeten Siegen des Kaisers erzählen
und von Gelübden, die Roms Juppiter wurden erfüllt,
und daß, Germania, du Empörerin, endlich dem Feldherrn
hast dein trauerndes Haupt unter die Füße gelegt!
Wer mir berichtet davon, was ich leider nicht selber gesehen,
der ist ohne Verzug Gast meines Hauses und Freund.
Weh mir! Liegt nun das Haus des Naso im skythischen Lande?
Gibst du mir jetzt dein Gebiet, Pontus, zum dauernden Sitz?

Götter, laßt nicht den Kaiser mir hier meinen ständigen Wohnsitz
geben: nur Herbergsort lass' er zur Sühne ihn sein!

13

Siehe, ganz zwecklos kommt – denn was nützt mir's, daß ich geboren? –
mein Geburtstag: er kommt ganz zur gewöhnlichen Zeit.
Grausamer, warum vermehrst du des Ausgestoßenen Jahre?
Ihnen Grenze und Ziel setzen, das hättst du gesollt!
Wenn du Sorge um mich, wenn du einige Scham nur empfändest,
gäbst du mir nicht das Geleit über die Heimat hinaus,
und an dem Ort, wo zuerst du als Kind mich leider gekannt hast,
hättest du wohl versucht, mir auch der letzte zu sein,
und, indem du dich trenntest von mir, wie die Freunde es taten,
hättest auch du in der Stadt traurig gerufen «leb wohl».
Sage, was willst du am Pontus? Hat dich denn der Zorn unsres Kaisers
auch in des frostigen Lands äußerste Gegend geschickt?
Sicher erwartest du nun, daß ich nach der Sitte dich ehre,
daß von den Schultern mir walle das weiße Gewand,
rauchend sich der Altar umwinde mit blühenden Kränzen,
Körnchen von Weihrauch dir knistern in festlicher Glut,
daß ich auch Kuchen spende, die Zeit der Geburt zu bezeichnen,
daß ich ein frommes Gebet spreche mit gläubigem Mund.
Nicht so steht es mit mir, nicht derart ist meine Lage,
daß deine Ankunft mich fröhlich zu stimmen vermag.
Ach, ein Bestattungsaltar, bekränzt mit Totenzypressen,

ziemt mir, ein Holzstoß auch, für die Verbrennung bereit.
Weihrauch spenden, der nichts mir hilft bei den Göttern, mißfällt mir,
und in so bitterem Leid find' ich kein segnendes Wort.
Soll ich um etwas jedoch an diesem Tage dich bitten,
wünsche ich nur, daß du hier mir nicht noch einmal erscheinst,
während der Länder äußerstes, letztes beinahe, der Pontus,
den man als «Gastliches Meer» fälschlich bezeichnet, mich hält.

14

Du, der gebildeten Dichter Verehrer und würdiger Gönner,
Freund meines Schaffens von je, sage, was jetzt du betreibst!
Bist du wohl, wie du dereinst den Unbescholtnen zu feiern
pflegtest, auch jetzt besorgt, daß man nicht ganz mich vergißt?
Nimmst du auf meine Werke, nur eins indessen beiseite
lassend: die «Kunst», die ins Leid nur ihren Dichter gebracht?
Tu es nur ja, ich bitte, du Liebhaber heutiger Dichter,
und, soweit du nur kannst, halt in der Stadt mich zurück!
Mir zwar gilt die Verbannung, doch gilt sie ja nicht meinen Büchern;
denn sie verdienten es nicht, daß meine Strafe sie trifft:
lebt doch ein Vater als Flüchtling gar oft an entferntesten Küsten,
doch in der Stadt noch zu sein, ist seinen Kindern erlaubt.
So wie Pallas dereinst, aus mir ohne Mutter erschaffen
sind diese Dichtungen: so ist dieses ganze Geschlecht;
dieses empfehl' ich dir: je mehr es des Vaters beraubt ist,

wird es dem Vormund, dir, nur um so größere Last.
Drei meiner Kinder nur sind mit mir der Ächtung verfallen;
aber der übrigen Schar nimm dich nur öffentlich an!
Dreimal fünf Bücher sind ferner, die von den Verwandlungen handeln,
Dichtungen, die man dem Tod ihres Verfassers entriß:
wär' ich selbst nicht zuvor gestorben und hätt' ich die letzte
Hand an dies Werk noch gelegt, wäre gewisser sein Ruhm.
Nun ist es ungefeilt in den Mund des Volkes gekommen,
wenn schon im Munde des Volks etwas vom Meinigen ist.
Lege zu meinen Büchern auch dieses bescheidene Schriftwerk,
welches, gesandt von der Welt Ende, dich endlich erreicht!
Wer es auch liest – falls jemand es liest –, der bedenke nur vorher,
wo es verfaßt ward, in welch schwieriger Lage zumal!
Wird er den Versen doch nur gerecht, sofern er erkannt hat,
daß ein Verbannter sie schrieb und in barbarischem Land.
Wundern wird er sich, daß ich's in all meiner Drangsal vollbrachte,
daß ich mit trauriger Hand Verse zu schreiben vermocht.
Unheil hat meinen Geist gebrochen, der ja zuvor schon
nur aus spärlichem Quell floß mit bescheidenem Strahl.
Wie er indes auch war, er schwand aus Mangel an Übung,
lag er zu lange doch brach, ist mir verdorrt und versiegt.
Hier ist kein Vorrat lockender oder mich nährender Bücher:
statt der Bücher erklingt Schwirren von Bogen und Pfeil.
Keiner ist hier in dem Land, der, wenn ich Gedichte ihm spräche,
mir mit empfänglichem Ohr liehe als Kenner Gehör;
nirgend ein Ort, mich zurückzuziehn; der Schutz nur der Mauer
und das verschlossene Tor bannen den getischen Feind.
Oftmals such' ich ein Wort, einen Namen, ich such' eine Wendung,

und es ist niemand da, der mir zu raten vermag;
oft versuche ich, etwas zu sagen - mit Scham nur gesteh' ich's -,
aber es fehlt mir das Wort, weil ich's zu sagen verlernt.
Fast umtönen mich nur die Laute von Thrakern und Skythen;
schon will es scheinen, daß ICH getisch zu schreiben vermag!
Glaub mir, ich fürchte, es haben sich meinen lateinischen Versen,
die du nun lesen wirst, pontische Worte gemischt.
Drum, wie das Buch auch sei, gewähr ihm freundliche Nachsicht:
halt ihm meines Geschicks traurige Lage zugut!

VIERTES BUCH

I

Wenn etwas fehlerhaft wäre in meinem Werk – was auch sein wird –,
dann entschuldige dies, Leser, mit meinem Geschick!
Ich war verbannt und sehnte nach Ruhe mich, nicht nach dem Ruhme,
daß auf sein Leid nicht stets bliebe gerichtet mein Sinn:
das ist's, weshalb der Gräber noch singt, auch mit Fesseln am Fuße,
wenn er mit kunstlosem Lied mildert sein schweres Geschäft,
singt auch er, der gebeugt, sich stemmend im schlammigen Sande
zieht das langsame Schiff aufwärts, entgegen dem Strom,
auch wer die Ruder sich drückt an die Brust, die starren, im Gleichmaß
und nach dem Takte die Flut schlägt und die Arme bewegt.
Stützt sich ermüdet der Hirt auf den Stab oder sitzt auf den Stein hin,
hält sein Flötengetön doch seine Schafe gebannt.
Singend im Takt und spinnend im Takt die befohlene Menge,
täuscht über all ihre Müh' leichter die Magd sich hinweg.
Mit der thessalischen Lyra hat trauernd Achilles, so sagt man,
als ihm Briseis entführt wurde, die Sehnsucht betäubt.
Orpheus trauerte tief um die zweimal verlorene Gattin,
als er mit seinem Gesang Felsen bewegte und Wald.
Trost war die Muse auch mir, als ich fuhr, wie befohlen, zum Pontus:
standhaft gab sie allein mir auf der Flucht das Geleit.

Sie nur fürchtet nicht Schwert noch sintischen Kriegers Verfolgung,
weder das Meer noch den Sturm noch das barbarische Land.
Sie auch weiß, welcher Irrtum mir zum Verderben gereichte,
daß ich zwar schuldig ward, doch kein Verbrechen beging;
ist sie doch, weil sie zuvor mir schadete, jetzt mir gewogen,
da sie mit mir ja verklagt ward für gemeinsame Schuld.
Freilich wünscht' ich, ich hätte die Hände nie in der Musen
heiligem Dienste geregt, die mein Verderben gewollt.
Jetzt aber – was soll ich tun? Jetzt hält mich die Macht dieses Dienstes:
elend gemacht durch die Kunst, liebe ich Narr doch die Kunst.
So hat die Lotosfrucht den Dulichiern, die sie gekostet,
herrlich gemundet, wie sehr schädlich sie ihnen auch war.
Wittert ein Liebender auch das Verderben, an das er sich klammert,
harrt er doch aus bei dem, was ihn zur Schwachheit verführt.
Mich auch erfreun meine Bücher, wie sehr sie gleich mich geschädigt,
und das Geschoß, das mir einst Wunden gebracht, ist mir lieb.
Solch eine Leidenschaft mag vielleicht als Tollheit erscheinen;
aber die Tollheit, sie hat doch etwas Nützliches auch;
denn sie verbietet dem Geist, nur stets seine Schmerzen zu sehen;
macht ihn vergessen das doch stets gegenwärtige Leid.
Und wie die wunde Mänade nicht fühlt den Schmerz ihrer Wunde,
wenn ihr der phrygische Sang heulend die Sinne berauscht,
steht auch, wenn meine Brust vom grünenden Thyrsus erhitzt wird,
höher als menschliches Weh jener Begeisterung Hauch:

nicht die Verbannung und nicht die Gestade des skythischen Meeres
spür' ich und nicht den Zorn, den ich bei Göttern erregt,
und, als tränke ich Becher voll schlummerbringender Lethe,
werde ich von dem Gefühl widrigen Schicksals befreit.
Göttinnen drum verehr' ich mit Recht, die mich trösten im Leide,
sie, die vom Helikon her sich dem Verbannten gesellt,
die auf dem Meere zum Teil und zum Teil auf dem Land meine Spuren,
bald zu Schiff und zu Fuß bald, zu begleiten geruht.
Sie, so fleh' ich, seien mir wenigstens gnädig: der Götter
übrige Schar ist mir feind, steht mit dem Kaiser im Bund.
Soviel Widriges häufen sie mir, wie es Sand am Gestade,
wie es Fische im Meer gibt oder Eier im Fisch.
Eher noch zählst du im Frühling die Blumen, im Sommer die Ähren,
zählst du die Früchte im Herbst oder im Winter den Schnee,
als den Schmerz, den ich litt, durch all die Lande getrieben,
während den düsteren Strand ich des Euxinus gesucht;
doch ist mein Los nicht leichter an Übeln, seitdem ich gekommen:
bis hierher auf dem Fuß ist mir mein Unglück gefolgt.
Hier auch erkenn' ich die Fäden des angeborenen Schicksals:
schwarz ist die Wolle, aus der Fäden gesponnen für mich.
Und daß ich nicht von den Ränken und Lebensgefahren erzähle,
die wohl wahr sind, jedoch schwerer, als glaubhaft erscheint –
welch ein Elend für den, zwischen Bessen und Geten zu leben,
der mit Liedern bisher lebte im Munde des Volks!
Welch ein Elend, das Leben durch Tor und Mauern zu schützen,

durch die befestigte Stadt kaum noch gesichert zu sein!
Mied ich doch einst in der Jugend die harte soldatische Übung,
und nur mit spielender Hand lernt' ich den Waffengebrauch.
Jetzt, im Alter, hängt mir ein Schwert an der Seite, die Linke
schleppt einen Schild, und ein Helm deckt das ergrauende Haupt.
Denn wenn der Wächter vom Turme das Zeichen uns gibt zum Alarme,
rüsten zum Kampfe wir uns eilends mit zitternder Hand.
Feinde, mit Bogen bewehrt und giftgetränkten Geschossen,
ziehn um die Mauern herum wütend auf schnaubendem Roß,
und wie der reißende Wolf das Vieh, das sich nicht in den Ställen
birgt, durch die Felder verschleppt und durch die Waldungen schleift,
so, wenn einer noch nicht den Schutz der Tore erreicht hat,
packt ihn barbarisch der Feind, der auf den Fluren ihn fand.
Als ein Gefangener geht er dann mit, am Halse die Fessel
duldend, oder er fällt durch den vergifteten Pfeil.
Hier also steck' ich, ein neuer Bewohner gefährdeter Siedlung.
Wehe mir! Allzulang zieht sich mein Schicksal noch hin.
Dennoch erträgt es die Muse, zur Kunst, zum geheiligten Dienste
wiederzukehren, besucht noch mich in all diesem Leid.
Keiner, dem meine Gedichte ich lesen könnte, und keiner,
ach, dessen Ohr nur verstehn könnt' ein lateinisches Wort!
Nur für mich selbst – denn was sollt' ich beginnen? – les' ich und schreib' ich,
und was ich schreibe, verläßt sich auf mein Urteil allein.
Oft aber hab' ich gesagt: «Wem kommt diese Mühe zugute?
Werden's Sarmaten einmal lesen und Geten vielleicht?»
Oftmals habe ich auch beim Schreiben Tränen vergossen,

und meine Schrift wurde feucht, weil ich darüber geweint,
und es verspürt mein Herz die alten Wunden wie neue,
und eine bittere Flut feuchtet den Bausch des Gewands.
Wenn ich bedenke, im Wechsel des Glücks, wer ich bin, wer ich einstmals
war, woher und wohin mich das Geschick hat geführt,
hat meine Hand, von Sinnen im Zorn über sich und ihr Treiben,
meine Gedichte gar oft schon zum Verbrennen verdammt,
und, da nun von den vielen nur wenige übrig geblieben –
Nachsicht, wer du auch seist, schenk' ihnen, wenn du sie liest!
Du auch, Rom, mir verbotenes, nimm denn mit meinem Gesange,
der nicht glücklicher ist als meine Lage, fürlieb!

2

Nun ist das wilde Germanien wohl den Caesaren erlegen,
hat, wie die übrige Welt, endlich die Kniee gebeugt;
Kränze bedecken vielleicht des hohen Palatiums Mauern,
Weihrauch knistert im Brand, trübend das Licht mit Gewölk;
weiß ist das Opfertier, dessen Hals das erhobene Beil jetzt
trifft, und sein purpurnes Blut flutet zur Erde hinab.
Beide Caesaren beginnen, den Tempeln der gnädigen Götter
all die Geschenke zu weihn, die sie gelobt für den Sieg;
So auch die Jünglinge, die im Geschlechte des Kaisers erwachsen,
daß unaufhörlich herrscht über die Lande dies Haus;
Livia bringt für den glückhaften Sohn mit den Frauen der Söhne
Gaben den Göttern zum Dank, bringt sie auch künftig noch oft;

so auch die Mütter und sie, die ohne Tadel den keuschen
Herd betreuen und stets Mädchen zu bleiben gelobt.
Froh sei die gläubige Menge und froh der Senat mit der Menge,
froh auch der Ritterstand – jüngst noch gehört' ich dazu –:
mir in die Fremde Vertriebnem entgehn die gemeinsamen Freuden;
selten gelangt ein Gerücht bis in die Ferne zu mir.
So kann das Volk insgesamt den Triumphzug sehn und der Feldherrn
Namen erfahren und die mancher eroberten Stadt,
wird auch die Könige sehn, mit gefesseltem Nacken und Ketten
tragend, vor Pferden gehn, die man mit Kränzen geschmückt,
wird ihre Mienen sehn, die einen der Lage entsprechend,
andre mit drohendem Blick, nicht ihrer Lage gedenk.
Manche dann werden die Gründe erfragen, Bedeutung und Namen,
manche erzählen, wiewohl keiner Genaueres weiß:
«Der da, der so gewaltig glänzt im sidonischen Purpur,
war ein Führer im Krieg; der war der nächste nach ihm;
dieser, der jetzt den Blick zu Boden kläglich gesenkt hält,
machte ein andres Gesicht, als er in Waffen noch ging.
Dort der Trotzige, dem noch die Feindschaft glüht in den Augen,
war ein Rufer im Kampf, war eine Stimme im Rat.
Tückisch umschloß die Unsren durch listige Nutzung der Gegend
er, der sein schmutzig Gesicht deckt mit dem zottigen Haar.
Dieser, der folgt, ein Priester, hat, sagt man, Gefangne zum Opfer
seinem Gotte gebracht; der aber lehnte sie ab.
All diese Seen und Berge, die Festungen alle und Flüsse
waren erfüllt von Mord, waren gerötet von Blut.

Drusus verdiente sich einst in diesen Ländern den Namen,
welchen als trefflicher Sohn, würdig des Vaters, er trug.
Der mit zerbrochenen Hörnern, der schlecht nur bedeckt ist mit Sumpfgras,
er, den das eigne Geblüt häßlich befleckt, war der Rhein;
sieh, auch Germania wird dort gebracht mit wehenden Haaren:
unter des Feldherrn Fuß hockt sie, den keiner besiegt;
ja, ihren Hals jetzt bietet die Stolze dem römischen Beile,
trägt an der nämlichen Hand Fesseln, die Waffen geführt.»
Hoch über diesen wirst, Caesar, du fahren im Wagen des Sieges,
wirst dich zeigen dem Volk, purpurumhüllt nach dem Brauch.
Überall werden die Hände der Deinigen Beifall dir klatschen;
Blumen, wohin du auch kommst, sind auf den Weg dir gestreut.
Phoebischer Lorbeer wird die Schläfen dir kränzen, und «Heil dir!»
rufen die Truppen, die laut jubelnden, «Heil!» und «Triumph!»
Du aber siehst bei all diesem Schreien und Klatschen und Tosen
selbst dein Vierergespann oft unterbrechen die Fahrt.
Dann erreichst du die Burg und die Tempel, die dich gesegnet:
Juppiter, der es verdient, wird mit dem Lorbeer gekrönt.
Dies werd' ich schauen im Geiste, soweit ich's vermag als Verbannter:
darf doch mein Geist an dem Ort sein, den man mir untersagt.
Er durchschweift ja in Freiheit die unermeßlichen Lande;
selbst zum Himmel empor dringt er in eilendem Flug.
Mitten hinein in die Stadt entführt er jetzt meine Blicke,
läßt sie nicht unberührt bleiben von all diesem Glück,

findet sogar einen Platz, um den Elfenbeinwagen zu schauen:
ich, wie kurz auch die Frist, werde im Vaterland sein!
Freilich das glückliche Volk erlebt das wirkliche Schauspiel,
und ihrem Feldherrn nah, feiert mit Freuden die Schar;
ich aber darf nur im Traum und mit in die Ferne entrückten
Ohren des großen Erfolgs teilhaftig sein und mich freun.
Kaum wird einer verschickt von Latium fern in entlegne
Gegenden, der mir davon so, wie ich's wünschte, erzählt.
Der auch wird mir erst spät vom vergangnen Triumphe berichten:
dennoch, wann ich es auch höre, es wird mich erfreun;
kommen wird einst der Tag, da ich lasse die Trauergewänder,
und überm eigenen Wohl wird mir das staatliche stehn.

3

Großer und Kleiner Bär, deren einer die Schiffe der Griechen
leitet, der andere die Sidons, ein trockenes Paar,
da ihr alles erblickt, weil droben am Pol eure Stelle,
und da ihr nie in des Meers westliche Fluten versinkt
und eure Bahn, die ätherischen Höhen umfangend im Kreislauf,
weit von der Erde entfernt bleibt, die sie niemals berührt –
schaut jene Mauern euch an, ich bitt' euch, die einst, wie erzählt wird,
Remus, Ilias Sohn, sich zum Verderb übersprang,
richtet auf meine Gemahlin hinab euer strahlendes Antlitz
und unterrichtet mich dann, ob sie noch meiner gedenkt!
Weh mir, was frage ich denn nach Dingen, die allzu bekannt sind?
Warum von zweifelnder Furcht zeigt sich mein Hoffen getrübt?
Glaube, was ist, wie du wünschst! Laß ab, dich um Sichres zu sorgen,

und zu der Treue, die fest, hege ein festes Vertraun!
Was die am Pole befestigten Lichter dir niemals verkünden –
mit der Stimme, die nie lügen wird, sag es dir selbst:
daß sie deiner gedenkt, um die du am meisten besorgt bist,
und – denn sie darf es ja noch – hegt deinen Namen bei sich.
So als wärst du zugegen, betrachtet sie immer dein Antlitz,
liebt dich, der fern von ihr lebt – wenn das ein Leben noch ist.
Weicht wohl, sobald sich der leidende Sinn dem berechtigten Schmerze
hingibt, friedlicher Schlaf aus der erinnernden Brust?
Dann überkommen dich Sorgen, solange das Bett und mein Platz drin
dich berührt und es nicht duldet, daß du mich vergißt;
Fieber quält dich; die Nacht, sie scheint kein Ende zu nehmen,
und des sich wälzenden Leibs Glieder ermatten vor Pein.
Sicher bezweifle ich nicht, daß dies und andres geschehe
und daß dein liebendes Herz Trauer bekunde und Gram
und du nicht weniger Leid trägst als die Thebanerin, da sie
Hektor blutig geschleift sah von dem Wagen Achills.
Was aber wünsche ich selbst? Ich zweifle und weiß nicht zu sagen,
welche Empfindung denn wohl solle beseelen dein Herz:
Bist du traurig? Ich will nicht, daß ich dir Grund sei zum Kummer.
Bist du es nicht? Der Verlust deines Gemahls wär' es wert.
Also beklage nur deinen Verlust, du zärtlichste Gattin,
und durchlebe die Zeit traurig nach meinem Geschick!
Weine nur über mein Los: zu weinen kann eine Lust sein;
wird doch der Kummer gestillt, der sich in Tränen ergießt.
Müßtest du doch meinen Tod und nicht mein Leben betrauern!
Wärst du der Einsamkeit doch durch mein Sterben geweiht!

Dann entströmte durch dich mein Hauch in die heimischen Lüfte,
und es benetzten mir dann Tränen der Treue die Brust,
und meine Augen erblickten am letzten Tag den vertrauten
Himmel, und deine Hand drückte die Lider mir zu,
und meine Asche, sie dürfte im Erbbegräbnisse ruhen
und in dem Boden, den gleich nach der Geburt ich berührt;
ohne Tadel, wie ich auch lebte, wär' ich gestorben:
jetzt muß ich leben voll Scham, weil ich die Strafe erlitt.
51 Weh mir, wenn du für schimpflich es hältst, als mein Weib zu erscheinen!
52 Weh mir, wenn du dich schon schämst, daß die Meine du bist!
49 Weh mir, wenn du, sooft man dich nennt die «Frau des Verbannten»,
50 wendest dein Antlitz ab und du errötest vor Scham!
Wohin entschwand jene Zeit, da du dich deines Gatten zu rühmen
pflegtest, den Namen des Manns niemals verleugnen gemußt?
Wo sind die Zeiten, da – wenn du erlaubst, daß ich solches erwähne –
freudig die Meinige du hießest (ich weiß es) und warst?
Wie's einer Edlen würdig, gefielen dir all meine Gaben,
und zu den wirklichen tat Liebe noch vieles hinzu.
Keinen zogst du mir vor, von keinem wolltest du lieber,
daß er der Deinige sei: soviel bedeutet' ich dir.
Schäme auch jetzt dich nicht, daß mit mir du vermählt bist: es sei dir
nicht hierüber der Gram ferne, dagegen die Scham!
Als durch den plötzlichen Schlag der verwegene Kapaneus umkam,
hat sich Euadne da etwa des Mannes geschämt?

Weil der Herrscher der Welt seine Flammen mit Flammen gelöscht hat,
wurde doch Phaëthon selbst nicht von den Seinen verfemt;
Semele auch ward nicht ihrem Vater Kadmus entfremdet,
weil sie aus Ehrgeiz selbst sich ihr Verderben erfleht.
So soll auch dir, weil mich Juppiters wütende Blitze getroffen,
nicht in das sanfte Gesicht steigen die purpurne Scham!
Vielmehr schwinge dich auf zur Sorge um meine Erhaltung!
Sei einer wackeren Frau leuchtendes Vorbild für mich!
All deine Tugenden laß mein traurig Geschick überstrahlen!
Steil auf gefährlichem Pfad schreitet der Ruhm seine Bahn:
Wer würde Hektor kennen, wenn Troja glücklich gewesen?
Denn seiner Tapferkeit Bahn ward erst im Unglück bekannt.
Tiphys, es ruht deine Kunst, wenn frei von Wogen das Meer ist,
und, sind die Menschen gesund, Phoebus, so ruht deine Kunst.
Tugend, welche in Zeiten des Glücks im Verborgnen geblieben,
kommt erst im Unglück ans Licht, zeigt und erweist sich im Leid.
Dir gibt mein Schicksal Gelegenheit, dich zu bewähren, und zeigt dir,
wo deine Treue ihr Haupt sichtbar zu heben vermag.
Nutze die traurige Lage, mit deren Hilfe sich jetzt dir
öffnet und weitet der Raum, wo du zu Ehren gelangst!

4

Der du ein Adliger zwar schon bist durch die Namen der Ahnen,
aber durch adligen Sinn noch dein Geschlecht übertriffst,
der du ein Abbild bist des gütigen Sinns deines Vaters,

daß dieser gütige Sinn nicht der Vollendung entbehrt,
du, dessen Geist so beredsam beherrscht die Sprache der Väter,
daß auf dem römischen Markt keiner sie je übertraf –
nein, dies wollte ich nicht: da ich Merkmale gab statt des Namens,
bist du genannt; du mußt's deinen Verdiensten verzeihn.
Ich bin nicht schuldig daran; dein Rang, der bekannt ist, verrät dich:
wenn du erscheinst, wie du bist, liegt ja die Schuld nicht bei mir.
Dennoch glaube ich nicht, daß die Huldigung, die mein Gedicht dir
zollt, dich schädigen kann; ist unser Fürst doch gerecht.
Er, des Vaterlands Vater – denn was ist milder, als Er ist? –
duldet es, daß mein Gedicht oft von ihm spricht und ihn nennt,
ja, er vermag's nicht zu hindern, denn allen gehört ja der Kaiser,
und vom gemeinsamen Gut eignet ein Teilchen auch mir.
Juppiter bietet der Kunst der Sänger sein göttliches Wesen,
läßt es zu, daß ihn preist jeder beliebige Mund.
Zweier Gottheiten Beispiel bietet ja Schutz deiner Sache:
jener wird leibhaft geschaut, dieser, so glaubt man, ist Gott.
Wenn ich es auch nicht muß, den Vorwurf nehme ich auf mich,
daß ich den Brief dir schrieb, ohne daß du es gewollt.
Und daß ich spreche mit dir, das ist kein weiteres Unrecht,
da ich doch oft schon mit dir sprach, als ich glücklich noch war.
Daß du dich ja nicht sorgst, ich könne als Freund dich belasten,
Ungunst, wenn es sie gibt, trifft deinen Vater ja nur.
Denn deinen Vater habe ich immer verehrt seit den frühsten

Jahren: wenigstens dies halte nicht ängstlich geheim!
Immer schon hieß er ja gut meine Kunst, du wirst dich entsinnen,
mehr sogar als ich selbst je zu verdienen geglaubt,
und in dem Tone berichtete er über meine Gedichte,
der mir stets seines Sinns Größe und Adel bewies.
Also nicht du wirst jetzt, weil einst euer Haus mich empfangen,
sondern, eher als du, wurde dein Vater getäuscht.
Aber es war kein Betrug, das glaub mir: bei all meinem Handeln,
außer dem letzten, gebührt Schutz meinem Wandel und Tun.
Auch diese Schuld, mein Verderben, du wirst sie Verbrechen nicht nennen,
wäre die Kette dir erst all meines Unglücks bekannt.
Furcht oder Irrtum hat mir geschadet, und eher noch Irrtum;
ach – von meinem Geschick sei mir zu schweigen erlaubt!
Nicht durch neue Berührung erneure ich Wunden, die noch nicht
heilen: die Ruhe sogar bringt ihnen Linderung kaum.
Also, bin ich mit Recht auch bestraft, so lag bei dem Fehltritt
jegliche Untat doch, jegliche Absicht mir fern.
Und das weiß auch der Gott: er hat mir das Leben gelassen,
zog mein Vermögen nicht ein: keinem gehört es als mir.
Diese Verbannung selbst, erlebe ich's nur, wird er einstmals,
falls mit der Zeit sich sein Zorn sänftigt, beenden gewiß.
Heut aber bitt' ich ihn nur, mich anderswohin zu versetzen,
wenn dieser Wunsch ihm nicht allzu vermessen erscheint.
Nur einen Ort der Verbannung, um weniges näher und milder,
wünscht' ich, der nicht so nah liegt dem barbarischen Feind,
und so groß ist Augustus' Milde, daß er mir dieses,
wenn ihn jemand für mich bäte, gewährte vielleicht.

Denn mich halten die frostigen Küsten des «Gastlichen Meeres»:
das «ungastliche» einst ward's von den Alten genannt.
Nicht von mäßigen Winden sind seine Wogen getrieben,
und nicht zu friedlicher Rast läuft in den Hafen das Schiff.
Ringsum wohnen ja Stämme, die Blut um Beute vergießen:
wie vor dem tückischen Meer fürchtet man sich vor dem Land.
Die, wie du hörst, sich am Blute der Menschen erfreuen, sie wohnen
unter desselben Gestirns Achse beinahe wie ich.
Nicht sehr weit ist der Ort, wo der köchertragenden Göttin
grauser Altar sich mit Mord rötet im taurischen Land.
Dies war einst, so erzählt man, das Land des Thoas, von Bösen
gerne gemieden und auch nie von den Guten gesucht.
Hier, für die untergeschobene Hirschkuh, bracht' ihrer Göttin
Pelops' Enkelin dar Opfer von mancherlei Art.
Als nun Orestes, von dem man nicht weiß, ob er fromm oder ruchlos,
hierher kam, denn es trieb ihn seiner Furien Wut,
samt dem Gefährten aus Phokis, dem Vorbild wahrhafter Liebe,
sie, die dem Leibe nach zwei, eins aber waren im Geist –
wurden sie rasch gefesselt, geführt zum düstren Altare,
welcher, vom Blute befleckt, stand vor dem doppelten Tor.
Doch es schreckte sein Tod nicht diesen, auch jenen sein Tod nicht,
nein, es betrauerte nur einer des andren Geschick.
Und schon stand die Priesterin da mit gezogenem Dolche,
und ein barbarisches Band schmückte ihr griechisches Haar,
als sie im Wechselgespräch den Bruder erkannte und, statt des
Todes, Umarmung und Kuß ihm Iphigenie gab.
Freudig trug sie der Göttin Bild, die die grausamen Opfer

haßte, von jenem Gestad weg in ein besseres Land.
Also dieses Gebiet, beinahe das letzte der Welt, von
Göttern und Menschen geflohn, das ist mir nahe gerückt.
Nah auch sind meinem Lande die Menschenopfer, die grausen –
wenn ein barbarisches Land Naso das seinige nennt.
O daß die Winde, die einst Orestes von hinnen getragen,
wenn sich besänftigt der Gott, führten mein Segel zurück!

5

Du, der am nächsten mir steht von all den geliebten Gefährten,
der sich in meinem Geschick einzig erwies als Altar,
du, dessen Zuspruch neu meine sterbende Seele belebte,
wie es die Flamme erweckt, wenn man mit Öl sie versorgt,
der du nicht dich gescheut, in Treue den Hafen zu öffnen,
und meinem Schiff, das der Blitz traf, eine Zuflucht gewährt,
dessen Vermögen mich nicht meine Armut ließe empfinden,
wenn mir der Kaiser entriß, was ich vom Vater ererbt –
während ein Sturm des Gefühls, meiner Lage vergessend, mich hinreißt,
ach, ist dein Name beinah schon meinen Lippen entflohn.
Dennoch erkennst du dich ja, und erfüllt von Begierde nach Ehre,
wünschtest du offen und laut sagen zu dürfen: Ich bin's.
Sicherlich möcht' ich, wenn du es erlaubtest, dir Ehre erweisen,
krönen mit Ruhm und Preis Treue von seltener Art.
Aber ich fürchte, ich kann durch ein Lied des Dankes dir schaden:
Lob, das zur Unzeit kommt, könnte dir hinderlich sein.
Freue im Herzen dich nur – das ist nicht gefährlich, ist statthaft –,
daß ich deiner gedacht und daß du Treue gewahrt,

und, wie du tust, versuche mit Rudern mir Hilfe zu bringen,
bis ein milderer Wind weht vom besänftigten Gott,
und so beschütze das Haupt, das keiner wird retten, wenn er nicht,
der's in die stygische Flut senkte, es wieder erhebt.
Zeige – das ist ja so selten – beständig bereit dich zu jenem
Dienst einer Freundschaft, die fest ohne Wandel besteht!
Möge dein Glück unaufhörlich dann wachsen, und mögest du niemals
Hilfe bedürfen, doch stets Helfer den Deinigen sein!
Komme dein Weib dann gleich ihrem Mann an dauernder Güte;
möge nur selten das Leid euere Ehe bedrohn!
Möge mit jenem Gefühl dein Bruder immer dich lieben,
welches das Bruderpaar Castor und Pollux beseelt!
Möge dein Sohn als Jüngling dir ähnlich sein, und ein jeder
merk' es an seiner Art, daß er der deinige ist!
Möge der Tochter Vermählung zum Schwiegervater dich machen,
daß man dich Großvater schon nenne, solang du noch jung!

6

Mit der Zeit unterwirft der Stier sich dem ackernden Pfluge,
bietet den Hals dem Druck seines gebogenen Jochs;
mit der Zeit wird das Pferd den hemmenden Zügeln gehorsam,
läßt sich das Stachelgebiß legen ins fügsame Maul;
mit der Zeit wird der Zorn der punischen Löwen gebändigt,
und ihre Wildheit bleibt nicht, wie sie ehedem war;
auch das gewaltige indische Tier, das den Zeichen des Führers
folgt – von der Zeit besiegt, beugt es sich willig dem Dienst.
Zeit läßt schwellen die Trauben, sobald ihre Stiele sich dehnen,
macht, daß die Beeren kaum fassen den Saft, der sie füllt.

Zeit entfaltet die Samenkörner zu gelblichen Ähren;
sie auch entfernt aus dem Obst jeglichen herben Geschmack,
nimmt dem Zahne des Pflugs, der die Erde wendet, die Schärfe,
schleift Diamanten und schleift härtestes Kieselgestein;
sie nur vermag das Wüten des Zornes allmählich zu mildern;
sie vermindert den Gram, tröstet das trauernde Herz.
Alles also vollbringen die lautlos gleitenden Jahre:
nur meines Kummers Gewalt sänftigen können sie nicht.
Seit ich die Heimat verließ, hat man zweimal Getreide gedroschen;
zweimal mit nacktem Fuß hat man die Traube gepreßt.
Dennoch vermochte die Länge der Zeit mich Geduld nicht zu lehren,
und es empfindet mein Sinn noch meine Leiden als neu.
Freilich, es fliehn auch oft vor dem Joch die bejahrteren Stiere,
auch das gebändigte Pferd sträubt vor dem Zügel sich oft.
Trauriger noch als die frühere Not ist die jetzige Drangsal:
bleibt sie sich selbst auch gleich, wächst durch die Dauer sie doch.
Jetzt erst ist mir mein Elend ganz zum Bewußtsein gekommen:
mit der Erkenntnis nimmt auch die Bedrückung noch zu.
Etwas macht es schon aus, wenn man frische Kräfte noch mitbringt,
wenn die Wucht des Geschicks nicht uns zu frühe verbraucht.
Mutiger steht ein neuer Ringer im sandigen Kampfplatz,
als wenn langer Verzug ihm seine Arme geschwächt;
besser ergeht es dem frischen Kämpfer in glänzender Rüstung,
als wem die Waffen sich schon röten vom eigenen Blut.
Heftige Stürme erträgt ein Schiff, das soeben gebaut ward,
während ein altes zerschellt, wehn auch die Winde nur schwach.

Ich auch trage nur schwer (und ertrug es doch früher geduldig)
Leid, das im Laufe der Zeit noch um ein Vielfaches wuchs.
Glaubt mir, es geht zu Ende; mich läßt mein entkräfteter Körper
ahnen: nur wenige Frist dauert mein Leiden noch an.
Hab' ich doch weder die Kraft noch die Farbe, die früher gewesen:
kaum eine magere Haut hüllt meine Knochen noch ein.
Aber im krankenden Leib ist ein kränkerer Geist: unaufhörlich
steht er in seines Geschicks düstre Betrachtung versenkt.
Fern ist der Anblick der Stadt, fern sind meine Lieben, die Freunde,
fern die Gemahlin: es ist keine mir teurer als sie.
Nah ist das skythische Volk, sind die hosentragenden Geten;
drum, was ich sehe und nicht sehe, erregt mich zugleich.
Dennoch, es bleibt eine Hoffnung, die kann mich trösten in allem:
daß in Kürze der Tod endigen werde mein Leid.

7

Zweimal nahte die Sonne sich mir nach dem eisigen Winter,
zweimal streifend den «Fisch» hat sie vollendet den Lauf.
Warum hat deine Hand in so langer Frist mir nicht einen
Brief, und wären es nur wenige Zeilen, gesandt?
Warum ließ deine Freundschaft nach, da jene noch schrieben,
die mir im Umgang nicht nahe gestanden wie du?
Warum hab' ich, sooft ich den Faden durchschnitt eines Briefes,
deinen Namen darin immer zu finden gehofft?
Mögen die Götter es geben, daß oft deine Rechte ein Blatt mir
schrieb, daß mir keines jedoch ward von den vielen gebracht!
Was ich mir wünsche, ist klar. Ich glaubte wohl eher, daß Schlangen

wuchsen anstelle des Haars auf dem gorgonischen Haupt,
Hunde saßen an Skyllas Bauch, die Chimaera sei wirklich,
welche durch Flammen hält Löwin und Schlange getrennt,
glaubte, es gibt vierbeinige Wesen mit menschlichem Rumpfe,
den dreiköpfigen Mann und den dreiköpfigen Hund
oder die Sphinx, die Harpyien, die drachenfüßigen Riesen,
Gyges, den Hundertarm, oder den Mann, der halb Stier.
All dies glaubt' ich wohl eher, als daß du, Teuerster, je dich
anders besinnst und dein Herz mir seine Liebe entzieht.
Du und ich, wir sind durch zahllose Berge und Straßen,
Flüsse und Felder und nicht wenige Meere getrennt.
Tausend Ursachen können bewirken, daß Briefe, wie oft du
sie mir auch schickst, doch nur selten gelangen zu mir;
tausend Ursachen dennoch besiege durch häufiges Schreiben,
daß ich nicht Tag für Tag, Freund, dich entschuldigen muß!

8

Schon meine Schläfen beginnen, dem Schwanengefieder zu ähneln,
und auch mein Haupthaar, einst schwarz, wird durchs Alter nun weiß.
Schon auch kommen heran die gebrechlichen, hilflosen Jahre;
schon, weil die Kraft mich verläßt, trage ich schwer an mir selbst.
Endlich wär' es nun Zeit, ein Ziel meiner Drangsal zu setzen:
leben müßte ich nun, ohne daß Furcht mich bedroht,
und mich der Muße erfreun, die von jeher meinem Gemüte
lieb, meinen Neigungen mich weihn mit behaglicher Lust,
meinem bescheidenen Haus und den alten Penaten mich widmen
und meiner Väter Besitz, der seines Herrn jetzt entbehrt,
und an der Brust meiner Frau und unter den teuren Gefährten

frei von Sorge und Leid altern im heimischen Land.
Einstmals hat meine Jugend gehofft, dies so zu erleben:
so diese Jahre ans Ziel führen, ich hätt' es verdient.
Anders gefiel es den Göttern, die mich über Länder und Meere
trieben: sie setzten hier bei den Sarmaten mich aus.
Kiele, die schadhaft sind, werden abgeschleppt in die Werften,
daß sie der Schiffbruch nicht mitten im Meere ereilt.
Daß es nicht falle und viele errungene Preise entehre,
pflückt das Pferd, nun erschlafft, Gräser auf grünender Flur.
Hat seine Jahre ein Krieger gedient und ist nicht mehr tauglich,
legt er die Wehr, die er trug, nieder am alten Altar.
So war es auch für mich, da das schleichende Alter die Kräfte
raubt, an der Zeit, daß man mir schenke das hölzerne Schwert.
Zeit für mich war es nicht, unter fremden Himmel zu ziehen
oder zu stillen den Durst lechzend am getischen Quell,
sondern mit Muße bald in die Gärten zu gehn, die ich hatte,
bald mich am Menschengewühl wieder zu freun in der Stadt.
So dereinst, da mein Geist nicht vermutete, was mir bevorstand,
wünscht' ich in Frieden und Ruh leben zu dürfen als Greis.
Aber das Schicksal wehrt es, das zwar in den Zeiten der Jugend
leichte Erfolge mir bot, aber mein Alter beschwert,
und da das Unglück fünfzig Jahre hindurch mich verschonte,
werd' ich im schlechteren Teil jetzt meines Lebens gequält,
und in der Nähe des Ziels, das ich fast zu erreichen vermeinte,
fiel mein leichtes Gefährt schwerer Zerstörung zum Raub.
Ihn also konnt' ich Verblendeter reizen, mir heftig zu zürnen,
da doch das Erdrund nichts Milderes hatte als ihn.
Meinen Verfehlungen ist seine Sanftmut selbst unterlegen;
dennoch, nachdem ich geirrt, nahm sie das Leben mir nicht.

Unter dem nächtlichen Pol, der Heimat fern muß ich leben,
wo sich des «Gastlichen Meers» düstres Gestade erstreckt.
Hätte mir Delphi dies, ja selbst Dodona verkündet,
hätt' ich von beiden gemeint, daß sie nicht glaubwürdig sind.
Nichts ist von solcher Gewalt, und wenn Diamant es verbände,
daß es dem reißenden Blitz Juppiters kann widerstehn.
Nichts ist erhaben genug und jenseits aller Gefahren,
daß es nicht göttlicher Macht sich unterwirft und erliegt.
Denn, ob ein Fehltritt gleich einen Teil meines Unglücks verschuldet,
hat doch der Gottheit Zorn mehr zum Verderben geführt.
Ihr aber, laßt durch meine Geschicke euch warnen, damit ihr
würdig des Mannes euch zeigt, welcher den Himmlischen gleicht!

9

Wenn du es zuläßt, will ich Namen und Bosheit verschweigen,
werde dein Treiben versenkt in der letheischen Flut,
und meine Sanftmut wird sich der späten Tränen erbarmen:
Auf denn! Beweise, daß du selbst deine Taten bereust!
Auf denn, verurteile dich und tilge die Zeit deines Lebens,
wenn du's vermagst, die im Dienst stand von Tisiphones Macht!
Wenn aber nicht, wenn vom Haß gegen mich dein Herz noch entbrannt ist,
wird sich mein Schmerz gegen dich wappnen: du zwingst ihn dazu.
Mag ich auch, wie ich es bin, ans Ende der Erde verbannt sein,
wird doch mein Zorn seine Hand strecken von hier bis zu dir.
All meine Rechte, wenn du es nicht weißt, beließ mir der Kaiser,
und meine Strafe ist nur, fern von der Heimat zu sein.

Lebt er nur, hoff' ich durch ihn noch das Vaterland wiederzusehen:
Eichen, die Juppiters Blitz trifft, werden oft wieder grün.
Sollte zur Rache jedoch mir keine Gelegenheit bleiben,
werden die Musen mir auch Kraft und Geschosse verleihn.
Wenn ich auch weit entfernt die skythischen Küsten bewohne,
wenn auch das trockne Gestirn steht meinen Blicken gar nah,
wird sich mein mahnender Ruf bei fernsten Völkern verbreiten,
und überall in der Welt wird meine Klage bekannt.
Was ich auch sage, es wird vom Aufgang zum Untergang reichen:
Zeuge des westlichen Worts wird auch die östliche Welt.
Über das Land hin wird man mich hören und über die Wogen,
und mit gewaltigem Ton wird meine Klage ergehn;
nicht ein Jahrhundert allein wird dich als Schuldigen kennen:
ewig der Nachwelt noch bleibt dein Vergehen bekannt.
Jetzt schon drängt's mich zum Kampf, und ich hab' noch das Horn nicht ergriffen,
wünschte auch nicht, daß ein Grund, es zu ergreifen, entsteht.
Noch ist im Zirkus Ruh', doch verspritzt den Sand schon der wilde
Stier, und mit grimmigem Fuß stampft er den Boden bereits;
dies ist schon mehr, als ich wollte; o Muse, drum blase zum Rückzug,
da seinen Namen er doch jetzt noch verheimlichen darf.

10

Wer ich gewesen, ich tändelnder Dichter der zärtlichen Liebe –
daß du, Nachwelt, erfährst, wen du gelesen – vernimm!
Sulmo heißt meine Heimat, gesegnet mit kalten Gewässern:
neunmal zehntausend Schritt liegt sie entfernt von der Stadt.

Dort erblickt' ich das Licht, und zwar, daß du wissest den Zeitpunkt,
als die zwei Konsuln zugleich fielen durch gleiches Geschick,
und, wenn das etwas bedeutet, mein Stand ist ererbt von den Ahnen:
nicht durch Gunst nur des Glücks ward ich zum Ritter gemacht.
Nicht der Älteste war ich: ein Bruder ist vor mir geboren;
viermal drei Monde zuvor ist er gekommen zur Welt.
Beider Brüder Geburt bestrahlte der nämliche Frühstern,
und der gemeinsame Tag ward durch zwei Kuchen geehrt:
der ist's von den fünf Festen der waffengeschmückten Minerva,
der als der erste pflegt blutig zu werden im Kampf.
Früh schon lehrt man uns Knaben, und bald, auf des Vaters Bemühung,
gehn wir zu Männern der Stadt, die durch ihr Können berühmt.
Seit seiner Kindheit neigte zur Kunst des Redners mein Bruder,
war für des wortreichen Markts mächtige Waffen bestimmt.
Ich aber fand schon als Knabe Gefallen an himmlischen Weihen:
lockte die Muse mich doch heimlich bereits in ihr Tun.
Oft hat mein Vater gesagt: «Was treibst du brotlose Künste?
Selbst der Maeonier ließ keinerlei Schätze zurück.»
Und mich bewegten die Worte: ich ließ den Helikon gänzlich;
Rede, vom Versmaß frei, sucht' ich zu schreiben hinfort.
Aber es fügte von selbst das Gedicht sich zu passenden Maßen:
was ich zu schreiben begann, wurde von selber zum Vers.
Während danach mit geräuschlosem Schritt die Jahre vergingen,
hüllten der Bruder und ich uns in das Männergewand,
legten es uns um die Schultern mit breitem, purpurnem Streifen,

und unsre Neigung blieb, wie sie zuvor sich gezeigt.
Zwanzig Jahr erst hatte des Bruders Leben gedauert,
als er verstarb: seitdem fehlt mir ein Stück von mir selbst.
Doch ich gelangte danach zu den ersten Würden der Jugend:
zum Drei-Männer-Kolleg hab' ich vor Jahren gehört.
Fehlte die Kurie noch; doch mein Purpurstreif ward geschmälert:
waren für solch eine Last doch meine Kräfte zu schwach.
Weder mein Körper war noch mein Geist der Mühe gewachsen;
auch die Bewerbung ums Amt hab' ich, als störend, gescheut.
Und die aonischen Schwestern beredeten mich, nach der stillen
Muße zu streben: von je war sie nach meinem Geschmack.
Dichter, die damals lebten, verehrt' ich, für Dichter entbrannt' ich:
soviel Sänger, soviel Götter vermeint' ich zu sehn.
Oft hat Macer, der älter als ich, sein Gedicht mir gelesen
über die Schlangen, ihr Gift, Vögel und heilendes Kraut.
Oftmals trug mir Propertius vor seine Liebesgedichte
nach Kameradschaftsbrauch, wie er mit mir ihn verband.
Ponticus, groß im heroischen Versmaß, Bassus, berühmt durch
Jamben, waren im Kreis meiner Gefährten mir lieb.
Reich an Formen, entzückte Horatius unsere Ohren,
der im ausonischen Ton sang sein vollendetes Lied.
Sehn nur konnt' ich Vergil; auch ließ das geizige Schicksal
keine Zeit dem Tibull, Freundschaft zu pflegen mit mir.
Gallus, er kam nach dir, Propertius kam nach Tibullus,
und, in der Folge der Zeit, schloß ich als vierter mich an.
Und wie den Älteren ich, erwiesen mir Jüngere Ehre,
und beizeiten schon ward meine Thalia bekannt.
Als ich zum ersten Male dem Volk meine Jugendgedichte
las, war eben mein Bart ein- oder zweimal gestutzt.

Sie hat erweckt mein Talent, die man damals besang durch die ganze
Stadt hin, die mein Gedicht täuschend Corinna genannt.
Viel zwar hab' ich geschrieben, doch was als verfehlt mir erschienen,
das übergab ich gleich selber der läuternden Glut.
Auch bei meiner Verbannung verbrannt' ich, was sicher gefiele,
weil ich meinem Bemühn zürnte und meinem Gesang.
Stets war zärtlich mein Herz und erlag den Geschossen Cupidos
leicht: ein Geringes schon war, es zu erregen, genug.
Dennoch, obwohl ich so war und vom winzigsten Funken entbrannte,
wurde mein Name und Ruf nie vom Gerede berührt.
Fast noch als Knaben vermählte man mich einer Gattin, die weder
würdig noch tüchtig und nicht lange verbunden mit mir.
Ihr ist eine Gefährtin gefolgt, die, obschon ohne Tadel,
doch nur für wenige Zeit teilte das Lager mit mir.
Aber die letzte, die bei mir blieb bis in spätere Tage,
hat es ertragen, das Weib eines Verbannten zu sein.
Zweimal Mutter – so ließ mich, fruchtbar, die Tochter schon frühe
Großvater werden, jedoch nicht durch denselben Gemahl.
Und schon hatte mein Vater sein Schicksal vollendet: er fügte
neunmal fünf Jahren hinzu neunmal fünf weitere noch.
Anders nicht weint' ich um ihn, als er mich, wär' ich vor ihm gestorben,
hätte betrauert; danach trug ich die Mutter zu Grab.
Glücklich beide und wahrlich zur rechten Zeit noch begraben,
weil sie starben, bevor meine Bestrafung mich traf!
Glücklich auch, daß ich nicht, solange die beiden noch lebten,

elend wurde und sie nie sich betrübten um mich!
Wenn aber etwas mehr als der Name verbleibt von Gestorbnen,
wenn aus des Leichnams Brand schwebend der Schatten sich hebt,
wenn ein Gerücht über mich euch erreicht, ihr Schatten der Eltern,
wenn man von unserer Schuld spricht auf dem Forum der Styx,
wisset, ich bitt' euch: der Grund der Verbannung (euch dürft' ich ja niemals
täuschen) ist Irrtum bloß, ist kein verbrecherisch Tun.
Dies ist den Manen genug: zu euch, teilnehmende Herzen,
kehr' ich zurück, die ihr mich fragt nach des Lebens Verlauf.
Schon war ergraut mein Haupt, nachdem meine besseren Jahre
schwanden: mein früheres Haar war schon mit weißem durchsetzt;
zehnmal, seitdem ich geboren, errang, bekränzt mit dem Ölzweig,
in dem pisäischen Kampf siegend ein Pferd sich den Preis,
als mir der Zorn unsres Fürsten befahl, nach Tomis zu ziehen,
das an des «Gastlichen Meers» linkem Gestade sich hebt.
Meines Verderbens Grund ist allzu bekannt einem jeden;
darum brauch' ich ihn nicht selbst zu verkündigen noch.
Soll ich von schuldigen Dienern, Verrat der Begleiter berichten?
Vieles ertrug ich, was nicht leichter als Flüchtlingsgeschick.
Schmählich fand es mein Geist, seinem Leid zu erliegen: er regte
all seine Kräfte und blieb unüberwindlich im Kampf.
Mich und mein ganzes in Muße verbrachtes Leben vergessend,
nahm ich mit Neulingshand Waffen, der Lage gemäß:
soviel Unheil trug ich zu Land und zu Wasser, wie Sterne

zwischen dem sichtbaren Pol und dem verborgenen sind;
endlich nach längerer Irrfahrt hab' ich den Strand der Sarmaten
nahe den Geten erreicht, die uns mit Pfeilen bedrohn.
Wie mich nun hier auch die Waffen der Nachbarn umklirren, ich suche,
wie ich nur kann, im Gedicht Trost für mein trauriges Los;
ist hier auch keiner, um ihm zu Gehör meine Verse zu bringen,
bring' ich die Zeit doch hin, täusche mich drüber hinweg.
Darum, weil ich noch lebe und trete entgegen der Drangsal,
weil mich des Lebens Verdruß doch nicht mit Ekel erfüllt,
sag' ich, Muse, dir Dank: denn du hast Trost mir geboten,
du, die mir Ruh' in der Qual, du, die mir Linderung bringt!
Führerin bist du, Gefährtin und führst mich hinweg von der Donau,
ja, du gibst einen Platz mitten am Helikon mir.
Du hast – selten ist dies – im Leben mir schon einen stolzen
Namen verliehn, wie ihn sonst Ruhm nach dem Tode nur gibt.
Noch hat der Neid, der das Schaffen der Lebenden gerne herabsetzt,
mit dem gehässigen Zahn keins meiner Werke benagt.
Denn obschon unsre Zeit manch großen Dichter geboren,
ward doch ein günstiger Ruf meinem Talente zuteil,
und wenn ich viele auch über mich stelle, so gelt' ich doch nicht als
kleiner, und eifrig liest meine Gedichte die Welt.
Drum, haben Sprüche der Seher ein wenig Wahrheit, so werd' ich,
Grab, der Deine nicht ganz bleiben, verstürb' ich auch heut.
Ob nun Gunst meinen Ruhm mir erbracht hat oder die Dichtung –
füglich erstatte ich dir, gütiger Leser, den Dank.

FÜNFTES BUCH

I

Der du mich eifrig liest, nun nimm zu den Büchern, den vieren,
die ich vom getischen Strand sandte, noch dieses hinzu!
Dieses wird gleichfalls ganz so sein wie die Lage des Dichters:
nirgend im ganzen Werk triffst du Erfreuliches an.
Ganz wie mein Zustand ist auch beweinenswert meine Dichtung,
da seinem Gegenstand alles Geschriebne entspricht.
Jung und froh hab' ich heiter gesungen von Freude und Jugend:
heute bekümmert es mich tief, daß ich solches verfaßt.
Seit ich stürzte, verbreit' ich die Kunde des plötzlichen Sturzes,
und zu meinem Gedicht liefre ich selber den Stoff,
und wie, am Ufer liegend, der Schwan mit ersterbendem Munde
weint, wie die Sage erzählt, über den eigenen Tod,
so erreiche auch ich, der ich fern an Sarmatiens Küste
wurde verbannt, daß man mich nicht in der Stille begräbt.
Wer da Ergötzliches sucht und üppig tändelnde Lieder,
der, das sag' ich ihm gleich, braucht nicht zu lesen dies Buch.
Besser wird Gallus ihm und Propertius, zärtlichen Mundes,
taugen oder Tibulls lieblich-gefällige Kunst.
Ach, hätt' ich niemals mich in ihrem Gefolge befunden!
Wehe mir! Warum sprach je meine Muse ein Wort?
Aber ich hab' es gebüßt: an der Mündung der skythischen Donau
lebt, der den Liebesgott samt seiner Waffe besang.

Dies nur blieb mir: ich fügte die Verse zu «Liedern für alle»:
ihnen befahl ich, bedacht auf ihren Namen zu sein.
Wenn aber einer von euch mich fragt, weshalb ich so vieles
Schmerzliche singe: so viel Schmerzliches hab' ich erlebt.
Dies ist nicht ausgedacht, dies ist nicht künstlich erfunden:
bringt doch die Wirklichkeit selbst eigenen Leides genug.
Und der wievielte Teil meines Schicksals lebt in Gedichten?
Glücklich, wen mehr nicht trifft, als er zu zählen vermag!
Wieviel Büsche der Wald, der Tiber gelblichen Sand hat,
wieviel wogendes Gras steht auf dem Felde des Mars,
soviel Übel ertrug ich und finde nicht Heilung noch Ruhe
außer durch geistiges Tun und wenn die Musen mir nahn.
«Naso, wann nimmt denn dein Klagegesang ein Ende?» so fragst du:
Dann, wenn sein Ende zugleich findet mein trauriges Los.
Was ich beklage, das wird mir aus reicher Quelle gegeben,
das sind nicht Worte von mir, sondern von meinem Geschick.
Gäbst du mir aber die Heimat zurück und die teure Gemahlin,
wäre mein Antlitz froh, wäre ich das, was ich war.
Milderte mir sich der Zorn des unüberwindlichen Kaisers,
werd' ich Dichtungen dir schenken, die Freude erfüllt.
Freilich wird meine Kunst nicht wiederum tändeln wie einstmals:
Einmal – und dies sei genug! – hat mir geschadet ihr Scherz!
Was Er billigt, besing' ich, wenn er meine Strafe nur mildert
Und mich des getischen Lands rohen Barbaren entreißt.
Was soll andres inzwischen mein Buch als Trauriges bringen?
Meiner Beerdigung nur ziemt dieses Flötengetön.
«Aber du konntest dein Leid doch besser im stillen erdulden»,
sagst du, «konntest für dich schweigend behalten dein Los.»
Forderst du, daß kein Laut der Klage die Qualen begleite?
Darf ich nicht weinen, nachdem schwere Verwundung mich traf?

Phalaris selbst hat erlaubt, in dem ehernen Bild von Perillus
sich zu beklagen: Gebrüll drang aus dem Maule des Stiers.
Während Achilles nicht durch Priamus' Tränen gekränkt ward,
duldest mein Weinen du nicht, grausamer noch als ein Feind?
Als die Kinder von Leto Niobes Kinder vertilgten,
haben sie doch nicht verlangt, daß sie nicht weine um sie.
Hilft es doch etwas, verhängtes Leid durch Worte zu lindern:
dies hat Halcyone, dies Procne zum Klagen gebracht.
Das ist der Grund, weshalb, in der frostigen Höhle, des Poias
Sohn ermüdete einst schreiend den lemnischen Fels.
Schmerz, den man in sich verschließt, der würgt und wütet im Innern,
und mit verdoppelter Wucht bricht er gewaltsam hervor.
Nachsicht übe mit mir oder nimm ganz weg die Gedichte,
wenn, was zum Heil mir gereicht, Leser, dir schädlich erscheint.
Aber es kann nicht schaden; auch haben ja meine Gedichte
ihren Verfasser allein in sein Verderben gestürzt.
«Doch sie sind schlecht.» – Gewiß! Wer zwingt dich, schlechte zu wählen,
hindert, wenn du dich getäuscht glaubst, sie beiseite zu tun?
Ich verbeßre sie nicht: man lese sie, wie sie entstanden;
sind sie barbarischer doch nicht als der Ort des Entstehns.
Auch darf Rom mich nicht seinen eigenen Dichtern vergleichen:
unterm sarmatischen Volk war ich ein großes Talent.
Schließlich will ich mir ja keinen Ruhm, keinen Namen erhaschen,
wie sie gewöhnlich zum Sporn dienen dem schaffenden Geist.
Möcht' ich doch nicht, daß mein Sinn in beständigen Sorgen vergehe;
dennoch, sie drängen sich dort ein, wo man's ihnen verwehrt.

Warum ich schreibe, erzählt' ich. Ihr fragt, warum ich's euch sende?
Weil ich bei euch zu sein wünsche auf jegliche Art.

2

Wirst du bleich, wenn wieder ein Brief aus Pontus gekommen?
Reißt du mit zitternder Hand etwa das Siegel ihm ab?
Sorge dich nicht! Ich bin gesund, und der Körper, der früher
ohne Geduld und Kraft seine Beschwerden ertrug,
hält sie jetzt aus: der Gequälte ist hart durch Gewöhnung geworden.
Oder ist es mir nicht möglich, noch kränker zu sein?
Dennoch, mein Sinn liegt krank: er gewann durch die Zeit keine Kräfte,
und meiner Seele Gefühl bleibt, wie es immer schon war,
ja, meine Wunden, von denen ich glaubte, sie würden allmählich
heilen, schmerzen mich nicht anders, als wären sie neu.
Freilich bei kleineren Übeln ist jahrlange Dauer von Nutzen;
schlimmer jedoch mit der Zeit werden die größeren noch.
Fast zehn Jahr lang nährte des Poias Sohn seiner Wunde
Eiter, die eine von Gift strotzende Schlange ihm schlug.
Telephus wäre zugrunde gegangen in ewigem Siechtum,
hätte die Hand, die ihn traf, ihm nicht auch Hilfe gewährt.
Wäre doch, wünscht' ich, sofern ich kein Verbrechen verübte,
er, der die Wunden mir schlug, auch sie zu heilen gewillt!
Wär' es ihm endlich genug an dem Schmerz, den ich dulde, und nähme
er von dem Meere des Leids wenige Tropfen nur weg!
Nimmt er auch viel hinweg, so wird viel Bittres noch bleiben,
und schon ein Teil meiner Pein wird wie die ganze doch sein.

Wieviel Muscheln am Strand, wieviel Blumen in Ostias Gärten,
wieviel Körnchen der Mohn hat, der zum Schlaf uns verhilft,
wieviel Tiere der Wald nährt, Fische schwimmen im Wasser,
mit wieviel Federn geschmückt Vögel die Lüfte durchziehn,
soviel Drangsal erduld' ich: wenn ich's zu erzählen versuchte,
wär' es, als zählt' ich, wieviel Tropfen im Ikarus-Meer.
Um von den Reisebeschwerden zu schweigen, des stürmischen Meeres
Fährnissen oder der Hand, die mit dem Tod mich bedroht,
hält ein barbarisches Land mich fest, des gewaltigen Weltreichs
Ende, ein Ort, den die Wut grausamer Feinde umringt.
Bald wohl verließ' ich den Ort – denn es haftet an mir keine Blutschuld –
wärest du so um mein Wohl, wie es dir ziemte, besorgt.
Er, der Gott, auf welchen sich stützt die römische Staatsmacht,
war als Besieger schon oft großmütig gegen den Feind.
Warum zögerst du? Bangst vor Gefahrlosem? Geh doch und bitte!
Gütiger ist auf der Welt nichts als der Kaiser gesinnt.
O mein Elend! Was tu' ich, verlassen von allen den Meinen?
Ziehst deinen Hals auch du aus dem zerbrochenen Joch?
Wohin mich wenden? Wo suche ich Trost in meiner Ermattung?
Ach, kein Anker ist da, Halt meinem Schiff zu verleihn!
Doch du sollst sehen: ich werde mich selbst zu dem heil'gen Altare
flüchten: es weist der Altar nie einen Flehenden ab.

Gebet

Sieh, aus der Ferne zur Gottheit, die fern ist, wend' ich mich flehend –
wenn's einem Menschen geziemt, daß er mit Juppiter spricht.
Herrscher der Welt, dessen Wohlsein bürgt, daß Italiens Götter
alle sich sorgend bemühn um das italische Volk,
du, des Vaterlands Zierde und Abbild – blüht's doch durch dich nur –
Held, so groß wie die Welt selbst, deren Herrscher du bist –
mögest du leben auf Erden, wie sehr dich der Himmel verlange,
zu den Gestirnen erst spät gehn, die das Schicksal bestimmt! –
schone mich, fleh' ich, und mindre des Blitzes Wucht um ein winzig
Teilchen! Empfindlich genug bleibt meine Strafe auch so.
Zwar mit Mäßigung zürnst du: du hast mir das Leben gelassen,
nahmst mir das Bürgerrecht, nahmst meine Ehre mir nicht,
auch mein Vermögen ward nicht an andre gegeben; ich selber
werde in deinem Erlaß nicht als Verbannter genannt:
all dies fürchtete ich, weil ich sah, daß ich es verdiente;
aber dein Zürnen ist weit milder, als was ich beging.
Mir Verwiesnem befahlst du, des Pontus Küste zu sichten,
ließest den Flüchtling zu Schiff fahren durchs skythische Meer.
Wie mir befohlen, zum öden Gestade des «Gastlichen Meeres»
kam ich: dies Land, es liegt nahe dem eisigen Pol,
und mich quält nicht so sehr der allzeit frostige Himmel
oder die Scholle, vom weiß schimmernden Reife entstellt,
noch die barbarische Sprache, der fremd sind Latiums Laute,
oder daß getischer Ton griechische Rede verdirbt,

wie die Gefahr des Krieges, die rings mich bedroht aus der Nähe,
und daß die Mauer uns kaum Schutz vor den Feinden gewährt.
Friede zwar ist zuweilen, doch kein Verlaß auf den Frieden:
Sintische Waffen bedrohn oder bekriegen den Ort.
Würd' ich von hier entfernt, so mag mich Charybdis bei Zankle
schlingen und mich zur Styx senden in strudelnder Flut,
oder ich will geduldig im lodernden Ätna verbrennen,
werfe man mich in Apolls Meer am leukadischen Kap!
Was ich erbitte, ist Strafe. Nicht sträub' ich mich gegen mein Elend:
nur unter besserem Schutz wünschte ich elend zu sein.

3

Dies ist der Tag, an welchem die Dichter dich, Bacchus, zu preisen
pflegen, sofern ich mich nicht über das Datum getäuscht;
festlich schlingen sie sich um die Schläfen duftende Kränze,
singen bei deinem Wein Lieder zum Lob deiner Macht.
Oft – ich denke daran – solang es mein Schicksal noch zuließ,
freundlich geduldet von dir war unter ihnen auch ich,
den jetzt unterm Gestirn der cynosurischen Bärin,
getischen Wilden so nah, hält der sarmatische Strand:
ich, der früher ein weiches Leben, frei von Beschwerden,
führte bei geistigem Tun und in der Musen Geleit,
werde nun fern von der Heimat umklirrt von den getischen Waffen,
viel auf dem Meere zuvor duldet' ich, viel auf dem Land.
Sei es, daß dies mein Geschick oder göttlicher Zorn mir verhängte,

sei es, daß bei der Geburt schon mir die Parze nicht hold,
hättest doch du den einen der frommen Verehrer des Efeus
mit deiner göttlichen Macht gnädig beschützen gemußt.
Oder ist alles, was je die schicksalsmächtigen Schwestern
sangen, dem Urteilsspruch göttlicher Fügung entrückt?
Du hast selbst nach Verdienst die Feste des Himmels erstiegen,
die doch keiner erreicht ohne gewaltige Müh';
nicht in der Heimat bliebst auch du, sondern kamst zu des Strymons
schneeigem Strand, zu dem Mars ehrenden getischen Stamm,
kamst nach Persien, kamst an den breit hinströmenden Ganges,
an die Gewässer, die trinkt Indiens bräunliches Volk.
Freilich, es sangen die Parzen, die spinnen die Fäden des Schicksals,
dir, der du zweimal gezeugt, zweimal den Schicksalsgesang.
Ich auch, wenn es erlaubt ist, Himmlischen sich zu vergleichen,
werde vom ehernen Los schmerzlichen Lebens bedrückt,
und nicht gelinder stürzt' ich als jener, den, weil er prahlte,
Juppiter trieb, seinen Blitz zückend, von Theben zurück.
Dennoch, wenn du vernimmst, daß der Blitz einen Sänger getroffen,
magst du, der Mutter gedenk, Trauer empfinden um ihn,
magst auch, siehst du die Dichter um deinen Altar sich versammeln,
sagen: «Einer noch fehlt, welcher mir ehmals gedient.»
Hilf mir, gütiger Gott! Dann möge die Rebe den Ulmbaum
schwerer belasten, geschwellt werde die Traube vom Saft!
Dann mit den Bakchen umgebe die fröhliche Jugend der Satyrn
dich: ihr begeisterter Lärm lobe und preise dich laut!

Laste die Erde dann schwer auf Lykurg mit dem doppelten Beile!
Pentheus' ruchloser Geist bleibe von Strafe nicht frei!
Ewig erstrahle die Krone deiner Gemahlin am Himmel
und überbiete an Licht jegliches Nachbargestirn!
Holdester! Komm hierher und erleichtere meine Geschicke!
Denke daran, daß auch ich einer der Deinigen bin!
Götter stehn im Verkehr miteinander: versuch es, ob deine
Macht auf des Kaisers Macht, Bacchus, nicht Einfluß gewinnt!
Ihr auch, freundliche Schar meiner Kunstgenossen, ihr Dichter,
greift zum Pokal und schließt meinen Gebeten euch an!
Ja, manch einer von euch, wenn Nasos Name genannt wird,
setz' an die Lippe den Trank, den er im Becher gemischt;
blickt er, erinnert an mich, umher im Kreise, so sag' er:
«Wo ist Naso? Er hat kürzlich zu uns noch gehört!»
Dies mag geschehn, wenn ich euere Gunst durch Güte verdiente
und wenn mein Urteil noch keins eurer Gedichte geschmäht,
wenn ich, wiewohl ich die Werke der Alten gebührend verehre,
dennoch die neueren nicht niedriger schätze als sie!
Möge dann euer Gesang mit Apollos Hilfe gelingen!
Aber gedenkt unter euch meiner; denn das ist erlaubt.

4

Ich, ein Briefchen des Naso, ich komme vom «gastlichen» Strande,
bin von der Seefahrt müd und von der Wanderung müd.
Weinend sprach er zu mir: «Du darfst es: sieh dir nur Rom an!
Ach, wieviel besser dein Los ist als mein eigenes Los!»

Weinend schrieb er mich auch und hat seinen Ring, mich zu siegeln,
feuchtend nicht an den Mund, nein, an die Wangen geführt.
Sollte jemand noch fragen, woher diese Trauer denn komme,
der verlangt, daß man ihm zeigt, wo die Sonne denn scheint,
sieht nicht im Walde das Laub und nicht im offnen Gefilde
wogende Halme und nicht Wasser im strömenden Fluß:
wundern wird ihn, daß Priamus klagt, weil ihm Hektor entrissen,
daß Philoktetes stöhnt, weil jene Natter ihn biß. –
Hätten's die Götter gefügt und wär' er in solcher Verfassung,
daß seiner Traurigkeit Grund nicht so bedauerlich wär'!
Doch er erträgt, wie er muß, sein bittres Schicksal geduldig;
nicht wie ein wildes Pferd sträubt er sich gegen den Zaum,
hofft, daß die Gottheit nicht für ewige Zeiten ihm zürne:
weiß er doch, daß seine Schuld niemals verbrecherisch war.
Öfters erzählt er, wie groß die Milde des Gottes, und ist auch
unter den Beispielen stets selbst sich zu nennen bereit;
denn daß er jetzt noch sein väterlich Gut, noch den Namen des Bürgers
hat, ja, daß er noch lebt, nennt er des Gottes Geschenk.
Du aber (oh, wenn du etwas mir glaubst, ihm teurer als alles!),
du wirst innig von ihm immer im Herzen gehegt.
Patroklus wirst du von ihm, wirst Pylades nach des Orestes
Freund, sein Euryalus, wirst auch sein Ägide genannt.
Mehr nicht sehnt er ins Land seiner Väter sich, mehr nicht nach allem,
was mit dem heimischen Land sonst er am meisten vermißt,
als nach deinem Gesicht, deinen Augen, o du, der ihm süßer
ist als der Honig, den birgt Attikas Biene im Wachs.
Oft auch gedenkt er trauernd der Zeit, von der er sich schmerzlich
wünschte, daß ihr zuvor wäre gekommen der Tod,

denkt auch, wie andere mieden Berührung des plötzlichen Unheils
und das betroffene Haus nicht zu betreten gewünscht,
wie aber du mit wenigen Freunden die Treue ihm wahrtest,
wenn die zwei oder drei «wenige» heißen mit Recht.
Zwar vom Blitze getroffen, empfand er doch alles und daß du
weniger nicht als er selbst trauertest über sein Leid.
Immer erinnert er sich deiner Miene, der Worte, der Klagen
und wie du weinend ihm netztest mit Tränen die Brust,
wie du ihm Beistand gewährtest, durch welche Hilfe den Freund du
tröstetest, während du selbst hättest des Trostes bedurft.
Drum, so versichert er dir, wird er dankbar deiner gedenken,
ob ihn das Licht nun bescheint, ob ihn die Erde bedeckt.
Bei seinem Haupte pflegt er zu schwören und auch bei dem deinen,
das ihm, ich weiß es, so viel wert wie das seinige ist.
Völligen Dank wird er einst dir erstatten für all dieses Wohltun,
läßt nicht dein Ochsengespann pflügen im Sande des Strands.
Auf denn! Beschütze beharrlich den Flüchtling! Und was er, der ganz dich
kennengelernt hat, dich nicht bittet, das bitte ich selbst.

5

Meiner Gemahlin Geburtstag verlangt die gewohnte Begehung:
kommt, meine Hände, und bringt fromm euer Opfer ihm dar!
Ganz so hat vielleicht das Fest seiner Gattin begangen
fern am Ende der Welt einst der Laërtische Held.

Segen spreche mein Mund, vergessend der Leiden! Ich fürchte
nur, er verlernte es schon, wirksam um Segen zu flehn;
auch das weiße Gewand, das ich einmal im Jahre nur trage,
lege ich an, das so sehr meinem Geschick widerspricht,
und es erhebe sich grün ein Altar aus Stücken vom Rasen,
und um den rauchenden Herd schlinge sich Blumengewind!
Reiche mir Weihrauch, Bursch, damit er die Flamme belebe!
Bringe mir Wein, daß er sich zischend ergießt in die Glut!
Schönstes Geburtstagsfest! Wie fern ich auch weile, ich flehe:
strahlend komme und nicht ähnlich dem meinen hieher!
Sollt' auch irgendein schmerzliches Weh meine Gattin bedrohen,
sei sie für künftige Zeit durch mein Erdulden befreit!
Möge ihr Schiff, noch kürzlich durch heftige Stürme beschädigt,
nun auf der weiteren Fahrt sicher die Fluten durchziehn!
Möge sie sich des Hauses, der Tochter erfreun und der Heimat!
Sei es genug, daß mir Einem das alles entgeht!
Und da sie jetzt ihr Glück im teuren Gatten nicht findet,
bleibe ihr Leben hinfort frei von so finstrem Gewölk!
Lebe sie, liebe den Mann als Entfernte: sie ist ja gezwungen,
brauch' ihre Jahre – recht viel mögen ihr bleiben! – nur auf,
und auch die meinigen spräch' ich; doch fürcht' ich, daß die Berührung
meines Schicksals ihr nur schädigt die Frist, die ihr bleibt.
Nichts ist dem Menschen gewiß: wer hätt' es für möglich gehalten,
daß ich im getischen Land würde die Feier begehn?
Aber sieh an, wie der Wind die vom Weihrauch kommenden Dämpfe
hin nach Italien trägt, günstigen Gegenden zu!
Also dem Rauch, den der Brand hervorbringt, eignet Empfindung:

flieht er mit Absicht doch, Himmel des Pontus, vor dir.
So mit Absicht, sobald man den Brüdern gemeinsame Opfer
bringt, die einander den Tod gaben mit eigener Hand,
hebt sich der schwarze Rauch, als wär' es von ihnen befohlen,
in zwei Teile getrennt wie mit sich selber im Streit.
Einst, ich erinnre mich, sagt' ich, das könne unmöglich geschehen,
meinte, des Battus Sohn habe gewiß sich geirrt.
Alles glaube ich jetzt, da du mit Bedacht von der Bärin
weg dich gewandt hast, Rauch, und nach Italien strebst.
Dies ist also der Tag, und wäre nicht er mir erschienen,
hätt' ich Elender hier nie einen Festtag erlebt.
Tugenden bracht' er hervor, wie sonst sie Heldinnen eigen,
die aus Ikarios' Blut oder Eëtions sind.
Keuschheit ward an dem Tage geboren und Redlichkeit, Treue;
aber die Freude allein hat dieser Tag nicht geschenkt,
sondern Mühe und Sorgen, ein Schicksal, den Tugenden ungleich,
und die berechtigte Klag' um das verwitwete Bett.
Freilich, der redliche Sinn, erprobt in Not und Bedrängnis,
bietet in trauriger Zeit Anlaß zum Lobe genug.
Wäre keinerlei Leid widerfahren dem kühnen Odysseus,
wäre Penelope zwar glücklich, doch nicht so berühmt.
Wäre als Sieger ihr Mann in Echions Feste gedrungen,
hätte vielleicht ihr Land kaum die Euadne gekannt.
Pelias hat viel Töchter: warum wird nur eine gepriesen?
Nun, einem Unglücksmann war nur die eine vermählt.
Hätt' ein anderer eher den Sand vor Troja betreten,
Laodamia wär' niemals zum Ruhme gelangt.
Auch deine Treue – dir wäre das lieber – bliebe verborgen,
wenn mir ein glücklicher Wind hätte die Segel gebläht.

Aber ihr Götter! du Kaiser, dereinst unter Göttern! doch spät erst,
wenn du ein Alter wie einst Nestor, der Pylier, hast,
schont nicht meiner, der offen sich schuldig bekennt, aber ihrer
schont, die ja leiden muß, ohne daß sie es verdient!

6

Du auch, auf den ich dereinst vertraute in jeglicher Lage,
der du mir Zufluchtsort, der du ein Hafen mir warst,
du auch entziehst dich dem Freunde, für den du zu sorgen gedachtest?
Legst du nieder der Pflicht heilige Bürde so bald?
Ja, ich bin eine Last: doch warst du sie, falls es mir schlecht ging,
abzuwerfen gewillt, nahmst du sie besser nicht auf.
Mitten im stürmischen Meer verläßt du das Schiff, Palinurus?
Fliehe doch nicht! Deiner Kunst stehe die Treue nicht nach!
Ließ Automedon wohl, der treue, im tobenden Kampfe
seines Achilleus Gespann leichten Gewissens zurück?
Wen Podalirius einmal als krank in Behandlung genommen,
dem versagte er nie Hilfe der ärztlichen Kunst.
Schimpflicher wirft man den Gast hinaus, als daß man ihn abweist:
nimmt ein Altar mich auf, stehe er fest mir zum Schutz!
Mich als einzigen schütztest du anfangs; nun aber stehe
ein für dein Urteil, steh ein für mich selber zugleich,
wenn ich aufs neue nicht Schuld auf mich geladen und plötzlich
etwa meine Vergehn deines Vertrauns mich beraubt.
Dieser mein Atem, den schwer ich schöpfe in Skythiens Lüften,

möge, das wünsche ich mir, eher verlassen den Leib,
als daß dein Herz durch meine Verfehlungen etwa gekränkt wird
und du jemals mit Recht meinst, daß ich deiner nicht wert.
Noch werd' ich nicht so ganz erdrückt durch das feindliche Schicksal,
daß durch die Dauer des Leids wäre mein Denken verwirrt;
sei es jedoch verwirrt – was meinst du, wie oft Agamemnons
Sohn seinem Pylades wohl heftige Worte gesagt?
Ist es beinahe doch wahr, daß auch nach dem Freund er geschlagen,
seinen Verpflichtungen blieb dieser nicht weniger treu.
Dies nur haben gemein mit Leidenden glückliche Menschen:
beiden ist man gewohnt gerne willfährig zu sein.
Weicht man den Blinden doch aus wie den Männern, denen der Purpur,
Bündel und Warnungsruf herrische Würde verleihn.
Wenn du mich selbst nicht schonst, so mußt du mein Schicksal doch schonen:
nirgends ist ja bei mir Platz noch für jemandes Zorn.
Suche das winzigste, winzigste aus von all meinen Übeln:
größer noch wird es sein, als du zu denken vermagst.
Soviel Rohre vom Schilf die sumpfigen Gräben bevölkern,
soviel Bienen der Berg Hybla, der blühende, hegt,
soviel Ameisen je mit gefundenen Körnern auf schmalem
Pfad zu den Speichern ziehn, die sie im Boden gebaut,
soviel Übel stehn um mich her in dichtem Gedränge:
hinter der Wahrheit bleibt, glaub mir, mein Klagen zurück.
Wem auch das nicht genügt, der möge nur Sand auf das Ufer,
Ähren unter die Saat schütten und Wasser ins Meer!
Also zähme die sehr zur Unzeit kommende Wallung!
Laß meine Segel doch nicht mitten im Meere im Stich!

7

Den du hier liest, der Brief gelangte zu dir aus dem Lande,
wo in des Meeres Flut breit sich die Donau ergießt.
Wenn du des Lebens dich freust und zugleich einer guten Gesundheit,
gibt es in meinem Geschick doch noch ein tröstliches Licht.
Sicherlich fragst du wie stets, mein Teuerster, wie es mir gehe,
ob du dir's gleich, wenn ich selbst schweige, zu denken vermagst.
Elend bin ich: das ist meines Unheils kurzes Ergebnis;
jeder wird es ja sein, hat er den Kaiser gekränkt.
Liegt dir daran, von dem Volk in der Gegend von Tomis und von dem
Leben, das hier mich umgibt, etwas zu wissen? Vernimm!
Ist auch unsere Küste geteilt zwischen Geten und Griechen,
herrscht doch des getischen Stamms schlecht nur gebändigte Art.
Größere Schwärme von getischem und von sarmatischem Volke
kommen und gehen zu Pferd, reiten die Straßen entlang.
Unter ihnen ist keiner, der nicht mit Köcher und Bogen,
nicht mit von Viperngift gelblichen Pfeilen uns droht.
Wild ist die Rede und trotzig der Blick, des Kriegsgottes Abbild;
Bart und Haare beschnitt ihnen noch nie eine Hand.
Rasch ist die Rechte bereit, mit dem Messer Wunden zu schlagen,
wie es ein jeder Barbar trägt, an die Seite gehängt.
Und unter diesen, ach, lebt, das Liebesgetändel vergessend,
Freund, dein Sänger: nur sie sieht er und hört er jetzt noch.
O, daß er doch nur lebte und nicht auch stürbe bei ihnen!
Weile sein Schatten doch nur fern von dem Land, das er haßt!

Wenn du mir schreibst, daß man meine Gedichte im vollen Theater
singt zum Tanze, mein Freund, und meine Verse beklatscht: –
hab' ich auch nichts, das weißt du ja selbst, fürs Theater geschrieben,
hat meine Muse auch nie gierig nach Beifall gehascht;
ist doch alles mir recht, was vor dem Vergessen mich schützen
kann und dem Munde des Volks gibt meine Verse zurück.
Hab' ich zuweilen bereits, bedenkend, wie sehr sie mich kränkten,
meine Gedichte verwünscht und meine Muse dazu –
wenn ich sie kräftig verwünschte, so kann ich sie doch nicht entbehren,
und das Geschoß, das mein Blut rötete, lockt mich erneut.
Ja, das griechische Schiff, das euböische Wogen noch eben
schädigten, wagt sich bereits in die kapharische Flut.
Doch ich bemühe mich nicht um Lob, um den künftigen Namen:
wenn er verborgen blieb, wäre es dienlicher mir.
Schaffend beschäftige ich meinen Geist; ich vertreibe die Schmerzen,
such' ihnen Worte zu leihn, um zu betäuben das Leid.
Was kann ich Besseres tun, so allein am öden Gestade,
und welchen Beistand sonst suchte ich wohl in der Pein?
Ob ich betrachte den Ort – kein liebenswürdiger Ort ist's,
und auf der Welt kann es nichts Düstreres geben als ihn,
oder die Menschen, kaum sind die Menschen noch wert dieses Namens
und übertreffen sogar Wölfe an grausamer Wut,
fürchten auch nicht das Gesetz: Gerechtigkeit weicht der Gewalttat,

unter der Streitsucht Schwert liegt überwunden das Recht.
Felle und bauschige Hosen gewähren Schutz vor den Frösten;
schaurig mit zottigem Haar sind die Gesichter bedeckt.
Nur bei wenigen finden sich Spuren der griechischen Sprache:
schon durch den getischen Ton wurden barbarisch auch sie.
Nicht ein einziger ist in dem Volk, der gebräuchlichste Worte
auf lateinisch vielleicht wiederzugeben vermag.
Ich, der römische Sänger – ihr Musen, bitte, verzeiht mir! –,
muß mich bedienen sogar meist des sarmatischen Worts,
und ich bekenne beschämt, daß jetzt nach der langen Entwöhnung
schon mir selbst das Latein kaum zu Gebote noch steht.
Viel Barbarisches auch ist ohne Zweifel in diesem
Buche; doch nicht der Mann, sondern der Ort hat die Schuld.
Doch daß ich nicht den Gebrauch der italischen Sprache verliere
und in dem heimischen Laut nicht mir verstumme der Mund,
spreche ich selbst mit mir: entwöhnte Worte gebrauch' ich,
kehre zu meiner Kunst glücklosen Zeichen zurück.
Also frist' ich den Geist und verbringe die Zeit, und mich selber
ziehe und lenke ich ab von der Betrachtung des Leids.
Bei meinen Dichtungen such' ich mein trauriges Los zu vergessen:
wird mir für all mein Bemühn dies nur zum Lohn, ist's genug.

8

Stürzt' ich auch, sank ich so tief doch nicht, daß ich unter dir stehe,
du, der so niedrig wie nichts anderes sonst sich erweist.
Was gibt dir Mut gegen mich, Verruchter, und warum verspottest

du ein Geschick, das ja dich auch überwältigen kann?
Und mein Leid, das sogar die Bestien könnten beweinen,
macht dein Verhalten zu mir sanfter und friedlicher nicht?
Nein, du scheust nicht Fortunas Macht, die auf schwankender Kugel
steht, noch die Gottheit, der Worte des Dünkels verhaßt:
Die es verdienen, trifft die rhamnusische Rächerin strafend;
warum verspottest du mich, trittst mein Geschick mit dem Fuß?
Jemanden, der eines Schiffbruchs spottete, sah ich ertrinken:
«Niemals», sagte ich da, «war noch gerechter das Meer.»
Einer, der einst den Armen die dürftigste Nahrung versagte,
fristet sein Dasein heut selbst von erbettelter Kost.
Ziellos schweift sie umher, die wandelbare Fortuna;
nirgends verharrt sie: kein Ort hält auf die Dauer sie fest.
Heiter schreitet sie jetzt und jetzt mit bedrohlicher Miene,
bleibt sich in einem nur gleich: in der Veränderlichkeit.
Einstmals blühte auch ich, doch war diese Blüte vergänglich;
nur wie ein Strohbrand kurz lohte die Flamme für mich.
Dennoch sollte dein Herz nicht schwellen von grausamer Freude!
Hoffnung hege ich noch, mir zu versöhnen den Gott,
teils weil mein Fehl kein Verbrechen gewesen, und auch mein Verschulden,
zwar von Beschämung nicht frei, dennoch kein Grund ist zum Haß,
teils weil vom Aufgang die Welt bis zum Untergange der Sonne
Milderes nichts als ihn, der ihr gebietet, besitzt.
Wahrlich, obwohl durch Gewalt ihn keiner könnte bezwingen,
hat er ein weiches Herz doch für das ängstliche Flehn.
Und nach dem Vorbild der Götter, zu denen er selber wird einziehn,
läßt er der Strafe Erlaß mich und weit mehr noch erflehn.

Zählst du im Laufe des Jahrs die trüben und sonnigen Tage,
wirst du finden, daß viel häufiger strahlende sind.
Also, damit du zu sehr nicht meines Verderbens dich freuest,
einstmals, glaube mir nur, hilft man auch mir wieder auf.
Glaub mir: es könnte geschehn, wenn endlich der Fürst sich besänftigt,
daß du inmitten der Stadt siehst mein Gesicht mit Verdruß
und daß ich selbst dich sehe verbannt aus schwererem Grunde:
dies ist mein nächster Wunsch, wenn sich mein erster erfüllt.

9

O, wenn du duldetest, daß dein Name in meinen Gedichten
stehe, wie oft und wie gern hätt' ich darin dich genannt!
Dich besäng' ich allein, des Verdienstes gedenk, und es hätte
sich ohne dich kein Blatt je meiner Bücher gefüllt.
Was ich dir danke, das würde die ganze Stadt dann erfahren,
wenn mich Verbannten die Stadt, die ich entbehre, noch liest,
und als den Gütigen würde man heut und in Zukunft dich kennen,
wenn auf die Nachwelt nur, was ich geschrieben, gelangt.
Allzeit würde alsdann der gebildete Leser dich loben:
dieses bliebe dein Ruhm, weil du den Sänger beschützt.
Daß ich noch Atem schöpfe, vergönnte der Kaiser als erster;
dir, nach dem mächtigen Gott, gilt als dem zweiten mein Dank.
Er hat das Leben geschenkt, du schützt das von ihm mir geschenkte,
und du bewirkst, daß ich mich darf des Geschenkes erfreun.
Ja, als ein Schauder die meisten bei meinem Sturze erfüllte,
mancher auch gab sich den Schein, daß er es kommen gesehn,

sich meinen Schiffbruch hoch vom Hügel herunter betrachtend,
mir, der im tobenden Meer schwamm, seine Hände nicht bot,
riefst du allein von der Styx mich zurück, den halb schon Verstorbnen,
ja, daß ich dir meinen Dank zeigen noch kann, ist dein Werk.
Mögen die Götter dir stets und der Kaiser als Freunde sich zeigen:
völliger könnte mein Flehn nicht sich erfüllen für dich.
Wenn du es littest, so würde mein Schaffen dies in beredten
Büchern in helles Licht setzen, für alle zu sehn.
Jetzt schon hält meine Muse, wiewohl ihr Schweigen geboten,
kaum sich zurück, daß sie nicht trotz deinem Wunsche dich nennt.
Und wie den Hund, der die Spur der ängstlichen Hirschin gefunden,
fesselt die Härte des Bands, ob er auch zerrt und sich sträubt,
oder wie feurig das Pferd an die noch nicht erschlossenen Schranken
bald mit dem Fuß und bald stößt mit der Stirne sogar,
so will meine Thalia, gehemmt durch Gebot und gefesselt,
sich in des Namens Ruhm, der ihr verwehrt ist, ergehn.
Doch daß dich nicht des dankbaren Freundes Eifer verletze,
will ich mich – fürchte nur nichts! – fügen in deinen Befehl.
Aber ich fügte mich nicht, wenn du meintest, ich dächte nicht deiner:
dankbar bleib' ich; denn dies hat mir dein Wort nicht verwehrt.
Und solang ich das Licht des Lebens noch schaue – o wär' es
kurz nur! –, sei deinem Dienst dieser mein Atem geweiht!

10

Seit ich am Pontus bin, war dreimal die Donau gefroren,
dreimal des «Gastlichen Meers» Woge gehärtet zu Eis;
doch soviel Jahre schon mein' ich entfernt zu sein von der Heimat,
wie um die Dardaner-Stadt kämpfte der griechische Feind.
Still steht, glaubt man, die Zeit, so träge nur schreitet sie vorwärts
und mit so langsamem Schritt wandelt das Jahr seinen Weg.
Weder verkürzt mir die Sonne des Sommers die Nächte um etwas,
noch hat der Winter den Tag weniger lang mir gemacht:
wahrlich, es hat sich in mir die Natur der Dinge verändert,
dehnt mit dem Kummer zugleich jegliches andre mir aus.
Oder durchmißt die gemeinsame Zeit die gewohnte Bewegung?
Ward meine eigene Zeit nur um so reicher an Qual,
da mich das Meer mit dem Lügennamen «das Gastliche» festhält
und der skythischen See wahrlich verrufener Strand?
Zahllose Stämme ringsum bedrohn uns mit wütenden Kriegen,
denen es schimpflich erscheint, sich nicht zu nähren vom Raub.
Sicher ist draußen nichts: der Hügel sogar wird von schwachen
Mauern verteidigt und sonst nur durch die Lage des Orts.
Wenn man's am wenigsten denkt, ist der Feind, gleich Schwärmen von Vögeln,
da, und noch eh man's gewahrt, treibt er die Beute hinweg.
Tödliche Pfeile finden wir oft auf den Straßen: sie fliegen
uns bei geschlossenem Tor über die Mauern herein.
Selten nur wagt drum jemand, das Land zu bebauen: der Ärmste

pflügt mit der einen Hand, hält mit der andren den Spieß.
Unter dem Helme bläst auf gepichten Rohren der Hirte,
zitternde Schafe scheun statt eines Wolfes den Krieg.
Kaum beschützt uns die Festung; doch flößt die mit Griechen gemischte
wilde barbarische Schar drinnen Besorgnis uns ein.
Ja, es wohnen mit uns, durch nichts getrennt, die Barbaren,
haben sogar vom Haus inne den größeren Teil.
Fürchtet man sie auch nicht, so haßt man es doch, sie zu sehen,
Körper, mit Fellen bedeckt und mit dem struppigen Haar.
Die auch, von denen man meint, sie entstammten der griechischen Siedlung,
ziehn statt der heimischen Tracht persische Hosen sich an.
Jene pflegen Verkehr in der hier gebräuchlichen Sprache,
und ich verständige mich durch die Gebärde allein.
Hier bin ja ich ein Barbar und werde von keinem verstanden,
und das Lateinische wird dumm von den Geten verlacht.
Böses reden sie dreist über mich, oft wenn ich dabei bin,
meine Verbannung sogar werfen vielleicht sie mir vor.
Wenn sie, wie es geschieht, verrückt mich nennen, so zählen
sie, wie oft ich genickt oder verneint mit dem Kopf;
nimm hinzu, daß man unrecht Recht mit dem blutigen Schwert spricht,
daß es inmitten des Markts oft zu Verwundungen kommt!
O, wie ist Lachesis hart, die den Faden des Lebens nicht kürzer
spinnt für mich, der ich steh' unter so strengem Gestirn!
Daß ich die Heimat entbehre, entbehr' euer Antlitz, ihr Freunde,
klag' ich, und daß ich nun hier hause beim skythischen Volk:
beides bestraft mich schwer; doch verdient' ich's, die Stadt zu entbehren;
nur einen solchen Ort hab' ich vielleicht nicht verdient.

Ach, was red' ich im Wahne?! Das Leben sogar zu verlieren,
da ich des Kaisers Macht kränkte, verdiente ich ja.

II

Daß dir, ich weiß nicht wer, im Zorne gesagt hat, du seiest
eines Verbannten Weib, hast du im Brief mir geklagt.
Das ist mir schmerzlich, doch nicht so sehr, weil mein Schicksal geschmäht wird,
denn ich bin es gewöhnt, tapfer zu tragen mein Leid,
als weil ich Grund zur Scham dir, der ich's am wenigsten wünschte,
gab und weil dich mein Leid, glaub' ich, erröten gemacht.
Dulde und harre nur aus! Viel Schwereres hast du ertragen,
als unser zürnender Fürst mich von der Seite dir riß.
Jener täuscht sich jedoch, wenn er mich als Verbannten bezeichnet:
für meinen Fehltritt ward mildere Strafe verhängt.
Schlimmste Strafe ist mir, daß ich Ihn beleidigt, und lieber
wäre es mir, wenn der Tod vorher mich hätte ereilt.
Doch ist mein Schiff nur beschädigt und nicht zerschellt noch gesunken:
wenn es des Hafens entbehrt, schwimmt es doch noch auf der Flut.
Denn er ließ mir Vermögen und Leben und Rechte des Bürgers,
die zu verlieren ich doch durch mein Verfehlen verdient;
weil vielmehr meine Schuld nicht verbrecherisch wurde befunden,
hieß er zur Sühne mich nur meiden den heimischen Herd,
und wie den anderen allen, die keiner zu zählen vermöchte,
zeigte sich auch gegen mich gnädig des Kaisers Gewalt.
Selbst gebraucht er von mir den Namen eines Verwiesnen,

nicht des Verbannten: geschützt ist durch sein Urteil mein Fall.
Darum verkünden, o Kaiser, soweit es mein Können gestattet,
meine Gedichte mit Recht, wie sie auch seien, dein Lob;
darum fleh' ich mit Recht, daß die Götter die Schwelle des Himmels
dir noch verschließen und du ohne sie seiest ein Gott.
Gleiches wünscht auch das Volk; doch wie große Ströme, so fließt ein
Bach im bescheidenen Bett auch ins gewaltige Meer. –
Du jedoch, dessen Mund mich einen Verbannten genannt hat,
mach durch dein lügendes Wort schwerer mir nicht mein Geschick!

12

Schaffend, so schreibst du, soll ich die traurige Zeit mir erheitern,
daß nicht in Trägheit mir schimpflich versiege der Geist.
Schwer ist, wozu du, Freund, mich ermahnst, weil Dichten ein frohes
Tun ist und weil es dazu inneren Friedens bedarf.
Feindliche Stürme jagen dahin das Schiff meines Schicksals:
trauriger gibt's kein Los, als es das meinige ist.
Forderst du, daß an dem Grab seiner Söhne Priamus tanze,
Niobe führe den Reih'n, all ihrer Kinder beraubt?
Scheint es doch so, als müsse das Leid am Schaffen mich hindern,
mich, der allein, auf Befehl, fern zu den Geten geeilt.
Gäbst du mir gleich einen Geist, mit gewaltiger Stärke gewappnet,
wie ihn besaß, den einst Anytos hatte verklagt,

müßte die Weisheit doch der Wucht der Vernichtung erliegen;
denn eines Gottes Zorn geht über menschliche Kraft.
Jener Greis, den Apoll den Weisen nannte, er hätte
sich bei solchem Geschick Werke zu schreiben gesträubt.
Könnt' ich das Vaterland auch und könnt' ich euch alle vergessen,
schwände Empfindung für das, was ich verloren, mir ganz,
ließe mich dennoch die Furcht in Ruhe nicht walten des Werkes;
denn das verbietet der Ort: zahllos umringt ihn der Feind.
Nimm hinzu, daß mein Geist, der so lang schon rostet, geschwächt und
stumpf ist und weniger taugt als in der früheren Zeit!
Wenn das fruchtbare Feld nicht ständig vom Pfluge verjüngt wird,
wird es zuletzt nur Gras tragen mit Dornen vermischt.
Schlecht nur läuft ein Pferd, das lang im Stalle gestanden,
und in die Schranken geschickt, kommt es als letztes ans Ziel.
Spalten wird sich der Kahn und übergehen in Fäulnis,
wenn er dem Wasser zu lang fern ist, das sonst ihn umgibt.
Hoffe drum nicht von mir, der ich erst schon gering nur gewesen,
daß ich zu dem, was ich war, wiederzukehren vermag!
Mein Talent ist zerbrochen durch lange erduldete Übel,
und es verblieb in mir nichts von der früheren Kraft.
Hab' ich dennoch einmal, wie auch jetzt, zur Tafel gegriffen
und in des Verses Maß Worte zu zwingen versucht,
hab' ich doch nur Gedichte der Art, wie du siehst, noch geschrieben,
und sie sind würdig des Orts und des Geschicks ihres Herrn.
Schließlich verleiht ja der Ruhm nicht geringe Kräfte dem Geiste,

wird durch die Liebe zum Lob fruchtbar gemacht das Gemüt.
Einstmals ward ich verlockt vom Glanze des Namens und Rufes,
als noch ein günstiger Wind trug meine Maste dahin.
Jetzt steht's nicht so gut, daß ich um den Ruhm mich bekümmre:
niemandem, ging' es nur an, wünschte bekannt ich zu sein.
Oder empfiehlst du mir zu schreiben, weil einst mir Gedichte
glückten, damit ich nur selbst bleib' auf dem Weg des Erfolgs?
Ihr neun Schwestern, gebt die Erlaubnis, daß ich es sage:
Ihr seid der wichtigste Grund, daß ich ein Flüchtling nun bin,
und wie mit Recht der Erfinder des ehernen Stieres gebüßt hat,
dulde die Strafe ich jetzt selbst für die eigene Kunst.
Nie mehr sollte ich mich noch groß mit Versen befassen,
da ich, gescheitert, mit Recht fliehe vor jeglichem Meer.
Aber versucht' ich es töricht aufs neu mit der heillosen Dichtkunst,
böte mir, glaub' ich, der Ort Rüstzeug zum Dichten genug:
hier ist kein einziges Buch, ist keiner, der freundlich sein Ohr mir
liehe, verstünde auch nur, was meine Rede besagt.
Überall hört man nur barbarische, tierische Laute;
all diese Orte erfüllt Furcht vor der Feinde Geschrei.
Selbst schon hab' ich, so scheint es, verlernt die lateinische Sprache:
hab' ich sarmatisch doch schon sprechen und getisch gelernt.
Und es vermag gleichwohl, um die Wahrheit dir zu gestehen,
meine Muse noch nicht sich zu enthalten des Lieds:
Dichtungen schreib' ich, und dann verbrenn' ich, was ich geschrieben:
wenige Asche nur bleibt übrig von dem, was ich schuf.

Nicht einen Vers mehr zu schreiben, das wünscht' ich, doch ich vermag's nicht;
drum in des Feuers Brand werf' ich mein eigenes Werk,
und nur ein Teil meines Schaffens, soweit es den Flammen durch Zufall
oder durch List entgeht, findet zu euch seinen Weg.
Wäre doch so die «Kunst», die den sorglosen Lehrer der Liebe
in sein Verderben geführt, vorher zu Asche verbrannt!

13

Fern aus dem Getischen sendet dein Naso dir dieses «Wohlsein!»,
wenn man zu senden vermag, was man doch selber nicht hat.
Denn am Gemüt erkrankt, übertrug ich das Weh auf den Körper,
daß nur ja nicht ein Teil frei von der Peinigung bleibt.
Viele Tage hindurch hab' ich brennenden Schmerz in der Seite,
die mir des Winters Wut sehrte mit grimmigem Frost.
Aber wenn du nur gesund bist, so fühl' ich mich etwas gesünder,
weil ja bei meinem Sturz mich deine Schultern gestützt.
Während du mir jedoch so gewaltige Liebe erwiesest,
während du dieses mein Haupt schütztest auf jegliche Art –
warum läßt du so selten den Trost eines Briefes mich fühlen?
Hältst du die Treue mir noch, wenn du kein Wort mir vergönnst?
Beßre, ich bitte dich, dies! Wenn du bloß dieses eine noch änderst,
wird deine edle Gestalt ganz ohne Flecken bestehn.
Mehr noch klagt' ich dich an, wenn nicht die Möglichkeit wäre,
daß mich dein Brief nicht erreicht, daß du ihn dennoch gesandt.

Mögen's die Götter vergönnen, daß sinnlos sei meine Klage
und ich fälschlich geglaubt, daß du nicht meiner gedacht!
Klar ist's: es ist, wie ich wünsche; ich habe kein Recht zu vermuten,
daß dein so mannhaftes Herz könne veränderlich sein.
Eher gebräche es wohl dem eisigen Pontus an Wermut
und dem sizilischen Berg Hybla an Thymianduft,
als daß dir jemand bewiese, du habest des Freundes vergessen:
nicht so dunkel gefärbt ist meines Schicksals Gespinst.
Du aber, um auch den falschen Verdacht einer Schuld zu zerstreuen,
sei auf der Hut, daß du nicht anders erscheinst, als du bist!
Und wie wir mit Geplauder dereinst viel Zeit zu verbringen
pflegten und unsrem Gespräch oft nicht genügte der Tag,
bringe uns hin und zurück der Brief jetzt schweigende Worte,
und an die Stelle des Munds trete das Blatt und die Hand!
Daß es nicht scheint, als zweifelte ich, daß mein Wunsch sich erfülle,
und daß dies kurze Gedicht dich zu ermahnen genügt,
nimm nun den Gruß, mit dem man von jeher Briefe beendet,
und, daß dein Los nicht gleich werde dem meinen, «leb wohl!»

14

Was für Denkmale ich in all diesen Büchern dir setzte,
siehst du, Gefährtin, ja selbst, du, die mir teurer als ich.
Mag das Schicksal auch dem Verfasser gar vieles versagen,
du wirst zu strahlendem Ruhm kommen durch meinen Gesang:
wahrlich, solang man mich liest, wird mit mir dein Lob auch gelesen;

wenn dich die Flamme verzehrt, kannst du nicht gänzlich vergehn.
Läßt dich beklagenswert erscheinen das Schicksal des Gatten,
träfst du doch manche, die das wünschten zu sein, was du bist,
die, wiewohl du dein Teil von meinem Leide getragen,
glücklich priesen dein Los, auch dich beneideten wohl.
Höheres hätt' ich dir nicht, wenn ich Reichtum schenkte, gegeben;
nimmt der Reiche doch nichts mit zu den Schatten hinab.
Dauernden Ruhmes Gewinn hab' ich dir verliehen, und daran
hast du das größte Geschenk, das ich zu geben vermag.
Nimm hinzu, daß du einzige Hüterin bist meines Daseins –
und dieser Ehre Gewicht ist kein Geringes für dich –,
daß niemals meine Stimme verstummt über dich und du stolz sein
mußt auf das, was dein Mann je dir an Zeugnissen gab!
Daß man sie nicht als irrig bezeichnen könne, beharre
jetzt und erhalte zugleich mich und dein liebendes Herz!
Denn als ich stand, blieb frei deine Tugend von schimpflichem Vorwurf,
hielt sich lediglich fern jeglichem Tadel und Fehl.
Offene Bahn ward jetzt durch meinen Sturz dir geschaffen:
leiste dein tapferer Sinn hier ein beachtliches Werk!
Leicht ist es, gut zu sein, wo das, was uns hindert, entfernt ist
und eine Frau nichts kennt, was ihrer Pflicht widerstrebt.
Doch, wenn die Gottheit donnert, dem Wetter sich nicht zu entziehen,
das ist Treue, erst das Liebe, die Gatten vereint.
Selten ist Tugend gewiß, die nicht von Fortuna gelenkt wird,
die, ist die Göttin entflohn, standhaften Fußes besteht.
Aber wenn Tugend je ihren Lohn in sich selber gesucht hat
und wenn sie aufrecht steht auch noch im trüben Geschick –

nicht in Jahrhunderten wird, wie weit du auch zählst, sie verschwiegen:
allwärts, wie weit auch die Welt reiche, bewundert man sie.
Siehst du, wie unauslöschlich Penelopes rühmliche Treue
ihren Namen bewahrt bis auf die heutige Zeit?
Hörst du, wie man besingt Admets oder Hektors Gemahlin,
Iphis' Tochter, die kühn sich in die Flammen gestürzt,
wie in der Sage noch lebt das Weib des phylakischen Fürsten,
sie, deren Gatte zuerst Iliums Boden betrat?
Nicht bedarf es des Todes für mich, nur der Liebe und Treue:
nicht auf gefährlichem Weg brauchst du zum Ruhme zu gehn.
Glaub auch nicht, du würdest ermahnt, weil du sonst es nicht tätest!
Fährt schon mit Rudern das Schiff, geb' ich noch Segel dazu.
Der dich ermahnt zu tun, was bereits du tust, will durch Mahnen
loben: ermuntert er dich, billigt er, was du getan.

EPISTULAE EX PONTO

BRIEFE VOM SCHWARZEN MEER

ERSTES BUCH

1. An Brutus

Naso, des Tomischen Lands schon nicht mehr neuer Bewohner,
sendet dir jetzt dieses Werk hier von dem getischen Strand.
Wenn du Zeit hast, Brutus, so nimm diese Bücher der Fremde
gastlich auf und verbirg irgend im Hause sie doch!
Öffentliche Gebäude getraun sie sich nicht zu betreten,
daß ihr Verfasser dabei ihnen den Weg nicht versperrt.
Ach, wie sagt' ich so oft: «Nichts Schimpfliches lehrt ihr zumindest;
geht denn: ein züchtiges Buch findet den Zutritt auch dort.»
Dennoch gehn sie nicht hin: sie glauben, wie du ja selber
sehn kannst, sichrer zu sein unter dem häuslichen Schutz.
Fragst du, wohin du sie legest, und so daß keiner gekränkt wird?
Wo meine «Kunst» sonst lag: ist doch ihr Platz nun geräumt.
Da sie dir neu sind, magst du wohl fragen, was diese dir bringen:
nimm es nur, was es auch sei, wenn es nur Liebe nicht ist.
Ist auch der Titel nicht klagend, so wirst du nicht weniger traurig
dies hier finden als das, was ich bisher schon gesandt:
gleich in der Sache, nur anders betitelt; der Brief offenbart auch,
wem er zu eigen gehört, macht aus dem Namen kein Hehl.
Wenn ihr es auch nicht wünscht, so könnt ihr es doch nicht verhindern:
ohne daß ihr es gewollt, steht euch die Muse zu Dienst.
Füg es zum Meinigen, was es auch sei! Nichts hemmt des Verbannten

Kinder, der Stadt sich zu freun, bleibt das Gesetz nur gewahrt.
Grund zur Furcht hast du nicht: man liest Antonius' Schriften;
immer gefragt ist auch Brutus' gelehrsames Werk.
Nicht will ich, rasend, mit derart mächtigen Namen mich messen,
hab' auch auf Himmlische nie wütende Waffen gezückt.
Schließlich verschweigt auch nicht eins von all meinen Büchern des Kaisers
Namen und Ruhm, obschon Er das durchaus nicht verlangt.
Hegst du noch Zweifel an mir, so laß doch den Göttern ihr Preislied:
streich meinen Namen doch aus, nur meine Dichtungen nimm!
Nützlich ist während des Krieges der Zweig des friedlichen Ölbaums:
preis' ich des Friedens Hort – brächte mir das nicht Gewinn?
Einst, als Aeneas die Last seines Vaters trug auf den Schultern,
wichen die Flammen sogar, sagt man, zurück vor dem Mann:
Trägt mein Buch des Aeneas Enkel, wie fänd' es nicht Wege?
Vaterlands Vater ist Er, jener nur Vater des Sohns.
Ist wohl jemand so dreist, daß er den von der Schwelle vertriebe,
welcher die Klapper schwingt nach der ägyptischen Art?
Bläst auf gebogenem Horn vor der Mutter der Götter ein Pfeifer,
wer verweigert ihm wohl weniges Geld als Geschenk?
Nichts dergleichen geschieht, wie man weiß, auf Befehl von Diana;
aber zum Lebensbedarf bleibt ihrem Künder genug.
Unser Gemüt wird bewegt von der Macht der Himmlischen selber;

drum ist es auch kein Schimpf, daß wir vertrauen so leicht.
Sieh: anstelle der Klapper, der Flöte aus phrygischem Buchsbaum,
trage den heiligen Ruhm ich des Iulischen Stamms.
Ich weissage und mahne: gebt Raum dem Träger des Hehren!
Nicht verlang' ich's für mich, nur für den mächtigen Gott.
Glaubt nicht, weil ich den Zorn des Fürsten verdient und erfahren,
daß er nun selber vielleicht meine Verehrung nicht wünscht!
Einen, der eingestand, daß der linnentragenden Isis
Willen er habe verletzt, sah ich vor Isis' Altar.
Einer, des Lichtes der Augen beraubt für ähnlichen Fehltritt,
rief auf den Gassen es aus, sagend, er hab' es verdient.
Himmlische freuen sich, wenn sie ein solches Geständnis vernehmen,
weil es durch Zeugen erweist, was ihre Herrschaft vermag,
geben das Licht der Augen zurück, zu mildern die Strafe,
wenn sie nur sehn, daß der Mensch ernstlich die Sünde bereut.
Oh, ich bereue – wenn nur einem Elenden etwas geglaubt wird –,
ja, ich bereue: auch mich peinigt es, schuldig zu sein.
Ist die Verbannung auch schmerzlich für mich, noch mehr ist's mein Fehltritt:
Strafe erdulden ist schlimm, Strafe verdienen ist's mehr.
Stehen die Götter mir bei und Er, sichtbarer als alle,
kann man die Strafe mir zwar nehmen, die Schuld aber bleibt.
Sicher befreit mich der Tod, wenn er kommt, aus meiner Verbannung;
doch von dem Fehltritt kann auch nicht der Tod mich befrein.
Drum ist's nicht zu verwundern, wenn nun meine Seele dahinschmilzt

und nach der Art des vom Schnee rinnenden Wassers vergeht.
Wie der verborgene Wurm ein Schiff zerfrißt und beschädigt,
wie von des flutenden Meers Woge der Fels wird gehöhlt,
wie vom Roste das nicht verwendete Eisen benagt wird,
wie sich der Bücherwurm bohrt durchs geborgene Buch,
so empfindet mein Herz das beständige Nagen des Kummers,
unaufhörlich verzehrt wird es von Sorge und Pein.
Erst mit dem Leben werden die Stacheln die Seele verlassen:
rascher noch wird als der Schmerz enden er selbst, der ihn fühlt.
Und wenn die Himmlischen dies, sie, die uns beherrschen, mir glauben,
halten sie mich vielleicht einiger Hilfe für wert,
wechseln werd' ich den Ort, dem skythischen Bogen entrückt sein.
Wünschte ich mehr als dies, wär' ich von eherner Stirn.

2. An Fabius Maximus

Maximus, der du erfüllst das Maß solch mächtigen Namens,
der du den Rang des Geschlechts mehrst durch den Adel des Geists,
dessen Geburt zuliebe, obschon dreihundert gefallen,
alle Fabier nicht raubte ein einziger Tag –
fragen magst du vielleicht, von wem dieser Brief dir gesandt wird,
möchtest wohl Kunde davon haben, wer spreche mit dir.
Weh mir, was tu' ich? Ich fürchte, sobald du den Namen gelesen,
daß du das Weitere nur kalt und mit Ärgernis liest.
Sieh denn: ich wage es dir zu gestehen, daß ich ihn geschrieben,

. . . .
der ich, geb' ich auch zu, daß ich wohl einer schwereren Strafe
wert bin, Schwereres doch kaum zu erdulden vermag.
Rings von Gefahren, von Feinden umdroht, muß ich leben, als wäre
mir mit der Heimat zugleich jeglicher Friede geraubt:
sie, um den tödlichen Zweck der schweren Verwundung zu sichern,
tränken mit Viperngift grausam ein jedes Geschoß.
Also gerüstet, umreitet der Feind die geängstigten Mauern,
ganz wie der Wolf, der im Stall hausende Schafe umschleicht.
Aber der leichte, einmal mit der Sehne des Pferdes bespannte
Bogen bleibt es, und nie löst sich das Band, das er trägt.
Wie übersät mit geschossenen Pfeilen starren die Dächer;
kaum das verriegelte Tor hält uns die Kämpfe vom Leib.
Dann auch das Antlitz des Orts, das Laub nicht noch Bäume verschönen!
Träg an den Winter schließt immer der Winter sich an.
Hier nun werd' ich bereits vom vierten Winter gepeinigt,
kämpfe mit Pfeilen und Frost, kämpfe mit meinem Geschick.
Ach, meine Tränen versiegen nur dann, wenn Betäubung sie hindert
und in der Brust mein Herz scheint wie im Tode erstarrt.
Glücklich war Niobe noch, wieviel sie auch Tote beklagte;
denn verwandelt in Stein fühlte sie nimmer ihr Leid;
glücklich auch ihr, bei denen mit saftiger Rinde die Pappel
den um des Bruders Tod klagenden Mund überzog!
Ich bin der, dem Verwandlung in keinen der Bäume gewährt wird;
ich bin's, welcher umsonst Felsen zu werden gewünscht:
käme Medusa selbst meinen Blicken entgegengegangen,
hätte Medusa selbst keine Gewalt über mich.
Leben muß ich, um nie das Gefühl meines Grams zu entbehren,

und mit der Länge der Zeit wird um so schwerer die Pein.
So bleibt unverzehrt und vergeht nie Tityos' Leber,
wächst von neuem, damit öfter sie könne vergehn.
Aber, so denk' ich, wenn Ruhe und Schlaf erscheinen, die sonst doch
heilen den Kummer, dann bleibt frei von Beschwerden die Nacht:
Träume erschrecken mich dann, wiederholend die wirklichen Leiden,
und für mein böses Geschick bleiben die Sinne mir wach.
Dann, so scheint es, versuch' ich, sarmatische Pfeile zu fliehen,
oder, gefangen, die Hand halt' ich zur Fesselung hin,
oder ich werde einmal getäuscht durch ein besseres Traumbild,
schaue der heimischen Stadt Dächer, von denen ich schied.
Bald dann red' ich, ihr Freunde, mit euch, die ich immer verehrte,
bald mit dem teueren Weib führ' ich dann manches Gespräch;
hab' ich die kurze und leider nicht wirkliche Wonne genossen,
macht die Erinnrung des Glücks schlimmer die jetzige Not.
Drum, ob der Tag mir nun schaut in mein unglückseliges Antlitz
oder die Nacht einher treibt ihr bereiftes Gespann,
allzeit schmilzt mir das Herz von dem unaufhörlichen Kummer,
so wie das Wachs zergeht, wenn es ans Feuer gerät.
Öfters erfleh' ich den Tod, und öfters verwünsch' ich den Tod auch,
daß nicht sarmatischer Grund meine Gebeine bedeckt.
Denk' ich daran, wie groß des Erhabenen Milde, so glaub' ich,
daß aus dem Schiffbruch ich einst komme zum freundlichen Strand.

Seh' ich, wie unverrückt mein Geschick bleibt, brech' ich zusammen,
und meiner Hoffnung Schein schwindet, besiegt von der Furcht,
und nichts Weiteres doch erhoff' ich oder erfleh' ich,
als zu vertauschen den Ort, elend zu leben auch dann.
Dies und nichts anderes ist es, was ohne Verletzung der Ehrfurcht
euere Hilfe für mich wohl zu versuchen vermag.
Nimm, mein Maximus, doch, du Meister der römischen Rede,
nimm meinen schwierigen Fall väterlich gütig in Schutz!
Übel ist er fürwahr; doch du wirst zum Guten ihn wenden:
leg nur ein milderndes Wort ein für des Flüchtlings Geschick!
Kennt doch der Kaiser, wiewohl dem Gott sonst alles bekannt ist,
dieses entlegenen Orts schlimme Beschaffenheit nicht.
Seinen erhabenen Geist beschäftigen wichtige Sorgen:
wäre doch allzu gering dies für den göttlichen Sinn.
Ja, er hat auch nicht Zeit, nach der Lage von Tomis zu fragen –
ist doch dem Geten der Ort kaum, unserm Nachbarn, bekannt –
oder was die Iazyger tun, was die wilden Sarmaten
oder das taurische Land, teuer der Göttin Orests,
noch welch anderes Volk, wenn die Donau im Froste erstarrt ist,
über den Rücken des Stroms reitet auf eiligem Roß.
Kümmern sich hier doch die meisten, du herrliche Roma, um dich nicht,
ja, sie fürchten sich nicht vor dem italischen Heer.
Mut gibt ihnen der Köcher, gefüllt mit Pfeilen, der Bogen
und ein durch weitesten Ritt nicht zu ermüdendes Pferd
und daß sie lernten den Durst und den Hunger gar lange ertragen,

wenn der verfolgende Feind jeglichen Wassers entbehrt.
Hierher hätte mich zürnend der gütige Mann nicht gesendet,
wäre nur dieses Gebiet hier ihm genügend bekannt.
Ihn nicht freut es, wenn ich oder sonst ein Römer, besonders
ich, dem das Leben er ließ, werde gefangen vom Feind.
Töten wollt' er mich nicht, was sein leisester Wink doch vermochte:
denn keines Geten bedarf's, ist mir zu sterben bestimmt.
Aber er weiß, daß ich nichts, was des Todes würdig, verbrochen,
und vielleicht ist er jetzt minder erzürnt, als er war.
Dann auch tat er ja nur, wozu ich ihn selber gezwungen:
schonender ist beinah, als ich's verdiente, sein Zorn.
Darum bitt' ich die Himmlischen, deren gerechtester Er ist,
daß nichts Größres als ihn trage der Erdenbereich.
Wie ihm die Erde gehorcht, so soll sie ihm immer gehorchen,
gehe von Hand zu Hand weiter in seinem Geschlecht!
Du aber öffne den Mund vor dem gütigen Richter, als den ich
selbst ihn kennengelernt: rede zu ihm für mein Leid!
Nicht daß mir's wohl sei erbitte, nur daß ich im Unglück geschützt sei!
Halte vom grausamen Feind meine Verbannung mich fern,
daß mir das Leben, nachdem es der leibhafte Gott mir gelassen,
nicht das gezogene Schwert struppiger Geten entreißt,
schließlich: daß, wenn ich gestorben, ich ruhe in friedlichem Boden,
daß nicht der skythische Grund meine Gebeine bedeckt,
daß auch die schlecht nur bestattete Asche mir nicht, wie es freilich
einem Verbannten gebührt, tritt das bistonische Pferd
und nicht, wenn nach dem Tode noch irgend Empfindung zurückbleibt,

gar meine Manen der Geist eines Sarmaten erschreckt.
Solches zu hören, das könnte den Sinn des Kaisers bewegen,
Maximus – wenn es zuvor hätte den deinen bewegt;
möge, so fleh' ich, dein Wort des Erhabenen Ohren begüten,
das ja Verklagten zumeist Hilfe in Nöten erweist:
so mit jenem dir eigenen Zauber der kundigen Rede
rühre des Mannes Gemüt, welcher den Himmlischen gleicht!
Nicht zu Theromedon brauchst du zu flehn und zum blutigen Atreus
oder zu dem, der zum Fraß Menschen den Pferden gereicht,
nein, zu dem Fürsten, der langsam im Strafen und rasch im Belohnen,
den es mit Kummer erfüllt, zwingt man ihn, strenge zu sein,
der stets siegreich war, um Besiegte schonen zu können,
der auch dem Bürgerkrieg ewige Schranken gesetzt,
vieles durch Furcht vor Strafe und wenig durch Strafe verhindert,
mit widerstrebender Hand selten nur schleudert den Blitz:
bitte ihn drum, als Sprecher gesandt zu so gütigen Ohren,
daß mein Verbannungsort näher dem Vaterland sei!
Ich bin es, der dich immer verehrte und den unter deinen
Gästen dein festlicher Tisch pflegte zu sehen dereinst;
ich bin's, der Hymenaios zu euerer Liebe gerufen
und der ein würdiges Lied sang euerm glücklichen Bund,
bin's, dessen Bücher du einst, ich entsinne mich, pflegtest zu loben
außer denen, die Leid ihrem Verfasser gebracht,
dem du gar oft deine Schriften, die er bewunderte, lasest,
der, dem aus euerem Haus wurde die Gattin geschenkt.
Marcia schätzt sie und hatte sie einst seit frühester Jugend
immer geliebt und zum Kreis ihrer Vertrauten gezählt

wie zu den ihrigen einst auch die Mutterschwester des Kaisers:
loben solche ein Weib, ist es des Lobes auch wert.
Claudia, trefflicher als ihr Ruf – wenn diese sie rühmten,
hätte sie nicht einmal göttlicher Hilfe bedurft.
Ohn' einen Makel verbrachte auch ich die vergangenen Jahre,
seh' ich den letzten Teil nur meines Lebens nicht an;
schweig' ich indessen von mir, ist mein Weib doch euere Bürde,
die du, bist du nur treu, nicht zu verleugnen vermagst.
Sie nimmt Zuflucht zu euch, um euren Altar zu umfangen –
jeder sucht ja mit Recht Gottheiten, die er verehrt –,
betet weinend, es möcht' euer Bitten den Kaiser gewinnen,
daß er ihrem Gemahl gönne ein näheres Grab.

3. An Rufinus

Diesen Gruß hier sendet, Rufinus, dir Naso, der Deine,
wenn man's im Elend vermag, einem der Seine zu sein.
Meinem verstörten Gemüt hat die kürzlich gespendete Tröstung
mitten in all meinem Leid Hoffnung und Hilfe gebracht.
Und wie der Held aus Poias' Geschlecht durch die Künste Machaons,
der seine Wunde gestillt, heilende Hilfe erfuhr,
also begann ich Niedergeschlagner, vom heftigen Stoße
wund, ermutigt durch dich, besser bei Kräften zu sein,
kehrte, ermattend schon, auf dein Wort hin wieder ins Leben,
wie in den Adern der Puls neu sich belebt durch den Wein.
Doch deine Rede hat nicht so gewaltige Kräfte entfaltet,
daß nun mein Herz schon gesund wäre durch das, was du sprachst.
Nimmst du auch viel hinweg von der reißenden Flut meiner Nöte,

was dem Erschöpften noch bleibt, wird doch nicht weniger sein.
Lang noch vielleicht wird es dauern, bis einst diese Wunde vernarbt ist;
Wunden, die frisch sind, schreckt jede berührende Hand.
Immer gelingt es dem Arzt ja nicht, daß der Kranke genese:
stärker ist oft das Weh als die gelehrteste Kunst.
Siehst du doch auch, wie das Blut, das die Lunge, die leidende, auswirft,
sicheren Weges hinab führt zu den Wassern der Styx.
Mag Aesculapius selbst die heiligen Kräuter uns bringen,
heilen wird er durch kein Mittel ein blutendes Herz.
Keinerlei Heilkunst weiß zu beheben die knotige Fußgicht,
und auch der Wassersucht Schrecken beseitigt sie nicht.
Manchmal ist auch der Kummer durch keine Künste zu heilen,
oder, wenn er es ist, lindert ihn langsam die Zeit.
Wenn deine Lehren gar wohl den sinkenden Mut mir erhoben,
und ich die Waffen ergriff, welche dein Geist mir empfahl,
löst meine Liebe zur Heimat, die stärker als alle Besinnung,
wieder den ganzen Erfolg auf, den dein Schreiben errang.
Ob du dies nun als treu oder ob du's als weibisch bezeichnest,
soviel geb' ich doch zu: weich ist im Elend mein Herz.
Nicht zu bezweifeln ist je des Ithakers Klugheit, und dennoch
wünschte er endlich den Rauch heimischer Herde zu sehn.
Boden der Heimat zieht durch besondere Süße uns alle
an und läßt es nicht zu, daß man nicht seiner gedenkt.
Was ist besser als Rom? Was schlimmer als skythische Kälte?
Dennoch aus jener Stadt flüchtet hieher der Barbar.
Geht es im Käfig auch gut Pandions gefangener Tochter,
ist sie zum eigenen Wald wiederzukehren bestrebt.
Stiere suchen die Triften, an die sie gewöhnt sind, und Löwen
suchen, wie wild sie auch sind, gern ihre heimische Schlucht.
Dennoch hoffst du, es könne vor deinen Linderungsmitteln

schon der Verbannung Weh weichen aus meinem Gemüt.
Mache nur, daß es mich selbst nicht drängt, euch fürder zu lieben!
Leichter ertrag' ich es dann, Freunde zu missen wie euch.
Da ich indessen das Land entbehre, wo einst ich geboren,
glaubt' ich, ein menschlicher Ort werde mein Aufenthalt sein:
einsam lieg' ich am Strande des äußersten Endes der Erde,
wo der Boden bedeckt bleibt von beständigem Schnee;
dieses Land hier erzeugt nicht Äpfel, nicht köstliche Trauben;
weder grünen am Strand Weiden noch Eichen am Berg.
Und auch die See ist nicht mehr als das Land zu loben: es schwellen
immer, der Sonne beraubt, Wogen beim Wüten des Sturms.
Rings, wohin du auch blickst, entbehrt das Feld des Bebauers,
liegen die Fluren wüst, weil sie ja niemand begehrt.
Feinde, von rechts und von links zu fürchten, sind stets in der Nähe,
und die benachbarte Angst schreckt uns von dort und von da:
Lanzen bistonischer Art hat die eine Seite zu spüren,
während die andre der Pfeil trifft aus sarmatischer Hand.
Geh und erzähle mir nun von dem Beispiel der Männer aus alter
Zeit, die mit tapferem Sinn trugen ein schweres Geschick,
oder bewundre des edlen Rutilius seelische Größe,
dem man's erlaubte und der dennoch nicht kehrte zurück!
Smyrna bewohnte der Mann, nicht feindliches Land und den Pontus,
Smyrna, das keinem Asyl weicht, das man etwa sich wünscht.
Nicht den sinopischen Kyniker schmerzt' es, die Heimat zu meiden;

denn er wählte ja dich, attisches Land, sich zum Sitz.
Neokles' Sohn, der die persischen Waffen im Kampfe geschlagen,
litt sein erstes Exil in der argolischen Stadt.
Aristides entfloh, aus der Heimat vertrieben, nach Sparta,
aber es war nicht gewiß, welches die bessere Stadt.
Nach seiner Bluttat ließ, noch jugendlich, Patroklos Opus,
kam als Achilles' Freund in das thessalische Land.
Aus Thessalien wich, verbannt zur Quelle Pirene,
er, der das heilige Schiff führte zum kolchischen Meer.
Kadmos, Agenors Sohn, verließ die Mauern von Sidon,
um sich am besseren Ort andere Mauern zu baun.
Tydeus kam zu Adrastus, vertrieben aus Kalydons Grenzen,
und den Teucrus empfing Boden, von Venus geliebt.
Soll ich die Alten aus römischem Stamm noch erwähnen, bei denen
Tibur als äußerster Ort für die Vertriebenen galt?
Zählt' ich sie sämtlich auf – noch nie hat man jemanden weiter
fort von der Heimat geschickt, nie an so schaurigen Ort.
Euere Weisheit muß gleichwohl dem Dulder verzeihen,
wenn er sich nicht so viel aus den Belehrungen macht.
Dennoch leugne ich nicht, daß, wenn meine Wunden sich schließen
könnten, dein Rat es ist, der sie zu schließen vermag.
Aber ich fürchte, daß du dich vergebens bemühst, mich zu retten,
daß ich, indes man mir hilft, schon ein Verlorener bin.
Doch ich sage das nicht, weil größere Klugheit mir eignet,
sondern weil ich mir selbst mehr als dem Arzte bekannt;
mag es indes so sein, so kam dein Wille zu mir doch
als ein großes Geschenk, das ich zu würdigen weiß.

4. An die Gattin

Schon durchsetzt sich mein Haar mit dem Grau des schlimmeren Alters,
Runzeln des Greisentums furchen mir schon das Gesicht.
Schon ermattet die Frische und Kraft im erschütterten Körper;
was in der Jugend mich einst freute, gefällt mir nicht mehr,
und wenn du plötzlich mich sähest, du würdest mich gar nicht erkennen:
so zerstörend auf mich hat schon das Alter gewirkt.
Geb' ich auch zu, daß die Jahre das tun, so ist doch ein andrer
Grund: mein geängstigtes Herz und die beständige Pein;
wenn man nämlich das Leid verteilt über alle die Jahre,
werde, das glaube du mir, älter als Nestor ich sein.
Körper von kräftigen Stieren – und was ist fester als Rinder? –
siehst du auf hartem Gefild schließlich ermatten vor Müh;
Boden, der nie zu ruhn, nie brach zu liegen gewohnt ist,
wird durch beständige Frucht endlich erschöpft und verbraucht.
Wenn zu den Kämpfen des Zirkus dauernd in ununterbrochnem
Laufe man nötigt das Pferd, bricht es zusammen zuletzt.
Sei es auch noch so fest, das Schiff wird im Meere zerfallen,
wenn es im Trockenen nie sich von der Nässe erholt;
mich auch erschöpft die nicht zu ermessende Reihe der Leiden,
ja, schon lang vor der Zeit hat sie zum Greis mich gemacht.
Muße erquickt den Leib, auch der Geist kann in ihr sich erholen;
beide indessen verzehrt ständige Mühe zuletzt.
Sieh, welches Lob dem Sohne des Aeson, weil er in diese
Gegend dereinst sich begab, spät noch die Nachwelt erteilt!
Leichter und kleiner jedoch war seine Beschwer als die meine,
wenigstens wenn sein Ruhm Tatsachen nicht unterdrückt.
Jener ist her zum Pontus gefahren in Pelias' Auftrag,

den in Thessalien kaum jemand zu fürchten gehabt;
mich hat der Kaiser gestraft, vor dem vom Aufgang der Sonne
bis zum Untergang hin zittern die Länder der Welt.
Näher als Rom sind dem Schwarzen Meere Thessaliens Grenzen,
und eine kürzere Fahrt mußt' er bestehen als ich.
Seine Begleiter waren die Besten des griechischen Landes:
als die Verbannung mich traf, wandten sich alle von mir.
Ja, auf zerbrechlichem Holz durchfurcht' ich die Weite des Meeres;
aber das Schiff, das dem Sohn Aesons gehörte, war dicht.
Tiphys war nicht mein Steuerer, auch kein Sohn des Agenor
wies mir die Wege, die ich sollte verfolgen und fliehn.
Ihn beschützte gemeinsam mit Pallas die Königin Juno:
keinerlei göttliche Macht stand mir verteidigend bei.
Jenen beglückten die heimlichen Künste des Gottes der Liebe:
hätte, das wünscht' ich, doch nie Amor von mir sie gelernt!
Jener kehrte nach Haus, ich sterbe in diesen Gebreiten,
wenn der beleidigte Gott ferner im Zorne verharrt.
Härteres also muß ich, du treueste Gattin, ertragen
als das Werk, das der Sohn Aesons dereinst unternahm.
Glaublich ist's, daß auch du, die jung in der Stadt ich zurückließ,
durch die Gewalt unsres Leids älter zu werden begannst.
Dürfte ich doch – o gäben's die Götter! – dich so jetzt erblicken,
Küsse der Liebe dir gar drücken aufs bleichende Haar
und deinen schlanken Leib mit meinen Armen umfangen
und dir bekennen: «Es hat Kummer um mich dies bewirkt»,
weinend selber der Weinenden all meinen Jammer erzählen
und mich erfreuen mit dir niemals erhofften Gesprächs!
Dürft' ich dem Kaiserhaus und der Gattin, die würdig des Kaisers,

wahren Gottheiten, streun Weihrauch mit dankbarer Hand!
Riefe, nachdem sich der Fürst besänftigt, die Mutter des Memnon
diesen Tag uns doch bald rosigen Mundes herauf!

5. An Cotta Maximus

Naso, der einst nicht der letzte von all deinen Freunden gewesen,
bittet zu lesen den Brief, Maximus, den er dir schreibt.
Sieh aber ab davon, mein Talent noch darinnen zu suchen,
daß unkundig du nicht meiner Verbannung erscheinst!
Wie der Körper durch säumige Muße erschlaffe, das weißt du,
und wie das Wasser verdirbt, wenn die Bewegung ihm fehlt.
Nannt' ich ein wenig Begabung, Gedichte zu schreiben, mein eigen,
schwindet sie hin und nimmt ab durch den seltnen Gebrauch.
Dies auch, was ihr hier lest, das schreib' ich, Maximus, glaub mir,
widerwillig und kaum zwing' ich dazu meine Hand.
Mir widerstrebt es, den Geist auf solche Bemühung zu richten,
und bis ins getische Land folgt keine Muse dem Ruf.
Doch, wie du selbst siehst, ring' ich darum, in Versen zu schreiben;
freilich die Verse sind nicht lieblicher als mein Geschick.
Les' ich, was ich geschrieben, so schäm' ich mich, weil auch nach meiner
Meinung das meiste verdient, daß man es tilge sogleich.
Dennoch verbeßre ich's nicht: diese Mühe ist größer als Schreiben,
und mein erkranktes Gemüt hält nichts Beschwerliches aus.
Meinst du, ich ginge daran und bediente mich schärfer der Feile

und vor ein strenges Gericht zöge ich jegliches Wort?
Gar zu gering ist die Qual, wenn der Lixus nicht in den Hebrus
fließt und der Athos nicht wirft auf die Alpen sein Laub.
Schonung verlangt ein Gemüt, das an schlimmen Verwundungen leidet:
Rinder entziehn ihren Hals, ist er entzündet, dem Joch.
Frucht aber, dünkt mich, ist da, der gerechteste Grund für die Mühen,
und mit gehäuftem Gewinn trägt seine Saaten das Feld!
Nie hat ein Werk mir genützt bis zum heutigen Tag, wenn du alle
durchgehst – hätte mir nur keines zum Schaden gereicht!
Darum wunderst du dich, daß ich schreibe? Ich wundre mich selber;
oftmals frag' ich wie du, was ich bezwecke damit.
Sagt wohl das Volk sich mit Recht, nie seien die Dichter vernünftig?
Bin wohl der stärkste Beweis dieses Gedankens ich selbst,
der ich, getäuscht so oft durch das unfruchtbare Gefilde,
darauf bestehe, zu streun Saat auf verderbliches Land?
Freilich, ein jeglicher möchte wohl stets seinen Neigungen leben:
Künsten, an die man gewöhnt, widmet man gern seine Zeit.
Schwört ein verwundeter Kämpfer auch ab, noch zu kämpfen, so nimmt er
doch, seiner Wunden nicht mehr denkend, die Waffen zur Hand.
Nie, so sagt der Gescheiterte, wolle er künftig in See gehn,
und schon rudert er dort, wo er soeben noch schwamm.
Und so verharr' ich denn standhaft bei nutzlosem Treiben und wende
Göttinnen mich, deren Dienst Leid mir gebracht, wieder zu.

Was unternähme ich lieber? Ich mag nicht müßiger Trägheit
frönen: der Müßiggang gilt mir so viel wie der Tod.
Mir mißfällt's, bis zum Morgen bei reichlichem Weine zu prassen,
und es verlocken auch nicht Würfel die zitternde Hand.
Wenn ich die Stunden dem Schlaf, die der Körper verlangt, überlasse,
womit verbrächte ich wohl, während ich wache, die Zeit?
Sollt' ich die heimische Sitte vergessen, sarmatische Bogen
spannen lernen und mich widmen den Künsten des Orts?
Solche Beschäftigung auch noch zu üben, versagen die Kräfte,
und es vermag ja mein Geist mehr als mein schwächlicher Leib.
Wenn du es recht überlegst, was ich treibe, ist nichts doch von größrem
Nutzen als eben die Kunst, der es an Nutzen gebricht;
denn ich erreiche durch sie, daß ich meine Beschwerden vergesse:
wenn diese Ernte mein Feld trägt, so genügt es mir schon.
Euch beschwinge der Ruhm! Ihr mögt, daß man eure Gedichte,
wenn ihr sie vortragt, lobt, musischem Reigen euch weihn!
Mir ist's genug, was mir leicht hervorströmt, niederzuschreiben:
allzu sehr mich zu mühn fehlt es an jeglichem Grund.
Warum sollte ich eifrig besorgt meine Dichtungen glätten?
Soll ich befürchten vielleicht, daß sie der Gete nicht lobt?
Sei die Behauptung auch kühn, doch rühm' ich mich, daß an der Donau
sich kein größres Talent sonst als das meinige zeigt.
Mir ist's genug, wenn ich hier, wo ich leben muß, es erreiche,
unter des getischen Volks Wilden ein Dichter zu sein.
Weshalb sollte der Ruf in entlegne Bereiche mich tragen?

Sei denn mein Rom dieser Ort, den mir das Schicksal bestimmt!
Hier ist der Schauplatz, der meine traurige Muse befriedigt:
so verdient' ich's, und so haben's die Götter gewollt.
Ja, ich glaube auch nicht, daß von hier meine Bücher bis dorthin
wandern, wohin der Nord weht mit erlahmendem Flug.
Trennt der Himmel uns doch, und fern von der Stadt des Quirinus
schaut aus der Nähe der Bär struppiges getisches Volk;
kaum kann ich glauben, daß je über soviel Land und Gewässer
hin eine Nachricht springt über mein jetziges Werk.
Wenn man es läse und wenn es, was seltsam wäre, gefiele,
nützte der Umstand gewiß seinem Verfasser zu nichts.
Hülfe es dir, wenn man dich in dem heißen Syene belobte
oder im Indischen Meer, wo es Taprobane netzt?
Wünschest du höher zu gehn? Wenn der weit entfernten Plejaden
Sternbild wollte dein Lob singen, was hättst du davon?
Doch nicht gelang' ich zu euch durch mittelmäßiges Schreibwerk,
und aus der Stadt entfloh mit dem Besitzer sein Ruf.
Ihr aber, denen ich einst schon starb, als mein Ruhm ward begraben,
werdet von meinem Tod, glaube ich, schweigen auch jetzt.

6. An Graecinus

Hat wohl, als du von meinem Geschick – denn du warst in entfernten
Gegenden - Kunde empfingst, etwa dein Herz sich betrübt?
Magst du es leugnen und fürchten es auszusprechen, Graecinus,

sicher, sofern ich dich recht kenne, betrübte es dich.
Nimmer verträgt sich mit deinen Gesinnungen lieblose Roheit,
und nicht weniger steht deinem Bestreben sie fern.
Edlere Künste, wie du sie zu pflegen nach Kräften bemüht bist,
weisen die Härte zurück, geben ein weiches Gemüt.
Keiner hat ihnen mit größerer Treue als du sich ergeben,
wo es die Pflicht dir erlaubt und der soldatische Dienst.
Wahrlich, sobald ich zu fühlen vermochte, welch Leid mich getroffen –
denn vor Bestürzung blieb ohne Besinnung ich lang –,
fühlt' ich als Schicksal auch dies, daß du, der Freund, mir entfernt warst,
der mir ein mächtiger Schutz hätte zu werden vermocht.
Damals fehlte mit dir mir der Trost des verwundeten Herzens
und ein beträchtlicher Teil meines entschlossenen Muts.
Jetzt aber leiste von fern mir die einzige Hilfe, die übrig,
fleh' ich: erquicke mein Herz nur durch ein tröstliches Wort!
Darf man doch, wenn du nur etwas dem Freunde, der nie dich belogen,
glaubst, wohl töricht dies Herz nennen, doch nimmer verrucht.
Doch weder kurz noch gefahrlos läßt sich der Ursprung des Fehltritts
schildern: die Wunde schrickt vor der Berührung zurück.
Wie sie auch immer entstand, unterlaß es, danach mich zu fragen!
Reize sie nicht, wenn du willst, daß sie vernarbend sich schließt!
Was es auch sei, es ist nur Schuld, nicht Verbrechen zu nennen:
ist ein Verbrecher denn stets, wer gegen Götter verstößt?
Einige Hoffnung darauf, Graecinus, daß meine Bestrafung
einst sich mildre, verblieb drum in der Seele zurück.

Denn diese Göttin verweilt, seit die Gottheiten flohn von der schlimmen
Erde, allein in der Welt, welche den Göttern verhaßt.
Sie nur bewirkt, daß der Gräber noch lebt mit der Fessel am Fuße
und daß er glaubt, sein Bein werde vom Eisen noch frei;
sie auch bewirkt, daß, wiewohl er kein Land in der Runde erspähn kann,
mitten im Meer seinen Arm noch der Gescheiterte regt.
Manchen schon hat die kundige Pflege der Ärzte verlassen,
dem doch die Hoffnung nicht sinkt, selbst wenn der Puls schon versagt.
Auch die im Kerker Gefangnen, so sagt man, hoffen auf Rettung;
mancher bringt, schon am Kreuz hangend, Gelöbnisse dar.
Ja, wie viele, die schon um den Hals die Schlinge sich legten,
hielt diese Göttin davon ab, sich dem Tode zu weihn!
Mich auch, der seinen Schmerz durch das Schwert zu beenden versuchte,
hinderte sie und griff ein mit verwehrender Hand:
«Was unternimmst du? Der Tränen bedarf's, nicht des Blutes», so rief sie;
«oftmals haben sie schon fürstliches Zürnen versöhnt.»
Deshalb ist meine Hoffnung groß auf die Güte des Gottes:
habe ich sie gleich nicht durch mein Verhalten verdient;
flehe ihn an, Graecinus, daß er mir länger nicht gram sei:
füge auch du ein Wort meinen Gesuchen hinzu;
aber man möge mich nur in dem Lande von Tomis begraben,
ist es nicht völlig gewiß, daß du mir dieses gelobst.
Eher nämlich beginnen die Tauben den Turm zu vermeiden,
Höhlen das Wild, das Vieh Gräser, der Taucher die Flut,
als daß Graecinus sich schlecht einem alten Freunde bewähre:
so hat mein Schicksal nicht alles zu wandeln vermocht!

7. An Messalinus

Statt eines mündlichen bringt aus dem Lande der grausamen Geten
dir, Messalinus, der Brief, den du jetzt liest, meinen Gruß.
Zeigt den Verfasser der Ort? Oder mußt meinen Namen du lesen,
um zu erkennen, daß ich, Naso, es bin, der dir schreibt?
Hält von den Deinigen einer sich auf im entlegensten Lande
außer mir, der ich wünscht', einer der Deinen zu sein?
Wollten die Götter, daß alle, die dich verehren und lieben,
blieben bewahrt davor, kennenzulernen dies Volk!
Sei es genug, daß ich zwischen Eis und skythischen Pfeilen
lebe, sofern eine Art Todes als Leben noch gilt:
mich nur bedränge die Erde mit Krieg, der Himmel mit Kälte,
getische Wut mit dem Speer, schlage mit Hagel der Sturm;
mich umgebe das Land, das der Äpfel und Trauben ermangelt
und wo von überall her droht unablässig der Feind!
Glücklich bleibe die übrige Schar deiner treuen Verehrer,
drin ich ein winziges Glied, wie unterm Volke, nur war!
Ach, ich Armer, wenn du dich durch Worte wie diese gekränkt fühlst
und es verneinst, daß ich einst einer der Deinigen war!
Und wenn es wahr auch wäre – du mußt es dem Lügner verzeihen:
schadet es doch deinem Ruf nichts, wenn ich prahle mit dir.
Wer, der dem Caesar bekannt, wird nicht als sein Freund sich gebärden?
Laß mich's gestehn: du warst immer ein Caesar für mich.
Dennoch dring' ich nicht ein, wo es nicht erlaubt ist: genug ist's,
gibst du nur zu, daß mir einst offen gestanden dein Haus.
Hättest du auch nichts weiter mit mir zu schaffen gehabt, so
wirst du von einem Mund weniger doch jetzt gegrüßt;

auch dein Vater sogar hat als Freund mich niemals verleugnet,
der mir Ermuntrer der Kunst war und ihr Anlaß, ihr Licht,
dem ich Tränen als letzte Ehre bei seiner Bestattung
widmete und ein Gedicht, das auf dem Markte man sang.
Ferner dein Bruder, mit dem dich so innige Liebe verbindet,
wie die Atriden sie einst und Tyndariden verband:
dieser verschmähte mich nicht als Freund und nicht als Begleiter –
falls du nicht etwa meinst, daß es ihn schädigen kann.
Sonst will ich gern mich in diesem Punkte als Lügner bekennen:
lieber noch soll euer Haus völlig verschlossen mir sein.
Aber es braucht nicht verschlossen zu sein, und keine Gewalt hat
Kraft, zu bewirken, daß je etwas verfehle der Freund:
wünschte ich mir nun gleich, auch die Schuld bestreiten zu dürfen,
weiß doch ein jeder: es liegt jeglich Verbrechen mir fern.
Drum, wenn ein Teil des Vergehens sich nicht entschuldigen ließe,
wäre die Strafe gering, nur ein Verwiesner zu sein;
aber das sah er selbst, der alles durchschaut, unser Kaiser:
Torheit dürfe genannt werden mein ganzes Vergehn;
hat mich geschont, wo ich und wo meine Tat es nur zuließ,
und seines Blitzes Gewalt maßvoll gebraucht wider mich.
Weder mein Leben, mein Gut noch die Hoffnung benahm er auf Heimkehr –
würde durch euer Flehn nur überwunden sein Zorn!
Freilich stürzt' ich gar schwer; denn ist's zu verwundern, wenn keine
leichtere Wunde empfing einer, den Juppiter traf?
Wollte Achilles selbst gleich hemmen die Kraft seines Armes,
gingen von Peleus' Speer wuchtige Stöße doch aus.

Da mich also des Strafenden Urteil selber begünstigt,
muß deine Tür auch nicht leugnen, daß sie mich gekannt.
Zwar sie ward, ich gesteh's, nicht ganz so verehrt, wie sie sollte;
aber ich glaube, das lag gleichfalls an meinem Geschick.
Doch nicht ein anderes Haus hat so meine Dienste empfangen:
immer, ob hier oder dort, war ich an euerem Herd;
du auch hältst ihm die Treue, und kann ich dir selbst auch nicht dienen,
hat doch des Bruders Freund einige Rechte bei dir.
Schuldet man denen auch Dank, die zuvor uns Dienste erwiesen,
kommt's deiner Stellung nicht zu, vorher zu leisten den Dienst?
Darum, erlaubst du mir, dir zu raten, was du dir wünschest,
bete darum, daß du mehr gibst als Empfangnes belohnst!
Und das tust du: soviel ich heut mich erinnere, gabst du
selber so manchem Grund, dir seine Dienste zu weihn.
Nimm in die Schar drum wieder mich auf, wenn du magst, Messalinus!
Laß doch in euerem Haus ja keinen Fremden mich sein!
Schmerzt es dich nicht, daß Naso, weil er's vermutlich verdient hat,
Leiden erträgt, so beklag wenigstens, daß er's verdient!

8. An Severus

Diesen Gruß, den hier dein geliebter Naso dir sendet,
nimm, mein Severus, ihn an, der du im Herzen mir wohnst!
Frag nicht, wie es mir geht! Wenn ich alles erzähle, so weinst du:
wenn du das Wichtigste weißt über mein Leid, so genügt's.

Ständig lebe ich, gänzlich dem Frieden entwöhnt, unter Waffen:
grimmig mit Bogen und Pfeil führen die Geten den Krieg.
Ich nur von all den Vertriebnen muß Krieger sein als Verbannter:
sicher – ich gönne es ihr – birgt sich die übrige Schar.
Daß um so mehr du mein Schreibwerk würdig erachtest der Nachsicht,
lies doch die Dichtungen auch, die ich in Waffen verfaßt!
Alt ist die Stadt und nahe dem Ufer der Donau, durch Mauern
unzugänglich beinah und durch die Lage des Orts.
Wenn man den Hiesigen glaubt, hat die Stadt Aegisos gegründet,
kaspischen Stamms, und sein Werk dann nach sich selber genannt.
Wilde Geten vernichteten unversehns die Odryser,
nahmen die Stadt, zum Kampf gegen den König bereit.
Er, seines großen Geschlechtes gedenk, dessen Glanz er erhöht hat,
naht, von unzähliger Schar Krieger umgeben, sogleich
und ließ eher nicht nach, als bis durch der Schuldigen Blutbad
. . . .
Dir sei's, tapferster König, in unseren Zeiten beschieden,
daß du dein Zepter stets führest mit rühmlicher Hand!
Möge, was höher noch steht, – was könnt' ich dir Besseres wünschen? –
loben das Rom des Mars dich und sein mächtiger Fürst!
Aber bedenkend, von wo ich ausging, klag' ich, mein Teurer,
daß zu den Leiden mich noch wütende Waffen bedrohn:
seit ich euer entbehre, zur stygischen Küste verstoßen,
hat die Plejade mit vier Herbsten bereits mich bestürmt,
und du vermutest wohl nicht, daß Naso des römischen Lebens
Freuden ersehne, und doch sehnt er sich immer danach.

Denn es gedenkt mein Sinn bald euer, ihr holden Gefährten,
bald mit dem teueren Weib liegt mir die Tochter im Sinn.
Wieder begeb' ich vom Haus zu den Plätzen der herrlichen Stadt mich:
alle vermag sie zu schaun dann mit den Augen mein Geist,
jetzt die Märkte, die Tempel, die marmorbedeckten Theater,
sucht er, die Hallen sodann mit dem geglätteten Grund,
jetzt auch des Marsfelds Gras mit dem Blick auf die prächtigen Gärten,
Teiche, Kanäle, den Quell, einst nach der Jungfrau benannt. –
Aber man raubte wohl so dem Armen die Wonnen der Großstadt,
daß ihn doch irgendein Feld wenigstens könne erfreun?
Ach, es sehnt sich mein Sinn nicht nach den verlorenen Äckern,
nicht nach dem Gut, das sich sehn läßt auf paelignischer Flur,
nicht nach den Gärten, gelegen auf fichtenbestandenen Hügeln,
die man vom Clodischen Weg und vom flaminischen sieht,
die ich, ich weiß nicht für wen, gepflegt, wo ich selbst von der Quelle
Wasser – ich schäme mich nicht – trug, zu besprengen die Saat,
wo, wenn es lebt, auch Obst, mit den eigenen Händen gepflanztes,
aber mit eigener Hand nicht auch zu pflückendes wächst.
Dürft' es mir wenigstens doch statt all des Verlornen vergönnt sein,
daß ich als Flüchtling hier könnte die Scholle bebaun!
Wollt' ich doch, ging' es nur an, am Felsen hangende Ziegen
selber und Schafe so gern weiden, gestützt auf den Stab.
Selber, daß nicht der gewohnte Kummer mich fürder bedränge,

unters geschwungene Joch führt' ich das pflügende Rind,
und ich erlernte die Rufe, die getische Stiere verstehen,
riefe den Tieren auch zu Drohungen, die sie gewohnt;
Selbst mit der Hand den Sterz des Pfluges drückend und lenkend,
sucht' ich Samen zu streun in das gelockerte Land,
zögerte nicht, die Saat mit der Hacke, der langen, zu säubern,
spendete Wasser dem schon dürstenden Garten zum Trank.
Aber woher dies mir, da nun zwischen mir und dem Feinde
nichts als die Mauer nur steht und das verschlossene Tor? –
Dir aber spannen die Hände der Schicksalsgöttinnen starke
Fäden bei deiner Geburt, was mich von Herzen erfreut.
Bald auf dem Felde verweilst du und bald im Schatten der Halle,
bald auf dem Markt, wo du nur selten verbringst deine Zeit.
Jetzt ruft Umbrien dich, und verlangt's dich nach Albas Gefilde,
führt dich der Appische Weg hin auf erglühendem Rad.
Wünschen magst du wohl dort, daß der Kaiser berechtigtes Zürnen
aufgibt und mir dein Haus werde zum gastlichen Dach.
Ach, zu viel ist, was, Freund, du verlangst: bescheidener wünsche!
Ziehe nur deines Begehrs Segel, ich bitte dich, ein!
Nur ein näheres Land und kein vom Kriege bedrohtes
gönne man mir, und man nimmt viel meiner Übel mir ab.

9. An Cotta Maximus

Als dein Brief mir die Kunde gebracht, daß uns Celsus entrissen
worden, da ward er sogleich feucht, weil ich Tränen vergoß,
und, was ich sagen nicht dürfte und was mir unmöglich erschienen,

mit widerstrebendem Blick wurde gelesen dein Brief.
Ja, nichts Bittreres ist bisher mir zu Ohren gekommen,
seit ich in Pontus bin, komme auch künftig mir nicht!
Mir vor den Augen noch schwebt sein Bild, als wär' er zugegen,
und den Erloschenen stellt Liebe als lebend sich vor.
Oft erinnre ich mich, wie er ledig der Würden gescherzt hat,
oft, wie er lauter und treu ernste Geschäfte besorgt.
Aber kein Zeitpunkt kommt in den Sinn mir öfter als jener –
ging' es nach meinem Wunsch, hätt' ich ihn nicht überlebt–,
als mein Haus in gewaltigem Einsturz plötzlich dahinsank,
fallend zusammenbrach über dem Haupt seines Herrn.
Er aber stand mir bei, da die meisten im Stiche mich ließen,
Maximus, er, der mich nicht auch mit dem Glücke verließ:
anders sah ich ihn nicht bei meinem Untergang weinen,
als wenn sein Bruder gelegt würde aufs brennende Holz.
Hangend an meinem Hals hat er mich, den Gebeugten, getröstet,
und seiner Tränen Erguß mischte dem meinigen sich.
Oh, wie vielmals hielt er als unwillkommener Wächter
doch meine Hände zurück, die meinen Tod schon gesucht!
Oh, wie vielmals sprach er: «Der Götter Zorn ist versöhnbar!
lebe und zweifle nur nicht, daß man dir könne verzeihn!»
Aber sein häufigstes Wort war dies: «Bedenke, welch große
Hilfe Maximus dir sein muß in all deinem Leid!
Maximus wird sich bemühn, wird, treu wie er ist, es erbitten,
daß nicht des Kaisers Zorn hartnäckig bleibt bis zuletzt,
wird mit dem seinen den Einfluß des Bruders verbinden und jedes
Mittel versuchen, auf daß endlich sich lindre dein Schmerz.»
Diese Worte verminderten mir den Ekel am Leben;
daß sie nicht eitel und leer, Maximus, bleiben, gib acht!
Schwören wollt' er sogar, mich hier dereinst zu besuchen,

wenn zu der weiten Fahrt du die Erlaubnis ihm gäbst.
Denn er verehrte dein Heim mit nicht geringerer Ehrfurcht,
als du selber der Welt Herren, die Götter, verehrst.
Glaube mir: darfst nach Gebühr du vieler Freunde dich freuen,
unter den vielen stand Er hinter keinem zurück,
wenn nicht etwa der Reichtum, der Ahnen strahlender Name,
sondern die Redlichkeit groß macht und die geistige Kraft.
Tränen weihe ich drum mit Recht dem entrissenen Celsus,
wie er mir Lebendem einst weihte bei meinem Exil:
Verse weih' ich mit Recht, seine seltene Art zu bezeugen,
daß auch die Nachwelt noch, Celsus, erfährt deinen Ruhm.
Dies nur vermag ich dir von den getischen Fluren zu senden:
dies ist das einzige, was Einlaß dort findet von mir.
Nicht konnt' ich geben das letzte Geleit, nicht salben den Leichnam;
hält von dem lodernden Holz mich eine Welt doch getrennt.
Der es vermochte und der dir als Gottheit gegolten im Leben,
Maximus hat dir erfüllt jegliche liebende Pflicht.
Er hat feierlich dich und mit großen Ehren bestattet,
hat den erkalteten Leib dir mit Amomum besprengt,
trauernd die Salben gemischt mit seinen vergossenen Tränen,
mit dem benachbarten Grund deine Gebeine bedeckt.
Da er verstorbenen Freunden gewährt, was die Pflicht ihm gebietet,
zähl' er auch mich der Schar seiner Verstorbenen zu!

10. AN FLACCUS

Naso, schickt, der Verbannte, dies «Heil!» als dem Seinen dir, Flaccus,
wenn man zu senden vermag, was man doch selber nicht hat;
meinem von bitterem Kummer zerrütteten Leibe gestattet

lange Ermattung es nicht, frisch und bei Kräften zu sein.
Schmerz zwar peinigt mich nicht, noch verbrennen mich keuchende Fieber,
und auch des Pulses Schlag hat seinen üblichen Gang.
Stumpf ist der Gaumen, und Ekel erregt mir der Tisch, der gedeckte,
und wenn die Stunde des Mahls kommt, so verdrießt es mich nur.
Setze mir vor, was das Meer, was die Luft, was die Erde hervorbringt,
nichts wird darunter sein, was mein Verlangen erweckt.
Nektar, Ambrosia mag, den Trank und die Speise der Götter,
Hebe, die Eifrige, mir reichen mit zierlicher Hand,
wird doch ein solcher Genuß den gefühllosen Gaumen nicht reizen:
lang als beschwerliche Last läg' es im Magen mir nur.
Dies, wie wahr es auch ist, würd' ich nicht einem jeden zu schreiben
wagen, damit er mein Weh nicht etwa Leckersucht nennt.
Wahrlich, so steht es mit mir, und ganz so ist meine Lage,
daß mir sogar noch Raum bliebe für Leckergelüst!
Dem, das wünsch' ich, sei solch ein Gelüsten beschieden, der etwa
fürchtet, des Kaisers Zorn sei noch zu milde für mich!
Er auch, der Nahrung ist einem zarten Leibe, der Schlummer
nährt doch mit helfendem Dienst nicht den entkräfteten Leib,
sondern ich wache: es wacht mit mir unaufhörlich mein Kummer,
dessen Anlaß der Ort selbst mir beständig gewährt.
Darum würdest du kaum mein Gesicht, wenn du's sähest, erkennen,
würdest mich fragen, wohin all meine Farbe geflohn.

Wenig Saft nur gelangt in die abgemagerten Glieder:
bleicher als Wachs, wenn es frisch, sieht sich mein Körper jetzt an.
Vielem Genuß von Wein hab' ich nicht diesen Schaden zu danken:
ist dir doch, daß ich beinah Wasser nur trinke, bekannt.
Schmäuse belasten mich nicht, und sollt' ich nach ihnen verlangen,
fehlt's an Gelegenheit doch hier in dem getischen Land;
auch kein schädlicher Liebesgenuß beraubt mich der Kräfte;
findet er doch den Weg nicht in ein trauerndes Bett.
Wasser und Land sind schuld und noch etwas Stärkeres leider,
nämlich die seelische Qual, die mich beständig bedrückt.
Lindertest *du* sie nicht samt dem dir ähnlichen Bruder,
könnte mein Geist wohl kaum tragen die traurige Last.
Ihr seid meinem zertrümmerten Nachen die freundliche Küste,
und, was mir viele versagt, ihr habt mir Hilfe gewährt.
Helft mir immer, ich bitt' euch! Denn immer werde ich Hilfe
brauchen, solang sich gekränkt fühlt unser göttlicher Fürst.
Nicht daß er ende den Zorn, den verdienten, doch daß er ihn mindre,
darum flehet für mich beide die Himmlischen an!

ZWEITES BUCH

1. An Germanicus

Bis hierher ist der Ruf vom Triumph der Caesaren gedrungen,
während doch kaum so weit weht der ermüdete Süd;
nichts Erfreuliches würde zuteil mir in Skythien, glaubt' ich:
schon ist der Ort mir nicht mehr ganz so verhaßt wie bisher;
endlich hat sich die Woge des Grames verzogen; ich habe
heiteren Himmel gesehn, habe mein Schicksal getäuscht.
Hätte der Kaiser gewollt, daß mir keinerlei Freude zuteil wird,
sieht er die eine indes gern einem jeden gewährt.
Auch die Götter, damit ein jeder sie freudig verehre,
wünschen, daß wir von Leid frei ihre Feste begehn.
Schließlich, und dieses Bekenntnis zu wagen ist sicherlich Wahnsinn,
werd' ich, verböt' er es selbst, mich dieses Glückes erfreun.
Stets wenn mit heilsamem Regen die Felder Juppiter segnet,
schießt, gemischt mit der Saat, zäh auch die Klette empor;
selbst ich unnützes Kraut erfahre das fruchtbare Walten:
ohn' es zu wollen, erfreut göttliche Hilfe mich oft.
Von den Freuden des Kaisergeschlechtes entfällt auch auf mich ein
Anteil: hat doch dies Haus nichts, was nicht allen gehört.
Dank dir, Fama, durch die ich inmitten des getischen Volkes
Eingeschlossener schaun durfte den Prunk des Triumphs.
Du hast mir Kunde gebracht, daß vor kurzem zahllose Völker
seien zusammengeströmt, um ihren Lenker zu sehn,
ja, daß Rom, dessen Mauer umfaßt den riesigen Erdkreis,
kaum des Raumes genug hatte für soviel Besuch.
Du auch hast mir erzählt, nachdem der wolkige Südwind
viele Tage zuvor ständigen Regen ergoß,

habe auf himmlischen Wink die heitere Sonne geschienen:
so mit der Miene des Volks stimmte der Tag überein.
Ja, es habe der Sieger, mit lauter Stimme die Krieger
lobend, ihnen zugleich Ehrengeschenke gereicht.
Eh er die Zeichen des Siegs, die gestickten Gewänder, sich umtat,
ließ er des Weihrauchs Duft steigen am heiligen Herd,
fromm seines Vaters gerechter Gesinnung Genüge zu leisten,
die ja in seiner Brust immer ein Heiligtum hat,
und wo er schritt, empfing er im Beifall ein glückliches Zeichen,
haben Rosen, vom Tau feuchte, gerötet den Stein,
und die barbarischen Städte, getragen im Bilde aus Silber,
zeigten der Mauern Schutt und ihre Männer im Bild,
ferner die Flüsse und Berge und Kampf in der Tiefe des Waldes
und, durcheinander gemischt, Schilde und Speere zuhauf
und von dem Gold der Trophäen, das funkelt' und glüht' in der Sonne,
habe der römische Markt goldene Dächer gehabt;
soviel gefangene Führer trugen die Fesseln am Halse,
daß sie allein schon genügt hätten als feindliches Heer.
Leben, Begnadigung hätten die meisten von ihnen empfangen,
Bato sogar, der des Kriegs Stifter und Lenker doch war.
Warum leugnen, der Zorn der Gottheit auf mich könne schwinden,
wenn ich die Götter sogar Feinde begnadigen seh'?
Dieses selbe Gerücht, Germanicus, hat mir berichtet,
daß dein Name geprangt über den Städten beim Zug;
weder die mächtigen Mauern noch Waffen hätten sie gegen
dich zu beschützen vermocht, auch nicht die Lage des Orts.
Gebe der Himmel dir Jahre! Das übrige gibst du dir selber.
Nur lang dauernde Zeit sei deiner Mannheit gewährt!

Was ich gewünscht, wird geschehn: einen Sinn hat, was Sänger verkünden;
denn dem Flehenden gab günstige Zeichen ein Gott.
Auf zur Tarpejischen Burg wird Rom mit Freuden auch dich noch
sehn mit bekränztem Gespann steigen als Sieger empor.
Dann wird der Vater die zeitigen Ehren des Sohnes erleben,
Freude empfindend, wie er selbst sie den Seinigen gab.
Jetzt schon beachte mir wohl, der Jünglinge größter im Kriege
wie im Frieden, das Wort, das ich verkündige dir!
Diesen Triumph, vielleicht werd' ich auch in Gedichten ihn preisen,
wenn mein Leben dem Leid nur sich gewachsen erweist,
wenn nicht vorher mich selbst die skythischen Pfeile durchbohren
oder die getische Wut trifft mit dem Schwerte dies Haupt;
wenn dein Lorbeer zum Tempel gebracht wird, während ich lebe,
wirst du gestehn, daß mein Spruch doppelt die Wahrheit gesagt.

2. An Messalinus

Naso, eueres Hauses Verehrer seit frühesten Jahren,
der zu des Gastlichen Meers düsterem Strand ist verbannt,
sendet dir diesen Gruß, Messalinus, vom Lande der wilden
Geten, den er dir selbst pflegte zu bringen dereinst.
Weh mir, wenn deine Miene beim Lesen des Namens nicht so ist,
wie sie gewesen, und du weiterzulesen dich scheust!
Lies nur weiter, verbanne mit mir nicht auch meine Worte:
meinen Dichtungen ist euere Stadt nicht verwehrt.
Niemals hab' ich gewähnt, wenn der Ossa den Pelion trüge,

könnt' ich der Sterne Glanz greifen mit eigener Hand.
Weder habe ich, folgend Enceladus' rasendem Kriegszug,
Waffen gegen der Welt Herren, die Götter, geführt,
noch hat, was des Tydiden verwegene Rechte vollbrachte,
Göttergestalten mein Speer je sich zum Ziele gewählt.
Meine Verfehlung ist schwer; doch sie hat nur mein eignes Verderben,
hat keine größere Schuld auf mich zu laden gewagt.
Lediglich nicht recht klug und furchtsam kann man mich nennen:
beide Namen erteilt meinem Gemüt man mit Recht.
Zwar, nachdem ich den Zorn des Kaisers verdiente, gesteh' ich,
daß auch du wohl mit Recht dich meinem Flehen verschließt,
und bei der Liebe, die du zu Iulus' ganzem Geschlecht hegst,
trifft, wenn man einen davon kränkte, die Kränkung auch dich.
Dennoch, trägst du auch Waffen und drohst mit grausamen Wunden,
nimmer bewirkst du damit, daß ich mich fürchte vor dir.
Nahm doch ein troisches Schiff Achaemenides auf, einen Griechen;
Hilfe vom pelischen Speer hatte ein mysischer Fürst.
Flüchtet der Schänder des Tempels zuweilen sich doch zum Altare,
scheut nicht, um Hilfe zu flehn zu dem beleidigten Gott.
Könnte wohl einer behaupten, das sei nichts Sichres: gewiß nicht;
aber es fährt mein Schiff nicht durch ein friedliches Meer.
Sicheres suche, wer mag! Das traurigste Schicksal ist sicher;
denn wir fürchten dann nicht, daß uns noch Schlimmeres droht.
Wer vom schäumenden Meere gefaßt wird, reckt seine Arme

sorgend empor und sucht Halt bei den Dornen am Fels.
Bang vor dem Habicht wagt ein Vogel mit zitternden Flügeln,
von der Verfolgung erschöpft, sich an die menschliche Brust.
Ohne zu zögern vertraut auch die Hirschin dem nahen Gehöft sich,
die, in Schrecken versetzt, flieht vor dem grimmigen Hund.
Drum meinen Tränen gewähre, ich bitte dich, Gütigster, Zutritt!
Laß nicht mein zagendes Flehn stehn vor verschlossener Tür!
Hilfreich trage mein Wort empor zu der römischen Gottheit,
die du nicht minder verehrst als den Tarpejischen Gott!
Nimm meiner Sache dich an als Vermittler meines Verlangens,
wenn auch mein Name vielleicht jegliche Sache verdirbt!
Fast ein Verstorbner, zumindest ein schon erkaltender Kranker,
werd' ich gerettet durch dich, wenn ich zu retten noch bin.
Jetzt aber bring für die hilflose Sache den Einfluß zur Geltung,
den dir des göttlichen Herrn Liebe zu leihen geruht!
Helfe dir jetzt der Glanz der Beredsamkeit eueres Hauses!
Hast du durch sie doch gar oft bangen Verklagten genützt;
denn des beredsamen Vaters Zunge, sie lebt auch in dir noch,
und so fand diese Kunst heut ihren Erben in dir.
Aber ich bitte sie nicht, daß sie mich zu verteidigen suche:
wenn der Verklagte bekennt, schützt man die Sache nicht mehr;
nein, sieh zu, ob du nicht meine Tat als Versehen entschuldigst
oder ob es zu nichts führt, wenn du solches berührst!
Derart ist diese Wunde, daß ich es für sicherer halte,
wenn man nicht an sie rührt, da sie ja nimmer verheilt.
Zunge, sei still: darüber hinaus ist nichts zu erzählen.
Könnt' ich, begrübe ich gern selber mein eignes Gebein.
Sprich drum so, als hätte mich keinerlei Irrtum verleitet,

daß ich des Lebens, das Er schenkte, mich könne erfreun!
Und wenn er heiter erscheint, wenn dann sich entspannen die Mienen,
deren Bewegung zugleich Länder, das Weltreich bewegt,
bitte ihn, daß er mich nicht als mindere Beute den Geten
läßt und ein mildes Gebiet meiner Verbannung gewährt!
Günstig ist dieser Bitte die Zeit: selbst blüht er und sieht auch
blühen, o Rom, deine Macht, wie er sie einst dir geschenkt.
Ihm behütet ihr Lager die wohlbehaltene Gattin,
ihm auch weitet der Sohn aus das ausonische Reich.
Über sein Alter hinaus erweist sich Germanicus mutig;
Drusus' lebendige Kraft steht seinem Adel nicht nach.
Schwieger- und zärtliche Enkeltöchter und Söhne der Enkel
blühen und jeglicher Zweig an dem erhabenen Stamm.
Ja, die Paeonier, kürzlich besiegt, und Dalmatiens Bergvolk
wurden zur Ruhe gebracht und die Empörung gezähmt.
Und auch Illyrien sträubte sich nicht, seine Waffen zu strecken:
unter des Kaisers Fuß beugte es dienstbar das Haupt.
Er auf dem Wagen mit huldvoller Miene, ein herrlicher Anblick,
trug um die Schläfe das Laub Daphnes, gewunden zum Kranz.
Ihn begleitet mit euch der liebende Sproß, seines Vaters
wert und des Namens auch, den ihm der Kaiser verlieh,
ähnlich den Brüdern, die, da im nächsten Tempel sie wohnen,
hoch vom erhabenen Haus Caesar, der Göttliche, schaut.
Diesen, vor denen alles zurücksteht, ziemt ja der erste
Platz in der Freude: das gibt auch Messalinus mir zu.
Alles übrige ist das Werk wetteifernder Liebe:
keiner der Sterblichen wird ihn übertreffen darin.
Jenen Tag wird er feiern, da, wie's dem Verdienste bestimmt ist,

ehrenden Lorbeers Kranz krönt des Gewürdigten Haar.
O die Glücklichen, denen vergönnt war, zu schaun den Triumphzug
und sich am göttlichen Blick unseres Herrschers zu freun!
Ich aber muß statt des Kaisers Gesicht Sarmaten erblicken,
Land, das des Friedens entbehrt, Meer, das im Froste erstarrt.
Aber vernimmst du dies und dringt meine Stimme bis dorthin,
möge dein Einfluß mir dann helfen, zu wechseln den Ort!
Auch dein Vater begehrt dies, den ich von Kind an verehrte,
wenn noch ein Schatten Gefühl hegt und zu reden vermag,
und das wünscht auch dein Bruder, wie sehr er vielleicht auch besorgt ist,
daß dein Bemühn um mein Heil dir nicht zum Schaden gereicht.
Alle die Deinen verlangen's; du selbst auch kannst nicht bestreiten,
daß auch ich zu der Schar deiner Getreuen gehört.
Wenigstens ward mein Talent, das ich schlecht, ich verspürt' es, gebrauchte,
abgesehn von der «Kunst», häufig gebilligt von dir,
und auch mein Leben, siehst du nur ab von der letzten Verfehlung,
war doch nicht so, daß dein Haus meiner sich schämen gemußt.
Möge denn so das Mark eures Stammes blühn und gedeihen!
Seien die Himmlischen und sei auch der Kaiser mit dir!
Flehe zur gnädigen, aber mit Recht mir zürnenden Gottheit,
daß aus des skythischen Lands Wildheit ich werde entrückt!
Schwer ist's, ich muß es gestehn; doch Mannheit strebt nach dem Steilen,
und einem solchen Verdienst wird um so größerer Dank.

Nicht Polyphemus vom Ätna jedoch, in der scheußlichen Höhle,
wird deinen Worten Gehör leihn noch Antiphates gar,
sondern ein milder und gütiger Vater, bereit zur Verzeihung,
einer, der donnert gar oft ohne den flammenden Blitz,
der, wenn er etwas Betrübendes festsetzt, selber betrübt wird
und der sich selber bestraft fühlt, wenn er Strafe verhängt.
Dennoch ward seine Milde besiegt durch meine Verfehlung:
weil er gezwungen sich sah, wurde so heftig sein Zorn.
Da ich nun durch eine Welt vom Heimatlande getrennt bin,
und man es mir nicht erlaubt, selbst vor dem Gotte zu knien,
trag zu den Waltenden, die du verehrst, diesen Wunsch als ein Priester!
Füge jedoch meinem Wort eigene Bitten hinzu!
Aber versuch es nur dann, wenn du meinst, es werde nicht schaden!
Mich Schiffbrüchigen schreckt jegliches Meer: drum verzeih!

3. An Cotta Maximus

Maximus, der du entsprichst deinem Namen durch strahlende Tugend
und nicht erlaubst, daß dein Geist tritt hinterm Adel zurück,
den ich verehrte – denn wie unterscheidet vom Tod sich mein Zustand? –
bis zu der spätesten Frist, die mir das Leben noch ließ,
kehrst du vom Freund dich nicht ab in seiner Betrübnis, so tust du
Seltnes: in deiner Zeit findet nichts Seltneres sich.
Zwar ist es schmählich zu sagen, doch – wenn wir die Wahrheit gestehen –
wird nach dem Nutzen allein Freundschaft gemeinhin geschätzt.

Was ist uns förderlich? fragt man weit eher als: Was macht uns Ehre?
Ja, die Treue besteht oder vergeht mit dem Glück,
und du begegnest nicht leicht unter vielen Tausenden einem,
der überzeugt ist, daß Tugend sich selber belohnt;
selbst die Ehre des rechtlichen Tuns, wenn Belohnungen fehlen,
reizt sie nicht, und umsonst redlich zu sein, das verdrießt.
Alles, was nützt, ist willkommen: doch nimmst du die Hoffnung auf Vorteil
weg dem begehrlichen Sinn, fragt er nach niemandem mehr.
Ja, seine Einkünfte liebt ein jeglicher, und mit erregten
Fingern rechnet er aus, was ihm zum Nutzen gereicht,
und jener Name der Freundschaft, verehrungswürdig vorzeiten,
steht auf dem Markte und ist gleich einer Buhlerin feil.
Um so tiefer bewundr' ich, daß nicht, wie mit reißenden Wogen,
allgemeinen Verderbs Fluten dich schwemmen mit fort.
Niemand wird je geliebt, wenn die Göttin des Glücks ihm nicht hold ist;
wenn erst ihr Zorn sich entlädt, jagt sie hinweg, was uns nah.
O wie war ich dereinst so reich mit Freunden gesegnet,
während die Segel mir noch blähte ein günstiger Wind!
Seit der reißende Sturm die Wogen des Meeres geschwellt hat,
läßt man inmitten der Flut mich mit geborstenem Schiff,
und wo die andren nicht wünschen, mit mir nur bekannt zu erscheinen,
habt ihr zwei oder drei Schutz dem Verstoßnen gewährt.
Du bist der erste davon, warst Helfer nicht nur, sondern Stifter,
Beispiel zu nehmen nicht nur, sondern zu geben befugt.
Dir, der du zugibst, daß ich . . . mich versündigt,

hilft deine Redlichkeit selbst, hilft das Gefühl deiner Pflicht.
Tugend, so meinst du, verzichtet auf Lohn, und man soll sie erstreben
ihretwegen, wenn gleich äußerer Segen ihr fehlt:
schändlich dünkt's dich, den Freund zu verstoßen, weil er im Elend,
und, weil ihn Unheil traf, sich zu entfernen von ihm.
Freundlicher ist's, mit dem Finger das Kinn des Müden zu stützen
als des Schwimmenden Haupt tauchen ins wogende Meer.
Sieh, was Aeacus' Enkel dem toten Freunde erwiesen:
glaube, das Leben ist hier ähnlich, als wär' es der Tod!
Theseus ging mit Pirithous bis zu den stygischen Fluten:
sage, wie weit ist mein Tod wohl von der Styx noch entfernt?
Beistand bot dem Orest, da er raste, der phokische Jüngling:
auch bei meinem Vergehn hatte mein Sinn sich verwirrt.
Laß auch du dir den Ruhm der gewaltigen Helden gefallen,
wie du ja tust: nach dem Sturz hilf mir, soviel du vermagst!
Kenn' ich dich recht und bist du auch jetzt noch, was du schon früher
allzeit warest, und ist nicht dir gesunken der Mut,
wirst du dem Schicksal, je mehr es tobt, um so mehr widerstreben,
bist nach Gebühr auf der Hut, daß du ihm nicht unterliegst.
Heftig kämpfend bewirkt der Feind, daß du heftig ihn abwehrst:
so ist der nämliche Grund nützlich und schädlich für mich.
Deiner ist's freilich nicht würdig, mein Teuerster, daß du der Göttin,
die auf der Kugel steht, dich als Begleiter gesellst;
standhaft bist du und lenkst, da sie nicht so sind, wie du wünschtest,

meines beschädigten Schiffs Segel, wie immer sie sind.
So erschüttert ist dieses – man glaubte bereits, es versänke:
du nur stemmtest bisher gegen den Untergang dich.
Zwar dein Zorn war anfangs berechtigt; du warest nicht sanfter
als er selbst, der mit Recht fühlte durch mich sich gekränkt,
und nachdem dieser Kummer das Herz des Kaisers getroffen,
schwurst du alsbald, daß des Herrn Schmerz auch der deinige sei;
aber sobald du gehört, woher mein Elend gekommen,
sagt man, habest du tief über mein Irren geklagt.
Du unternahmst es als erster sodann, im Brief mich zu trösten,
machtest mir Hoffnung, dereinst noch zu versöhnen den Gott;
damals bewog dich der feste Bestand meiner dauernden Freundschaft,
die ja bei mir schon begann, ehe du kamest zur Welt;
weil du, andern zum Freunde geworden, mir aber geboren,
schon in der Wiege von mir zärtliche Küsse empfingst,
weil, da dein Haus von mir seit frühesten Jahren verehrt ward,
mich dies zwingt, wie von je dir eine Bürde zu sein.
Er, der dein Vater war, der Meister lateinischer Rede,
hierin nicht weniger groß als nach dem Rang des Geblüts,
spornte als erster mich an, Gedichte dem Urteil der Leute
anzuvertraun: mein Talent lenkte und förderte er.
Und ich behaupte, dein Bruder vermag sich nicht zu erinnern,
welches der Zeitpunkt war, da ich zuerst ihm gedient;
Dich aber schloß ich so innig ins Herz vor allen, daß einzig
du als mein Liebling mir galtest in jedem Geschick.
Letztmals hat mich mit dir das Eiland Elba gesehen,
ward von den Tränen benetzt, die wir in Trauer geweint,
als ich dir, der du fragtest, ob Wahrheit wäre die Nachricht,
welche ein übles Gerücht brachte von meinem Vergehn,

hing an der Brust zwischen halbem Geständnis und halber Verleugnung
und es bekundete sich bebend mein bangendes Herz
und wie beim Schnee, der zerschmilzt im regenbringenden Südwind,
rannen die Tropfen mir übers bestürzte Gesicht.
Dessen gedenkend und weil du siehst, daß Verzeihung die Frevel,
die ich aus Irrtum beging, wohl zu verhüllen vermag,
schaust du dich um nach dem frühesten Freund, den das Schicksal ermattet,
und mit der helfenden Hand linderst die Wunden du mir;
dafür, wenn mir die Macht zu wünschen geblieben, erfleh' ich
tausendfach Glück für dich, der es um mich so verdient;
aber, wenn nichts mir bleibt als deine Gebete, so wünsch' ich,
daß dir der Kaiser gesund bleibt und die Mutter gesund:
dies, wenn du am Altar unter Weihrauch opfertest, hast du
immer als erstes, ich weiß, dir von den Göttern erfleht.

4. An Atticus

Nimm das Gespräch mit Naso entgegen vom eisigen Hister,
Atticus, der du noch nie Anlaß zum Zweifel mir gabst!
Bist du noch immer gedenk des vom Glücke verlassenen Freundes,
oder erlahmte, erstarb gar deine Sorge um ihn?
Seien die Götter mir nicht so abhold, daß ich für möglich
hielte und dächte, daß du meiner schon nicht mehr gedenkst!
Immerdar ist dein Bild vor meinen Augen geblieben,
und ich vermeine, im Geist stets deine Züge zu sehn.
All des Ernsten entsinne ich mich, das mit dir ich besprochen,
und wie wir manchmal die Zeit heiteren Scherzen geweiht;

oft vergingen die Stunden uns schnell bei den langen Gesprächen;
oft für das, was ich sprach, waren die Tage zu kurz;
oft hat dein Ohr vernommen die eben geschaffenen Verse,
oft mein neues Gedicht sich deinem Urteil gestellt.
Was du lobtest, das schien mir, als hätt' es dem Volke gefallen:
dies war ein köstlicher Lohn für das entstandene Werk.
Und daß geglättet werde mein Buch von der Feile des Freundes,
hab' ich, beraten von dir, manches gestrichen darin.
Uns hat der Markt miteinander gesehn, uns Halle und Straße,
uns des Theaters Rund oft auf benachbartem Platz,
kurz, so innig, mein Teurer, ist stets unsre Liebe gewesen,
wie sie mit Nestors Sohn Aeacus' Enkel verband.
Nimmer, und tränkst du den Becher der sorgenvertilgenden Lethe,
könnte, das glaube ich fest, solches vergessen dein Herz.
Lang wird eher der Tag im Winter sein, und im Sommer
länger währen die Nacht, als sie im Winter vergeht,
Ringelblume wird Paestums Rosen an Duft übertreffen,
Babylon frei von Glut bleiben, der Pontus von Frost,
ehe bei dir mein Ergehn jemals ins Vergessen geriete:
so in Dunkel gehüllt kann ja mein Schicksal nicht sein.
Sorge dafür, daß dieses Vertraun nicht als trügerisch gelte,
daß sich mein Glaube an dich ja nicht als töricht erweist!
Und so beschütze mit standhafter Treue den alten Gefährten,
wo du es darfst und soweit ich dir nicht falle zur Last!

5. An Salanus

Worte, in wechselnden Versen gefügt, übersende ich, Naso,
meinem Salanus, zuvor Segen ihm wünschend und Heil;
daß sich's erfülle und daß sich der Wunsch als verwirklicht erweise,

bete ich, daß du gesund, Freund, es zu lesen vermagst.
Denn dein redlicher Sinn, eine heut beinahe erstorbne
Tugend, gebietet es mir, solches für dich zu erflehn.
Ja, wie kurz die Bekanntschaft auch war, die mit dir mich verbunden,
hat dich doch, wie man erzählt, meine Verbannung geschmerzt,
und als meine Gedichte du lasest vom «Gastlichen Meere»,
haben sie sich deiner Gunst, wie sie auch seien, erfreut.
Du hast gewünscht, daß nur wenige Zeit der Kaiser mir zürne:
wüßt' er's, duldet' er wohl gern, daß man solches mir wünscht.
Dieses dein gütig Verlangen entsprang deinem lautren Charakter,
und nicht weniger drum ist es mir teuer und lieb,
und daß, Erfahrenster, du um so mehr durch mein Leiden bewegt wirst,
hat, das ist glaublich, des Orts traurige Lage bewirkt.
Kaum in der Welt, das glaube mir, findest du Gegenden, die sich
minder des Friedens erfreun, den uns Augustus geschenkt.
Dennoch liesest du hier zwischen tobenden Kämpfen geschaffne
Verse; mit freundlichem Wort lobst du sogar, was du liest;
Beifall spendest du meinem Talent, das aus ärmlicher Ader
fließt, und den kärglichen Bach machst du zum mächtigen Strom.
Solch ein freundliches Lob ist meinem Gemüte willkommen,
da ja ein Elender sich kaum zu gefallen vermag;
aber solang' ich Gedichte versuche bescheidenen Inhalts,
tun dem einfachen Stoff meine Talente genug.
Kürzlich, als der Bericht von dem großen Triumph uns erreichte,

hab' ich gewagt, an solch riesige Arbeit zu gehn;
aber den Kühnen erdrückte die Wucht und der Glanz des Geschehens,
und ich ertrug die Last meines Beginnens nicht lang:
loben magst du daran allein den eifrigen Willen;
alles andre erliegt unter der Fülle des Stoffs.
Wenn dieses Buch vielleicht zu eueren Ohren gelangt ist,
sei es dir anvertraut, komme dein Schutz ihm zugut!
Dies übernimmst du gewiß, auch wenn ich es selbst nicht erbäte;
drum, als bescheidnen Tribut, nimm meinen Dank noch hinzu!
Ich verdiene gewiß dein Lob nicht; doch dein Gemüt ist
lautrer als Milch oder Schnee, welchen noch keiner betrat;
andre bewunderst du gern und bist doch selbst zu bewundern:
weit ist dein Können bekannt, deine Beredsamkeit auch.
In dir hat einen Helfer bei seinem Bestreben der Caesar,
der, unsrer Jünglinge Fürst, sich nach Germanien nennt.
Du, als alter Gefährte seit frühesten Jahren, gefällst ihm,
weil deine geistige Kraft deinem Charakter entspricht.
Auf deinen Rat überkam ihn einst der Eifer zum Lernen;
du auch bist's, dessen Wort leicht ihn zum Reden verlockt.
Als du endetest, als die Rufe der Leute verstummten,
als auch für wenige Frist schwiegen die Dächer ringsum,
steht dieser Jüngling, der des Iulischen Namens so wert ist,
auf, wie der Morgenstern steigt aus dem östlichen Meer,
und wie er schweigend steht, ist's Haltung und Blick des Beredten,
und auch sein schickliches Kleid deutet auf kundiges Wort.
Bald, als die Pause vorüber, die göttlichen Lippen sich lösen,
möchte man schwören, daß so Sprache der Himmlischen klingt.

«Dies ist», sagtest du wohl, «Beredsamkeit, würdig des Fürsten»:
so von edelster Art war seine Rede erfüllt.
Während du diesem gefällst und berührst mit dem Scheitel die Sterne,
scheint dir besitzenswert eines Verbannten Gesang.
Freilich gibt es Gemeinschaft zwischen verbundenen Geistern;
jeder ist treu dem Bund, der seinem Schaffen entspricht:
lieb ist der Bauer dem Landmann, der Krieger dem rauhen Soldaten,
und wer ein schwankendes Schiff lenkt, wird vom Seemann geschätzt.
Du auch, Strebsamer, bist beseelt von musischem Streben,
bist als ein geistiger Mensch freundlich gesinnt meinem Geist.
Ist unser Schaffen getrennt, entfließt's doch der nämlichen Quelle;
um eine edle Kunst sind wir ja beide bemüht:
dir ist der Thyrsus fern und der Lorbeer, den ich gekostet,
doch der Begeisterung Glut muß in uns beiden doch sein,
und wie von deiner Beredsamkeit meine Verse beschwingt sind,
so gelangt auch von mir Glanz in das Wort, das du sprichst.
Daher glaubst du mit Recht, daß die Dichtkunst deinem Bestreben
nahsteht und unsres Bunds Weihe des Schutzes bedarf.
Dafür bet' ich, daß Er, von dem so hoch du geehrt wirst,
dir, solange du lebst, bleibe ein Freund bis zuletzt,
auch sein Nachfolger lenke die Welt mit eigenen Zügeln.
Das erflehen mit mir auch die Gebete des Volks.

6. An Graecinus

Naso, der sonst es mündlich getan hat, grüßt den Graecinus
heute vom «Gastlichen Meer» traurig mit einem Gedicht.
Dies ist das Wort des Verbannten: im Brief nur findet er Sprache;
wär' ihm zu schreiben versagt, bliebe er fürderhin stumm.
Hart, wie's dir zukommt, rügst du die Fehler des törichten Freundes,
sagst, daß mir kleineres Leid, als ich verdiene, geschieht.
Wohl hast du recht; doch zu spät wird jetzt mein Vergehen getadelt:
hat der Verklagte bekannt, wirf ihm die Schuld nicht mehr vor!
Als ich mit senkrechtem Segel Keraunia konnte umschiffen,
mußte man raten, wie ich miede der Klippen Gefahr;
jetzt, da gescheitert mein Schiff, was nützt es mir, nun noch zu lernen,
was für Wege mein Boot hätte zu fahren gehabt?
Laß vielmehr deinen Arm den ermatteten Schiffer ergreifen!
Ohne verdrießlich zu sein, leg ihm die Hand unters Kinn!
Ja, du tust es: o tu es auch ferner! Es sei deiner Mutter,
Gattin und Brüdern, es sei all deinen Lieben zum Heil,
und, wie du stets mit Herzen und Munde pflegst zu erflehen,
mögen des Kaisers Haus all deine Taten erfreun!
Schimpflich wär' es für dich, wenn du einem alten Gefährten,
da er im Elend ist, keinerlei Hilfe gewährst,
schimpflich, wenn du dich zurückziehn wolltest, statt fest zu beharren,
schimpflich, wenn du in der Not ließest im Stiche das Schiff,
schimpflich, je nach der Lage zu stehn zu dem Günstling des Glückes,
und, wenn das Glück ihm nicht hold, leugnen, der Seine zu sein.

So verhielten sich nicht Agamemnons und Strophius' Söhne,
auch der Aegide war nicht so dem Pirithous treu:
sie hat bewundert die frühere Zeit, wird die spätre bewundern,
und das Theater erdröhnt immer vom Beifall für sie.
Du aber, schützt du den Freund in den harten Geschicken, bist würdig,
daß man auch dich unter solch mächtigen Helden erwähnt,
würdig, gewiß, und da du ja Lob durch Treue verdient hast,
wird auch der Dank nicht stumm bleiben für das, was du tust.
Glaube mir: wenn mein Gedicht unsterblich bleibt in der Zukunft,
wird bei der Nachwelt einst häufig dein Name genannt.
Harre nur bei dem Ermatteten aus in der Treue, Graecinus,
und bis in späteste Zeit daure solch eifernder Drang!
Dennoch, wiewohl du das leistest, gebrauch' ich im Winde das Ruder:
springendem Pferde den Sporn geben, das schadet ja nicht.

7. An Atticus

Daß du gegrüßt seist, wünscht vor allem mein Brief: von der Geten
wenig befriedetem Land, Atticus, kommt er zu dir.
Nächstdem ist es mein weiterer Wunsch, was du treibst zu erfahren
und ob, was du auch treibst, du noch besorgt bist um mich.
Und ich bezweifle nicht, daß du es bist; doch die Furcht vor dem Unglück
nötigt leider gar oft nichtige Sorgen mir auf.
Bitte, entschuldige dies! Verzeih die zu große Besorgnis!
Schaudern Gescheiterte doch selbst vor dem ruhigen Meer.
Wenn schon einmal der Fisch von der tückischen Angel verletzt ward,

scheint ihm bei jeglichem Fraß ehern ein Haken zu drohn;
Lämmer fliehn den von weitem gesehenen Hund; denn sie halten
ihn für den Wolf und entziehn töricht sich dem, der sie schützt;
ja, ein verwundetes Glied erschrickt auch vor sanfter Berührung;
Schatten, der nichtige, flößt Angst den Bekümmerten ein:
so auch ich – durchbohrt von den bösen Geschossen des Schicksals,
seh' ich in meinem Gemüt alles von Trauer beschwert.
Schon ist's mir klar: das Verhängnis behält die begonnene Richtung:
auf der gewohnten Bahn wird es sich immer ergehn.
Götter, so scheint mir, trachten danach, daß nichts mir gelinge:
läßt sich das Schicksal doch, glaube ich, kaum hintergehn;
mich zu vernichten bemüht es sich jetzt, und während es einstmals
sanft war, ist es mir heut ständig zu schaden gewillt.
Glaube mir, wenn du als wahrhaft je meine Worte erkannt hast
und du auch keinerlei Trug findest in meinem Geschick:
schneller vermagst du die Ähren von Libyens Saaten zu zählen
oder den Thymian auch, der auf dem Hybla erblüht,
schneller die Vögel, die schwebend in Lüften die Schwingen bewegen,
eher erkennst du, wieviel Fische durchschwimmen die Flut,
als daß du Kenntnis gewinnst vom Ausmaß all meiner Leiden,
die ich erduldet zu Land, die ich ertragen zur See:
grimmiger gibt's auf der ganzen Erde kein Volk als die Geten;
dennoch haben auch sie über mein Schicksal geklagt;
wenn ich dir dies im erinnernden Verse versuchte zu schildern,

wäre mein Schicksalslied bald wie die Ilias lang.
Also hab' ich nicht Furcht, weil ich glaube, ich müsse dich fürchten,
dich, der tausendfach schon mir seine Liebe bewies,
nein, weil ein furchtsames Ding der Elende ist und seit langen
Zeiten dem heiteren Sinn blieb meine Türe versperrt.
Schon ist der Schmerz mir Gewohnheit geworden, und wie ja der Felsen
bei dem beständigen Prall fallenden Wassers sich höhlt,
so vom beharrlichen Stoße des Schicksals werd' ich verwundet:
schwerlich findet bei mir Platz noch ein weiterer Schlag.
Mehr wird die Pflugschar nicht geschwächt von der steten Benutzung,
Appius' Straße ward nicht mehr von den Rädern verbraucht,
als meine Seele entkräftet ward durch die Kette von Leiden;
und ich entdeckte noch nichts, was mir zu helfen vermag.
Viele suchten, durch edle Künste zum Ruhm zu gelangen;
mich nur richtete all meine Begabung zugrund.
Frei war mein früheres Leben vom Laster, verlief ohne Schande;
in meinem Elend jedoch hat es mir gar nichts genützt.
Schwere Verfehlung wird oft auf Bitten der Freunde verziehen;
mir aber hat sich bislang jegliche Gnade versagt.
Manchen half es im Unheil, wenn sie persönlich erschienen;
mich, der ich fern war, warf nieder der wütende Sturm.
Wer erschräke nicht schon vor dem schweigenden Zorne des Kaisers?
Meiner Bestrafung war drohende Rede gesellt.
Leichter wird mit der Zeit die Verbannung; doch ich, auf dem Meere,
duldete Arkturs Drohn, Schrecken des Siebengestirns.
Schiffe pflegen den Winter als friedliche Zeit zu erleben:
nicht des Odysseus Schiff war so gefährdet wie meins.

Treues Verhalten der Mannschaft hätte mein Unglück gelindert;
doch sie bereicherte sich tückisch an meinem Gepäck.
Mildern kann auch der Ort die Verbannung; aber es liegt kein
Land, das trauriger ist, zwischen den Polen als dies.
Viel ist es wert, in der Nähe der Heimatgrenzen zu weilen;
aber im fernsten Bereich leb' ich, am Ende der Welt.
Auch den Verbannten gewährt dein Lorbeer, Kaiser, den Frieden;
aber im pontischen Land droht der benachbarte Feind.
Süß ist es, all seine Zeit auf den Ackerbau zu verwenden,
aber das Pflügen des Lands wehrt der barbarische Feind.
Milde des Himmels erquickt den Leib und die Seele der Menschen;
doch der sarmatische Strand starrt von beständigem Frost.
Süßes Wasser bereitet Genuß, den niemand uns neidet;
sumpfiges trinkt man gemischt hier mit dem Salze des Meers.
Alles gebricht mir, und doch wird alles vom Geist überwunden,
und auch dem Körper vermag Kräfte der Geist zu verleihn:
willst du ertragen die Last, so stemme den Scheitel dagegen!
Läßt deine Spannkraft nach, brichst du zusammen alsbald.
Auch die Hoffnung, es könne der Zorn des Fürsten sich mildern,
hält mich im Leben, bewirkt, daß mich der Mut nicht verläßt,
und auch ihr wenigen habt nicht kleinen Trost mir erwiesen,
ihr, deren Treue zu mir wurde im Leiden erprobt.
Bleib, ich bitte, dabei und verlaß nicht das Schiff auf dem Meere!
Nimm mich in Schutz und zugleich auch deine Meinung von mir!

8. An Cotta Maximus

Kürzlich wurden die beiden Caesaren mir übergeben,
Götterbilder, die du, Maximus Cotta, gesandt,
und auf daß dein Geschenk so vollkommen sei, wie es sein soll,
hast du Livia noch ihren Caesaren gesellt.
Glückliches Silber, an Wert auch jeglichem Gold überlegen:
erst nur rohes Metall, trägt es die Gottheiten jetzt!
Hättst du mir Schätze geschenkt, du konntest nichts Größeres geben
als diese himmlischen Drei, die du vor Augen mir bringst.
Viel ist's, Götter zu schaun und zu glauben, sie seien zugegen,
sprechen zu dürfen beinah wie mit dem leibhaften Gott.
Ja, ich kehrte durch dich zurück vom Ende der Erde
und verweile wie einst glücklich inmitten der Stadt.
Kaisers Antlitz erblick' ich, wie ich es früher erblickte:
daß sich erfülle der Wunsch, hätte ich nimmer gehofft,
und wie ich vormals die Gottheit grüßte, so grüß' ich sie wieder:
Größeres könntest du kaum mir bei der Heimkehr verleihn.
Was entbehrt denn mein Auge, es sei denn Palatiums Hügel?
Wertlos wird dieser Ort sein, ist der Kaiser entfernt.
Da ich diesen erblicke, so glaube ich, Rom zu erschauen;
denn seiner Heimat gleicht Er nach Erscheinung und Art.
Täusche ich mich oder zeigt das Bild ein mir zürnendes Antlitz?
Hat dieses finstre Gesicht nicht einen drohenden Zug?
Schone, du Held, der durch Mannheit größer noch ist als das Weltreich,
halte die Zügel zurück deines berechtigten Zorns!
Schone, so fleh' ich, du unvergänglicher Ruhm unsrer Zeiten,
den seine Mühe zum Herrn über die Lande gemacht!
Bei unserm göttlichen Land, das teurer dir ist als du selber,
bei den Göttern, die nie taub sind bei deinem Gebet,

bei deiner Ehegefährtin, die einzig dir gleich sich erwiesen,
der deiner Hoheit Glanz niemals beschwerlich erscheint,
bei deinem Sohn, der ähnlich dir ist durch das Bild seiner Mannheit,
der sich durch Wesen und Art stets als der Deine erweist,
bei deinen Enkeln, die würdig des Ahnen, des Vaters sich zeigen,
und die mit mächtigem Schritt nahen auf deinen Befehl –
mildre und schränke doch ein um weniges meine Bestrafung!
Gib einen Ort mir, der fern liege vom skythischen Feind!
Und ist's erlaubt, so sei, du nächster Caesar nach Caesar,
meinen Bitten auch dein Wille nicht feindlich gesinnt!
Schreite die wilde Germania bald mit erschrockener Miene
als Unterworfne einher vor dem Gespann des Triumphs!
Lebe dein Vater so lange wie Nestor, und wie die Sibylle
lang deine Mutter, und lang lebe auch du als ihr Sohn!
Du auch, die dem gewaltigen Manne so glückhaft vermählt ist,
hör mich in Demut flehn: leih mir ein gnädiges Ohr!
Heil sei deinem Gemahl und Heil deinen Söhnen und Enkeln!
Heil ihren Frauen zusamt dem, was ihr Schoß euch gebar!
Und wenn das grause Germanien dir deinen Drusus geraubt hat,
bleibe der einzige er, den du geopfert dem Krieg!
Möge nur bald als Rächer des hingemordeten Bruders
purpurgekleidet dein Sohn lenken das weiße Gespann!
Spendet Gewährung, o gnädigste Götter, den ängstlichen Bitten!
Etwas nütze es mir, Götter so nahe zu schaun!
Wenn der Kaiser erscheint, so kommt der Fechter gefahrlos
aus der Arena: gar viel hilft's ihm, zu sehn dies Gesicht.
Mich auch erquickt's, euer Antlitz zu schauen, soweit es erlaubt ist,
da drei Götter zugleich haben betreten mein Haus.

Glücklich jene, die nicht nur die Bilder, sondern sie selber,
die ihres göttlichen Leibs wirkliche Gegenwart schaun!
Da mir jedoch nun dies mißgönnte das widrige Schicksal,
huldige ich dem Bild, wie es der Künstler geformt:
so haben Menschen die Götter erkannt, die der Äther des Himmels
birgt, und an Juppiters Statt fleht man zu Juppiters Bild.
Schließlich bedenkt: euer Bild ist bei mir und wird es auch bleiben.
Duldet nicht, daß es bleibt hier an dem feindlichen Ort!
Denn es würde das Haupt weit eher vom Nacken mir fallen,
eher noch ließe ich zu, daß man die Augen mir nimmt,
ehe ich euch, ihr Götter des Volkes, mir ließe entwenden:
meiner Verbannung Port werdet ihr sein und Altar.
Euch, wenn mich getische Waffen umzingeln, werd' ich umfangen:
ihr sollt Adler mir sein, ihr die Standarten für mich.
Entweder täusche ich mich, und es narrt mich die heftige Sehnsucht,
oder die Hoffnung besteht, daß sich erleichtre mein Los:
minder und minder gestreng erscheint an dem Bilde das Antlitz,
und es bedünkt mich, das Haupt nicke Gewährung mir zu.
Möchten die Ahnungen sich meiner bangenden Seele erfüllen,
und, wie berechtigt er ist, möge sich mildern sein Zorn!

9. An den König Cotys

Cotys, du Sproß aus Königsgeblüt, dessen Adel den Ursprung
seines Geschlechtes führt bis auf Eumolpus zurück,
wenn das Gerücht, das geschwätzige, dir zu Gehör ist gekommen,

daß ich verweile auf dir nahe benachbartem Grund,
oh, so erhöre das Wort eines Flehenden, gütigster Jüngling!
Hilf dem Verbannten – du kannst's –, hilf ihm, soweit du es kannst!
Dir hat das Schicksal – das ist's, was ich einzig an ihm nicht beklage –
mich übergeben, allein hierin nicht feindlich zu mir.
Nimm mich Gescheiterten auf, laß freundlichen Strand mich betreten,
daß nicht die Flut des Meers sicherer sei als dein Land!
Glaube mir: Sache der Könige ist's, den Gefallnen zu helfen,
und es geziemt einem solch mächtigen Manne wie dir.
Ja, es gebührt dem erhabenen Rang, der, ist's auch der höchste,
dennoch an Höhe noch nicht deiner Gesinnung entspricht.
Niemals wird ja die Macht aus besserem Grunde geachtet,
als so oft sie das Flehn Leidender nicht überhört.
Solches verlangt jener strahlende Ruhm deines Hauses, und dies ist
Pflicht eines adligen Stamms, der von den Göttern entsprang.
Solches rät dir Eumolpus, des Hauses erlauchter Begründer,
riet dem Eumolpus dereinst auch Erichthonius an.
Dies hat der Gott mit dir gemein, daß ihr beide, gebeten,
denen, die zu euch flehn, Hilfe zu bringen gewohnt.
Gäb' es noch Gründe, weshalb wir die Gottheit gewohnter Verehrung
würdigten, wenn man verneint, daß sie zu helfen gewillt?
Wenn einem Betenden Juppiter taub seine Ohren verschlösse,
warum sänken dann je Opfer an seinem Altar?
Will das Meer auf der Fahrt mir niemals Frieden gewähren,
warum trüg' ich umsonst Weihrauch zum Tempel Neptuns?
Wenn eines strebsamen Siedlers Gebet von Ceres enttäuscht wird,
warum brächte man ihr trächtiger Säue Gekrös?

Bacchus, dem lockigen, beut kein Bock seine Kehle als Opfer,
wenn nicht die Fülle des Mosts strömt unterm stampfenden Fuß;
daß unser Kaiser die Zügel des Reiches lenke, erflehn wir,
weil dieser Herrscher so gut sorgt für sein heimisches Land:
Nutzen bewirkt mithin die Größe der Menschen und Götter:
jeglicher zollt ihnen Dank, weil sie die Helfenden sind.
Hilf denn auch du dem Manne, der jetzt in dein Lager geraten,
Cotys, du würdiger Sproß aus deines Vaters Geblüt!
Menschen zu retten, das ist eine Lust, die dem Menschen gemäß ist:
besser kann nie eine Kunst Beifall erstreben und Huld.
Wer verwünscht nicht den Laestrygonen Antiphates oder
lobt den Alkinous nicht, weil er so freigebig war?
Nicht von Cassandreus stammst du und nicht von Pheräern, von dem nicht,
der den Erfinder selbst briet in dem Werk seiner Kunst,
sondern, wie trotzig im Kriege und unbesiegbar durch Waffen,
gierst du doch nie, wenn du erst Frieden geschlossen, nach Blut.
Ja, und mit redlichem Sinne die edleren Künste erlernen
sänftigt die Sitten und nimmt ihnen das Grausame weg,
und von den Königen haben sie keinen wohl mehr unterwiesen,
keiner hat mehr seine Zeit friedsamer Übung geweiht.
Zeugen sind deine Gedichte, und trügen sie nicht deinen Namen,
sagt' ich, es könne nicht sein, daß sie ein Thraker verfaßt;
also war Orpheus nicht der einzige Sänger der Gegend,
ja, es macht dein Talent stolz das bistonische Land,
und, wie du Mut hast, Waffen zu nehmen, sobald es die Sache
fordert, und so deine Hand färbst mit dem feindlichen Blut,
wie du geübt bist, den Speer mit gestrecktem Arme zu schleudern,
wie du des eilenden Pferds Nacken zu lenken verstehst,

so, wenn die nötige Zeit den heimischen Pflichten geweiht ward
und wenn dein mächtiges Werk ruht, weil es kam an sein Ziel,
hebst du, damit deine Muße in trägem Schlaf nicht erschlaffe,
dich auf der musischen Bahn bis zu den Sternen empor.
Auch dieser Umstand bringt mich mit dir in gewisse Verbindung:
stehn wir doch beide im Dienst ein und desselben Altars.
Ich, der Sänger, erhebe zum Sänger die flehenden Arme,
daß mir dein Land im Exil sichere Zuflucht gewährt.
Nicht bin ich schuldig des Mordes zur pontischen Küste gekommen,
auch hat nie meine Hand scheußliche Gifte gemischt;
weder ward je mein Ring überführt, daß bei untergeschobner
Urkund' er auf die Schnur fälschend sein Siegel gedrückt,
noch hab' ich irgend begangen, was mir die Gesetze verbieten;
dennoch, schwerere Schuld muß ich gestehen als dies.
Frag nicht! Die törichte «Kunst des Liebens» hab' ich geschrieben:
sie ist es, die meiner Hand schuldlos zu sein nicht erlaubt;
ob ich noch sonst etwas Schlimmes verübte, vermeide zu forschen:
unter der «Kunst» allein berge sich all mein Vergehn!
Was es auch war, es hat einen gnädigen Richter gefunden,
der auf heimischem Grund nur mir zu hausen verwehrt;
da ich denn diesen entbehre, so laß deine Nähe mir helfen,
daß ich außer Gefahr sei an dem leidigen Ort!

10. An Macer

Ob du es wohl erkennst an des Siegelbildes Gepräge,
Macer, daß Naso es ist, der diese Worte dir schreibt?
Und wenn der Ring dir nichts von seinem Besitzer verriete,
siehst du dann wohl an der Schrift, daß meine Hand sie geformt?
Oder ging mit der Zeit die Erinnrung daran dir verloren?
Kennt dein Auge nicht mehr wieder die Zeichen von einst?
Hättest du aber das Siegel sowohl wie die Handschrift vergessen –
wenn nur die Sorge um mich nicht deinem Herzen entfällt!
Denn die schuldest du teils unsrer lange gepflegten Gemeinschaft,
teils dem Gedanken, daß dir meine Gemahlin nicht fremd,
wie auch den Studien, deren du weiser als ich dich bedient hast,
da du, wie es geziemt, schuldig durch keinerlei «Kunst».
Alles besingst du, was bei Homer, dem Ewigen, fehlte,
daß nicht die letzte Hand misse der troische Krieg,
während der törichte Naso die Kunst zu lieben behandelt:
was er als Lehrer gelehrt, wird ihm nun schmerzlich gelohnt.
Dennoch haben gemeinsame Heiligtümer die Dichter,
wenn uns der Weg auch weit trennt, dem ein jeglicher folgt.
Daran gedenkst du wohl, obschon ich entfernt bin, das glaub' ich,
glaub' auch, daß du gewillt seiest, zu mildern mein Los.
Asiens prächtige Städte, von dir geleitet, erblickt' ich,
schaute, geführt von dir, auch das trinacrische Land,
sah den Himmel erglänzen im Scheine der Flamme des Ätna,
wie sie ein Riese, im Berg liegend, versprüht mit dem Maul,
sah bei Henna die Seen und Palicus' stinkende Tümpel
und des Anapus Flut, die sich mit Cyane mischt;
sah in der Nähe, wie heute noch eilt, vor dem Flusse von Elis

fliehend, geschützt vor des Meers Flut eine Nymphe dahin.
Dort einen großen Teil des entgleitenden Jahres verbracht' ich:
wehe! wie anders der Ort ist als das getische Land!
Und wie wenig ist das von dem, was wir beide gesehen!
Dabei machtest du mir immer das Reisen zur Lust,
ob wir im farbigen Schiff die Wogen, die blauen, durchfurchten
oder auf rollendem Rad Wagen uns trugen dahin.
Kurz erschien uns der Weg gar oft bei unsren Gesprächen;
Worte sprachen wir wohl mehr, als wir Schritte getan;
kürzer als unser Gespräch war der Tag, und es reichten die langen
Stunden des Sommertags häufig zum Reden nicht aus.
Viel auch bedeutet's, gemeinsam die Schrecken der See zu ertragen
und in vereintem Gebet flehn zu den Göttern der Flut,
Ernstes gemeinsam betrieben zu haben und dann wieder Scherze,
die doch nicht schamlos sind, sich zu erzählen davon:
denkst du daran, so werd' ich, wie fern ich auch weile, zu allen
Zeiten, wie kürzlich geschaut, dir vor den Augen doch stehn.
Ich zumindest, verweil' ich unter der Achse der Welt gleich,
welche sich immer erhebt über die wogende Flut,
blick' ich dennoch nach dir, soweit ich nur kann, in Gedanken,
rede mit dir gar oft unter dem frostigen Pol;
hier bist du, ohn' es zu wissen, bist fern und doch häufig zugegen,
kommst, aus dem Herzen der Stadt bis zu den Geten entsandt.
Tu mir ein Gleiches, und da deine Gegend beglückter als meine,
halte mich dort bei dir in der Erinnerung fest!

11. An Rufus

Rufus, das Buch hier sendet, gedrängt durch die Kürze der Zeit, dir
Naso, Verfasser der «Kunst», die ihn ins Unglück gebracht,
daß du, wenngleich eine Welt uns zwei voneinander getrennt hält,
dennoch Kunde empfängst, wie ich gedenke an dich.
Eher werde ich noch meinen eigenen Namen vergessen,
als daß mir aus dem Sinn käme dein treues Gemüt.
Eher noch geb' ich zurück in die Leere der Luft diese Seele,
als daß deinem Verdienst je sich versage mein Dank.
Nenn' ich doch großes Verdienst die Tränen, die netzten dein Antlitz,
während das meinige nur trocken erstarrte im Schmerz,
nenne Verdienst die Tröstungen eines betrübten Gemütes:
gleichermaßen wie mir hast du auch dir sie gewährt.
Zwar ist an und für sich meine Frau schon würdig des Lobes;
dennoch steht es um sie besser, weil du sie ermahnst;
denn was Kastor Hermione war, was Hektor Iulus,
das bist Du meiner Frau, und du erfreust mich damit:
dir an redlichem Sinne zu gleichen gibt sie sich Mühe,
und ihr Wandel erweist, daß sie von deinem Geblüt.
Drum, was sie hätte getan, auch ohne jeglichen Ansporn,
tut sie vollkommener nun, tut es, weil du sie berätst.
Feurig an sich und gewillt, um die Ehre des Sieges zu laufen,
wird doch wackrer das Pferd eilen, sobald man es treibt.
Nimm hinzu, daß du treulich sorgend erfüllst des Entfernten
Wünsche und nie dich beschwerst, daß er dir falle zur Last.
Möchten die Himmlischen doch, was ich selbst nicht kann, es dir lohnen!
Ja, sie lohnen es dir, sehn sie, wie treu du dich zeigst.
Möge Gesundheit lange bei solcher Bewährung dir beistehn,
Rufus, edelste Zier deines Fundanergefilds!

DRITTES BUCH

1. An die Gattin

Meerflut, einstens zuerst von Jasons Ruder geschlagen,
Erde, niemals von Schnee frei und vom wütenden Feind,
kommt wohl endlich der Tag, da ich, Naso, euch werde verlassen
und auf Befehl einen Ort finden, der friedlicher ist?
Oder muß ich für immer in diesem Barbarien leben?
Kommt in Tomis zuletzt noch meine Asche ins Grab?
Hör es in Frieden, wenn, pontisches Land, dir Frieden gegönnt ist,
das auf dem eilenden Pferd feindlich der Nachbar verheert,
laß es in Frieden von mir dir sagen: Du bist der schlimmste
Teil der Verbannung; durch dich wird meine Strafe erschwert.
Weder bekommst du den Frühling im Schmuck seines blühenden Kranzes
oder des Schnittervolks nackende Leiber zu sehn,
noch beschenkt dich der Herbst mit Trauben am rankenden Weinstock;
maßlos aber regiert Kälte zu jeglicher Zeit.
Fesseln des Frostes gibst du dem Meer, und der Fisch in den Fluten
schwimmt oft eingesperrt unter der Decke von Eis.
Quellen hast du nur solche, die fast schon Seewasser geben,
welches den Durst, wenn man trinkt, eher vergrößert als stillt.
Selten, und dann nicht fruchtbar erhebt sich ein Baum aus den weiten
Fluren, und so ist das Land gleich einem Bilde des Meers.

Vögel hört man nicht rufen, es sei denn, daß fern in den Wäldern
einer mit heiserem Hals trinkt vom Gewässer der See.
Traurig starren im leeren Gelände die Stauden des Wermuts,
und wie der Ort, wo es steht, ist auch das bittre Gewächs.
Nimm noch die Ängste hinzu und daß an die Mauer der Feind klopft,
daß seine Pfeile getränkt sind mit dem tödlichen Gift
und daß die Gegend so fern und von allem Verkehre getrennt ist,
keiner zu Fuß oder Schiff ohne Gefahr sie besucht:
so ist's kein Wunder, wenn ich in dem Wunsch, dies möge ein Ende
nehmen, um eins allzeit bitte: um Wechsel des Orts.
Eher ein Wunder ist's, daß es Dich nicht, mein Weib, überwältigt,
daß bei all meinem Leid du dich der Tränen erwehrst.
Was du tun sollst, fragst du? Das magst du selber ergründen,
wirst es auch finden gewiß, suchst du nur ernstlich danach.
Wollen genügt nicht: du mußt dir wünschen, zum Ziel zu gelangen,
und die Besorgnis darum muß dir verkürzen den Schlaf.
Wollen, das tun wohl viele: wer wäre denn wohl so gehässig,
daß er meinem Exil wünscht einen friedlosen Ort?
Dir geziemt es, mit ganzem Herzen, mit all deinen Kräften
nachts sowohl wie tags dich zu verwenden für mich;
mögen die andren auch helfen, du mußt übertreffen die Freunde
und als Gemahlin voran stehn in Erfüllung der Pflicht.
Groß ist die Rolle, die dir in meinen Gedichten zuteil wird:
als einer tüchtigen Frau Muster erscheinst du darin.
Daß du sie ja nicht entstellst, daß mein Rühmen als wahr sich erweise!

Trachte danach, daß du dir wahrst, was der Ruhm dir gewährt!
Klag' ich auch selbst über nichts, das Gerücht wird mich, schweig' ich, beklagen,
ja, dies muß es, wenn du nimmer um mich dich bemühst.
Hat doch das Schicksal mich zur Schau gestellt vor dem Volke
und mich bekannter gemacht, als ich gewesen zuvor.
Kapaneus wurde berühmter, nachdem der Blitz ihn getroffen,
Amphiaraus berühmt durch das versunkne Gespann;
wäre Odysseus' Irrfahrt kürzer, sein Ruhm wäre kleiner;
durch seine Wunde allein ward Philoktetes berühmt.
Ist für Geringe ein Platz unter all den gewaltigen Namen,
machte mein Unglück mich gleichfalls bekannt in der Welt.
Daß man von dir nichts wisse, das duldet mein Buch nicht, in welchem
du nicht geringeren Ruhm erntest als Bittis von Kos.
Was du also auch treibst, man sieht dich groß auf der Bühne:
viele sind Zeugen, wie treu du als Gemahlin dich zeigst.
Glaub mir, es wird, so oft du in meinen Gedichten gelobt wirst,
wer dieses Lob hier liest, fragen, ob du es verdienst,
und wie ich glaube, daß solchen Tugenden viele geneigt sind,
werden nicht wenige Frau'n gern auch bemängeln dein Tun:
zeichne vor ihnen dich aus, daß der Neid nicht könne behaupten:
«Um ihres armen Manns Rettung bemüht sie sich kaum.»
Und da ich schwach bin und nicht imstande, den Wagen zu lenken,
halte denn du jetzt allein aufrecht das schwache Gespann!
Krank und mit schwindendem Puls schau' auf ich zu dir wie zum Arzte:
hilf mir solang ein Rest noch meines Lebens mir bleibt,
und was ich leistete, wenn ich gesünder als du mich befände,

das vollbringe für mich, da du weit kräftiger bist!
Das erfordert die Gattenliebe, die Ehegemeinschaft,
deine Gesinnung verlangt's, meine Gemahlin, von dir;
das bist dem Hause du schuldig, als dessen Glied du bekannt bist,
daß du durch Dienste es nicht mehr als durch Redlichkeit ehrst:
Wenn du auch alles vollbringst und bist nicht als Gattin zu loben,
kann man nicht glauben, daß du Marcia wirklich verehrst.
Nicht unwürdig bin ich, auch schuldet man meinen Verdiensten,
willst du die Wahrheit gestehn, einige Dankbarkeit wohl.
Diese nun wird mir gewiß mit Zinseszinsen erstattet;
dich zu beleidigen hat, wollt' er's, der Klatsch keinen Grund;
dennoch reihe die eine an all deine früheren Taten,
daß du dich um mein Geschick ernstlich und eifrig bemühst!
Daß ich hause in minder feindlichem Land, das betreibe;
nichts unterläßt du alsdann, was deine Pflicht dir befiehlt.
Großes begehr' ich, doch nichts, was den Bittenden etwa verhaßt macht:
wenn du auch nichts erreichst, bringt's dich doch nicht in Gefahr.
Zürne nicht, wenn ich so oft in meinen Gedichten dich bitte,
daß du tust, was du tust, daß du dich selbst wiederholst:
Tapfren zu nützen, das ist der Trompeter gewohnt, und ein Führer
spornt mit Rufen die kühn kämpfenden Männer noch an.
Ist dein redlicher Sinn doch bekannt und von jeher erwiesen:
stehe die Tapferkeit denn nicht deiner Redlichkeit nach!
Kein amazonisches Schlachtbeil brauchst du für mich zu ergreifen,
mußt keinen Halbmondschild führen mit hurtiger Hand,

sollst zu der Gottheit beten – nicht daß sie zum Freunde mir werde,
vielmehr nur, daß sie mir weniger zürnt als bisher.
Ist keine Gnade, dir werden die Tränen zur Gnade verhelfen:
damit und sonst mit nichts kannst du bewegen den Gott.
Daß es dir daran nicht fehlt, wird sicher bewirkt durch mein Elend:
da ich dein Mann bin, besteht Anlaß zum Weinen genug;
wie meine Lage nun ist, wirst du allzeit, glaube ich, weinen:
dies sind die Hilfsmittel, die dir unser Schicksal beschert.
Wäre mein Tod zu erkaufen durch deinen – die Gottheit verhüt' es –,
nähmst du zum Vorbild dir sicher die Gattin Admets;
auch Penelopes Beispiel folgtest du nach, wenn du dreiste
Freier zu täuschen gewillt wärest durch frommen Betrug;
dächtest du in den Tod als Gefährtin dem Gatten zu folgen,
Laodamia alsdann wähltest als Führerin du;
Iphis' Tochter müßte vor Augen dir stehn, wenn du deinen
Leib zu stürzen gedenkst auf das entzündete Holz.
Aber es braucht keinen Tod, kein Gewebe der Ikariotin:
nur zu der Kaiserin Ohr sollst du erheben dein Flehn,
die sich durch Tugend bewährt, damit eines frühern Jahrhunderts
Ruhm in der Züchtigkeit nicht unsere Zeiten besiegt,
die, da sie Venus' Schönheit besitzt und Junos Gesittung,
einzig sich würdig erwies, Gattin des Gottes zu sein.
Warum fürchtest du dich, ihr zu nahn? Nicht Medea soll rühren,
Prokne, die ruchlose, nicht soll ja bewegen dein Wort,
nicht Danaiden und nicht Agamemnons wütender Gattin,
Skylla nicht, deren Schoß droht im sizilischen Meer,
nicht Telegonus' Mutter, die Macht hat, Gestalten zu wandeln,

noch Medusa, das Haar knotig mit Schlangen durchwebt,
sondern der fürstlichen Frau, in der sich die Göttin des Glückes
gerne wiedererkennt, fälschlich der Blindheit geziehn:
außer dem Kaiser ist nichts in der Welt vom Aufgang der Sonne
bis zum Abend, was je heller erstrahlte als sie.
Warte die Stunde nur ab, die günstig erscheint, sie zu bitten,
daß nicht bei widriger Flut läuft aus dem Hafen dein Schiff!
Auch die Orakel ergeben nicht immer geheiligte Lose;
selbst die Tempel nicht stehn offen zu jeglicher Zeit.
Wenn nun die Lage in Rom so ist, wie ich heute vermute,
und die Gesichter des Volks keinerlei Kummer entstellt,
wenn des Erhabenen Haus, das wie Roms Burg wir verehren,
froh ist, von Frieden erfüllt – sei es und bleibe es so! –,
mögen die Götter dir dann Gelegenheit geben zu nahen,
darfst wohl Ersprießliches dann hoffen von dem, was du sprichst.
Hat sie Dringendes vor, so verschiebe den Schritt, daß du ja nicht,
weil du zu sehr sie drängst, all meine Hoffnung zerstörst!
Wiederum wünsche ich nicht, daß du vorsprichst, wenn sie sich ausruht:
selten genug wird ihr Zeit, um sich zu pflegen, zuteil.
Alles . . . .
mitten durch Lärm und Betrieb dränge auch du dich zu ihr!
Ist es dir aber vergönnt, dem Antlitz Junos zu nahen,
sei auf die Rolle bedacht, die du zu spielen gedenkst!
Nicht meine Tat verteidige! Schweig von der bösen Geschichte,
und deine Rede sei nichts als ein bekümmertes Flehn!
Dann laß reichlich die Tränen nur fließen und wirf dich zu Boden,

strecke die Arme nur aus nach dem unsterblichen Fuß!
Bitte nichts andres, als daß man vom wütenden Feind mich zurückruft:
daß ich die Göttin des Glücks habe zum Feind, sei genug!
Vieles noch fällt mir ein; doch wird es beirrt durch Besorgnis;
dies selbst kannst du wohl kaum sagen mit zitterndem Ton.
Schaden wird es dir nichts, das denk' ich; wird sie doch fühlen:
ihre Erhabenheit ist's, die dich mit Schrecken erfüllt.
Auch wenn dein Weinen das Wort unterbricht, so wird es nicht schaden:
haben doch Tränen gar oft gleiches Gewicht wie das Wort.
Sorge dafür, daß ein glücklicher Tag das Beginnen befördert,
daß auch die Stunde sich schickt, günstig die Zeichen dir sind!
Vorher aber entzünd auf den heil'gen Altären ein Feuer,
Weihrauch bringe und Wein, lautren, den Gottheiten dar!
Bete vor allen doch an die erhabene Macht des Augustus
samt seiner Nachkommenschaft und seinem Ehegemahl!
Möchten sie gnädig sich dir in gewohnter Weise erzeigen!
Wenn sie dann weinen dich sehn, bleibe ihr Antlitz nicht hart!

2. An Cotta

Cotta, möge der Glückwunsch, den ich dir sende und den du
liest, dich erreichen und sich wirklich erfüllen an dir!
Denn bist du glücklich, so minderst du mir meine Qualen um vieles;
um ein beträchtliches Stück machst du mich wieder gesund,
und wenn so mancher auch schwankt und verläßt die schleudernden Segel,
bleibst du des lecken Gefährts einziger Anker und Halt.
Tut deine Treue mir wohl, so will ich den andren verzeihen,
die mit dem Glücke zugleich wandten den Rücken zur Flucht.

Schlagen die Blitze nur einen, so setzen sie viele in Schrecken:
die den Getroffnen umstehn, pflegen zu beben vor Angst.
Hat eine Wand vom baldigen Einsturz Zeichen gegeben,
gleich ist der Platz um sie her leer aus Besorgnis und Furcht.
Wer von den Ängstlichen meidet nicht gerne die Nähe des Kranken,
daß nicht das Übel auch ihn bei der Berührung befällt?
Manche der Freunde drum ließen auch mich aus zu großer Besorgnis,
weil sie erschraken, doch nicht weil sie mich haßten, im Stich.
Ihnen gebrach es ja nicht an der Treue, am Willen zu helfen,
aber sie fürchteten sich sehr vor dem göttlichen Zorn:
allzu bedenklich können sie wohl und zaghaft erscheinen;
daß man indessen sie schlecht nennt, das verdienen sie nicht;
oder mein Herz entschuldigt doch so die teueren Freunde
und verhindert, daß je Tadel sie treffe von mir.
Mögen sie sich der Verzeihung erfreuen und mögen sie wissen,
daß ihr Verhalten von mir selber gerechtfertigt wird;
freilich, die Besseren seid ihr wenigen, die es für schimpflich
hielten, in all meiner Not mir nicht behilflich zu sein.
Drum wird mein Dank erst dann erlöschen für eure Verdienste,
wenn mein Körper erstarb, wenn ich zu Asche verbrannt.
Aber ich täusche mich wohl: mein Dank überdauert mein Leben,
wenn auch die Nachwelt noch, meiner gedenkend, mich liest.
Nur die verblichenen Leiber gehören den traurigen Flammen;
Ruhm und Name entfliehn aus dem geschichteten Holz.
Sank auch Theseus dahin und auch des Orestes Gefährte,
beide leben sie doch fort zu unsterblichem Ruhm.
Oftmals werden auch euch die späten Enkel noch loben,

und es erstrahlt euer Ruhm künftig durch das, was ich schrieb.
Hier selbst seid ihr bereits bekannt bei Sarmaten und Geten:
solche Gesinnungen lobt selbst ein barbarisches Volk,
und als ich hier von eurer Beständigkeit neulich erzählte –
hab' ich sarmatisch und auch getisch doch sprechen gelernt –,
da hat ein Greis, der gerade bei jenen Gesprächen dabeistand,
mir auf meinen Bericht folgende Antwort erteilt:
«Fremdling, auch uns ist gar wohl bekannt der Name der Freundschaft,
uns, die wir ferne von euch wohnen im pontischen Land.
Skythien hat eine Gegend – die Alten benannten sie Tauris –,
welche nicht allzu entfernt liegt von dem getischen Volk.
Dort bin ich einst geboren und schäme mich nicht meiner Heimat:
Phoebus' Schwester verehrt dort ja als Göttin das Volk.
Heute noch steht ihr Tempel, gestützt auf gewaltige Säulen,
und über viermal zehn Stufen gelangt man hinein.
Sagen erzählen, es sei dort ein himmlisches Standbild gewesen;
leer, seiner Göttin beraubt, ist noch der Sockel Beweis,
und der Altar, der einst nach des Steines Beschaffenheit weiß und
farblos war, der ist jetzt rot, weil vom Blute bespritzt.
Priesterin ist ein Weib, dem die Hochzeitsfackel nicht leuchtet,
welches durch edle Geburt skythische Frau'n überragt.
Bei diesem Opfer ist's Brauch – so ward es bestimmt von den Ahnen –,
daß durch der Jungfrau Schwert leidet der Fremdling den Tod.
Thoas hatte die Herrschaft, berühmt am mäotischen Strande,
war doch am Gastlichen Meer keiner bekannter als er.
Als er das Zepter führte, so sagt man, sei durch die Lüfte

eine dahergeschwebt, Iphigeneia genannt.
Sie, die bei sanftem Wind, in die Wolke gehüllt, durch den Äther
zog, hat Diana bei uns niedergesetzt, wie man glaubt.
Jahre hindurch verwaltete sie nach dem Brauche den Tempel,
hat mit sich sträubender Hand düstere Opfer gebracht,
bis zwei Jünglinge kamen auf segeltragendem Kiele,
landeten und ihren Fuß setzten auf unseren Strand.
Alter und Liebe verbanden die beiden; die Sage bewahrte
uns ihre Namen: Orest hießen und Pylades sie.
Diese nun werden sogleich, auf den Rücken die Hände gebunden,
hin zu dem grausen Altar Trivias beide geführt.
Weihwasser sprengt die griechische Priesterin auf die Gefangnen,
wickelt ums goldene Haar ihnen das wollene Band.
Während sie rüstet das Opfer, die Binden hüllt um die Schläfen,
während sie Gründe noch selbst, länger zu zögern, ersinnt,
sagt sie: «Nicht ich bin grausam, Jünglinge: wollt mir verzeihen;
Opfer verricht' ich: sie sind grausamer noch als der Ort.
Dies ist der Brauch des Volks. Doch sagt, von woher ihr gekommen,
sagt, welchen Weg ihr gesucht auf dem verderblichen Schiff!»
Sprach's, und die Jungfrau hörte, die fromme, den Namen der Heimat:
Landsleut' waren die zwei aus ihrer eigenen Stadt:
‹Falle denn einer von euch am Altar als Opfer›, so sprach sie;
‹aber als Bote nach Haus kehre der andre zurück!›
Pylades bittet Orestes zu gehen, entschlossen zum Tode;
dieser verweigert's: es sind beide zu sterben gewillt.

Dies war das einzige Mal, daß das Paar sich nicht einigen konnte:
immer in Eintracht sonst lebten die zwei, ohne Zwist.
Während den Streit ihrer herrlichen Liebe die Jünglinge führen,
kritzelt rasch sie ein Wort hin ihrem Bruder zum Gruß
und gab einem den Brief an den Bruder, und der ihn empfangen –
siehe der Menschen Geschick! –, ward als der Bruder erkannt.
Eilends reißen sie jetzt aus dem Tempel das Bild der Diana,
führen's im Schiffe hinweg heimlich durch endloses Meer.
Wunderbar war der Jünglinge Liebe: Jahrhunderte schwanden,
aber in Skythien lebt heute ihr Name noch fort.»
Als von dem Alten die allen bekannte Geschichte erzählt war,
lobten sie alle die Tat, lobten die Liebe und Treu'.
Also auch hier an der Küste, die wilder als jegliche andre,
wird ein barbarisches Herz doch von der Freundschaft gerührt.
Was aber müßt ihr tun, in Italiens Hauptstadt Geborne,
wenn einen Geten sogar solches Verhalten bewegt?
Nimm hinzu, daß du immer von Güte beseelt bist, dein Wesen
hohen Adels Gepräg', edle Gesinnung verrät:
auch Volesus würde sie preisen, der Ahn deines Vaters,
Numa, der Mutter Ahn, säh' als die seine sie an;
billigen würden es auch die zu Cottas Geschlechte Gekommnen,
dieses, wenn du nicht wärst, bald schon erlöschende Haus:
Mann, dieser Ahnen so würdig, o glaub: dem gesunkenen Freunde
Hilfe zu bringen ist ganz solcher Gesinnung gemäß.

3. An Fabius Maximus

Hast du ein wenig Zeit dem verbannten Freunde zu schenken,
Fabischen Hauses Stern, Maximus, weile bei mir,
während ich, was ich gesehen, erzähl', ob der Schatten des Körpers,
ob seine wahre Gestalt oder ein Traum mir erschien.
Nacht war es, Mondlicht schien durch die doppelflügligen Fenster,
wie es zu scheinen pflegt mitten im Monat beinah;
Schlaf, die allen gestattete Ruhe von Sorgen, umfing mich,
und übers Lager gestreckt lag der ermüdete Leib,
als die Luft, von Schwingen bewegt, erzitterte plötzlich
und das Fenster davon ächzte mit leisem Geräusch.
Ich aber schrecke empor, mich links auf den Ellbogen stützend,
und aus der zitternden Brust fliehend, verläßt mich der Schlaf.
Da stand Amor, mit anderer Miene als einst; mit der linken
Hand an dem Ahornbett hielt er bekümmert sich fest,
und keine Kette am Hals, keinen Stirnreif trug er im Haare;
nicht war geordnet wie einst oder geschmückt sein Gelock.
Struppig hingen die Strähnen, die weichen, herab ihm ins Antlitz;
auch seine Schwinge erschien struppig zerzaust meinem Blick,
wie sie gewöhnlich ist auf dem Rücken der luftigen Taube,
die von so mancher Hand wurde berührt und gekost.
Kaum hatt' ich ihn erkannt – kein anderer ist mir bekannter –,
als meine Zunge, gelöst, sprach diese Worte zu ihm:
«Junge! Du Grund der Verbannung deines betrogenen Lehrers –
nützlicher wäre es mir, hätt' ich dich niemals gelehrt –,
kommst du auch hierher noch, wo niemals friedliche Zeit ist,

wo zu erstarrter Flut grausam die Donau gefriert?
Was bezweckst du damit, als nur meinen Jammer zu sehen,
der, daß du es nur weißt, dir nicht zur Ehre gereicht?
Du hast zuerst die Gedichte diktiert, die ich schrieb in der Jugend,
lehrtest dem Sechsfüßler mich fügen den Fünffüßler bei;
weder ließest du mich zum homerischen Sang mich erheben,
noch die Helden im Lied feiern und was sie vollbracht.
Meine geringen vielleicht, doch vorhandenen geistigen Kräfte
wurden durch deine Glut, deine Geschosse geschwächt;
denn indes ich besang deine Herrschaft und die deiner Mutter,
blieb für ein größeres Werk keinerlei Kraft meinem Geist.
Doch das genügte noch nicht: durch törichte Dichtung bewirkt' ich,
daß du durch meine ‹Kunst› nicht ohne Kenntnisse seist.
Dafür ist die Verbannung mir Armem zum Lohne geworden,
und am entlegensten Ort gar, der des Friedens entbehrt.
So war Chiones Sohn Eumolpus nicht gegen Orpheus,
so war Olympus nicht gegen den phrygischen Faun.
Chiron hat solche Belohnungen nicht von Achilles empfangen,
Numa Pythagoras nie Schaden getan, wie man sagt.
Aber nicht Namen, im Laufe der Zeit gesammelte, nenn' ich:
mich als den einzigen nur richtet mein Schüler zugrund.
Während ich Waffen dir gebe, dich, Zügelloser, belehre,
wird deinem Lehrer von dir, Schüler, ein solches Geschenk!
Dennoch, du weißt und du könntest mit gutem Gewissen beschwören:
keine gesetzlichen Eh'n habe ich jemals bedroht;
schrieb ich es doch für Frau'n, deren Haar keine Binde in Zucht hält,
denen kein langes Gewand fällt auf die Füße herab.
Sag mir: wann hast du durch mich eine Gattin zu täuschen, auf meinen

Wunsch zu verfälschen den Stamm eines Geschlechtes gelernt?
Sag, ob nicht jede vor diesen Büchern ernstlich gewarnt wird,
der das Gesetz den Genuß heimlicher Buhlschaft verwehrt.
Aber was hilft's, wenn man glaubt, daß ich Ehebruch, der verboten
ist durch ein strenges Gesetz, hätte zu üben gelehrt?
Du aber – mögest du Pfeile besitzen, die jeglichen treffen,
Fackeln, denen es nie fehlt an verzehrender Glut,
möge der Kaiser das Reich beherrschen und all seine Länder,
der durch Aeneas mit dir, durch deinen Bruder verwandt –
wenn du bewirkst, daß sein Zorn nicht unversöhnlich mir bleibe
und mich an milderem Ort büßen zu lassen geruht.»
Solches hab' ich im Traume gesagt dem geflügelten Knaben;
diese Worte darauf gab er, so träumt' ich, zurück:
«Bei meinen Waffen, den Fackeln, und bei meinen Waffen, den Pfeilen,
bei meiner Mutter Gewalt, bei dem caesarischen Haupt
schwör' ich, daß nur Erlaubtes bei dir, meinem Lehrer, ich lernte,
daß deine ‹Liebeskunst› Sträfliches nirgends enthält.
Wenn ich nur so wie dies auch andres verteidigen könnte!
Noch etwas anderes hat mehr dir geschadet, du weißt's.
Was es auch sei – denn weder den Schmerz selbst soll man erneuern,
noch kannst du sagen, du seist ferne von jeglicher Schuld –,
magst du gleich mit dem Bild einer Irrung bedecken den Fehltritt,
war doch des Richters Zorn schwerer nicht, als du verdienst.
Dennoch, damit ich den Niedergebeugten erblicke und tröste,
trugen auf endloser Fahrt mich meine Schwingen zu dir;

damals sah ich die Gegend zuerst, als auf Wunsch meiner Mutter
ich in der Kolcherin Herz meine Geschosse gebohrt;
daß ich sie jetzt nach langen Jahrhunderten wiederum sehe,
hast du bewirkt, o Freund, Bundesgenoß meines Kampfs.
Fürchte dich also nicht mehr: des Kaisers Zorn wird sich mildern,
und wie du es erflehst, kommt eine frohere Zeit.
Fürcht auch keinen Verzug! Der Tag, den wir wünschen, ist nahe,
und der Triumphzug wird voll des Erfreulichen sein.
Während das Haus und die Söhne und Mutter Livia froh sind,
während du, Vater des Lands und deines Feldherrn, dich freust,
während das Volk frohlockt und in allen Teilen der Hauptstadt
duftende Feuer entfacht werden auf jedem Altar,
leichten Zutritt gewährt die verehrungswürdige Gottheit,
dürfen wir hoffen, daß auch unser Gebet sich erfüllt.»
Sprach's und löst' entweder sich auf in die wehenden Lüfte,
oder ich wachte wohl auf und meine Sinne mit mir.
Wollt' ich bezweifeln, daß, Maximus, dich seine Worte erfreuen,
wär' es, als glaubt' ich, schwarz seien die Schwäne statt weiß;
doch wird die Milch, die weiße, in schwarzes Pech nicht verwandelt,
in Terebinthenholz strahlendes Elfenbein nicht.
Deiner Gesinnung entspricht deine Herkunft, schlägt doch in dir ein
adliges Herz; dich beseelt Herkules' schlichtes Gemüt;
Neid, dieses niedrige Laster, berührt nicht so hohe Gesittung;
wie eine Schlange, versteckt, kriecht er am Boden umher;
dein erhabener Geist überragt selbst den deines Hauses:

von deines Namens Glanz wird nicht dein Geist überstrahlt.
Leidende quäle, wer will, und wünsche sich, daß man ihn fürchte,
tränke den Pfeil, den er führt, mit dem verzehrenden Gift!
Aber dein Haus ist gewohnt, den Flehenden Hilfe zu bringen:
laß mich in ihren Kreis treten, ich bitte darum!

4. An Rufinus

Diese Zeilen, die nicht nur leere Grüße dir bringen,
sendet dein Naso an dich aus der tomitischen Stadt,
wünschend, daß du an seinem «Triumph», Rufinus, dich freuest,
wenn das Gedicht überhaupt dir in die Hände gelangt.
Winzig zwar ist das Werk und euren Bemühungen ungleich:
dennoch, wie es auch sei, wünsch' ich, daß du es beschützt.
Starkes gedeiht von selbst und sucht nach keinem Machaon;
droht einem Kranken Gefahr, flieht er zur ärztlichen Kunst.
Große Dichter haben den freundlichen Leser nicht nötig:
mag er sich noch so sehr sträuben, sie fesseln ihn doch.
Ich, den die langen Beschwerden geschmälert in seinem Talente
oder der auch vielleicht vorher schon keines gehabt,
bin, an Kräften gering, nur stark durch dein lauteres Zutraun:
wenn du mir dieses entzögst, glaubt' ich mir alles geraubt;
Gründet sich all das Meinige schon auf Neigung und Beifall,
hat doch auf Nachsicht dies Werk ein besonderes Recht.
Andere Sänger sahn den Triumphzug, den sie beschrieben,
und, was man selber erlebt, schildern – das ist schon etwas.
Ich aber schrieb, was ich kaum vom Volk mit begierigem Ohre
aufgefangen: Gerücht wurde zum Auge für mich;
freilich entsteht ein ähnlich Gefühl und dieselbe Erregung,
ob man die Dinge nun hört oder mit Augen erblickt,

und ich klage ja nicht um den Glanz des Silbers und Goldes,
den ihr zu sehen bekamt, nicht um den purpurnen Prunk;
aber die Orte und Stämme, vertreten durch tausend Gestalten,
und auch die Kämpfe an sich hätten genährt mein Gedicht,
ja, der Könige Blick, das sicherste Zeichen der Denkart,
hätte bei jenem Werk etwas geholfen vielleicht.
Selbst an dem Beifall des Volkes und an seiner freudigen Stimmung
kann zur Begeistrung erglühn jeglicher schaffende Geist,
und ich hätte genau so Kraft aus dem Jubel gewonnen
wie der Rekrut im Kampf aus dem Trompetengetön.
Stecke auch noch so tief mein Gemüt im Schnee und im Eise,
sollte es kälter noch sein als dieser Ort, der mich quält:
säh' ich den Feldherrn stehend im elfenbeinernen Wagen,
schwände wohl jeglicher Frost gleich meinen Sinnen dahin.
Da es mir hieran fehlt und zweifelhaft sind meine Zeugen,
wend' ich, damit deine Gunst helfe, mich rechtens an dich;
weder die Namen der Feldherrn sind mir bekannt noch der Orte:
kein hinreichender Stoff stand meiner Hand zu Gebot.
Wieviel konnte mir wohl das Gerücht von dem großen Geschehen
melden? Was hätte mir wohl jemand zu schreiben vermocht?
Um so mehr mußt du, Leser, verzeihn, wenn sich irgendein Irrtum
findet und wenn mein Gedicht manches vielleicht übergeht.
Denk auch, daß meine Leier beständig mit ihres Besitzers
Klagen befaßt ist und kaum frohe Gesänge gewohnt.
Wollten doch Worte des Glückes, so lange entbehrt, sich nicht finden,
und mich an etwas zu freun schien etwas Neues für mich.
Und wie erschrickt vor der Sonne das Auge, das ihrer entwöhnt ist,

so zum erfreulichen Werk fehlt es an Kraft meinem Geist.
Auch ist bei allem die Neuheit das, was am meisten geschätzt wird:
kommt eine Leistung zu spät, findet sie niemandes Dank.
Andere Dichtungen schrieb man vom großen Triumph um die Wette,
und, so vermut' ich, schon längst liest man im Volke sie vor.
Durstige trinken von all jenen Bechern und Satte von meinen;
frisch ist jenes Getränk, schal wird das meinige sein.
Nicht zwar hab' ich gesäumt, nicht Trägheit wirkt die Verspätung:
hält doch des riesigen Meers äußerste Küste mich fern.
Bis ein Gerücht uns erreicht, bis rasch die Gedichte entstehen
und die entstandnen zu euch kommen, vergeht wohl ein Jahr;
Viel bedeutet es auch, ob als erster du blühende Rosen,
ob mit verspäteter Hand pflückest die letzten beinah.
Ist es verwunderlich, wenn, da der Garten an Blumen erschöpft ist,
sich kein Kranz mehr ergibt, wie er dem Feldherrn gebührt?
Keiner der Sänger soll denken, ich tadelte seine Gedichte,
dieses verbitt' ich: für sich führt meine Muse das Wort.
Heilige Dienste ja hab' ich mit euch gemeinsam, ihr Dichter,
wenn ihr zu euerem Chor Elenden Zutritt gewährt;
mit mir lebtet ihr, Freunde, als mächtiger Teil meiner Seele:
jetzt noch, entfernt wie ich bin, steh' ich im Bunde mit euch.
Seien durch euere Gunst denn meine Gedichte empfohlen,
da ja ich selber für sie nimmer zu sprechen vermag.
Dichtung gefällt nach dem Tode zumeist, da dem Lebenden Mißgunst
schadet: sie nagt an ihm stets mit gehässigem Zahn.
Ist es nun eine Art des Todes, im Elend zu leben,

säumt nur die Erde: es fehlt meinem Geschick nur das Grab.
Schließlich, wird auch das Werk meiner Mühe von allen getadelt,
keiner wird sein, der es rügt, daß ich erfülle die Pflicht.
Wenn es an Kräften gebricht, so ist doch der Wille zu loben:
so – das verkünde ich – wird Göttern Genüge getan.
Daher sind am Altar auch die armen Beter willkommen,
gilt ein geopfertes Lamm weniger nicht als ein Stier.
Auch war der Stoff so groß: er wäre dem höchsten der Sänger,
der die Aeneis schrieb, selbst eine drückende Last.
Ja, das elegische Versmaß trug auf zweierlei Rädern
schwer an solchen Triumphs gar zu gewaltiger Wucht.
Aber ich zweifle noch sehr, welches Verses ich jetzt mich bediene:
gibt es doch bald über dich, Rhein, einen zweiten Triumph.
Nicht der Erfüllung entbehrt die Ahnung begeisterter Sänger:
Lorbeer werde dem Gott, während der erste noch grünt!
Dies sind nicht Worte von mir, dem zur Donau Verwiesenen, welche
tränkt des getischen Lands wenig befriedetes Volk,
dies ist der Gottheit Ruf: es bewohnt ein Gott meinen Busen;
weil es der Gott mir befiehlt, künde ich solches voraus.
Zauderst du, Wagen und Aufzug für den Triumph zu bereiten,
Livia? Läßt doch der Krieg keine Verzögerung zu.
Streckt doch, vernichtet, das falsche Germanien schon seine Waffen:
daß mein Wahrspruch Gewicht habe, wirst bald du gestehn.
Glaub es mir: bald bestätigt es sich, der Ruhm deines Sohnes
wird sich verdoppeln: er fährt, wie schon zuvor, im Triumph.
Hole hervor und wirf um die Schultern des Siegers den Purpur:
das schon gewohnte Haupt kennt wohl von selber der Kranz;
Schild und Helm sollen strahlen von Gold und edlem Gesteine,
Männer in Fesseln ziehn unter gestutzten Trophä'n,

Mauern mit Türmen umschließen die elfenbeinernen Städte,
und was ein Bild nur ist, scheine wie wahres Geschehn!
Unter geknicktem Schilfrohr trage der schmutzige Rheinstrom
struppig hangendes Haar, Wasser gerötet von Blut!
Schon verlangen barbarischen Schmuck die gefangenen Fürsten
und die Gewänder, an Glanz üppiger als ihr Geschick,
alles, was außerdem die sieghafte Mannheit der Deinen
oft schon bereiten dich hieß, oft noch bereiten dich heißt.
Götter, auf deren Befehl ich von kommenden Dingen gesprochen,
laßt, ich flehe euch an, bald sich erfüllen mein Wort!

5. An Cotta Maximus

Fragst du, von wo der Brief dir geschickt wird, welchen du liesest?
Hier, wo die Donau des Meers blauem Gewässer sich eint;
und ist die Gegend genannt, wird auch der Verfasser dir kenntlich:
Naso, der Dichter, für den ward zum Verderb sein Talent,
welcher den Gruß, den er lieber persönlich dir überbrächte,
Maximus Cotta, vom Land struppiger Geten dir schickt.
Las ich doch, würdiger Nachfahr du des beredsamen Vaters,
was vor der Menge des Markts jüngst du als Redner gesagt.
Wenn ich's auch Stunden hindurch mit eilender Zunge gelesen
habe, bedaure ich doch, daß es so wenig nur war.
Oft jedoch wiederholend verlängert' ich mir's, und bei jedem
Male geschah's, daß es mir besser gefiel als zuvor,
und wenn so häufiges Lesen ihm nichts von dem Zauber genommen,
ist es durch eigene Kraft, nicht durch die Neuheit so schön.

Glücklich ihr, die ihr dies in der Wirklichkeit zu vernehmen
und so beredsamen Munds euch zu erfreuen vermocht!
Denn, ist auch süß der Geschmack eines Wassers, das man uns zuträgt,
wer aus der Quelle sich tränkt, hat doch den größren Genuß;
köstlicher ist's, nach dem Zweige zu greifen und Äpfel zu pflücken,
als aus der Schale sie sich nehmen, wie kunstvoll sie sei.
Wär' ich nicht schuldig und hätte mich nicht meine Muse vertrieben,
hätte dein Mund mit dem Werk, welches ich las, mich beglückt;
wie ich gewohnt war, durft' ich vielleicht als einer der hundert
Richter zugegen sein, als deine Worte du sprachst.
Ach, und es würde mein Herz eine größere Wonne erfüllen,
nickt' ich dir Beifall zu, wenn deine Rede mich packt.
Doch da das Schicksal gewollt, daß ich euch und die Heimat verlasse,
gab als Aufenthalt mir grausamer Geten Gebiet,
schick deines Fleißes Beweise mir oft, daß ich, was ja erlaubt ist,
glauben dürfe, bei dir öfter zu sein im Gespräch!
Und, wenn du das nicht gerade verschmähst, so bediene dich meines
Beispiels! Richtiger gäbst selbst du das Beispiel für mich:
ich nämlich, der ich für dich, mein Maximus, längst bin verloren,
strebe doch durch mein Talent, dir nicht verloren zu sein.
Tue dasselbe mir an, laß oft meiner Hand die Beweise
deines Bemühens zuteil werden, die stets mich erfreun!
Sag aber, Jüngling du, der von meinen Bestrebungen voll ist,
ob diese selbst denn wohl je dich erinnern an mich,
ob, wenn du Freunden liest eine eben entstandene Dichtung

oder auch forderst, daß *sie* lesen, wie häufig du tust,
man mich vermißt, wie zuweilen dein Sinn, der vergaß, was entfernt ist,
fühlt, daß etwas vielleicht doch von dem Seinigen fehlt,
ob auch, wie du ja gern oft sprachest von mir, als ich da war,
Nasos Name noch jetzt manchmal genannt wird von dir.
Ich aber selbst will sterben, getroffen vom getischen Bogen –
und du siehst ja, wie nah Strafe dem Eidbrecher ist –,
wenn ich nicht jederzeit, selbst hier in der Ferne, dich sehe:
darf doch zum Glück der Geist gehen, wohin ihm beliebt.
Wenn ich von hier, von keinem gesehen, zur Hauptstadt gelange,
sprech' ich gar oft mit dir, freue mich oft deines Worts;
dann wird es schwer mir, zu sagen, wie wohl das tut und wie heiter,
meinem Empfinden gemäß, solch eine Stunde erstrahlt;
dann, wenn du's glauben willst, vermein' ich, in himmlischer Wohnstatt
aufgenommen vom Kreis seliger Götter zu sein.
Kehr' ich zurück hierher, so verlass' ich den Himmel, die Götter,
und von dem pontischen Land ist es nicht weit bis zur Styx.
Wenn ich mich gegen den Willen des Schicksals bemühe um Rückkehr,
nimm mir die Hoffnung, die doch nichtige, Maximus, weg!

6

Naso sendet dies kurze Gedicht vom «Gastlichen Meere»
seinem Gefährten: beinah hätt' er den Namen genannt.
Hätt' aber unvorsichtig die Hand, wer du seiest, geschrieben,
ging' aus der Ehrung vielleicht bald eine Klage hervor.

Warum verlangst du jedoch, daß dich meine Dichtung nicht nenne,
scheust als einziger, was andren gefahrlos erscheint?
Wenn du nicht weißt, wie groß noch mitten im Zorne des Kaisers
Milde, so kannst du davon Kunde empfangen durch mich;
könnt' ich doch selber die Strafe, die jetzt ich erdulde, nicht lindern,
zwänge man mich dazu, Richter zu sein meiner Schuld.
Keinem verbietet er ja, an seinen Gefährten zu denken;
daß du mir schreibst und ich dir schreibe, verhindert er nicht.
Keine Versündigung wär's, wenn den Freund du zu trösten versuchtest,
wenn du mit freundlichem Wort milderst sein hartes Geschick.
Warum scheust du, was ohne Gefahr ist, und stellst die Verehrung
für den erhabenen Gott in ein bedenkliches Licht?
Sahen wir doch bisweilen vom Blitze Getroffene leben,
ohne daß Juppiter dies hindert, und wiedererstehn.
Weil des Odysseus Schiff von Neptunus zerstört ward, versagte
einst Leukothoe doch Hilfe dem Schwimmenden nicht.
Glaub mir, die himmlischen Götter gewähren den Elenden Schonung,
setzen dem Leidenden nicht immer ohn' Unterlaß zu.
Gibt es doch keinen gemäßigtern Gott als unseren Fürsten:
durch die Gerechtigkeit setzt seiner Gewalt er das Maß;
kürzlich stellte der Kaiser ihr Bild in den marmornen Tempel;
doch in des Herzens Gemach hat er von je sie gehegt.
Juppiter schleudert den Blitz, wie der Zufall fügt, gegen viele,
die doch durch keinerlei Schuld Strafe zu leiden verdient;
wenn so viele der Gott versenkt in die wütenden Fluten,
wieviel waren denn wohl wert, zu versinken darin?

Sind in einem Gefecht die Tapfersten alle gefallen,
wird unbillig des Mars Wahl von ihm selber genannt.
Wolltest du aber vielleicht bei uns nachforschen, so wird doch
niemand leugnen, daß er, was er erduldet, verdient;
rechne hinzu, daß die Opfer des Meeres, des Krieges, des Feuers
nimmer, in Ewigkeit nicht, wieder zum Leben erstehn;
viele jedoch läßt der Kaiser erstehn oder mildert die Buße:
gönne er, fleh' ich, auch mir, unter den vielen zu sein!
Du aber, da als Volk unter solch einem Fürsten wir leben,
glaubst, dem Verwiesenen Trost spenden bedeute Gefahr?
Wäre Busiris dein Herr, so hättest du Grund, es zu fürchten,
oder auch er, der im Erz schmachtende Männer verbrannt;
schmähe den gütigen Sinn nicht länger durch leere Befürchtung!
Hast du im friedlichen Meer Angst, daß dich Felsen bedrohn?
Auch daß ich selbst euch zuerst, ohne Namen zu nennen, geschrieben,
wird, so scheint es mir jetzt, schwer zu entschuldigen sein.
Doch dem Betäubten versagte der Schreck den Gebrauch der Besinnung;
jede Erwägung verging vor dem unfaßlichen Leid.
Zitternd vor meinem Geschick, doch nicht vor dem Zorn meines Richters,
hat meines Namens Klang selbst mich in Schrecken versetzt:
daran erinnere dich und verstatte dem dankbaren Dichter,
daß er die Namen, die ihm wert sind, in Briefen erwähnt!
Schimpflich wär's für uns beide, wenn du, mir seit langem verbunden,
nirgend in meinem Buch würdest mit Namen genannt.
Daß aber solche Besorgnisse nicht deinen Schlaf unterbrechen,
werd' ich dir nur so weit huldigen, wie du es wünschst,

und, wer du bist, verheimlichen: niemanden werde ich zwingen,
sich meiner Gabe zu freun, wenn er es selbst nicht erlaubt.
Du, dem ohne Gefahr mich offen zu lieben vergönnt ist,
wenn's dir bedenklich erscheint, hab nur im stillen mich lieb!

7

Mir, der so oft um dasselbe gebeten, mir fehlen die Worte,
ja, ich schäme mich jetzt, immer nur zwecklos zu flehn.
Überdruß muß entstehn aus dem immer sich gleichen Gesange,
und was ich wünsche, ihr wißt's alle, so glaub' ich, genau,
ja, was mein Brief enthält, das ist euch bekannt schon, auch ohne
daß ihr löst von dem Band, das es umwindet, das Blatt.
Darum ändere sich der Inhalt meines Geschriebnen,
daß ich nimmer so oft schwimme entgegen dem Strom!
Daß ich Hoffnungen setzte auf euch, verzeiht es mir, Freunde!
Künftig will ich nicht mehr solch einen Fehler begehn,
will auch der Gattin nicht länger zur Last sein, die sich wohl redlich
zeigt gegen mich, aber doch ängstlich und wenig bemüht.
Naso, auch dies wirst du tragen: denn Schlimmeres hast du erduldet,
hast schon gar kein Gefühl mehr für die drückende Last.
Eben getrennt von der Herde, entziehe der Stier sich dem Pfluge,
mag seinen Hals, der es nicht kennt, noch verweigern dem Joch:
ich, gegen den das Schicksal gewohnt ist, sich grausam zu zeigen,
fühle mich abgestumpft längst gegen jegliches Leid.
Kam ich ins getische Land, so gedenk' ich hier auch zu sterben:

daure denn fort mein Geschick, wie es begann, bis zuletzt!
Hoffnung zu hegen erquickt, doch quält dich die niemals erfüllte;
wünschst du, daß etwas geschieht, glaub nur, es werde geschehn!
Nächste Stufe danach ist, ganz zu verzweifeln an Rettung,
wissen, daß es einmal wirklich vorbei ist mit dir.
Wunden von mancherlei Art sehn größer wir werden durch Pflege:
besser hätte man sie nie mit den Händen berührt.
Der geht sanfter zugrunde, den plötzlich die Wasser verschlingen,
als wer lang mit dem Arm rudert in brausender Flut.
Warum glaubte ich nur, ich könne vom skythischen Boden
scheiden und mich eines Lands freuen, das freundlicher ist?
Warum hab' ich gehofft, es mildre sich noch meine Lage?
War mir so wenig bekannt, was mir das Schicksal bestimmt?
Schwerer nur leide ich nun, und das viele Beschreiben der Gegend
läßt mich immer erneut fühlen das Leid des Exils.
Dennoch, nützlicher ist's, wenn der Eifer der Meinigen nachläßt,
als daß sie ohne Erfolg hätten die Bitten getan.
Zwar etwas Großes ist's wohl, doch wagt ihr es nicht, meine Freunde;
bäte man aber – es gäb' Einen, der gerne gewährt;
wenn nur dieses mir nicht der Zorn des Kaisers versagte,
wollte ich tapfer den Tod leiden am «Gastlichen Meer».

8. An Fabius Maximus

Welches Geschenk, daß es dir mein treues Gedenken bezeuge,
könnte das tomische Land senden, so fragte ich mich.

Silbers wärest du würdig und mehr noch des funkelnden Goldes;
doch wenn du es verschenkst, pflegt dich dergleichen zu freun.
Freilich sind auch diese Gegenden nicht mit Metallen gesegnet:
läßt doch der Feind kaum zu, daß sie der Landmann ergräbt.
Oftmals bedeckt der leuchtende Purpur deine Gewänder;
aber man färbt nicht damit hier am sarmatischen Meer.
Gröbere Felle nur trägt das Vieh, und die Weiber von Tomis
haben der Pallas Kunst niemals zu üben gelernt.
Hier zerkleinert die Frau statt der Wolle die Gaben der Ceres,
und auf dem Scheitel trägt schwer sie das Wasser im Krug.
Nirgend umranken die Reben mit reichem Laube die Ulme,
Äpfel belasten nicht hier Äste mit ihrem Gewicht.
Traurig gedeihen des Wermuts Sträucher auf ödem Gefilde,
und so läßt uns die Frucht sehen, wie bitter das Land.
Nichts im Bereiche des Schwarzen Meers war also zu finden,
was mein eifrig Bemühn wünschte zu schicken an dich;
dennoch hab' ich dir Pfeile gesandt im skythischen Köcher,
wünschend, daß sie sich rot färben im Blut deines Feinds.
Solche Rohre und solche Bücher erzeugt diese Küste:
hierzulande gedeiht, Maximus, solch eine Kunst!
Weil es nach wenigem aussieht, schäm' ich mich zwar, es zu schicken;
dennoch bitte ich dich: nimm mit der Sendung vorlieb!

9. An Brutus

Weil meine Dichtungen, Brutus, stets dasselbe enthalten,
hat sie, ich weiß nicht wer, wie du berichtest, gerügt:
immer verlangt' ich, ein näheres Land bewohnen zu dürfen,
schriebe nichts weiter, als dicht sei ich umzingelt vom Feind.
Oh, von wie vielen Fehlern wird hier nur der eine gescholten!

Wenn meine Muse nur dies sündigte, wäre es gut.
Selber erkenne ich ja die Verfehlungen meiner Gedichte,
lobt gleich über Gebühr jeder den eignen Gesang.
Urheber loben ihr Werk: so hat wohl Agrius einstmals
seinen Thersites auch lieblich von Antlitz genannt.
Aber mein Urteil läßt sich von solcher Verirrung nicht täuschen;
nein, ich verliebe mich nicht eilends in das, was ich schuf.
Fragst du, warum ich denn nun, wenn ich sehe, wieviel ich verfehle,
dulde, daß mein Gedicht immer noch Fehler enthält?
Krankheiten fühlen und heilen, das ist nicht ein und dasselbe:
alle empfinden das Weh, aber die Kunst nur behebt's.
Oft schon wünscht' ich ein Wort zu ändern und hab' es gelassen:
Einsicht habe ich wohl, doch an den Kräften gebricht's.
Oft verdrießt es mich – denn, wie sollte ich's dir nicht gestehen? –,
noch zu verbessern und viel lästige Arbeit zu tun.
Freut doch beim Schreiben die Arbeit selbst und verringert die Drangsal,
und mit dem Geist, der es schafft, glüht im Entstehen das Werk.
Wie das Verbessern genau um soviel weniger schwierig
ist, als der große Homer größer ist als Aristarch,
so doch martert den Geist mit lähmender Kälte die Mühsal,
hält den Zaum des zum Flug drängenden Rosses zurück.
Drum, so mögen die Götter den Zorn des Kaisers mir mildern,
möge dereinst mein Gebein ruhen in friedlichem Grund,
wie mir, wenn ich zuweilen mich anzustrengen versuche,
meines Geschickes Gestalt bitter entgegen sich stellt
und ich mir kaum bei Sinnen erscheine, Gedichte zu machen
oder zu bessern daran hier bei dem getischen Volk!

Nichts aber ist an all meinen Dichtungen mehr zu verzeihen,
als daß sie alle beinah haben denselben Gehalt.
Fröhliches sang ich als Fröhlicher, Schmerzliches sing' ich im Schmerze:
denn ihrer Wirkung entspricht stets meine Lage genau.
Wovon schriebe ich außer der trostlosen Gegend? Was wünscht' ich
sonst, als zu sterben dereinst, wo man erträglicher stirbt?
Kaum noch find' ich Gehör, da ich immer das nämliche sage:
Worte, die keiner vernimmt, führen zu keinem Erfolg.
Zwar hab' ich immer dasselbe geschrieben, doch nicht an dieselben:
einer nur spricht, doch er strebt Hilfe durch mehrere an.
Hätt' ich, damit man nicht immer dasselbe zu lesen bekäme,
dich als einzigen Freund, Brutus, zu bitten gehabt?
Soviel war's mir nicht wert; verzeiht das Geständnis, ihr Kenner!
Weniger gilt mir des Werks Ruhm als mein eigenes Heil.
Schließlich, wie sehr er auch seinen Stoff sich selber geformt hat,
vieles nach eignem Entscheid wandelt der Dichter noch ab.
Auch beschreibt meine Muse nur allzu wahrhaft mein Unglück:
unverfälscht und durchaus gültig ist, was sie bezeugt.
Nicht daß entstünde ein Buch, nein, daß sein Brief einem jeden
zukommt, das war mein Zweck, darum bemühte ich mich.
Dann hab' ich ordnungslos die gesammelten irgend verbunden:
nicht von mir sind des Werks Dichtungen etwa gewählt.
Nachsicht schenke dem Buch, dessen Anlaß Ruhm nicht gewesen,
sondern die Freundschaftspflicht und auch der nützliche Zweck.

VIERTES BUCH

1. An Sextus Pompejus

Nimm, mein Pompejus, hin das Gedicht, das von jenem gesponnen
wurde für dich, der dir, Sextus, sein Leben verdankt,
sei's nun, daß du mir nicht verwehrst, deine Namen zu nennen –
damit würden gekrönt deine Verdienste um mich –
oder verdrießlich blickst: dann werd' ich gestehn, daß ich fehlte,
aber der Grund meines Fehls wird doch zu billigen sein.
Nicht vermocht' es mein Herz, sich der Dankbarkeit zu enthalten:
sei auf die Huldigung drum, bitte, nicht allzu erzürnt!
Oh, wie oft schon fühlt' ich in diesen Gedichten mich treulos,
weil man darin über dich nicht das geringste erfährt!
Oh, wie oft, wenn ich andere Namen zu schreiben gedachte,
grub den deinen die Hand, ohn' es zu wissen, ins Wachs!
Mir gefiel bei solchen Versehen gerade der Irrtum,
und ich beseitigte sie mit widerstrebender Hand.
«Mag er es sehen», so sagt' ich, «und mag er sogar sich beklagen!
Schäm' ich mich doch, daß ich nicht längst die Beschwerde verdient.»
Reiche mir, wenn es sie gibt, den Trank der betäubenden Lethe –
nimmer vermöchte jedoch dein zu vergessen mein Herz.
Dulde das, bitt' ich, und weise verächtlich nicht ab meine Worte!
Glaub auch nicht, daß Schimpf meine Verehrung dir bringt!

Laß für so große Verdienste bescheidenen Dank mich erstatten!
Sonst aber bleibe ich dir dankbar, auch wenn du dich sträubst.
Niemals zögertest du, für mein Unglück dich zu verwenden;
reichliche Spenden hat nie mir deine Kasse versagt.
Jetzt noch hilft, in nichts durch mein plötzliches Schicksal erschüttert,
mir dein gütiger Sinn immer und immer aufs neu'.
Woher, fragst du vielleicht, ich so großes Vertraun auf die Zukunft
habe: ein jeglicher nimmt, was er geschaffen, in Schutz.
Ganz wie die Venus des koischen Künstlers Leistung und Ruhm ist,
die sich das Wasser des Meers drückt aus dem triefenden Haar,
wie die gewappnete Göttin, die elfenbeinern und ehern
wacht auf der Burg von Athen, stammt von des Phidias Hand,
wie für die Pferde, die er aus Metall schuf, Kalamis Lob heischt
oder wie Myrons Kuh ähnlich der wirklichen ist,
so bin, Sextus, ich nicht das letzte von all deinen Gütern,
gelte, beschützt von dir, als deine Leistung, dein Werk.

2. An Severus

Was du liest, du mächtiger Könige mächtiger Sänger,
kommt, Severus, vom Land struppiger Geten zu dir,
dessen Name in meinen Gedichten – ich schäme mich dessen –
wurde verschwiegen bisher, soll ich die Wahrheit gestehn.
Freundschaftsbriefe indessen, geschrieben frei von der Versform,
sandten wir wechselweis' ununterbrochen uns zu;
Dichtungen nur, die dir mein getreues Gedenken bekunden,

schrieb ich dir nicht; denn wozu? Verse verfaßt du ja selbst.
Wer bringt Bacchus Falerner Wein, Aristäus noch Honig,
Korn Triptolemus, wer Äpfel Alkinous dar?
Fruchtbar ist ja dein Geist, und unter des Helikons Dienern
sieht man keinem die Saat üppiger sprossen als dir;
Verse zu schicken an dich heißt Blätter zu tragen zum Walde:
dies ist, Severus, der Grund, daß ich gezaudert bis heut.
Freilich, mir steht mein Talent auch nimmer wie sonst zu Gebote;
nur mit entkräftetem Pflug ackre ich trockenen Sand;
wahrlich, genau wie der Schlamm die Adern des Wassers behindert
und wie die Flut sich staut, wenn man die Quelle verstopft,
so ist auch mein Gemüt vom Schlamme der Übel verdorben,
so ist die Ader verarmt, der meine Dichtung entströmt.
Wenn man den großen Homer hierher in die Gegend versetzte,
würde sogar aus ihm, glaub' es, ein Gete zuletzt.
Auch mein Eifer hat nachgelassen, verzeih' das Geständnis,
und sehr selten nur noch schreibt meine Hand einen Satz;
ja, jener heilige Drang, wie er lebt in der Brust eines Sängers,
wie er sich einst auch in mir pflegte zu regen, verging.
Kaum noch betreut meine Muse ihr Amt, kaum greift sie zur Tafel,
legt, gezwungen beinah, träge die Hände ans Werk;
wenig Vergnügen am Schreiben noch hab' ich – damit ich nicht sage
gar keins: Worte zum Vers fügen erfreut mich nicht mehr.
Sei es nun, weil ich so wenig Gewinn draus habe gezogen,
daß dieses Tun zum Quell meiner Bedrängnisse ward,
sei's auch nur, weil Gedichte zu schreiben, die man nicht vorliest,
ganz so ist, wie ein Tanz, den man im Dunkel vollführt:

denn es ermuntert der Hörer den Eifer, und lobt man die Tugend,
nimmt sie zu, ist der Ruhm doch ein gewaltiger Sporn.
Wem sollt' ich hier meine Dichtungen sprechen als blonden Corallern
und was am Hister noch sonst lebt an barbarischem Volk?
Aber was soll ich allein? Mit welchem Geschäfte vertreib' ich
leidige Muße, womit sollt' ich vergeuden die Zeit?
Denn da weder der Wein mich reizt noch der trügende Würfel,
die doch gar vielen vergehn lassen die schweigsame Zeit,
noch (was ich wünschte, sofern der tobende Krieg es erlaubte)
mich des geackerten Lands fleißige Pflege erquickt,
was bleibt übrig zu frostiger Tröstung außer den Musen,
Göttinnen, welche um mich wenig verdient sich gemacht?
Du aber, der du ja glücklicher trinkst aus dem Borne der Dichtkunst,
liebe die Arbeit, die schönen Erfolg dir gewährt,
weih dich – du darfst es – dem Dienste der Musen, und schaffst du ein neues
Werk, so schick es alsbald, daß ich es lese, mir zu!

3

Klag' oder schweig' ich? Erheb' ich den Vorwurf ohne den Namen,
oder ist's besser, es wird allen bekannt, wer du bist?
Nennen werd' ich dich nicht, daß dich nicht meine Klage empfehle,
daß du durch mein Gedicht nicht zur Berühmtheit gelangst.
Einst, als der Rumpf meines Schiffes noch ruhte auf sicherem Kiele,
hast du als erster mit mir segeln zu dürfen gewünscht;

jetzt, da das Glück mir ein finstres Gesicht macht, ziehst du zurück dich,
weil du vernahmest, daß jetzt ich deiner Hilfe bedarf.
Ja, du verleugnest mich, gibst dir den Anschein, mich nicht zu kennen,
fragst, wer Naso denn sei, wenn man den Namen dir nennt.
Ich bin's, ob du es gleich nicht zu hören wünschst, der durch frühe
Freundschaft fast noch als Kind dir, einem Kind, sich verband;
ich bin's, der deine ernsten Gedanken als erster gekannt hat,
der als erster mit dir heitere Scherze geteilt;
dein Kamerad war ich, dein Vertrauter in ständigem Umgang;
Dichter von einzigem Wert war ich nach deinem Geschmack;
ich bin's, Falscher, von welchem du jetzt nicht weißt, ob ich lebe,
ich, nach welchem du längst nimmer zu fragen beliebst.
Entweder war ich dir niemals wert, dann hast du geheuchelt,
oder, warst du nicht falsch, zeigst du dich wankenden Sinns.
Aber so sage mir doch: hat irgendein Groll dich verändert?
Wenn es die deine nicht ist, ist meine Klage gerecht.
Welches Verbrechen verbietet dir jetzt, dich wie früher zu zeigen?
Ist's ein Verbrechen für dich, daß ich ins Elend geriet?
Wenn du mir schon durch Rat oder Tat keine Hilfe gewährtest,
wäre ein Briefchen mit drei Worten zu mir doch gelangt.
Kaum aber kann ich es glauben: es geht das Gerücht, du verhöhntest
gar mich im Unheil, sprächst ohne Erbarmen von mir.
Bist du von Sinnen? Was tust du ? Was bringst du dich selbst um das Mitleid,
falls dich Fortuna verläßt und dich zum Scheitern bestimmt?

Zeigt doch das rollende Rad dieser Göttin, wie leicht sie sich wandelt:
wankenden Fußes berührt stets sie den obersten Punkt;
unzuverlässiger ist sie als irgendein Blatt, als ein Lüftchen:
nur deine Untreu' ist, Arger, der ihrigen gleich.
Alles Menschliche hängt an leicht zerreißbaren Fäden,
und was gewaltig war, endet in plötzlichem Sturz.
Wer hat noch nichts vom Reichtum des mächtigen Krösus vernommen?
Doch als Gefangner zuletzt dankt er sein Leben dem Feind.
Der, vor welchem die Stadt Syrakus noch gezittert soeben,
wurde durch niedrige Kunst kaum vor dem Hunger bewahrt.
Was ging über Pompejus, den Großen? Und doch hat er nachmals
demutvoll auf der Flucht Schutz bei dem Schützling gesucht,
und dieser Mann, dem zuvor der gesamte Erdkreis gehorchte,
. . . .
Jener, der rühmlich die Kimbern, den König Jugurtha geschlagen,
er, der als Konsul so oft römische Siege erstritt,
Marius hat im Schmutz, im sumpfigen Röhricht gelegen:
vieles für solch einen Mann Schimpfliche duldete er.
Treibt doch die göttliche Macht ihr Spiel mit dem menschlichen Schicksal,
und auf den Augenblick kaum ist noch ein sichrer Verlaß.
Hätte mir jemand gesagt: «Zum ‹gastlichen› Strand wirst du kommen,
wirst vor des Geten Geschoß leben in ständiger Furcht»,
hätt' ich gesagt: «Geh, trink, den Verstand dir zu säubern, vom Saft des
Nieswurz, soviel nur davon rings um Anticyra wächst!»

Dennoch, ich hab' es erduldet! Und könnt' ich die Pfeile der Menschen
meiden, so konnt' ich doch nicht meiden des Gottes Geschoß.
Sei auch du auf der Hut und glaube: was jetzt dir erfreulich
scheint, noch während du sprichst, kann es sich wandeln in Leid!

4. An Sextus Pompejus

So überflutet ist nicht ein Tag von den Güssen aus Süden,
daß der Regen nicht doch mit Unterbrechungen strömt;
keine so dürren und trockenen Gegenden gibt es, daß dort nicht
dornigem Beerengesträuch nutzbares Kraut sich gesellt;
nichts so Beklagenswertes vollbringt das bedrohliche Schicksal,
daß nicht von irgendwoher Freude vermindert das Leid.
Sieh mich, dem Haus und der Heimat entrückt und den Blicken der Meinen,
mich, den der Schiffbruch warf bis an den getischen Strand,
wie ich es dennoch erreichte, mit heiteren Augen zu blicken,
meines Geschickes einmal nicht zu gedenken vermag!
Als ich nämlich allein auf dem gelben Strande dahinging,
glaubt' ich, dicht hinter mir hätte ich Schwingen gehört;
als ich mich umsah, konnte ich eine Gestalt nicht erblicken;
diese Worte jedoch drangen mir deutlich ans Ohr:
«Siehe, ich komme zu dir als Botin erfreulicher Dinge:
endlosen Wegs durch die Luft schwebte ich, Fama, daher.
Unter dem Konsul Pompejus, der dir der liebste von allen,
wird sich das kommende Jahr freuen am Glanz und am Glück.»
Sprach's und, nachdem sie mit freudiger Kunde den Pontus erfüllte,

wandte die Göttin von hier anderen Völkern sich zu;
mir aber schwand der Kummer dahin vor der Freude, der neuen,
und es entfiel dieses Orts widrige Härte dem Sinn.
Also, sobald du eröffnest das Jahr, zweiköpfiger Janus
und von dem heiligen Mond wird der Dezember verjagt,
wird den Pompejus der Purpur des obersten Amtes umhüllen,
daß er sich nichts versagt, was ihm an Würden noch fehlt.
Mein' ich die Häuser doch schon fast brechen zu sehen vor Leuten
und wie die Menge sich quetscht, weil es am Platze gebricht,
wie du zuerst die Tempel betrittst des Tarpejischen Berges
und wie die göttliche Huld deinen Gebeten sich neigt,
wie dann die schneeigen Ochsen den Hals darbieten dem Beile,
die das faliskische Gras nährte auf saftiger Trift;
all unsre Götter dann magst du gnädig dir wünschen, besonders
magst du von Juppiter, magst Huld dir vom Kaiser erflehn!
Dann empfängt dich die Kurie: die nach der Sitte berufnen
Väter werden ihr Ohr richten auf das, was du sprichst;
hat deine Stimme sie nun erfreut mit beredsamem Munde,
hat dir, wie immer, der Tag freudige Wünsche erbracht,
hast du den schuldigen Dank den Göttern, dem Kaiser erstattet –
wird er doch Grund dir genug geben, es öfters zu tun –,
ziehst du von da nach Hause, vom ganzen Senate begleitet:
kaum ist dann für des Volks Huldigung Platz in dem Haus.
Weh mir, daß man nicht mich in der Menge dann auch wird erblicken
und meine Augen sich nicht dürfen an allem erfreun!
Das aber darf ich: ich werd' aus der Ferne dich sehn mit dem Geiste:
nach seines Konsuls Blick wird er dann suchen zu spähn;
gäben die Götter es dann, daß irgendeinmal dir mein Name

einfällt! Riefest du: «Ach, wie es dem Ärmsten wohl geht?»
Meldet mir einer von dir solch Wort, so werd' ich gestehen,
daß die Verbannung alsbald leichter geworden für mich.

5. An Sextus Pompejus

Zieht, meine flüchtigen Verse, zum kundigen Ohre des Konsuls,
bringt dem geehrten Mann, daß er es lese, mein Wort!
Weit ist der Weg, und nicht gleichfüßig schreitet ihr vorwärts;
unter des Winters Schnee birgt sich der Boden, verhüllt.
Habt ihr das eisige Thrakien, Haemus, den wolkenbedeckten,
und des Ionischen Meers Fluten nur erst überquert,
könnt vor dem zehnten Tag zur gebietenden Stadt ihr gelangen,
wenn ihr auch nicht mit Hast legt eure Reise zurück.
Lenkt nur dann eure Schritte alsbald zum Haus des Pompejus:
näher als dieses steht keins dem Augustischen Markt.
Fragt euch einer im Volk, wer ihr seid und woher ihr gekommen,
sagt nach Belieben ihm nur täuschende Namen ins Ohr!
Mag auch, die wahren zu sagen, gefahrlos sein – und ich glaub' es –,
minder bedenklich ist's, wenn ihr erdichtete sagt.
Wenn es auch niemand verhindert, so werdet ihr doch nicht den Konsul
sehen können, sobald ihr seine Schwelle berührt:
entweder wird, Recht sprechend, er leiten seine Quiriten,
auf den Elfenbeinthron, prangend von Bildern, erhöht,
oder er zählt vor der ragenden Lanze des Volkes Erträge,
duldet nicht, daß der Besitz schwinde der mächtigen Stadt,

oder, sobald der Senat zum Iulischen Tempel berufen,
spricht er von Dingen, die solch mächtigem Konsul gemäß,
oder er bringt den gewohnten Gruß dem Erhabnen und seinem
Sohn und bespricht ein Geschäft, welches noch wenig bekannt;
Caesar Germanicus wird, was an Zeit noch übrig, gehören,
den er besonders hoch, gleich nach den Göttern, verehrt;
wenn er jedoch von der Last so vieler Geschäfte sich ausruht,
wird er die Hände nach euch strecken, wie er es gewohnt;
fragt er euch dann vielleicht, wie es mir, euerm Vater, ergehe,
ist es mein Wunsch, daß ihr ihm dieses als Antwort erteilt:
«Immer noch lebt er, und dir verdankt er das Leben, bekennt er,
welches früher ihm schon gnädig der Kaiser geschenkt;
du hast ihm, als er floh, so erzählt er dankbaren Mundes,
sichere Wege gebahnt in das barbarische Land;
daß kein bistonisches Schwert in seinem Blut sich erwärmte,
dies hat dein sorgendes Herz, sagt er, in Güte bewirkt;
viele Geschenke noch fügtest du dann zu dem Schutz seines Lebens:
schmälern mußte er so nicht seinen eignen Besitz.
Um zu erstatten den Dank für diese Verdienste, beschwört er,
daß er für ewige Zeit dir nur zu eigen gehört;
würden doch eher die Berge der schattigen Bäume entbehren,
eher vermißte das Meer Schiffe, von Segeln beschwingt,
eher nähmen die Flüsse den Weg zurück zu den Quellen,
als daß deinem Verdienst könnte ermangeln der Dank.»
Bittet, sobald ihr's gesagt, daß er ja seine Gaben bewahre!
Damit wäre der Zweck euerer Reise erfüllt.

6. An Brutus

Brutus, der Brief, den du liest, ist gekommen aus jenem Gebiete,
wo du dem Naso nie hättest zu weilen gewünscht;
aber was du nicht wünschtest, das wollte das leidige Schicksal:
weh mir, daß es so viel mehr als dein Wünschen vermag!
Lebt' ich in Skythien doch fünf Jahr', eine Olympiade,
und diesem Halbjahrzehnt schließt schon das zweite sich an.
Zähe beharrt Fortuna und setzt meinen Bitten entgegen
ihren tückischen Fuß, immer auf Ränke bedacht.
Maximus, Zierde des Fabierhauses, du warest entschlossen,
zu des Erhabenen Macht flehend, zu sprechen für mich.
Vor deinem Bittgang starbst du, und ich bin, glaub' ich, der Anlaß
deines Todes, und das, Maximus, bin ich nicht wert.
Schon hab' ich Furcht, meine Rettung noch irgendwem zu empfehlen;
untergegangen mit dir ist auch die Hilfe nun selbst.
Eben begann Augustus vergessene Schuld zu verzeihen,
als er der Erde zugleich und meiner Hoffnung entschwand.
Aber, mein Brutus, ich hab' auf den neuen Bewohner des Himmels
euch ein Gedicht gesandt, wie ich's von ferne vermag.
Möchte die Treue mir helfen und möchte das Ende der Leiden
nahen, des hehren Geschlechts Zorn sich besänftigen nun!
Dich auch darf ich getrost beschwören, dasselbe zu bitten,
Brutus, du Freund, der sich mir treu und verläßlich erwies!
Hast du von jeher schon mir wahrhafte Liebe bekundet,
nahm diese Liebe noch zu bei meinem widrigen Los,
und wenn man all deine Tränen zugleich und die meinigen sähe,
würde man meinen, auch dich träfe die Strafe wie mich.

Mild für die Leidenden hat die Natur dich geschaffen, und keinem
gab sie ein Herz, das mehr fühlt mit dem Leide als deins,
daß, wer nicht wüßte, wieviel du vermagst im Kampf auf dem Forum,
schwerlich sich denkt, daß dein Wort Frevler verurteilen kann.
Freilich gehört es zusammen, wiewohl es sich scheinbar bestreitet:
Flehenden Helfer zu sein, gegen die Schuldigen hart.
Ward die Vergeltung des strengen Gesetzes von dir übernommen,
jegliches einzelne Wort ist dann mit Gift wie getränkt.
Mög' es dem Feinde geschehen, zu spüren, wie du im Kampfe
heftig, wenn das Geschoß ihn deiner Zunge versehrt,
das von dir mit so peinlicher Sorge gefeilt wird, daß alle
sagen, das sei nicht der Geist, der diesen Körper bewohnt;
siehst du jedoch, daß vom widrigen Schicksal jemand verfolgt wird,
dann vermag keine Frau weicher zu fühlen als du;
dieses hab' ich besonders erlebt, als die meisten der Meinen
ihre Bekanntschaft mit mir leugnen zu müssen geglaubt.
Ihrer gedenke ich nicht; doch euer werde ich immer
denken, die ihr mein Leid lindert besorgten Gemüts;
eher noch wird diese Donau, die mir nur allzu benachbart,
sich von dem «Gastlichen Meer» wenden zur Quelle zurück,
eher, als ob sich die Zeit des Thyestischen Schmauses erneue,
nähme die Sonne den Lauf wieder zum östlichen Meer,
als daß einer von euch, die ihr mich, den Entfernten, betrauert,
sagen darf, daß ich nicht dankbar gedenke an ihn!

7. An Vestalis

Da man, Vestalis, dich zu den «Gastlichen» Fluten gesandt hat,
daß du Gerichtstag hältst hier in dem Land unterm Pol,
kannst du dich selbst überzeugen, in welch einer Gegend ich lebe,
Zeuge mir sein, daß ich nichts Falsches so häufig geklagt.
Was ich gesagt, wird durch dich seine volle Bestätigung finden,
der du von Königen stammst, die in den Alpen geherrscht:
sicherlich siehst du nun selber den Pontus im Froste erstarren,
siehst nun selber in Eis hier sich verwandeln den Wein;
selbst nun siehst du, wie hier der jazygische trotzige Rindsknecht
über die Donau hinweg führt sein beschwertes Gefährt.
Pfeile erblickst du sodann, deren Spitze mit Giften getränkt ist,
siehst ein Geschoß, das so droht mit dem doppelten Tod.
Hättest du doch diese Dinge nur so zu sehen bekommen,
hättst du nicht auch schon im Krieg eigens sie kennengelernt!
Rangst du gefahrenumdroht, den ersten Manipel zu führen,
ward diese Ehre dir jüngst, wie du verdientest, zuteil.
Sei diese Stellung für dich auch noch so reich an Erträgen,
steht doch dein männlicher Mut selbst noch weit höher im Rang.
Dieses beteuert der Donaustrom, dessen Wasser von deiner
Rechten mit getischem Blut wurde gerötet dereinst;
dieses beteuert Aegisos, das, da es erlag deinem Angriff,
sah, daß die Gunst des Orts ihm nicht zu helfen vermag.
Denn, durch die Lage vielleicht so gut wie durch Männer verteidigt,
lag auf dem Gipfel des Bergs mitten in Wolken die Stadt.
Trotzig entriß der Feind sie im Kampf dem sithonischen König,

hielt als Sieger den Schatz, den er geraubt, in Besitz,
bis Vitellius fuhr auf dem Strome herab, seine Truppen
landete und in den Kampf gegen die Geten sie warf.
Dir aber kam, des erlauchten Donnus tapferster Nachfahr,
plötzlich der Drang zum Sturm gegen die feindliche Schar:
sichtbar ohne Verzug weithin im Gefunkel der Waffen,
sorgst du dafür, daß dein Kampf nicht im Verborgenen bleibt,
und in gewaltigem Lauf gegen Waffen und Stellung und gegen
Steinfall schreitest du vor, dichter als Hagel im Herbst.
Weder halten die Speere, auf dich geschleudert in Menge,
noch die von Viperngift triefenden Pfeile dich auf;
Bolzen mit farbigen Federn haften im ledernen Helme;
fast keine Stelle am Schild bleibt von Beschädigung frei.
Auch dein Körper entgeht nicht glücklich sämtlichen Schüssen;
aber noch mehr als vom Schmerz brennst du von Liebe zum Ruhm.
So hat bei Troja im Kampf um die Schiffe der Danaer Ajax
Hektors lodderndem Brand, wie man berichtet, getrotzt.
Als man sich näher gekommen und Mann gegen Mann sich gefunden
und man im dichten Gewühl stritt mit dem wütenden Schwert –
schwer ist es, alles zu schildern, was dort deine Mannheit geleistet,
wieviel starben durch dich, wer und auf welcherlei Art.
Siegreich türmte dein Schwert sie zuhauf, du tratest sie nieder,
ja, du setztest auf manch getischen Leichnam den Fuß.
Und nach des Hauptmanns Beispiel kämpft, wer geringer an Rang ist;
viele Wunden empfängt, viele versetzt der Soldat;
aber so weit übertrifft deine Tapferkeit alle die andren,

wie des Pegasus Flug rascheste Rosse besiegt.
So ward Aegisos besiegt: von deinen Taten, Vestalis,
wird man für ewige Zeit lesen in meinem Gedicht.

8. An Suillius

Spät, Suillius, zwar, du Mann von gründlicher Bildung,
kam dein Brief hierher, aber erfreulich für mich;
denn du sagst mir darin, daß, wenn dankbare Treue die Götter
betend besänftigen kann, du mir zu helfen gedenkst.
Selbst wenn du gar nichts erreichst, so dank' ich für deine Gesinnung,
nenne es schon ein Verdienst, daß du mir helfen gewollt.
Möge nur dieser dein Drang für lange Zeit sich erhalten
und deine Liebe nicht müd werden bei meinem Geschick!
Einige Rechte gewährt mir ja doch das Band der Verwandtschaft,
welches, das wünsche ich mir, nichts zu zerreißen vermag.
Denn die dir Gattin ist, die ist mir beinah eine Tochter,
und die dich Schwiegersohn nennt, nennt mich zugleich ihren Mann.
Weh mir, wenn sich dein Blick bei diesen Versen verdüstert
und du etwa dich schämst, weil du verwandt bist mit mir!
Nichts Beschämendes aber vermöchtest du hier zu entdecken,
außer daß sich des Glücks Göttin verhüllte vor mir,
ob du nun unsere Sippe durchforschst seit frühestem Ursprung:
all die Geschlechter hindurch sind wir als Ritter bewährt,
oder du prüfst vielleicht, wie mein Charakter beschaffen:
traurigen Irrtum wohl, Schimpfliches findest du nicht.
Wenn du denn hoffst, man könne durch Beten noch etwas bewirken,
rufe mit deinem Gebet Gottheiten, die du verehrst!

Ist nicht der jüngere Caesar dein Gott: versöhne die Gottheit!
Sicher ist kein Altar mehr dir als dieser vertraut.
Niemals läßt er es zu, daß sich seines Priesters Gebete
nicht erfüllen: bei ihm suche denn Hilfe für mich!
Käme er mir mit noch so geringem Hauche zu Hilfe,
wird mein gesunkenes Boot wieder erstehn aus der Flut.
Dann will ich festlichen Weihrauch bringen zur zehrenden Flamme,
dann will ich Zeuge dafür sein, was die Gottheit vermag.
Nicht einen Tempel, Germanicus, will ich aus parischem Marmor
dir erbauen: der Sturz hat mein Vermögen verzehrt.
Reiche Geschlechter und Städte, die werden dir Tempel errichten:
Naso sagt seinen Dank, wie er vermag: im Gedicht.
Zwar ich gestehe, das heißt ein Geringes nur schenken für Großes,
wenn ich für Rettung und Heil Worte nur gebe zum Dank;
doch wer so Großes nur gibt, wie er kann, ist reichlich erkenntlich:
solch eine Frömmigkeit hat immer erfüllt ihren Zweck;
Weihrauch, wie ihn spendet ein Armer aus winzigem Kästchen,
gilt nicht minder als das, was man in Schüsseln gebracht;
färbt den tarpejischen Herd ein saugendes Lamm doch genau so
wie der Stier, der sich nährt von dem faliskischen Gras.
Nichts aber ist, da der Dienst eines Sängers geschieht in Gedichten,
fürstlichen Herren wohl mehr als eine Dichtung gemäß:
Dichtungen breiten ja aus die Verherrlichung eueres Lobes,
hindern zugleich, daß der Ruhm dessen vergeht, was ihr tut;
durch ein Gedicht wird die Tugend unsterblich, und, ledig des Grabes,

bleibt sie geehrt und gerühmt bis auf die späteste Zeit.
Zehrendes Alter befällt das Eisen und nutzt auch den Stein ab;
hat doch kein Ding in der Welt größre Gewalt als die Zeit;
Dichtung durchdauert die Jahre: du kennst durchs Gedicht Agamemnon,
jeglichen auch, der mit ihm oder der gegen ihn stritt.
Ohne Gedicht – wer wüßte von Theben und wer von den sieben
Fürsten und was zuvor oder was später geschah?
Wenn es zu sagen erlaubt ist: auch Götter entstehn durch Gedichte,
selbst ihre Hoheit bedarf eines besingenden Munds:
so nur wissen wir, daß das geordnete Chaos aus jener
Masse des früheren Stoffs seine Bestandteile hat,
daß die Giganten, die einst die himmlische Herrschaft erstrebten,
wurden mit reißendem Blitz strafend verwiesen zur Styx.
So kam Bacchus zu Ruhm, nachdem er die Inder bezwungen,
so der Alkide zu Ruhm, als er Oechalia nahm.
Dein Großvater, o Caesar, den Größe erst jüngst zu den Sternen
hob – in gewissem Sinn ward er unsterblich im Lied.
Wenn meinem Geiste noch jetzt nur weniges Leben geblieben,
wird es, Germanicus, gern ganz deinem Dienste sich weihn.
Du als Sänger, du kannst nicht das Wirken des Sängers verachten:
hat deinem Urteil nach doch einen Wert dieses Tun;
denn, wenn dein adliger Name dich nicht zu Größerem riefe,
könntest der musischen Kunst edelste Zierde du sein.
Doch du willst lieber zu Dichtungen Stoff als Dichtungen bieten,
aber du kannst dich dabei ihnen nicht gänzlich entziehn.

Denn bald führst du Krieg, bald zwingst du Worte ins Versmaß,
und was den anderen Müh', dir ist es heiteres Spiel.
Ja, wie Apollo nicht träg mit der Leier und nicht mit dem Bogen,
sondern mit heiliger Hand Saite wie Sehne berührt,
fehlt es dir nicht an den Künsten des Wissenden oder des Fürsten,
sondern in deinem Geist eint sich die Muse dem Gott.
Da nun diese auch mich von jenem Quell nicht entfernt hat,
den das gorgonische Roß einst mit dem Huf uns erschloß,
nütze und helfe sie uns, das gemeinsame Weihtum zu hüten
und an das nämliche Werk eifrig zu legen die Hand,
daß ich die Küste, die allzusehr von bepelzten Corallern
wimmelt, und daß ich der Wut grimmiger Geten entflieh'
und, ist mir Armem die Heimat verwehrt, daß sich irgendein Ort mir
öffne, der weniger fern liegt von Italiens Stadt,
wo ich stets deinen neuesten Ruhm zu feiern und möglichst
rasch zu berichten vermag, was du an Großem vollbringst! –
Teurer Suillius, daß dieser Wunsch die himmlischen Mächte
rühre, erflehe für mich, der ich dein Schwäher beinah!

9. An Graecinus

Wo er es darf, nicht wo's ihm gefällt: vom Gastlichen Meer aus
schreibt, Graecinus, und schickt Naso an dich diesen Gruß,
wünschend, daß er zu dir an jenem Morgen gelange,
der dir zum ersten Mal zweimal sechs Bündel verleiht,
daß, da du dann ohne mich als Konsul aufs Kapitol ziehst,
mir aber bleibt es verwehrt, mit im Gefolge zu sein,
doch mein Brief den Verfasser vertrete und so deines Freundes

Huldigung bringe dir dar an dem gehörigen Tag!
Freilich, wenn ich zu besserem Schicksal wäre geboren
und meines Wagens Rad liefe in sicherem Gang,
hätte, was jetzt meine Hand nur schriftlich übt, meine Zunge
dir mit mündlichem Gruß gern ihre Pflichten erfüllt;
Glück dir wünschend, gäb' ich mit zärtlichen Worten dir Küsse,
und nicht weniger mein wäre die Ehre als dein.
Ja, ich gestehe, ich würde an jenem Tage so stolz sein,
daß meinen Hochmut ein Haus schwerlich zu fassen vermag,
und wenn die heilige Schar des Senates zur Seite dir schreitet,
zög' ich dem Konsul voraus, wie man es Rittern befiehlt,
und wiewohl ich mir wünschte, dir immer am nächsten zu stehen,
wäre ich dennoch froh, dir nicht zur Seite zu gehn;
würde ich dann von der Menge zerdrückt, ich wollte nicht klagen,
nein, es wäre mir süß, würd' ich vom Volke gequetscht;
freudig wollt' ich betrachten, wie groß die Länge des Zuges
und über welch einen Weg sich das Gedränge erstreckt,
und, daß du besser erkennst, wie ich ganz mit dem Volke empfinde,
gerne dein Purpurgewand möcht' ich genau mir besehn;
auch die Bilder am Sessel des Konsuls würd' ich betrachten,
all die Arbeit, die einst Elfenbeinschnitzer getan;
wenn du jedoch zur tarpejischen Burg dann würdest geleitet,
während das Opfertier fiele auf deinen Befehl,
würde der mächtige Gott, der thront inmitten des Tempels,
hören im stillen auch mich feierlich danken und flehn.
Mehr noch im Geist als in dampfender Schale entzündet' ich Weihrauch,
dreifach und vierfach beglückt über dein führendes Amt.

Dort gehört' ich zur Schar der Freunde, die froh dich umringen,
gäbe das Schicksal mir nur gütig ein Recht auf die Stadt,
und diese Wonne, die jetzt ich allein im Geiste empfinde,
sichtbar böte sie dann auch meinen Augen sich dar.
Nicht so schien es den Himmlischen gut, und vielleicht auch mit Recht nicht;
denn meiner Strafe Grund leugnen, was hülfe es mir?
Doch ich gebrauche den Geist, der allein ja von dort nicht verbannt ist,
seh' dein verbrämtes Gewand, sehe die Bündel vor mir.
Er allein wird dich sehen das Recht erteilen im Volke;
gibst du geheimes Gehör, meint er, er wäre dabei.
Jetzt wird er glauben, du forderst die Steuern ein für ein Lustrum,
sehn, wie du peinlich genau setzest die Abgaben fest,
jetzt, daß beredsame Worte du sprichst im Kreis des Senates
und, was der Nutzen des Staats fordert, von ihnen verlangst,
jetzt, daß du für die Caesaren den Dank an die Götter beantragst,
führst nach dem weißen Hals üppiger Rinder den Stoß.
Wolltest du doch, nachdem du ja schon weit Größres erbatest,
bitten, daß sich für mich mildre der fürstliche Zorn!
Lodere fromm die Flamme bei diesem Wort vom Altare,
leuchte der züngelnde Brand glückliche Zeichen dem Wunsch!
Laß mich inzwischen, soweit ich vermag – um nicht nur zu klagen –,
bist du erst Konsul, auch hier festliche Stunden begehn!
Noch ein Anlaß zur Freude besteht, der dem ersten nichts nachgibt:
wird doch dein Bruder auf dich folgen im ehrenden Amt;
wenn du es nämlich, Graecinus, am letzten Dezember beendest,

erbt mit dem Neujahrstag er die befehlende Macht,
und wie ihr beiden euch liebt, so werdet ihr brüderlich Freude
fühlen: an seiner Macht du, an der deinigen er.
Zweimal wirst du denn Konsul sein und zweimal der Bruder:
euerem Hause wird so doppelte Ehre zuteil.
Doch wie gewaltig sie ist und wiewohl das kriegrische Rom ja
kennt keine höhere Macht als eines Konsuls Gewalt,
wird diese Ehre durch ihres Verleihers Würde vervielfacht:
Hoheit des Gebenden teilt auch seiner Gabe sich mit.
Dir und Flaccus sei es mithin vergönnt, in der Zukunft
solch einer Schätzung euch bei dem Erhabnen zu freun.
Doch weil er frei sein wird von der dringenden Last der Geschäfte,
bitt' ich euch: fügt meinem Flehn eure Gebete hinzu,
und wenn im Wind eure Segel sich bauschen, so werft mir die Taue
zu, daß den Wassern der Styx doch noch entrinne mein Schiff!
Flaccus verwaltete kürzlich dies Land, Graecinus: da blieb der
Donau wildes Gestad' ruhig und frei von Gefahr.
Er hat das mysische Volk zu gesichertem Frieden gezwungen;
Geten, mit Bogen und Pfeil trotzende, schreckte sein Schwert.
Er hat im Sturm das geraubte Troesmis wiedererobert,
und mit Barbarenblut hat er die Donau gefärbt.
Frag nach dem Landschaftsbild, den Beschwerden des skythischen Wetters,
frag ihn, wie mich der Feind stets aus der Nähe bedroht!
Frag, ob die Pfeile, die schlanken, mit Gift von Schlangen benetzt sind,
ob man das menschliche Haupt grausig zum Opfer noch bringt!
Frag, ob ich lüge, daß starr der Pontus im Froste sich härtet,

weiteste Flächen des Meers werden gefesselt vom Eis!
Frag, wenn er solches erzählt, in welchem Rufe ich stehe,
wie ich die Jahre hindurch lebe im harten Geschick!
Nicht verhaßt bin ich hier und würd' es gewiß nicht verdienen;
nicht mit dem Schicksal zugleich wurde erschüttert mein Geist;
jener ruhige Sinn, den du einstmals immer gelobt hast,
jene Bescheidenheit auch ist noch in meinem Gespräch;
so bin ich weit entfernt (hier, wo ein barbarischer Gegner
macht, daß Waffengewalt mehr als Gesetze vermag),
daß über mich weder Frauen noch Männer noch Kinder, Graecinus,
soviel Jahre hindurch Klage zu führen vermocht;
daher kommt's, daß die Leute von Tomis freundlich mir beistehn –
wenn ich denn doch dieses Land brauche als Zeugen für mich:
weil sie sehn, daß ich's will, so gönnen sie mir, daß ich scheide,
wünschen mit Rücksicht auf sich doch, daß ich bleibe am Ort.
Ja, du wirst mir nicht glauben: es gibt Beschlüsse, in denen
mich die Behörde belobt und mich von Steuern befreit,
und, ob es gleich nicht zum Unglück paßt, zur Berühmtheit zu kommen,
manche benachbarte Stadt macht mir dasselbe Geschenk;
auch meine Frömmigkeit kennt man gar wohl: man sieht in der Fremde:
Caesars Heiligtum steht hier in dem Hause bei mir.
Hier ist sein liebender Sohn und die Priesterin, seine Gemahlin,
beide nicht kleiner als er, der nun erhöht ist zum Gott;
daß auch kein Teil ihres Hauses fehle, so stehn die zwei Enkel,
dieser der Großmutter nah, jener dem Vater gesellt:

Weihrauch spende ich ihnen und flehende Worte, sooft nur
wieder ein Tag empor steigt aus dem östlichen Meer;
ringsum kennt man im pontischen Land meine Huldigung: fragst du,
wird man bestätigen dir, daß ich die Wahrheit gesagt.
Pontus ist Zeuge dafür, daß ich den Geburtstag des Gottes
immer an diesem Altar feire so froh, wie ich kann.
Und nicht minder bekannt ist die fromme Verrichtung den Gästen,
wenn die Propontis von fern welche hieher mir gesandt;
er auch, welcher regierte die linken Küsten des Pontus,
auch dein Bruder vielleicht hörte erzählen davon.
Mein Vermögen entspricht der Absicht nicht, und ich Armer
opfre für diesen Dienst gern mein bescheidenes Gut.
Weit von der Stadt entfernt, will ich dies euren Augen nicht zeigen,
bleibe zufrieden und still bei dem verborgenen Dienst;
irgendeinmal wird es dennoch zu Ohren des Kaisers gelangen:
nichts ist verborgen vor ihm, was auch geschieht in der Welt.
Du zu den Göttern Erhobener weißt es gewißlich und siehst es,
Kaiser, da deinem Blick nichts sich hienieden verbirgt;
du, der hinauf zum Gewölbe der Sterne entrückt ist, vernimmst es,
wenn unser Flehen zu dir steigt aus bekümmertem Mund.
Bis dorthin sind vielleicht auch jene Gesänge gedrungen,
die ich schrieb, da du neu unter die Himmlischen kamst.
Darum vermut' ich, daß sie deinen göttlichen Willen erweichen:
wirst du doch nicht ohne Grund «Gütiger Vater» genannt.

10. An Albinovanus

Dies ist der sechste Sommer, den ich am kimmerischen Strande
lebe beim getischen Volk, das sich mit Fellen umhüllt:
ob du Kiesel vielleicht, mein Teuerster, ob du das Eisen
mit meiner zähen Natur, Albinovanus, vergleichst?
Stein wird vom Tropfen gehöhlt, ein Ring vom Gebrauche entwertet;
furchen sie lange die Flur, nutzen die Pflüge sich ab;
alles wird drum die gefräßige Zeit verderben, nur mich nicht:
zögert der Tod doch sogar, weil meine Härte ihm trotzt.
Beispiel ist eines Sinns, der zu vieles erduldet, Odysseus,
der auf dem schwankenden Meer zweimal fünf Jahre geirrt;
dennoch ertrug er nicht immer nur Zeiten des ruhlosen Schicksals:
oftmals wurden ihm auch freundliche Pausen zuteil.
Fiel es ihm schwer, sechs Jahre die schöne Kalypso zu hegen
und mit der Göttin des Meers zärtlich zu teilen das Bett?
Aeolus nimmt ihn auf und gibt zum Geschenk ihm die Winde:
immer der günstigste Hauch solle die Segel ihm blähn.
Keinerlei Qual war es auch, den Gesang der Sirenen zu hören,
und auch die Lotosfrucht hat ihm nicht bitter geschmeckt.
Säfte, die uns die Heimat vergessen machen – ich gäbe
Jahre des Lebens dahin, ließe man mir sie dafür.
Weder setzt du die Stadt der Lästrygonen den Stämmen
gleich, die der Donaustrom netzt im gewundenen Lauf,
noch übertrifft der Kyklop an Roheit den wilden Piacches,
welcher der mindeste Teil pflegt meiner Schrecken zu sein.
Wie an der Skylla entstelltem Schoß auch die Scheusale bellen,
manch heniochisches Schiff schadet den Schiffern doch mehr.
Auch die Charybdis kommt nicht gleich den grimmen Achäern,
mag sie auch dreimal die Flut schlürfen und dreimal sie spein,

und, ob sie gleich in dem Lande zur Rechten noch dreister umherziehn,
lassen sie doch gleichwohl unserer Seite nicht Ruh'.
Hier sind die Äcker kahl, die Pfeile mit Giften bestrichen,
hier bahnt Winter den Weg Wanderern über das Meer,
daß, wo das Ruder noch eben die Fahrt durch die Wogen gesucht hat,
nun, verschmähend das Schiff, trocken der Reisende geht.
Leute, die hierher kommen, die sagen, ihr glaubtet das schwerlich:
Schlimmres, als glaubhaft ist, tragen, wie traurig ist das!
Glaube mir dennoch! Und auch die Gründe dafür mußt du wissen,
daß ein so schauriger Frost härtet Sarmatiens Meer:
jene Gestirne, die uns in Gestalt eines Wagens erstrahlen,
sind uns die nächsten, und die neigen besonders zum Frost.
Stammt doch der Nord von hier: dieser Küste beheimatet ist er,
und er entnimmt seine Kraft nahe gelegnem Gebiet;
Südwind aber, der Wärme verhaucht vom entgegengesetzten
Pol, ist ferne und kommt selten und schwächer zu uns.
Flüsse vermischen sich hier mit dem abgeschlossenen Pontus,
die durch die große Zahl schwächen die Kräfte des Meers;
Lycus und Sagaris strömen hier ein, auch Penius, Cales,
Hypanis, Halys sodann, häufig vom Wirbel gedreht,
reißend Parthenius und, der Steine wälzt, der Cynaspes,
Tyras, langsamer als irgendein anderer Strom,
und, Thermodon, auch du, bekannt den berittenen Frauen,
Phasis, auch du, den einst griechische Helden gesucht,
mit dem Borysthenes dann Dyraspes, das klarste Gewässer;
schweigend mit sanftem Gefäll kommt der Melanthus daher,
und der den Erdteil Asien trennt von der Schwester des Cadmus,

er, der zwischen den zwei Teilen der Erde verläuft,
und die unzähligen andren, von denen die Donau der größte
ist und es leugnet, daß du, Nil, sie an Größe besiegst.
All diese flutende Fülle vermehrt des Meeres Gewässer,
aber verwehrt, daß die See habe die eigene Kraft.
Ähnelt es doch in der Farbe sogar einem fauligen Sumpfe
oder dem Teiche, ist kaum blau, ist verwaschen und blaß;
Süßwasser fließt ins Meer, ist leichter als Wasser des Meeres,
das, da es Salz enthält, hat sein besondres Gewicht.
Sollte man fragen, warum dies alles dem Pedo erzählt wird
und was es nützt, so genau schildernd zu reden davon,
sag' ich: Ich habe den Kummer verscheucht und die Zeit mir vertrieben.
Hat mir doch diesen Gewinn jetzt diese Stunde gebracht:
während ich solches schrieb, war ich frei vom beständigen Schmerze,
und ich vergaß das Gefühl, unter den Geten zu sein.
Du aber wirst, da du Theseus preisest in deinem Gedichte,
Ehre erweisen dem Stoff, dieses bezweifle ich nicht,
eiferst dem Helden nach, den du rühmst: fürwahr, er verbietet,
daß nur in friedlicher Zeit unsere Treue sich zeigt.
Wenn dieser Mann auch an Taten gewaltig und wenn du den Helden
in dem erhabenen Ton, der ihm gebührte, besingst,
sind doch nachzuahmen ein wenig von ihm wir imstande,
und in der Treue vermag jeder ein Theseus zu sein.
Nicht jene Feinde zu bändigen hast du mit Schwert und mit Keule,
die es verwehrten dereinst, daß man den Isthmos durchschritt,
hast nur Liebe zu zeigen, was dem, der es will, nicht zu schwer fällt:
Treue nicht schänden, sie rein halten, das macht keine Müh'.

Der du dem Freund dich unwandelbar zeigst, du darfst nicht vermuten,
daß ich im klagenden Ton dir diese Worte gesagt.

11. An Gallio

Dies wird ein Vorwurf sein für mich, der kaum zu verzeihen,
Gallio, daß mein Gedicht nirgend mit Namen dich nennt;
denn auch du – ich erinnre mich – hast meinen schmerzlichen Wunden,
welche ein himmlischer Speer schlug, deine Tränen geweiht:
hättest du doch, vom Verlust des entrissenen Freundes getroffen,
sonst nichts weiter erlebt, was deine Klage verdient!
Nicht so gefiel es den Göttern, die dich deiner züchtigen Gattin
grausam beraubten: es schien ihnen kein Unrecht zu sein.
Kürzlich erst ist ein Brief mit der schmerzlichen Kunde gekommen;
Tränen hab' ich geweint, während ich las den Verlust:
aber ich Törichter wage es nicht, dich Klugen zu trösten:
Worte der Weisen, die du kennst, wiederhol' ich dir nicht,
und ich vermute, dein Schmerz, wenn nicht durch ernste Besinnung,
wurde schon längst durch die Zeit selber inzwischen geheilt.
Während dein Brief hierher und der meine zurück über soviel
Meere und Länder zu dir wandert, vergeht wohl ein Jahr:
Worte des Trostes sind nur eine Zeitlang am Platz und geboten,
während im frischen Schmerz Hilfe der Leidende sucht;
doch wenn längere Dauer die Wunde der Seele beruhigt,
wird sie erneuert durch den, der sie zu spät noch berührt.

Ja, es könnte wohl sein – o entspräche mein Wunsch doch der Wahrheit! –,
daß dich inzwischen das Band neuer Vermählung beglückt.

12. An Tuticanus

Daß du, mein Freund, noch nicht in meinen Gedichten genannt wirst,
ist durch die schwierige Form nur deines Namens bedingt;
hätte ich doch keinen anderen eher der Ehre gewürdigt,
wenn mein Gedicht überhaupt jemand zur Ehre gereicht.
Versmaß und deines Namens Gestalt sind der Huldigung abhold:
leider auf keinerlei Art fügst meiner Form du dich ein.
Schäm' ich mich doch, auf ein Verspaar so zu verteilen den Namen,
daß er im ersten nur halb, halb noch im zweiten erscheint;
schämen müßt' ich mich auch, wenn ich dich, wo die Silben doch lang sind,
kürzen wollte und dich riefe mit «Túticanús»;
auch in der Form «Tuticanus» kannst du im Vers nicht erscheinen,
so daß die erste, die lang, würde zur Kürze gemacht,
oder auch daß man die Silbe, die jetzt mit Verkürzung herauskommt,
nämlich die zweite, gedehnt spricht und als Länge gebraucht.
Wollt' ich es wagen, mit derart Fehlern den Namen zu schänden,
würd' ich verlacht, und mit Recht hieß' es, mir fehlt der Verstand.
Dies ist der Grund, weshalb ich die Widmung immer verschoben,
welche mit Wucher und Zins dir meine Liebe erweist;

dich will ich singen, Gedichte, wie fraglich ihr Wert sei, dir senden,
den ich, ein Knabe beinah, kannte als Knaben beinah,
den ich die Jahre hindurch, die wir beide gemeinsam verlebten,
weniger zärtlich nicht als einen Bruder geliebt:
du bist mir gütiger Mahner, Gefährte und Führer gewesen,
als ich die Zügel, noch jung, lenkte, die neu meiner Hand;
oft hab' ich meine Gedichte verbessert, weil du sie getadelt,
oftmals, ermahnt von mir, strichst du Geschriebenes aus,
als in Büchern, die würdig Homers, die Phaeakis zu schaffen,
unsere Göttinnen dich, Pierus' Töchter, gelehrt.
Dies unser Band, die in blühender Jugend begonnene Eintracht,
bleibt unerschüttert bestehn bis zum erbleichenden Haar.
Wenn dich dies nicht bewegte, so dächt' ich, dein Herz sei von hartem
Eisen oder von Stahl unüberwindlich versperrt.
Eher gebräch' es jedoch diesem Land an Krieg und an Frösten –
beides hat ja der mir feindliche Pontus genug –,
eher ist Nordwind lau und von eisiger Kälte der Südwind,
eher könnte mein Los sanfter und freundlicher sein,
als daß dein Herz sich gegen den müden Gefährten verhärte:
solch eine Steigerung sei fern meinem Leid, und sie ist's.
Du darum, bei den Himmlischen, deren bewährtester Er ist,
der dir, solang er geherrscht, Ehre um Ehre erwies,
wirke, indem du den Flüchtling beschützt, in beständiger Treue,
daß der erhoffte Wind nimmer verlasse mein Schiff!
Fragst du nach meinem Begehr? Wenn ich's sagen kann, will ich sterben,
falls, wer schon lange verstarb, noch zu versterben vermag.
Weiß ich doch nicht, was ich tun soll, noch was ich will oder nicht will;

was mir zu nützen vermag, ist mir zu wenig bekannt.
Glaube mir: Elende werden zuerst von der Klugheit verlassen,
und mit dem Glücke zugleich fliehen sie Sinn und Verstand.
Bitte, ergründe doch selber, wie du mir zu helfen vermöchtest
und welchen Weg du begehn mußt, daß mein Wunsch sich erfüllt!

13. An Carus

Du, den ich zählen muß zu den niemals wankenden Freunden,
der du nach dem, was du bist, Carus dich nennst, sei gegrüßt!
Freilich, von wo du gegrüßt wirst, zeigt wohl alsbald diese Tonart
und der Gedankengang meines Gedichtes dir an,
nicht weil er wunderbar ist, doch weil er gewiß nicht alltäglich;
wie er auch sei – er verhehlt nicht als der meinige sich.
Glaub' ich doch selbst, auch wenn du den Titel des Buches beseitigst,
daß ich beurteilen kann, ob es ein Werk ist von dir:
unter wie vielen Büchern du liegest, man wird dich erkennen;
Merkmale gibt es, daran findet man stets dich heraus.
Kräfte verraten den Dichter, die ich als Herkules' würdig
kenne und jenem gleich, welchen du selber besingst;
auch meine Muse ist so an dem eigenen Ton zu erkennen,
und ihre Fehler sogar sind wohl bezeichnend für sie:
Häßlichkeit ließ den Thersites nicht im Verborgenen bleiben;
durch seine Schönheit zog Nireus die Blicke auf sich.
Und die Gedichte, die ich als nahezu getischer Dichter
mache – verwundre dich nicht, sollten sie fehlerhaft sein!
O welche Schmach! Ich hab' auch in getischer Sprache gedichtet,
hab' mit barbarischem Wort unsere Maße erfüllt,

und ich gefiel – beglückwünsche mich! – und begann, eines Dichters
Namen zu haben im Mund fühllosen getischen Volks.
Fragst du nach meinem Stoff? Du magst ihn wohl loben: vom Kaiser
sang ich! Des Gottes Gewalt half, wo die Übung gebrach.
Denn, des erhabenen Vaters Leib sei sterblich gewesen,
lehrt' ich, zu himmlischen Höhn sei er als Gottheit geschwebt;
gleich an Tugend dem Vater sei Er, der die Zügel der Herrschaft,
die er gar oft verschmäht habe, auf Bitten ergriff;
du aber, Livia, seiest die Vesta der züchtigen Mütter;
fraglich sei nur, ob des Sohns würdiger, ob des Gemahls;
schon zwei Jünglinge seien die festen Stützen des Vaters,
die ihres heldischen Muts sichre Beweise erbracht.
Als ich nun dieses Gedicht in der fremden Sprache verlesen
und mir das Ende der Schrift glitt durch die Finger der Hand,
haben sie alle ihr Haupt und die vollen Köcher geschüttelt;
langes Gemurmel erhob unter den Geten sich nun,
und «Da du dies vom Kaiser geschrieben», versicherte einer,
«müßtest du lange daheim sein auf des Kaisers Befehl.»
So zwar sagte er, mich aber, Carus, sieht schon der sechste
Winter verwiesen, verbannt unter dem eisigen Pol!
Dichtungen nützen mir nichts, einst haben sie gar mir geschadet,
waren der erste Grund, der in das Elend mich trieb.
Du aber, bei den geweihten Bemühungen, die uns verbinden,
bei deiner Treue zum Freund, die dir kein nichtiger Schall –
möge Germanicus fesseln den Feind mit römischen Ketten
und deiner Dichtkunst so bieten gewaltigen Stoff,
mögen die Söhne der Götter gedeihen, wie alle es wünschen,

deren Erziehung man dir ehrenvoll jüngst übertrug! –
Trage doch bei, soviel du vermagst, zu meiner Errettung:
niemals gibt es sie ja, wenn ich nicht wechsle den Ort.

14. An Tuticanus

Dies übersende ich dir, dem jüngst im Gedicht ich es klagte,
daß meinem Versmaß sich nirgends dein Name bequemt;
nichts aber außer der Nachricht, daß ich noch leidlich gesund bin,
findest du hier in dem Brief, was dich vermöchte zu freun;
selbst die Gesundheit ist mir verhaßt, und ich wünsche nur eins noch,
daß ich von diesem Ort komme, wohin es auch sei;
gleich ist es mir, wohin man aus diesem Lande mich sende:
jegliches andre ist mir lieber als das, wo ich bin;
schickt meine Segel inmitten der Syrten, ja in die Charybdis:
nur meinem jetzigen Ort möchte ich endlich entfliehn.
Styx selbst, wenn es sie gibt, will ich gern mit der Donau vertauschen
oder noch Tiefres als Styx, wenn es das gibt in der Welt;
weniger sind dem Acker die Gräser, der Schwalbe die Kälte
als mir die Nähe der Krieg liebenden Geten verhaßt.
Solche Worte verargen mir sehr die Leute von Tomis:
auf meine Dichtungen ist zornig die Öffentlichkeit.
Hör' ich denn niemals auf, mir durch meine Dichtung zu schaden?
Zieht denn mein argloser Sinn immer nur Tadel mir zu?
Schneid' ich nicht eilends die Finger mir ab, um nicht mehr zu schreiben?
Lockt das Geschoß, das mich traf, immer mich Rasenden noch?

Wende ich nochmals mich zu den Klippen von einst und den Wassern,
wo mein scheiterndes Schiff Schaden erlitten, zurück?
Nichts aber hab' ich begangen, ich bin nicht schuldig, Tomiten,
die ich liebe, wie sehr auch euer Land mir verhaßt.
Möge doch jeder die Zeugnisse meines Bemühens durchforschen:
nirgends in dem, was ich schrieb, hab' ich geklagt über euch.
Frost und Angriffe, die uns von allen Seiten erschrecken,
hab' ich beklagt und den Feind, der unsre Mauern bedroht;
gegen das Land, nicht die Menschen erhob ich berechtigten Vorwurf:
ihr beschuldigt ja selbst oft euern eigenen Grund.
Wie sein Askra verdiene, für immer gemieden zu werden,
hat als Bauer ein Greis dichtend zu lehren gewagt,
und der es schrieb, war selbst in jenem Lande geboren;
dennoch hat Askra sich nie gegen den Sänger empört.
Wer hat die Heimat mehr geliebt als der kluge Odysseus?
Dennoch: sein eigenes Wort rügte die Rauheit des Orts.
Nicht das Land, Italiens Sitten tadelt' in bittren
Schriften der Skepsier: Rom selber beschuldigte er;
aber den irrigen Vorwurf hat es ertragen mit Gleichmut,
hat für den heftigen Ton nicht den Verfasser bestraft.
Aber ein böser Erklärer erregt das Volk mir zum Zorne,
und meine Dichtungen sind's, die er aufs neue verklagt.
Wenn ich doch nur so glücklich wäre, wie rein von Gewissen!
Niemanden hab' ich bisher durch meine Worte verletzt.
Ja, wenn ich finsterer noch als das Pech von Illyrien wäre,
wär' es mir doch nicht erlaubt, Leute, die treu sind, zu schmähn:

daß ihr Tomiten sogar meines Schicksals freundlich euch annahmt,
zeigt: so gutherzig sind Männer vom griechischen Volk.
Auch die Paeligner, mein Stamm, und die Gegend, die Sulmo benachbart,
hätten mein Unglück nicht besser zu lindern vermocht.
Kürzlich ward mir von euch die Ehre erwiesen, die schwerlich
jemandem ihr erweist, der noch gesund ist und heil:
steuerfrei bin allein ich bisher an euerer Küste,
außer wer durchs Gesetz sich dieses Rechtes erfreut;
mit dem geheiligten Kranz auch sind meine Schläfen umwunden,
den die Stadt mir gereicht, ohne daß ich es gewollt.
Drum, so lieb wie die Erde von Delos ist der Latona,
die sich als Zufluchtsort einzig der Fliehenden bot,
ist auch Tomis mir teuer, das mir aus der Heimat Vertriebnem
gastlich bleibt und getreu bis auf den heutigen Tag;
gäben die Götter es nur, daß es Hoffnung auf ruhigen Frieden
haben dürfte und fern läge vom eisigen Pol!

15. An Sextus Pompejus

Wenn es irgend noch jemanden gibt, der mein nicht vergessen
und danach fragt, wie es mir, Naso, ergeht im Exil,
wisse er, daß ich dem Kaiser das Leben und Sextus Gesundheit
schulde: der Erste bleibt Er nach der Gottheit für mich.
Wie ich auch alle die Zeiten des elenden Lebens betrachte,
überall find' ich zugleich seine Verdienste um mich;
soviel sind es an Zahl wie in Gärten mit fruchtbarem Boden
unter der Schale die rot leuchtenden Körner gedeihn,
wieviel Afrika Saaten und Trauben die Erde vom Tmolus,
wieviel Sikyon Öl, Honig der Hybla erzeugt.
Ich bekenn' es: du darfst es bezeugen! Besiegelt es, Römer!

Keines Gesetzes Macht braucht es: ich sage es selbst.
Zähle auch mich, wie wenig ich bin, zum ererbten Besitztum!
Ein, wenn auch winziger, Teil deines Vermögens bin ich.
Wie Trinacria dein und das Land, das Philippus beherrschte,
dein ist, dein auch das Haus dicht am Augustischen Markt,
wie Campanien dein, den Augen des Herren erfreulich,
und was man dir hinterließ, Sextus, und was du erwarbst,
siehe, so bin ich der Deine, und bei so trauriger Habe
kannst du nicht sagen, daß nichts hier dir in Pontus gehört.
Ach, aber könntest du doch, und käm' ich in holdere Gegend!
Brächtest du diesen Besitz doch in ein schöneres Land!
Da dies Sache der Götter, versuch im Gebet zu versöhnen
Gottheiten, denen du fromm dienst und verehrend dich neigst!
Denn es ist kaum zu entscheiden, ob du bei meiner Verirrung
mehr als Beweisgrund dienst oder zu Hilfe mir kommst;
zweifelnd, bitte ich nicht; doch oft wird, fährt man flußabwärts,
noch durch die Ruder der Lauf fließenden Wassers verstärkt.
Scham empfind' ich und Scheu, nur immer dasselbe zu flehen,
daß nicht gerechter Verdruß gar deine Seele beschleicht;
aber was soll ich denn tun? Die Begierde, die kennt keine Grenzen:
wolle mir, gütiger Freund, drum meinen Fehler verzeihn!
Möcht' ich auch anderes schreiben, verfall' ich doch stets auf dasselbe:
selber von sich aus sucht stets meine Schrift ihren Weg.
Ob aber nun dein Bemühen Erfolg hat, ob mir die strenge
Parze zu sterben befiehlt unter dem eisigen Pol,
allzeit werd' ich mit dankbarem Sinn deiner Hilfe gedenken;
hören wird es mein Land, daß ich der Deinige bin,
hören auch jegliches andere unter beliebigem Himmel,
falls meine Muse dem Land drohender Geten entkommt,

wird dich als Grund meines Heiles, als seinen Erhalter erkennen,
mich als den Deinigen, fast wie auf dem Markte gekauft.

16

Neidischer, was zerfleischst du des toten Naso Gedichte?
Ist doch der letzte Tag sonst den Talenten nicht feind,
wächst doch der Ruhm, wenn wir Asche geworden, und mir ward schon damals,
als ich bei Lebenden noch weilte, ein Name zuteil,
als es doch Marsus gab und Rabirius' mächtige Klänge,
Macer, der Ilion sang, Pedo, den Sternen vertraut,
und auch ihn, der mit Herkules Juno gekränkt hätte: Carus,
wäre als Eidam nicht längst jener mit Juno verwandt,
ihn, der Latium gab seine Königsdichtung, Severus,
beide Priscus mitsamt Numas erlesnem Talent,
ferner dich Meister der gleichen und wechselnden Verse, Montanus,
der du durch beiderlei Art Dichtung zum Ruhme gelangt,
ihn, der Penelopes Brief zu erwidern befahl dem Odysseus,
als er ein ganzes Jahrzehnt irrte im tobenden Meer,
ferner Sabinus, der Troesmis verließ und zugleich seiner Tage
unvollendetes Werk: raubte der Tod ihn doch rasch,
und auch ihn, der nach seiner Begabung Largus genannt ward,
welcher den phrygischen Greis führte ins gallische Land,
und Camerinus, der Troja besang nach Hektors Bezwingung,
Tuscus, dem sein Gedicht «Phyllis» zum Ruhme verhalf,
ferner der Sänger der See, der besegelten, dessen Gedichte
klingen, als hätten sie ihm Götter des Meeres verfaßt,
ihn, der die libyschen Heere und römischen Schlachten geschildert,
Marius, dessen Talent jegliche Gattung beherrscht,

auch der Persëis sizilischen Dichter und Lupus, den Dichter,
der Menelaus zusamt Helenas Heimkehr besang,
ihn auch, der nach Homer die Phäakis geschrieben, und Rufus,
du, der einzig den Klang Pindars der Leier entlockt,
und des Turranus Muse, gestützt auf erhabne Kothurne,
die des Melissus, die leicht sich auf dem Soccus bewegt,
Graccus und Varius gaben Tyrannen grausame Reden,
als auf Kallimachos' Weg Proculus sanft sich erging,
Passer den Tityros rief zurück zu den früheren Fluren,
Grattius Waffen beschrieb, wie sie der Jagende braucht,
als Fontanus besang die von Satyrn geliebten Najaden
und ins elegische Maß Worte Capella gefaßt,
und als noch andere waren, die alle mit Namen zu nennen,
dauerte lange, ihr Werk ist in den Händen des Volks,
und es auch Jünglinge gab, deren Schriften noch niemand herausgab,
die zu benennen mir drum jede Berechtigung fehlt.
Dich aber, Cotta, wage ich nicht in der Schar zu verschweigen,
Leuchte der musischen Kunst, Stütze zugleich des Gerichts,
Maximus, dem die Messaller von seiten des Vaters, von Mutters
Seite das Cotta-Geblüt doppelten Adel verliehn.
Wenn ich es sagen darf: meine Muse gelangte zum Ruhme
unter so Großen und hat, daß man sie lese, verdient.
Scheelsucht, drum laß ab, den der Heimat Entfernten zu lästern!
Streue, du Grausame, nicht meine Gebeine umher!
Alles hab' ich verloren: das Leben ist nur mir geblieben,
daß es empfinde das Leid und es mir liefre zum Stoff.
Wozu dient's, mit dem Schwert den erloschenen Leib zu durchbohren?
Für einen weiteren Stoß ist ja kein Platz mehr an mir.

ANHANG

ERLÄUTERUNGEN

(T. = Tristia, P. = Epistulae ex Ponto)

Tristia

ERSTES BUCH

1 5 *Saft des Rittersporns . . .*: In V. 5-12 wird auf das Aussehen der römischen Buchrolle angespielt. Die einzelne Rolle wurde zum Schutz in eine buntgefärbte Lederhülle gesteckt. Als Farbstoff diente u.a. der eingekochte und mit Milch verdickte Saft einer dunklen Blume (z.B. des *Ritterspornss*). An der oberen Schnittfläche der Rolle war ein Streifen angebracht (*titulus*), der, gewöhnlich in roter Schrift (V. 7: *Zinnober*), Werk und Verfasser nannte. Um kostbare Ausgaben vor Buchwürmern zu schützen, rieb man den Papyrus mit *Zedern*öl ein, wodurch er sich gelblich verfärbte. Die Enden des Stabs, auf den das Ende der Rolle geklebt war, ragten oben und unten aus den Schnittflächen heraus. Sie wurden oft bemalt oder mit Elfenbeinknöpfen (V. 8: *Hörner*) geschmückt. Um ein Zerfasern des Randes zu verhüten, rieb man die Schnittflächen der fertig aufgewickelten Rolle mit *Bimsstein* ab und färbte sie schwarz.

16 *«Fuß»*: Versfuß.

23 *«Frevel»*: vgl. Einführung.

66 *Schoße*: Beim Lesen wurde die Rolle im Schoß gehalten und abgewickelt.

67 *Lehrer der Liebe*: Anspielung auf Ovids ‹Liebeskunst› (vgl. Einführung).

69 *Palatiums Höhe*: Auf dem Palatium stand das Haus des Augustus.

79 *Phaëton*: Sohn des Sonnengottes. Als dieser ihm gestattete, einen Tag lang den Sonnenwagen zu lenken, verlor er sein Leben (vgl. Ov. Met. I 750ff.).

1 83f. *Kaphereus' Klippen*: Kap an der südöstlichen Spitze der Insel *Euboea*, an dem die griechische Flotte bei der Heimkehr von Troja zerschellte.

89f. *Ikarus*: floh mit seinem Vater Dädalus mit Hilfe künstlicher Flügel aus der Gefangenschaft bei König Minos von Kreta und stürzte dabei in den Teil des Ägäischen Meers, der nach ihm benannt wird (vgl. Ov. Met. VIII 183ff.).

100 *auf Achilleische Art*: Achilles verletzte Telephus mit seinem Speer und heilte später die Wunde mit Spänen derselben Waffe.

106 *Kapsel*: zylindrischer Behälter, in dem die Buchrollen (vgl. zu V. 5) aufbewahrt wurden.

107 *deine Geschwister*: Ovids übrige Werke, darunter die *Liebeskunst* (V. 111f.) und die *«Verwandlungen»* (‹Metamorphosen›), die, obwohl der Dichter sie, wie er mehrfach behauptet (vgl. T. I 7,13ff.; III 14,19ff.), verbrannte, in einer Abschrift erhalten blieben (V. 117f.).

114 *Ödipus*: Wie er und *Telegonus* ihre Väter töteten, so brachte die *Liebeskunst* ihrem Schöpfer die Verbannung ein.

127f. *Ich wohne ja bald* ...: Schreibsituation ist also die Fahrt nach Tomis.

2 5f. *Mulciber*: Vulcanus. Er kämpfte im Trojanischen Krieg ebenso wie u.a. *Pallas* gegen die Trojaner (= *teukrisches Volk*), während u.a. *Apollo* und *Venus* Feinde der Griechen waren.

7f. *Turnus*: In Vergils ‹Aeneis› der von Juno (= *Saturnus' Tochter*) unterstützte Feind des *Äneas*, des Sohnes der *Venus*.

9f. *Neptun*: Während der Irrfahrten des *Odysseus* dessen Feind (vgl. zu T. III 11,62). Neptuns Nichte *Minerva* ist dagegen die Helferin des Heimkehrers.

22 *Tartarus*: Unterwelt.

65 *stygischen Fluten*: der Styx ist ein Unterweltsfluß.

79 *Stadt Alexanders*: Alexandria.

82 *das sarmatische Land*: Die Sarmaten waren ein ukrainisches Reitervolk, mit den Skythen verwandt, von dem Teile bis an die Donau vordrangen. Ovid bezeichnet mit «Sarmatien» oft einfach das Gebiet, in dem sein Verbannungsort Tomis liegt.

83 *des Unheilsmeers*: Die Westküste des Schwarzen Meers (*Pontus*), das meist euphemistisch als «Gastliches Meer»

2 (griech. *Póntos Eúxeinos*) bezeichnet wurde, ist für Ovid die «linke», d.h. die «unheilvolle» Seite des Pontus.
99 *Verirrung*: vgl. Einführung.

3 29 *Hochburg*: das Capitol.
33 *Quirinus*: Romulus, der sagenhafte Gründer Roms.
37 *dem göttlichen Mann*: Augustus (ebenso V. 40 *Gott*).
43 *Laren*: römische Hausgötter wie die *Penaten* (V. 45).
48 *der parrhasische Bär*: der Große Bär. Kallisto, die, weil Jupiter mit ihr geschlafen hatte, von Juno in eine Bärin verwandelt und von Jupiter zusammen mit ihrem Sohn Arkas als Sternbild an den Himmel versetzt wurde (vgl. Ov. Met. II 401 ff.), stammte aus Arkadien, dessen südlicher Teil Parrhasien hieß.
61 *Skythien*: Land der Skythen, die gefürchtete Bogenschützen waren, zwischen Don und Donau.
66 *Theseus*: Seine Freundschaft mit Pirithous war sprichwörtlich (zum Mythos vgl. zu T. I 5,19 f.).
75 f. *Mettus*: Mettus Fufidius, albanischer Feldherr und Bundesgenosse des sagenhaften römischen Königs Tullus Hostilius. Er ließ die Römer im Krieg gegen Veji im Stich und wurde deshalb auf die in V. 75 f. beschriebene Weise hingerichtet.

4 1 *Des erymanthischen Bären Bewacher*: Bootes, das Sternbild des Großen Bären (vgl. zu 3,48; *erymanthisch* steht ebenfalls für «arkadisch»), auch Arktophylax («Bärenhüter») genannt.
8 *der Gottheiten Bild*: das gemalte oder geschnitzte Bild der Schutzgottheit am Heck des Schiffes.
17 *Äolus*: Gott der Winde.
19 *Illyrien*: Land östlich der Adria, heute Jugoslawien.
26 *Juppiter*: Augustus.

5 7 *setze ich Zeichen statt Namen*: vgl. Einführung.
19 f. *Theseus*: begleitete seinen Freund Pirithous in die Unterwelt, um ihm bei der Entführung der Proserpina zu helfen.
21 f. *Phokier*: Pylades, der treu zu seinem Freund Orestes hielt, als dieser wegen der Ermordung seiner Mutter Klytämnestra von den *Furien* (= Rachegöttinnen) verfolgt wurde.
23 f. *Euryalus*: Trojaner im Gefolge des Äneas. Als er zusammen

5 mit seinem Freund *Nisus*, dem Sohn des *Hyrtacus*, in das Lager der *Rutuler* eindringt, werden beide getötet, weil keiner den anderen verlassen will (Verg. Aen. IX 176ff.).

38 *den zürnenden Gott*: Augustus (ebenso V. 44 und 75).

60 *Dulichium*: Insel nahe der Insel Ithaka, der Heimat des Odysseus.

62 *Geten*: im Norden Mösiens an der Donau wohnende Thraker.

67 *Samos*: Insel nahe Ithaka.

76 *die Göttin*: Minerva.

78 *Juppiter*: Augustus.

6 1 *Lyde*: Gattin des Dichters Antimachos von Kolophon, einer ionischen Stadt in der Nähe von *Klaros*, wo es einen berühmten Apollontempel gab; Antimachos (frühes 4. Jh. v. Chr.) überschrieb mit dem Namen «Lyde» eine Sammlung erotischer Mythen in elegischen Distichen.

2 *Dichter von Kos*: Philetas (um 300 v. Chr.), dessen Sammlung erotischer Elegien einer *Bittis* (oder Battis?) gewidmet war.

19 *Hektors Weib*: Andromache.

20 *Laodamia*: folgte ihrem Gatten Protesilaus, der als erster Grieche vor Troja fiel, in den Tod.

21f. *den Maeonier*: Homer, in dessen ‹Odyssee› Penelopes Treue zu Odysseus dargestellt wird (vgl. zu P. III 1,113).

25 *die fürstliche Frau*: Livia, die Gattin des Augustus.

7 13 *jene Dichtungen von den verwandelten Menschengestalten*: die ‹Metamorphosen› (vgl. zu T. I 1,107).

17f. *Althaea*: rächte ihre Brüder, die von ihrem Sohn Meleager erschlagen worden waren, indem sie das Holzscheit, an dem nach dem Spruch der Schicksalsgöttinnen das Leben ihres Sohnes hing, ins Feuer warf.

8 36 *Lethe*: Fluß in der Unterwelt, aus dem die Toten Vergessen tranken.

37 *Quirinus*: vgl. zu T. I 3,33.

9 27f. *Orest*: Zur Freundschaft des Königssohns aus *Argos* mit *Pylades* vgl. zu T. I 5,21f. Sie bewährte sich besonders, als Orests Schwester Iphigenie, die im Auftrag des Taurer-

9 königs *Thoas* der Diana Menschen opferte, vor der Wiedererkennung mit ihrem Bruder einen der beiden Freunde für die Opferung aussuchen mußte und jeder sich für den anderen töten lassen wollte; der Mythos ist Thema von T. IV 4,63ff. und P. III 2,43ff.

29f. *Enkel des Aktor*: Patroklus, der Freund des *Achilles*, der von *Hektor* im Kampf getötet wurde.

31f. *Theseus*: vgl. zu T. I 5,19f.

32 *des Tartarus Gott*: Pluto, der Gott der Unterwelt.

33f. *Turnus ... Euryalus ... Nisus*: vgl. zu T. I 5,23f.

49f. *Dies hat mir nicht Opferbrand ...*: Zeichen, aus denen die römischen Priester ihre Weissagungen ableiteten.

61 *dies alte Gedicht*: die ‹Liebeskunst› (vgl. Einführung).

10 1f. *Bild ihres Helms*: Das Schiff, das Ovid auf seiner Fahrt nach Tomis von Kenchreae zur Insel Samothrake brachte, trug als Zeichen seiner Schutzgöttin *Minerva* das Bild ihres Helms.

9 *In dem korinthischen Kenchreae*: Stadt am Isthmus von Korinth, der Meerenge zwischen Attika und der Peloponnes.

12 *Pallas' Macht*: vgl. zu V. 1f.

15 *ins Meer der äolischen Helle*: nach Helle, der Enkelin des Äolus, ist der Hellespont, die Meerenge zwischen der Ägäis und dem Marmarameer, benannt, da sie in dessen Fluten stürzte, als der Goldene Widder sie durch die Lüfte trug.

18 *Hektors Stadt*: Troja.
imbrische Insel: Imbros, eine Insel in der Ägäis zwischen dem Eingang zum Hellespont und der Insel Samothrake.

19f. *Zerynthus*: Stadt auf der Insel *Samothrake*.

21 *Tempyra*: Stadt in Thrakien, von wo aus Ovid die Reise auf dem Landweg fortsetzte.

23 *bistonisch*: thrakisch.

25f. *Dardania ... Lampsacus*: Städte am kleinasiatischen Ufer des Hellespont; in Lampsacus befand sich ein berühmtes Heiligtum des *ländlichen Gottes* Priapus.

27f. *die engen Gewässer der Jungfrau*: der Hellespont (vgl. zu V. 15), auf dessen europäischer Seite *Sestos*, auf dessen kleinasiatischer Seite *Abydos* liegt.

30 *Kyzikos*: kleinasiatische Stadt an der *Propontis* (heute: Marmarameer).

10 **32** *Zwillingsmeer*: Propontis (vgl. zu V. 30) und Pontus.

34 *die Kyanen*: zwei Felseninseln am Eingang zum Schwarzen Meer vom Bosporus her, auch Symplegaden genannt.

35 *thynischen Buchten*: Buchten am Schwarzen Meer am Vorgebirge Thynias in Thrakien; in V. 35-40 werden Städte an der thrakischen Küste aufgezählt (*Apollos Stadt* ist Apollonia, die nach *Bacchus* benannte Befestigung ist Dionysopolis, und mit der *Ortschaft*, die von *Alcathous' Stadt* [= Megara] aus gegründet wurde, dürfte Kalatis gemeint sein).

41 *zur miletischen Siedlung*: Tomis, der von Milet aus gegründete Ort, an den Ovid verbannt wurde.

42 *der beleidigte Gott*: Augustus.

45 *Tyndariden*: die Dioskuren Kastor und Pollux, die Schützer der Seefahrt (hier nach ihrem irdischen Vater Tyndareus benannt).

diese Insel: Samothrake; Schreibsituation ist also der Aufenthalt des Dichters auf der Insel.

11 5 *Isthmos*: vgl. zu T. I 10,9.

13 *den stürmischen Böckchen*: Gestirn im Sternbild des Fuhrmanns, das wie die in V. 14-16 genannten Gestirne Sturm und Regen auslösen konnte.

14 *Steropes Stern*: eine der Plejaden.

15 *der Wächter des Bären*: vgl. zu T. I 4,1.

16 *Hyaden*: Siebengestirn am Kopf des Stiers.

ZWEITES BUCH

8 *der Kunst*: der ‹Liebeskunst› (vgl. Einführung).

13 *die kunstreichen Schwestern*: die neun Musen.

19f. *der einst in Mysien herrschte*: Telephus (vgl. zu T. I 1,100).

24 *Ops*: italische Muttergottheit, die wie die orientalische Vegetationsgöttin Kybele einen Mauerkranz über der Stirn trug; die hier erwähnte Feier zu ihren Ehren, bei der ein Frauenchor sang, fand wohl bei der Einweihung des von Augustus neu erbauten Tempels der Kybele auf dem Palatin statt.

25 *die Spiele*: die Säkularfeier des Jahres 17 v. Chr.

61 *jene, in denen ich fehlte*: die drei Bücher ‹Liebeskunst›.

11 63 *das größere Werk*: die ‹Metamorphosen›; die in V. 65 erwähnte *Verherrlichung* steht dort XV 857 ff.

71 *Giganten*: Von der Erdmutter Gaia geborene Riesen mit Schlangen statt Beinen, die sich gegen die Herrschaft der olympischen Götter auflehnten.

90 f. *als ich vorbei auf dem Pferd ritt*: Alljährlich fand der Vorbeizug der römischen Ritter, zu denen Ovid gehörte, vor dem Kaiser statt. Wer unbeanstandet passierte, durfte annehmen, daß Augustus seine Lebensführung während des verflossenen Jahres billigte.

93 *den zehnmal zehn Männern*: Anspielung auf eines der drei juristischen Ämter, die Ovid bekleidete, hier seine Tätigkeit als einer der *centumviri*, eines Gerichtshofes, vor dem Zivilprozesse ausgetragen wurden. Außerdem war Ovid Mitglied der *tresviri capitales*, die mit der Aufsicht der Gefängnisse und des Vollzugs von Körperstrafen betraut waren (vgl. T. IV 10,34), sowie Einzel*richter* (V. 95), ein gelegentlich bei Privatklagen fungierender Schiedsmann, auf den beide Parteien sich einigten.

97 *das Letzte*: der *error* (vgl. dazu Einführung), auf den im folgenden mehrfach angespielt wird.

105 *Actaeon*: thebanischer Königssohn, der *Diana* unabsichtlich beim Baden sah, von ihr in einen Hirsch verwandelt und von seinen eigenen Hunden zerrissen wurde (vgl. Ov. Met. III 131 ff.).

138 *ein Verwiesener*: Über die Verbannungsform der *relegatio* vgl. Einführung.

165 *dein Sohn*: Tiberius, Livias Sohn aus erster Ehe, von Augustus 4 n. Chr. adoptiert; er ist auch V. 171-174 gemeint.

167 *deine Enkel*: Drusus, Sohn des Tiberius, und Germanicus, Neffe und Adoptivsohn des Tiberius.

190 *des Wagengestirns*: des Großen Bären (vgl. zu T. I 3,48 und 4,1).

191 *Kolcher, Kizyger ... teretische Scharen ...*: Volksstämme, die in den Gebieten von der Donaumündung bis zur Ostküste des Schwarzen Meers lebten.

197 *Euxinus*: vgl. zu T. I 2,83.

198 *Bastarner*: germanischer Stamm am Unterlauf der Donau.

207 *Gedicht*: die ‹Liebeskunst›. Hier beginnt eine umfassende

11 Widerlegung des einen der beiden Anklagepunkte gegen Ovid, seine ‹Liebeskunst› lehre den Ehebruch (vgl. dazu Einführung).

220 *den stets wechselnden Versen*: Hexameter und Pentameter, die zusammen das elegische Distichon bilden.

225 *Pannonien* (= das heutige Ungarn) ... *die illyrische Küste* (vgl. zu T. I 4,19): Anspielung auf die Niederwerfung des dalmatisch-pannonischen Aufstandes durch Tiberius (6-9 n. Chr.).

226 *Raetier*: Germanen im Gebiet zwischen Donau, Rhein und Lech, die 15 v. Chr. unterworfen wurden.
Thrakier: Ihr Widerstand gegen die römische Herrschaft wurde erst 45 n. Chr. gebrochen.

227 f. *der parthische Reiter*: Die Parther, Bewohner des heutigen Iran, hatten die römischen Feldherrn Crassus und Antonius vernichtend geschlagen, gaben aber bei Gelegenheit eines mit Augustus im Jahre 20 v. Chr. geschlossenen Friedens die bisher erbeuteten römischen *Fahnen* zurück.

229 *dein Sohn*: Tiberius (vgl. zu V. 165). Seine Erfolge in Germanien 4/5 n. Chr. fanden durch die Niederlage des Varus im Teutoburger Wald 9 n. Chr. ein jähes Ende.

247 *Haltet euch fern* ...: V. 247-250 ist Zitat von V. 31-34 der ‹Liebeskunst›, die freie römische Ehefrauen (erkennbar an ihren *Kopfbinden* und dem *Besatz* ihrer *stola*) als Adressaten der Liebeslehren Ovids betont ausschließen; nur Libertinen sollen sich von dem *praeceptor amoris* unterweisen lassen.

259 f. *«Annalen»*: Versepos des Q. Ennius (239-169 v. Chr.), in dem u.a. erzählt wurde, wie *Ilia* (= Rhea Silvia), von Gott Mars vergewaltigt, Mutter des Romulus und Remus wurde.

261 f. *das Buch «Stamm-Mutter der Aeneaden»*: Lukrez, ‹Die Natur der Dinge› (*De rerum natura*), ein vor 55 v. Chr. entstandenes didaktisches Epos, das mit einem Venus-Hymnus (V. 1: *Aeneadum genetrix* ...) beginnt. Die Göttin wurde von Anchises *Mutter* des Äneas und damit Stammutter des römischen Volkes.

279 *die Spiele*: Bei den mehrmals im Jahr stattfindenden römischen Festspielen wurden sportliche Wettkämpfe – u.a. Gladiatorengefechte und Wagenrennen – veranstaltet und Theaterstücke aufgeführt.

11 282 *der Sand*: wurde bei Gladiatorenkämpfen im Theater auf den gepflasterten Boden gestreut, damit die Fechter nicht ausglitten und das Blut versickern konnte.

283 *Zirkus*: Der Circus Maximus zwischen Aventin und Palatin, der Circus Flaminius auf dem Marsfeld.

285f. *die Hallen*: In der ‹Liebeskunst› (I 67ff.) nennt Ovid die Säulenhallen Roms als bevorzugte Orte zum Knüpfen erotischer Kontakte.

293f. *Pallas*: Als Vulcanus ihr nachstellte, entstand aus seinem Samen, den er verlor, *Erichthonius*, den die Göttin dann aufzog.

296 *ihr Mann*: Vulcanus, der von seiner Gattin Venus mit Mars betrogen wurde; die Entdeckung des Liebespaars durch eine List erzählt Homer in der ‹Odyssee› (VIII 266-366).

297 *Isis*: ägyptische Göttin, hier gleichgesetzt mit Io, die Jupiter, nachdem er sie vergewaltigt hatte, in eine Kuh verwandelte, um Juno zu täuschen. Diese ließ Io durch eine Bremse über Länder und Meere nach Ägypten jagen (vgl. Ov. Met. I 568ff.).

299f. *bei Venus...*: kurze Aufzählung von erotischen Beziehungen zwischen Göttinnen und sterblichen Männern: *Venus* und *Anchises*, *Luna* und der *latmische Heros* Endymion, *Ceres* und *Iasion*.

303 *nur für die lockeren Damen*: vgl. zu V. 247.

311 *Vestalinnen*: zu absoluter Keuschheit verpflichtete Priesterinnen der Vesta, der römischen Göttin des Herdfeuers.

319f. *vom blutigen Zwiste der Brüder*: Eteokles und Polyneikes, die Söhne des Königs Ödipus von *Theben*, töteten einander im Zweikampf, nachdem Polyneikes zusammen mit sechs anderen Heroen vergeblich die *sieben Tore* der Stadt berannt hatte.

332 *die kleine Form*: Die antike Literaturtheorie faßte die erotische Elegie im Vergleich mit dem Heldenepos als «kleine» Gattung auf.

333 *Giganten*: vgl. zu V. 71.

359 *Accius*: römischer Tragödiendichter (170- ca. 85 v. Chr.). *Terentius*: römischer Komödiendichter (ca. 195-159 v. Chr.).

361 *nicht ich nur*: Der folgende Abschnitt (V. 361-470) enthält eine von Homer bis zu Ovids Zeit reichende Übersicht über

11 griechische und römische Dichtungen mit erotischer Thematik.

363 *Sängers von Teos*: der griechische Lyriker Anakreon (Mitte 6. Jh. v. Chr.).

365 *Sappho*: griechische Lyrikerin (um 600 v. Chr.).

367 *Kallimachos*: der bedeutendste hellenistische Dichter (ca. 300-240 v. Chr.).

369 *Menander*: athenischer Komödiendichter (342-291 v. Chr.).

371 *die Ilias*: Homers Epos (8. Jh. v. Chr.) erzählt einen kurzen Abschnitt aus der Endphase des Trojanischen Krieges, der durch den *Ehebruch* des Paris mit Helena ausgelöst wurde.

373 *Briseis*: Gefangene der Griechen vor Troja, ursprünglich dem Achilles zugesprochen, diesem aber von Agamemnon weggenommen; Achilles' Zorn darüber setzt die Handlung der ‹Ilias› in Gang.

375 f. *Ein Weib*: In Homers ‹Odyssee› (7. Jh. v. Chr.) wird Penelope während der zwanzigjährigen Abwesenheit ihres *Gatten* von zahlreichen Freiern begehrt (vgl. zu P. III 1,113).

377 f. *Mars und Venus*: vgl. zu V. 296.

379 f. *dem maeonischen Dichter*: Homer. Er erzählt in der ‹Odyssee›, wie Odysseus sich während seiner Heimfahrt von den *zwei Göttinnen* Kalypso und Kirke aufhalten läßt.

383 «*Hippolytus*»: Tragödie des Euripides (ca. 480-406 v. Chr.), in der dargestellt wird, wie Hippolytus die Liebe seiner *Stiefmutter* Phädra verschmäht. Die Tragödien, auf die Ovid im folgenden anspielt, sind größtenteils verloren.

384 *Kanake*: Tochter des Äolus, die ihren *Bruder* Makareus liebte und das Kind, das sie von ihm empfing, töten mußte.

385 f. *der elfenbeinerne Pelops*: wurde von seinem Vater Tantalus den Göttern als Speise vorgesetzt. Diese machten ihn wieder lebendig und gaben ihm statt der Schulter, die Ceres verzehrt hatte, eine elfenbeinerne. Um *Hippodamia* zu gewinnen, mußte Pelops ihren Vater im Wagenrennen besiegen.

387 f. *eine Mutter*: Medea, die in der gleichnamigen Tragödie des Euripides *ihre Söhne* tötet, nachdem Jason, dem sie beim Raub des Goldenen Vlieses aus Kolchis geholfen hatte, sie verlassen und die korinthische Königstochter geheiratet hat.

389 f. *den König*: Tereus, der Philomela, die Tochter Pandions und Schwester von Tereus' Gattin Prokne, vergewaltigte. Als die

Schwestern ihm aus Rache seinen Sohn *Itys* als Speise vorgesetzt hatten, wurde Tereus in einen Wiedehopf *verwandelt*, Philomela in eine Nachtigall und Prokne in eine Schwalbe (vgl. Ov. Met. VI 412ff.).

391f. *Aërope*: Gattin des Atreus, die von dessen *Bruder* Thyestes verführt wurde, woraufhin Atreus dem Thyestes seine Söhne zum Mahl vorsetzte. Aus Entsetzen darüber ließ der Sonnengott *Sol* am Himmel seine Pferde wenden.

393f. *Scylla*: verliebte sich in König Minos, der ihre Vaterstadt belagerte, und schnitt deshalb ihrem *Vater* Nisus eine Locke ab, von der Leben und Herrschaft des Nisus abhing (vgl. Ov. Met. VIII 1ff.).

395f. *Electra*: half ihrem Bruder *Orestes*, ihre Mutter *Clytaemnestra* und deren Liebhaber *Aegisth* zu töten, um so die Ermordung ihres Vaters Agamemnon zu rächen. Der Stoff wurde von den drei attischen Tragödiendichtern Aischylos (‹Choephoren›), Sophokles (‹Elektra›) und Euripides (‹Elektra›) behandelt.

397f. *Bezwinger Chimaeras*: Bellerophon, der, weil er die Liebe der Frau seines Gastgebers nicht erwidert hatte, von ihr verleumdet wurde und deshalb mit der Chimaera, einem feuerspeienden Mischwesen aus Schlange, Ziege und Löwin kämpfen mußte.

399 *Hermione*: Tochter der Helena und des Menelaus, die, mit Orestes verlobt, von Neoptolemus zur Ehe gezwungen wurde.

schoinëische Jungfrau: Atalanta, Tochter des Schoeneus, erklärte, von vielen Freiern umworben, nur den zu heiraten, der sie im Wettlauf besiege.

400 *Phoebuspriesterin*: Kassandra, Tochter des Trojanerkönigs Priamus, die der *Mykener* Agamemnon zu seiner Geliebten machte.

401 *Danae*: Jupiter verführte sie in Gestalt eines Goldregens, während ihr Vater Akrisius sie in einem Turm gefangenhielt.

Danaes Schwiegertochter: Andromeda, die von Perseus vor einem Seeungeheuer gerettet wurde.

die Mutter des Bacchus: Semele, Geliebte Jupiters.

402 *Haemon*: Sohn des Königs Kreon von Theben, mit Antigone (vgl. zu T. III 3,67f.) verlobt.

11 *jene*: Alkmene. Als Jupiter sie in Gestalt ihres Mannes Amphytrion verführte, vereinte er zwei Nächte zu einer.

403 f. *Pelias' Schwiegersohn*: Admetus, Gatte der Alkestis, die sich, als er sterben sollte, für ihn opferte.

Theseus: verließ Ariadne, obwohl sie ihm auf Kreta bei der Tötung des Minotaurus geholfen hatte, bei der Heimkehr nach Athen auf der Insel Naxos.

ihn: Protesilaus (vgl. zu T. I 6,20).

405 *Iole*: Geliebte des Herkules, der mit ihr seine *Gattin* Deianira betrog.

die Mutter des Pyrrhus: Deidamia, die Achilles in Mädchenkleidern vergewaltigte und mit der er dabei den Pyrrhus (Neoptolemus) zeugte.

406 *Hylas*: von Herkules geliebter Knabe.

Ganymedes: von Jupiter geliebter Knabe.

411 *der verbuhlt den Achilles zeigt*: wahrscheinlich Anspielung auf eine Version des Mythos von der Freundschaft des Achilles mit Patroklus, in der diese als homoerotische Beziehung dargestellt wurde.

413 f. *milesische Frevel*: die ‹Milesiaka› des Aristides, eine um 100 v. Chr. verfaßte, leider nicht erhaltene Sammlung erotischer Novellen.

415 f. *Eubius*: verfaßte ein nicht weiter bekanntes Werk über die Abtreibung.

417 *«Sybaritica»*: erotische Erzählungen eines Hemitheon von Sybaris, über die nichts Näheres bekannt ist.

419 f. *Herrscher tragen freigebig bei ...*: wahrscheinlich eine Anspielung auf die von Augustus der Stadt Rom gestifteten beiden öffentlichen Bibliotheken (vgl. zu T. III 1,64 f. und 71 f.).

423 f. *Ennius*: vgl. zu V. 259 f.

425 f. *Lucretius*: vgl. zu V. 261 f.

427 f. *Catull*: römischer Lyriker (ca. 87-54 v. Chr.), der ins Zentrum seiner Gedichtsammlung seine Liebe zu Lesbia (= Deckname für Clodia) stellt.

431 *Calvus*: C. Licinius Calvus, römischer Lyriker der späten Republik, den man zusammen mit Catull zur Dichtergruppe der Neoteriker zählt. Seine Werke sind ebenso verloren wie die der in V. 432-442 aufgezählten Dichter: *Ticidas*, *Memmius*, C. Helvius *Cinna*, *Anser*, *Cornificius*, Valerius *Cato*, *Perilla* (=

11 Deckname einer *Metella*?), Varro Atacinus (Verfasser eines Argonautenepos), *Hortensius*, *Servius*.

443 f. *Sisenna*: römischer Historiker des 1. Jh.s v. Chr., der die ‹Milesiaka› des *Aristides* (vgl. zu V. 413 f.) ins Lateinische übertrug.

445 *Gallus*: Cornelius Gallus (ca. 69-26 v. Chr.), begründete mit seinen (verlorenen) 4 Büchern ‹Amores›, in denen das lyrische Ich seine Liebe zu *Lycoris* darstellte, den elegischen Gattungstyp «römische Liebeselegie», zu dem auch die Gedichtsammlungen des Properz (ca. 50- nach 16 v. Chr.), Tibull (ca. 55- nach 19 v. Chr.) und Ovids ‹Amores› zu rechnen sind.

446 *nicht seine Zunge gezähmt*: Gallus fiel bei Augustus wegen übertriebenen Selbstlobs und kritischer Äußerungen über den Kaiser in Ungnade.

447 *Tibullus*: vgl. zu V. 445. In V. 447-462 spielt Ovid mehrfach auf Tibull-Verse (bes. der Elegien I 5 und 6) an, die sich ohne weiteres als Liebeslehren auffassen lassen.

465 *Properz*: vgl. zu V. 445.

471 *Würfel*: In V. 471-496 nennt Ovid Themen von zu seiner Zeit entstandenen Lehrgedichten über Vergnügungen wie Würfeln, Ball- und Reifenspiel, Schwimmen usw. Etwas länger hält er sich in diesem Zusammenhang beim Würfelspiel auf, vermutlich weil Augustus diesen Zeitvertreib sehr schätzte (vgl. Sueton, Div. Aug. 71). Die von Ovid für die verschiedenen Spielmethoden verwendeten Begriffe sind für uns nur noch z.T. verständlich; hier genüge daher der Hinweis, daß die in V. 473 genannten *Knöchel* als Würfel verwendet wurden und daß man mit *Hund* (V. 474) den schlechtesten Wurf bezeichnete.

497 *Schwänke*: Die im folgenden beschriebenen *mimi* waren realistische, komödienhafte Darstellungen aus dem Leben mit einfacher, oft derber und obszöner Handlung, Gesang, Musikbegleitung und Tanzeinlagen.

508 *vom Prätor bezahlt*: Hohe römische Beamte, Prätoren und Ädile, oder auch der Kaiser selbst, bezahlten Aufführungen von Mimen aus der eigenen Tasche, um die Gunst des Volkes zu gewinnen.

525 *Telamonsohn*: Aiax, dessen *Zorn* darüber, daß Odysseus ihm

11 die Waffen des Achilles mit Erfolg streitig machte, sich zu einem Wahnsinnsanfall steigerte.

526 *Medea*: vgl. zu V. 387f.

527 *Venus*: Die Göttin, die der Sage nach aus dem Meer geboren wurde, hatte der griechische Maler Apelles von Kos (4. Jh. v. Chr.) auf einem berühmten Gemälde («Aphrodite Anadyomene») in der hier beschriebenen Weise dargestellt.

533 *Der glückliche Dichter deiner Aeneis*: Vergil (70-19 v. Chr.) stellt in seinem Epos, in dem die Herrschaft des Augustus immer wieder direkt und indirekt gepriesen wird, im IV. Buch die Liebe des Äneas zu der *tyrischen* (= karthagischen) Königin Dido dar.

537 *Hirtengedicht*: Vergils ‹Eklogen›, in denen die Hirtinnen *Amaryllis* und *Phyllis* auftreten.

539 *mit jenem Buche*: der ‹Liebeskunst›.

541 *als Reiter*: vgl. zu V. 90f.

549 *«Festzeiten»*: Ovids ‹Fasti›, eine Art Lehrgedicht (in elegischen Distichen) über die Festtage des römischen Kalenders, von dem nur die vom Dichter hier genannten sechs Bücher über die Monate Januar bis Juni erhalten sind.

553f. *der tragischen Bühne*: Anspielung auf Ovids (verlorene) Tragödie ‹Medea›. Der *Kothurn* war ein Schuh mit hohen Sohlen, den die Tragödiendarsteller trugen.

556 *Wesen, die sich wandeln*: Anspielung auf Ovids ‹Metamorphosen›, in denen die Weltgeschichte von der Entstehung des Kosmos bis zur eigenen Zeit des Dichters als Serie von Verwandlungen präsentiert wird.

DRITTES BUCH

1 7 *Das ... was er ... gescherzt hat*: die ‹Liebeskunst›.

11 *hinkend mit zweierlei Versen*: Elegische Distichen «hinken», weil ein Vers (der Hexameter) länger ist als der andere (der Pentameter).

13 *Zedernöl ... Bimsstein*: vgl. zu T. I 1,5.

27 *die Foren des Caesar*: das Forum Iulium und das Forum Augustum.

28 *der Heilige Weg*: die Via Sacra, die zum Tempelbezirk auf dem Capitol führte.

29 *Vestas Sitz*: Im Tempel der Vesta (vgl. zu T. II 311) wurde das

1 Palladium aufbewahrt, ein Standbild der *Pallas* Athene, das der Sage nach einst vom Himmel auf Troja gefallen war.

30 *Numa*: Numa Pompilius, der Sage nach der zweite König von Rom.

31 *Palatium*: vgl. zu T. I 1,69.

32 *Stator*: der Tempel des Jupiter Stator nahe dem Palatium.

36 *Eichenkranz*: Über dem Portal des Palatium hing die Eichenkrone mit der Inschrift OB CIVES SERVATOS («wegen der Rettung der Bürger»), die Augustus durch Senatsbeschluß 27 v. Chr. verliehen wurde (vgl. V. 47f.).

39 *Lorbeer*: Der Eingang des Palatium wurde von Lorbeerbäumen flankiert, dem Lieblingsbaum Apollons, der einst die Nymphe Daphne (= «Lorbeer») begehrte.

42 *vom leukadischen Gott*: Apollon. In der Nähe des Apollontempels von Leukas hatte Augustus den Seesieg bei Actium (31 v. Chr.) errungen, durch den die Bürgerkriege beendet wurden.

52 *Irrung*: vgl. Einführung.

59f. *des Gottes mit dem wallenden Haar*: In der Nähe des Palatium stand der Marmortempel des Apollo Palatinus, dessen Statue den Gott mit langem Lockenhaar darstellte.

61f. *die Beliden*: Zwischen den Säulen des Apollontempels standen die Statuen des Danaus, Sohn des Belus, und seiner fünfzig Töchter, denen Danaus befohlen hatte, ihre Männer in der Hochzeitsnacht zu ermorden.

64f. *Lesenden...*: Anspielung auf die von Augustus auf dem Palatinischen Hügel eingerichtete Bibliothek.

65f. *meinen Brüdern*: Ovids bisherige Werke, die offensichtlich aus der Bibliothek entfernt worden waren.

71f. *die Göttin der Freiheit*: Im Tempel der Libertas befand sich Roms älteste öffentliche Bibliothek.

2 3 *Pieriden und Letos Sproß*: die Musen und Apollon.

5 *frei von Verbrechen getändelt*: in der ‹Liebeskunst› (vgl. Einführung).

28 *ein einziger Gott*: Augustus.

3 10 *apollinische Kunst*: die Heilkunst.

62 *der samische Greis*: der griechische Philosoph und Mathemati-

3 ker Pythagoras (6. Jh. v. Chr.), der u.a. die Seelenwanderung lehrte.

67 f. *die Thebanerin*: Antigone, die die Leiche ihres Bruders Polyneikes gegen den Befehl König Kreons heimlich bestattete (vgl. Sophokles, ‹Antigone›).

69 *Amomum*: orientalische Gewürzpflanze.

4 19 *Elpenor*: einer der Begleiter des Odysseus. Er fiel nachts von einem Dach, auf dem er geschlafen hatte, und brach sich das Genick. Odysseus begegnete seinem Schatten in der Unterwelt.

21 f. *Daedalus ... Icarus*: vgl. zu T. I 1,89 f.

27 f. *Eumedes*: Vater des Dolon, der als trojanischer Kundschafter in das Lager der Griechen geschickt wurde und sich zur Belohnung die Rosse des *Achilles* wünschte. Er wurde von Odysseus und Diomedes erschlagen.

29 f. *Merops*: Pflegevater des Phaëton (vgl. zu T. I 1,79), dessen Schwestern, während sie um ihn trauerten, in Pappeln verwandelt wurden.

47 *der erymanthischen Bärin*: vgl. zu T. I 4,1. Wahrscheinlich begann mit diesem Vers ein neues Gedicht (hier als 4b gezählt).

49 *Bosporos*: verbindet das Schwarze mit dem Asowschen Meer.

5 18 *«Teurer»*: Offensichtlich hieß der Adressat des Gedichtes Carus; in diesem Falle wäre er mit dem Adressaten von P. IV 13 (vgl. dort zu V. 2) identisch.

37 f. *der dardanische Greis*: der von Dardanus abstammende trojanische König Priamus, der durch Bitten erreichte, daß *Achilles* ihm die Leiche Hektors herausgab (vgl. Homer, ‹Ilias›, XXIV. Gesang).

39 f. *Emathias Herrscher*: Alexander der Große (356-323 v. Chr.), König von Makedonien (= Emathia). Er machte den Inderkönig *Porus* nach seinem Sieg über ihn zu seinem Verbündeten, nachdem er schon dem von ihm besiegten Perserkönig *Darius* III. ein ehrenvolles Begräbnis gewährt hatte.

42 *Junos Eidam*: Herkules, der im Himmel Jupiters und Junos Tochter Hebe zur Frau bekam.

49 *ahnungslos ...*: vgl. Einführung.

6 23 *Gottheit*: Augustus.
26 *Irrtum*: vgl. Einführung.

7 1 *Perilla*: römische Dichterin, vermutlich weder mit der T. II 437f. genannten Metella noch mit Ovids Stieftochter identisch.
10 *wechselndes Maß*: vgl. zu T. II 220.
20 *Sappho*: vgl. zu T. II 365.
42 *Irus*: Bettler in Homers ‹Odyssee›.
Krösus: der sprichwörtlich reiche König von Lydien (560-547 v. Chr.).

8 1 *Triptolemus*: Bote der Fruchtbarkeitsgöttin Ceres, der auf einem Zauberwagen um die Erde reiste, um den Menschen die Landwirtschaft zu bringen.
3 *Medea*: floh nach dem Kindermord (vgl. zu T. II 387f.) in einem von Drachen gezogenen Wagen durch die Luft.
6 *Perseus*: Sohn der Danae (vgl. zu T. II 401) und des Jupiter, bewegte sich mit Flügelschuhen durch die Luft.
Daedalus: vgl. zu T. I 1,89f.
13f. *des Erlauchten . . ., den Gott*: Augustus.

9 3 *Milet*: vgl. zu T. I 10,41.
6 *Absyrtus*: Bruder der Medea (vgl. zu T. II 387f.), den sie, nachdem sie zusammen mit Jason aus Kolchis geflohen war, ermordete, um dadurch, daß sie seine Glieder einzeln zerstreute, ihren sie verfolgenden Vater Äetes abzulenken. Indem nun Ovid den Namen Tomis volksetymologisch von griech. *témno* («schneiden») ableitet, kann er diesen Mythos in seinem Verbannungsort lokalisieren.
7 *Schiff*: die Argo, mit der Jason das Goldene Vlies aus Kolchis holte.
13 *die Minyer*: die Argonauten.

10 27f. *der Strom, der Papyrus trägt*: der Nil.
41 *Leander*: mußte über den Hellespont (vgl. zu T. I 10,15) schwimmen, um seine Geliebte Hero zu treffen.
73 *Acontius*: liebte Cydippe und ließ ihr einen Apfel vor die Füße rollen, in den er den Schwur, sie werde ihn heiraten,

10 eingeritzt hatte. Als das Mädchen ihn laut las, hatte sie den Schwur getan und mußte ihn halten.

11 8 *der mänalische Bär*: Mänalus hieß ein Gebirge in Arkadien, woher Kallisto (vgl. zu T. I 3,48) stammte.

27f. *Hector*: wurde im Trojanischen Krieg von *Achilles* getötet und, an dessen Wagen gebunden, um die Stadt Troja geschleift.

32 *Manen*: die Seelen der Verstorbenen.

34 *Verirrung*: vgl. Einführung.

39 *Busiris*: ägyptischer König, der alle Fremden, die sein Land betraten, am Altar des Jupiter opfern ließ.

jener: Perillus, der Erbauer des ehernen Stiers, in dem Phalaris, der Tyrann von Agrigent auf Sizilien (570-554 v. Chr.), seine Feinde rösten ließ; das erste Opfer war Perillus selbst.

62 *Neptuns Rache*: Der Meergott verfolgte Odysseus mit seinem Zorn, weil dieser seinen Sohn Polyphem geblendet hatte.

12 3 *Helle*: vgl. zu T. I 10,15. Der Widder, der sie trug, wurde als Sternbild an den Himmel versetzt und ist im Frühjahr Punkt der Tag- und Nachtgleiche.

9f. *böse Mutter*: die in eine Schwalbe verwandelte Prokne (vgl. zu T. II 389f.).

17 *Festtage sind jetzt dahin*: Die Reit- und Waffenübungen auf dem Marsfeld, die in Rom als Vorbereitung für den Militärdienst betrieben wurden, setzten mit Frühlingsbeginn wieder ein.

22 *Jungfrauenquell*: Die öffentlichen Bäder auf dem Marsfeld wurden mit Wasser aus der Aqua Virgo, einer 19 v. Chr. gebauten Leitung, gespeist.

24 *drei Theater*: die Theater des Pompeius, Marcellus und Balbus.

drei Märkte: das Forum Romanum, Iulium und Augustum.

41 *Propontis*: vgl. zu T. I 10,3.

45 *Siegen des Kaisers*: Ovid erwartet, vom Abschluß des germanischen Feldzugs des Tiberius zu hören, der die schwere Niederlage des Varus (vgl. zu T. II 229) wiedergutmachen sollte.

13 2 *mein Geburtstag*: der 20. März.

28 *«Gastliches Meer»*: vgl. zu T. I 2,83.

14 6 *die «Kunst»*: die ‹Liebeskunst›.
13 *Pallas*: wurde aus Jupiters Kopf geboren.
17 *Drei meiner Kinder*: die drei Bücher der ‹Liebeskunst›.
19 *Verwandlungen*: die ‹Metamorphosen› (vgl. zu T. I 1,107).

VIERTES BUCH

1 15f. *Achilles ... Briseis*: vgl. zu T. II 373.
17f. *Orpheus*: thrakischer Sänger, stieg in die Unterwelt hinab, um seine verstorbene Gattin Eurydike zurückzuholen, verlor sie aber zum zweiten Mal. In seinem Leid sang und spielte er so schön, daß wilde Tiere, Bäume und Felsen ihm verzaubert folgten (vgl. Ov. Met. X 1ff.).
21 *sintisch*: die Sinti waren ein thrakischer Volksstamm.
23 *Irrtum*: vgl. Einführung.
31 *Dulichier*: Gefährten des Odysseus (vgl. zu T. I 5,60), der auf seinen Irrfahrten auch zu den Lotosessern kam; wer von der *Lotosfrucht* aß, vergaß seine Heimat.
41f. *Mänade*: Frau im Gefolge des Bacchus. Die Mänaden zogen in ekstatischem Rausch über die Berge. Die Musik, von der sie sich dabei inspirieren ließen, war insofern *phrygisch*, als die Klänge, unter denen die Fruchtbarkeitsgöttin Kybele auf dem Berg Ida in Phrygien verehrt wurde, ähnlich gewesen sein dürften wie die der bacchantischen Musik.
43 *Thyrsus*: Von den Mänaden getragener Stab, der von Weinlaub oder Efeu umrankt war und an dessen Spitze ein Pinienzapfen saß.
47 *Lethe*: vgl. zu T. I 8,36.
50 *Helikon*: Gebirge in Böotien, den Musen heilig.
60 *Euxinus*: vgl. zu T. I 2,83.
63 *Fäden des ... Schicksals*: die Fäden der Parzen, die spinnend die Lebensdauer bestimmen.

2 1 *den Caesaren*: Augustus und Tiberius (vgl. zu T. II 165,229 und III 12,45).
3 *Palatium*: vgl. zu T. I 1,69.
9 *die Jünglinge*: Germanicus und der jüngere Drusus (vgl. zu T. II 167).
11 *Livia*: Gattin des Augustus. – *Sohn*: Tiberius.

2 *Frauen der Söhne*: Agrippina, die Frau des Germanicus, und Livilla, die Frau des jüngeren Drusus.

13f. *sie, die* ...: die Vestalinnen (vgl. zu T. II 311).

16 *jüngst*: vgl. zu T. II 90f.

27 *sidonischen Purpur*: Aus Sidon in Phönizien kam der aus der Purpurschnecke gewonnene rote Farbstoff.

37 *All diese Seen und Berge*: Im Triumphzug wurden symbolische Darstellungen auf Wagen mitgeführt, hier u.a. der Rhein (V. 41f.) und Germania (V. 43f.).

39 *Drusus*: vgl. zu V. 9.

47 *Caesar*: Tiberius.

51 *Phoebischer Lorbeer*: vgl. zu T. III 1,39.

55 *die Burg*: das Capitol.

3 1 *Großer und Kleiner Bär*: Nach dem Großen Bären orientierten sich die griechischen, nach dem Kleinen die phönizischen Schiffer.

8 *Remus*: Sohn der *Ilia* (vgl. zu T. II 259f.) und Zwillingsbruder des Romulus, von dem er erschlagen wurde, als er die Mauerlinie übersprang, mit der Romulus das gerade gegründete Rom umgeben hatte.

29f. *die Thebanerin*: Andromache (vgl. auch zu T. III 11,27f.).

41 *durch dich*: Die Gattin beugte sich über den Sterbenden und fing seinen letzten Seufzer auf.

46 *dem Boden*: Das Neugeborene wurde auf den Boden gesetzt, und der Vater mußte es aufheben, um seine Bereitschaft, es aufzuziehen, zu bezeugen.

63f. *Kapaneus*: einer der Sieben gegen Theben (vgl. zu T. II 319f.). Als er nach seinem Tode verbrannt wurde, stürzte sich seine Gattin *Euadne* in die Flammen.

65f. *Phaëton*: vgl. zu T. I 1,79 und III 4,29f.

67f. *Semele*: Tochter des Königs *Kadmus* von Theben, konnte, als sie auf eigenen Wunsch ihren Liebhaber Jupiter in seiner göttlichen Gestalt sah, den Anblick nicht ertragen und verbrannte im Feuer der Blitze.

69 *Juppiter*: Augustus.

75f. *Hektor*: vgl. zu T. III 11,27f.

77 *Tiphys*: Steuermann der Argo (vgl. zu T. III 9,7).

78 *Phoebus*: Hier in seiner Funktion als Gott der Heilkunst.

4 7 *Merkmale ... statt des Namens*: vgl. Einführung. Der Adressat ist hier offensichtlich Messalinus, der Sohn von Ovids Förderer Messalla.

39 *Irrtum*: vgl. Einführung.

55f. *des «Gastlichen Meeres»*: vgl. zu T. I 2,83.

64 *Göttin*: Diana. Zu dem in V. 64ff. erzählten Iphigenie-Mythos vgl. zu T. I 9,27f. und das Gedicht P. III 2.

68 *Pelops' Enkelin*: Iphigenie.

71 *dem Gefährten aus Phokis*: Pylades.

5 10 *dein Name*: vgl. Einführung. Der Adressat ist wahrscheinlich Cotta, der jüngere Bruder des Messalinus (vgl. zu T. IV 4,7).

22 *die stygische Flut*: vgl. zu T. I 2,65.

30 *Castor und Pollux*: vgl. zu T. I 10,45.

6 5 *punisch*: nordafrikanisch.

7 *das gewaltige indische Tier*: der Elefant.

7 2 *streifend den «Fisch»*: Im Februar tritt die Sonne ins Zeichen der Fische und beginnt dann ihren Kreislauf aufs neue.

7 *den Faden*: Der Brief bildete wie das Buch (vgl. zu T. I 1,5) eine Rolle, die mit einem starken Faden umschnürt (gelegentlich auch durchnäht) und versiegelt wurde.

12 *dem gorgonischen Haupt*: Die Gorgo Medusa war ein schlangenartiges Ungeheuer mit einem Blick, der Menschen in Steine verwandelte.

13 *Skylla*: ein Meerungeheuer, dessen Unterleib von einem Gürtel von bellenden Hundeköpfen umgeben war.
Chimaera: vgl. zu T. II 397f.

16 *den dreiköpfigen Mann*: Geryon, der von Herkules seiner Rinderherden beraubt wurde.
den dreiköpfigen Hund: Cerberus, der Höllenhund und Wächter am Eingang zur Unterwelt.

17 *Sphinx*: geflügelte Löwin mit menschlichem Kopf.
die Harpyien: monströse Vögel mit menschlichen Gesichtern.
die drachenfüßigen Riesen: vgl. zu T. II 71.

18 *Gyges*: hundertarmiger Riese.
den Mann, der halb Stier: Minotaurus, Sohn der Pasiphae, der Gattin des Minos, und eines Stiers.

8 9 *Penaten*: vgl. zu T. I 3,43.

24 *das hölzerne Schwert*: Gladiatoren, die ihre Dienstzeit beendet hatten, erhielten ein hölzernes Rapier.

43 *Delphi ... Dodona*: berühmte Orakelstätten.

9 2 *letheisch*: vgl. zu T. I 8,36.

6 *Tisiphone*: eine der drei Furien (= Rachegöttinnen), Sinnbild für Raserei.

18 *das trockne Gestirn*: das Sternbild des Großen Bären, der sich nie ins Meer senkt.

32 *seinen Namen*: vgl. Einführung.

10 3 *Sulmo*: heute Sulmona, in einem Hochtal der Abruzzen.

6 *die zwei Konsuln*: C. Vibius Pansa und A. Hirtius, die beide im Jahre 43 v. Chr. in der Schlacht bei Mutina fielen.

13 *Fest ... der ... Minerva*: Vom 19. bis 23. März wurden die Quinquatrus zu Ehren der Göttin Minerva gefeiert. An den vier letzten Tagen fanden Gladiatorenkämpfe statt. Ovid wurde also am 20. März geboren.

22 *der Maeonier*: Homer.

23 *Helikon*: vgl. zu T. IV 1,50.

28f. *das Männergewand*: die *toga virilis*, die freigeborene römische Knaben im Alter von etwa sechzehn Jahren anlegten. Daneben trugen die jungen Römer, die die politische Laufbahn einschlugen, schon die Toga mit dem *breiten Purpurstreifen*, obwohl diese den Senatoren vorbehalten war.

34 *Drei-Männer-Kolleg*: vgl. zu T. II 93.

35 *die Kurie*: Hier tagte der Senat. Wegen seines Verzichts auf einen Platz im Senat trug Ovid von nun an die Toga mit dem *schmalen Purpurstreifen* (vgl. zu V. 28f.).

39 *die aonischen Schwestern*: die Musen, deren Berg Helikon in Böotien (= Aonien) lag.

43 *Macer*: Aemilius Macer, Verfasser von drei (verlorenen) Lehrgedichten, der ‹Ornithogonia› (Entstehung der Vögel), den ‹Theriaca› (Schlangenbisse und ihre Heilung) und dem ‹Carmen de herbis› (Über Kräuter).

45 *Propertius*: vgl. zu T. II 445.

47 *Ponticus*: Verfasser einer (verlorenen) Thebais.
im heroischen Versmaß: Hexameter.
Bassus: römischer Dichter, dessen Werke verloren sind.

10 49 *Horatius*: der neben Vergil berühmteste augusteische Dichter (65-8 v. Chr.).

50 *im ausonischen Ton*: Horaz rühmt sich, als erster Formen der frühgriechischen Lyrik in Italien (= Ausonien) heimisch gemacht zu haben.

51 *Vergil*: vgl. zu T. II 533.

52 *Tibull*: vgl. zu T. II 445.

53 *Gallus*: vgl. zu T. II 445.

56 *Thalia*: eigentlich Muse der Komödie, aber Ovid bezeichnet mit ihrem Namen auch seine Elegiendichtung.

57 *meine Jugendgedichte*: die ‹Amores›, eine Sammlung subjektiv-erotischer Elegien, die Ovid laut V. 58 mit etwa achtzehn Jahren zu schreiben begann.

60 *Corinna*: die Geliebte des elegischen Ichs in den ‹Amores›.

65 *Cupido*: der Liebesgott Amor.

88 *Styx*: vgl. zu T. I 2,65.

90 *Irrtum*: vgl. Einführung.

91 *Manen*: vgl. zu T. III 11,32.

95f. *in dem pisäischen Kampf*: bei den (alle vier Jahre stattfindenden) Spielen in Olympia, das in der griechischen Landschaft Pisa lag. Dort war der Siegespreis ein *Ölzweig*. Ovid rechnet hier die Olympiaden zu fünf Jahren, gleicht sie also dem römischen Lustrum (V. 78) an.

98 *des «Gastlichen Meers»*: vgl. zu T. I 2,83.

120 *Helikon*: vgl. zu T. IV 1,50.

FÜNFTES BUCH

1 17f. *Gallus ... Propertius ... Tibull*: vgl. zu T. II 445.

32 *dem Felde des Mars*: das Marsfeld, Versammlungs-, Sport- und Truppenübungsplatz (vgl. zu T. III 12,17).

48 *Flötengetön*: Ein römischer Leichenzug bewegte sich unter Flötenklängen zum Grab.

53f. *Phalaris ... Perillus*: vgl. zu T. III 11,39.

55 *Achilles ... Priamus*: vgl. zu T. III 5,37f.

57f. *die Kinder von Leto*: Apollon und Diana. Sie töteten alle zwölf Kinder der *Niobe*, weil diese sich gerühmt hatte, der Latona (griech. *Leto*) aufgrund ihres Kinderreichtums überlegen zu sein; Niobe wurde in einen Felsen verwandelt (vgl. Ov. Met. VI 146ff.).

1 60 *Halcyone*: Als sie am Strand den Leichnam ihres im Sturm umgekommenen Gatten Ceyx erblickte, sprang sie ins Wasser, um ihn zu küssen; beide wurden von den Göttern in Eisvögel verwandelt (vgl. Ov. Met. XI 410ff.).
Procne: vgl. zu T. II 389f.

61f. *des Poias Sohn*: Philoktet, der während der Fahrt nach Troja von einer Schlange gebissen wurde und, weil die Wunde unheilbar war, auf der Insel *Lemnos* ausgesetzt wurde.

2 13f. *des Poias Sohn*: vgl. zu T. V 1,61.

15f. *Telephus*: vgl. zu T. I 1,100.

18 *er*: Augustus.

23 *Ostia*: Hafenstadt an der Tibermündung.

28 *Ikarus-Meer*: vgl. zu T. I 1,89f.

45 *Gottheit*: Augustus, an den sich das Gebet V. 45ff. wendet.

63 *des «Gastlichen Meers»*: vgl. zu T. I 2,83.

72 *sintisch*: vgl. zu T. IV 1,21.

73 *Charybdis*: Verderben bringender Meeresstrudel, den Ovid in der Straße von Messina (= *Zancle*) lokalisiert.

74 *Styx*: vgl. zu T. I 2,65.

76 *am leukadischen Kap*: Auf einem hohen Felsen der Insel Leukas stand ein Apollontempel (vgl. zu T. III 1,42). Alljährlich, am Fest des Gottes, wurde ein zum Tode Verurteilter von diesem Felsen ins Meer gestürzt.

3 1 *Bacchus*: An den *Liberalia*, dem römischen Fest des Bacchus (17. März), versammelten sich die römischen Dichter, die in einem *collegium* zusammengeschlossen waren, zu einem Festgelage.

7 *der cynosurischen Bärin*: Das Sternbild des Kleinen Bären wurde auch Cynosura (griech. *kynósoura* «Hundeschwanz») genannt.

14 *die Parze*: vgl. zu T. IV 1,63; die Parzen sind auch mit den *schicksalsmächtigen Schwestern* in V. 17 gemeint.

15 *Verehrer des Efeus*: Efeu war dem Bacchus heilig.

19 *die Feste des Himmels erstiegen*: Wie Herkules zog auch Bacchus nach seinem gewaltigen Siegeszug auf Erden (V. 21ff.) in den Olymp ein.

21f. *Strymon*: Fluß in Thrakien.

26 *zweimal gezeugt*: Bacchus war eine Frühgeburt der sterben-

3 den Semele (vgl. zu T. IV 3,67f.) und wurde von Jupiter bis zum Ablauf der Schwangerschaftsfrist in seinen Schenkel eingenäht, aus dem er dann zum zweiten Mal geboren wurde.

29f. *jener*: Kapaneus (vgl. zu T. IV 3,63f.), der vom Blitz Jupiters getötet wurde.

37 *Bakchen*: Mänaden (vgl. zu T. IV 1,41f.).

Satyrn: ausgelassene, lüsterne Gesellen im Gefolge des Bacchus, die Menschengestalt, aber Pferdeschwanz und -ohren, oft auch Pferdehufe haben.

39 *Lykurg*: Thrakerkönig, der, von Bacchus mit Wahnsinn geschlagen, im Glauben, er haue Reben um, den eigenen Sohn ermordete.

40 *Pentheus*: König von Theben, der die Göttlichkeit des Bacchus bezweifelte und zur Strafe dafür von seiner Mutter Agaue und anderen Mänaden (vgl. zu T. IV 1,41f.) zerrissen wurde.

41 *die Krone deiner Gemahlin*: Bacchus nahm Ariadne auf Naxos (vgl. zu T. II 403f.) zur Frau und versetzte ihre Krone als Sternbild an den Himmel.

4 1 *vom «gastlichen» Strand*: vgl. zu T. I 2,83.

11 *Priamus ... Hektor*: vgl. zu T. III 5,37f.

12 *Philoktetes*: vgl. zu T. V 1,61f.

25 *Patroklus*: vgl. zu T. I 9,29f. und II 411.

Pylades ... Orestes: vgl. zu T. I 5,21f.

26 *Euryalus*: vgl. zu T. I 5,23f.

Ägide: Theseus, der Sohn des Ägeus (vgl. zu T. I 5,19f.).

30 *Attikas Biene*: Attika war in der Antike für seinen Honig berühmt.

48 *Läßt nicht ...*: d.h. «läßt dich nicht etwas Sinnloses tun».

5 4 *der Laërtische Held*: Odysseus, der Sohn des Laërtes.

33f. *den Brüdern*: Eteokles und Polyneikes (vgl. zu T. II 319f.).

38 *des Battus Sohn*: Kallimachos (vgl. zu T. II 367). Er erzählte in den ‹Aitia›, wie Eteokles und Polyneikes zusammen opferten und sich der Rauch des Altars teilte.

43f. *Heldinnen ... aus Ikarios' Blut oder Eëtions*: Penelope, die Tochter des Ikarios und Gattin des Odysseus, und Andromache, die Tochter Eëtions und Gattin Hektors.

5 53f. *Echions Feste*: Theben. Zum Mythos von Kapaneus und *Euadne* vgl. zu T. IV 3,63f.).
55f. *Pelias ... die eine*: Alkestis (vgl. zu T. II 403f.).
57f. *Laodamia*: vgl. zu T. I 6,20.
62 *Nestor*: König von *Pylos*, der in sprichwörtlich hohem Alter am Trojanischen Krieg teilnahm.

6 7 *Palinurus*: der Steuermann des Äneas, der im Schlaf vom Schiff fiel und ertrank.
9f. *Automedon*: der Wagenlenker des *Achilles*.
11f. *Podalirius*: Arzt der Griechen vor Troja.
25f. *Agamemnons Sohn*: Orest (vgl. zu T. I 5,21f.).
31 *Purpur*: Hohe römische Beamte (Konsuln, Prätoren), am breiten Purpurstreifen an ihrer Toga kenntlich, wurden auf der Straße von Liktoren mit Ruten*bündeln* als Zeichen der Macht begleitet, die jedem, der im Weg stand, *warnend* zuriefen: *animadverte* («paß auf!»).
38 *Hybla*: Berg in Sizilien, berühmt durch Honig und Thymianduft.

7 35f. *euböische Wogen ... kapharische Flut*: vgl. zu T. I 1,83f.

8 9 *die rhamnusische Rächerin*: Nemesis, die Anmaßung und Überheblichkeit bestrafte; ihr berühmtestes Heiligtum war in Rhamnus in Attika.

9 19 *Styx*: vgl. zu T. I 2,65.
31 *Thalia*: vgl. zu T. IV 10,56.

10 2 *des «Gastlichen Meers»*: vgl. zu T. I 2,83.
4 *Dardaner-Stadt*: Troja, um das zehn Jahre gekämpft wurde.
45 *Lachesis*: eine der drei Parzen (vgl. zu T. IV 1,63).

11 11 *Ihn*: Augustus.

12 7 *Priamus*: vgl. zu T. III. 5,37f.
8 *Niobe*: vgl. zu T. V 1,57f.
12 *den einst Anytos hatte verklagt*: der athenische Philosoph Sokrates (ca. 470-399 v. Chr.). Er wurde von *Apollons* Orakel in Delphi als weisester der Menschen bezeichnet (V. 15). Als er

12 im Kerker auf die Hinrichtung wartete, übertrug er äsopische Fabeln in Verse. Anytos war einer seiner Ankläger.

45 *neun Schwestern*: die Musen.

47 *der Erfinder des ehernen Stiers*: Perillus (vgl. zu T. III 11,39).

67 *die «Kunst»*: die ‹Liebeskunst›.

13 22 *Hybla*: vgl. zu T. V 6,38.

14 37 *Admets oder Hektors Gemahlin*: Alkestis und Andromache.

38 *Iphis' Tochter*: Euadne (vgl. zu T. IV 3,63 f.).

39 *das Weib des phylakischen Fürsten*: Laodamia (vgl. zu T. I 6,20).

40 *Ilium*: Troja.

Epistulae ex Ponto

ERSTES BUCH

1 3 *Brutus*: nur aus Ovid bekannt. An ihn sind noch P. III 9 und IV 6 gerichtet. Da er die Herausgabe von P. I-III übernehmen soll, könnte er mit Ovids «Verleger» (T. I 7), vielleicht auch mit dem Empfänger von T. III 14 identisch sein.

12 *meine «Kunst»*: die ‹Liebeskunst›: vgl. Einführung.

15 *nicht klagend*: der Titel lautet also nicht mehr ‹Tristia›.

23 *Antonius' Schriften*: Marcus Antonius, der von Octavian-Augustus in der Schlacht bei Actium 31 v. Chr. besiegt wurde, schrieb ein Buch über seine eigene Trunksucht.

24 *Brutus' gelehrsames Werk*: Marcus Iunius Brutus, einer der Mörder Caesars, war ein vielbewunderter Redner und philosophischer Schriftsteller.

33 *Aeneas*: Er trug seinen Vater auf den Schultern aus dem brennenden Troja (vgl. Verg. Aen. Buch II).

35 *des Aeneas Enkel*: Augustus.

37 f. *die Klapper*: Die Priester der *ägyptischen* Isis schwangen eine Art Schelle, wenn sie in den Städten von Tür zu Tür gingen.

39 f. *auf gebogenem Horn*: Die Bettelpriester der Großen *Mutter* Kybele bliesen auf der phrygischen Doppelflöte, die aus Buchsbaumholz geschnitzt war und aus zwei Pfeifen (einer geraden und einer gebogenen) bestand.

1 51 *der linnentragenden Isis*: Die Priester der Isis, ihre Mysten und das Kultbild der Göttin trugen Leinengewänder.

2 1 *Maximus*: Paullus Fabius Maximus, Konsul 11 v. Chr., ein enger Freund des Kaisers, starb 14 n. Chr. Ovids Gattin war mit Marcia, seiner Frau, befreundet. An ihn ist auch III 3 und vielleicht III 8 gerichtet.

3f. *dreihundert*: 479 v. Chr. marschierten dreihundertsechs Männer aus dem Geschlecht der Fabier gegen ein etruskisches Heer aus Veji, wurden in einen Hinterhalt gelockt und fielen bis auf den letzten Mann.

29f. *Niobe*: vgl. zu T. V 1,57f.

31f. *ihr, bei denen* ...: die Schwestern des Phaëton (vgl. zu T. III 4,29f.).

35 *Medusa*: vgl. zu T. IV 7,12.

39f. *Tityos*: erdgeborener Riese, der sich an Latona (vgl. zu T. V 1,57f.) vergreifen wollte und deshalb in der Unterwelt einer besonders grausamen Strafe unterworfen wurde: Zwei Geier fraßen ständig an seiner Leber, die sich immer wieder erneuerte.

59 *des Erhabenen*: Augustus.

77 *Iazyger*: ein sarmatischer Stamm.

78 *das taurische Land* ... *Göttin Orests*: vgl. zu T. I 9,27f.

110 *bistonisch*: thrakisch.

112 *Manen*: vgl. zu T. III 11,32.

119 *Theromedon*: skythischer König, hielt sich eine Leibgarde aus Löwen, denen er Menschen zum Fraße vorwarf.
Atreus: vgl. zu T. II 391f.

120 *dem, der* ...: Diomedes, König von Thrakien.

131 *Hymenaios*: der Hochzeitsgott.

137 *Marcia*: vgl. zu V. 1.

139 *die Mutterschwester des Kaisers*: Atia Minor, die Frau des L. Marcius Philippus; somit war Marcia, die Frau des Adressaten, eine Kusine des Kaisers.

141 *Claudia*: Als 205 v. Chr. das Kultbild der Kybele nach Rom gebracht wurde, blieb das Schiff im Tiberschlamm stecken. Claudia, eine Vestalin, die des unzüchtigen Lebenswandels angeklagt war, knüpfte es an ihr Halstuch, zog es in die Stadt und bewies so ihre Unschuld.

3 1 *Rufinus*: nur aus P. bekannter Freund Ovids, an den auch P. III 4 gerichtet ist.

5 *der Held aus Poias' Geschlecht*: Philoktet (vgl. zu T. V 1,61 f.), der im zehnten Jahr des Trojanischen Krieges ins Lager der Griechen geholt und von dem Arzt *Machaon* geheilt wurde.

20 *Styx*: vgl. zu T. I 2,65.

21 *Aesculapius*: Gott der Heilkunst.

33 *des Ithakers*: Odysseus.

39 *Pandions Tochter*: die Nachtigall (vgl. zu T. II 389 f.).

63 *Rutilius*: P. Rutilius Rufus wurde 92 v. Chr. angeklagt, als Statthalter unrechtmäßig Geld aus der Provinz Asien gepreßt zu haben, und zog sich freiwillig ins Exil nach *Smyrna* zurück.

67 f. *den sinopischen Kyniker*: Diogenes von Sinope, der Gründer der kynischen Philosophenschule (ca. 400 – ca. 325 v. Chr.), wurde angeblich mit seinem Vater wegen Falschmünzerei der Heimat verwiesen und kam nach Athen.

69 f. *Neokles' Sohn*: Themistokles, der Sieger von Salamis (480 v. Chr.), wurde von seinen politischen Gegnern verbannt, hielt sich zunächst in Argos auf und mußte später nach Asien fliehen.

71 f. *Aristides*: athenischer Staatsmann, 483/82 v. Chr. verbannt.

73 f. *Patroklos*: ursprünglich aus *Opus* stammend, tötete er beim Spiel unabsichtlich einen Gefährten, wurde verbannt und fand Zuflucht am Hof des Peleus, wo ihn bald Freundschaft mit dessen Sohn *Achilles* verband.

75 f. *Pirene*: Quelle in der Stadt Korinth, in die Jason mit Medea flüchtete (vgl. zu T. II 387 f.).

77 f. *Kadmos*: Sohn des Agenor, des Königs von *Sidon*. Er kam auf der Suche nach seiner Schwester Europa nach Griechenland und erbaute Theben.

79 *Tydeus*: mußte wegen eines Mordes aus der ätolischen Stadt *Kalydon* fliehen und ging nach Argos zu *Adrastus*.

80 *Teucrus*: Als er ohne seinen Halbbruder Aiax (vgl. zu T. II 525) aus Troja zurückkam, verbannte ihn sein Vater Telamon, und er ließ sich auf der Insel Zypern nieder, wo ein berühmtes Heiligtum der Venus stand.

82 *Tibur*: heute Tivoli, Stadt in Latium, am Rande der Sabinerberge.

4 10 *Nestor*: vgl. zu T. V 5,62.

15 *Zirkus*: vgl. zu T. II 283.

23 *Sohn des Aeson*: Jason, der Anführer der Argonauten (vgl. zu T. II 387 f.), mit dessen Schicksal Ovid in V. 23-46 das eigene vergleicht.

27 *Pelias*: schickte Jason, das Goldene Vlies zu holen.

36 *das Schiff*: die Argo.

37 *Tiphys*: der Steuermann der Argo.
Sohn des Agenor: Phineus, der den Argonauten die Zukunft voraussagte.

41 *die heimlichen Künste des Gottes der Liebe*: Amors Künste, durch die Jason die Liebe Medeas gewann.

57 *die Mutter des Memnon*: Aurora, die Göttin der Morgenröte.

5 2 *Maximus*: M. Aurelius Cotta Maximus war der Name, den Messallas jüngerer Sohn nach der Adoption durch seinen Onkel annahm; er war Konsul 20 n. Chr. An ihn sind außerdem P. I 9, II 3 und 8, III 2 und 5 gerichtet.

21 *Lixus*: Fluß in Marokko.
Hebrus: Fluß in Thrakien.

22 *Athos*: Vorgebirge der makedonischen Chalkidike.

73 *Quirinus*: vgl. zu T. I 3,33.

74 *Bär*: das Sternbild des Großen Bären.

79 *Syene*: Stadt in Oberägypten, heute Assuan.

80 *Taprobane*: Ceylon.

6 3 *Graecinus*: Pomponius Graecinus, *consul suffectus* des Jahres 16 n. Chr. An ihn sind außerdem P. II 6 und IV 9 gerichtet.

29 *diese Göttin*: Spes, die Personifikation der Hoffnung.
seit die Gottheiten flohn: Als das Silberne Zeitalter zu Ende war (vgl. Ov. Met. I 113-124), floh Asträa, eine der Göttinnen der Gerechtigkeit, zusammen mit anderen personifizierten Tugenden, von der Erde in den Himmel zurück.

45 *des Gottes*: Augustus.

52 *der Taucher*: ein Wasservogel.

7 2 *Messalinus*: M. Valerius Messalla Messalinus (vgl. zu T. IV 4,7). An ihn ist auch P. II 2 gerichtet.

27 *dein Vater*: Ovids Förderer Messalla, der 8 n. Chr. starb.

7 31 *dein Bruder*: vgl. zu P. I 5,2.

32 *die Atriden ... und Tyndariden*: Agamemnon und Menelaos, die Söhne des Atreus; Kastor und Pollux, die Söhne des Tyndareus.

51 f. *Peleus' Speer*: Peleus vererbte seinen auf dem Pelion aus einem Baum geschnittenen Speer seinem Sohn *Achilles*.

8 2 *Severus*: wahrscheinlich der Dichter Cornelius Severus, den Ovid P. IV 16,9 erwähnt und an den wohl auch P. IV 2 gerichtet ist.

11 *die Stadt*: Aegisos (heute Tuldza) wurde im Dakerkrieg 12 n. Chr. von den Geten erobert, aber vom König der *Odryser* (V. 15), eines thrakischen Volkes, zurückgewonnen.

27 *stygisch*: vgl. zu T. I 2,65.

37 *Marsfeld*: vgl. zu T. V 1,32.

38 *Quell ... der Jungfrau*: vgl. zu T. III 12,22.

42 *auf paelignischer Flur*: Ovid stammte aus dem Gebiet der Paeligner, eines Abruzzenvolkes, und hatte dort offensichtlich ein Landgut.

44 *Clodischen Weg ... flaminischen*: Ovid besaß offensichtlich Güter draußen vor der Stadt, wo sich die Via Clodia mit der Via Flaminia vereinigte.

64 *Fäden*: vgl. zu T. IV 1,63.

67 *Albas Gefilde*: Offensichtlich besaß Severus in den Albaner Bergen (in der Umgebung des heutigen Castel Gandolfo) eine Villa mit Ländereien.

68 *der Appische Weg*: die Via Appia, die wichtigste Straße von Rom nach Süditalien.

9 16 *Maximus*: vgl. zu P. I 5,2.

52 *Amomum*: vgl. zu T. III 3,69.

10 1 *Flaccus*: Pomponius Flaccus, der Bruder des Pomponius Graecinus (vgl. zu P. I 6,3).

12 *Hebe*: Göttin der Jugend und Mundschenkin der Götter.

37 *Bruder*: vgl. zu V. 1.

ZWEITES BUCH

1 1 *Triumph der Caesaren*: Dem Adressaten Germanicus, Sohn des älteren Drusus und der jüngeren Antonia (15 v. Chr.-19 n. Chr.) und Adoptivsohn des Tiberius, waren, nachdem er und Tiberius den dalmatisch-pannonischen Aufstand (6-9 n. Chr.) niedergeschlagen hatten, die Triumphinsignien bewilligt worden.

31 *die Zeichen des Siegs*: Der Triumphator trug ein Purpurgewand, Krone, Zepter und Lorbeer, und sein Gesicht war rot geschminkt.

33 *seines Vaters*: vgl. zu V. 1.

46 *Bato*: Dalmatier, der sein Volk gegen die Römer aufgewiegelt, sich aber schließlich unterworfen hatte.

57 *zur Tarpejischen Burg*: zum Capitol; dorthin wird Germanicus als wirklicher Triumphator (vgl. zu V. 1) emporsteigen.

2 2 *des Gastlichen Meers*: vgl. zu T. I 2,83.

3 *Messalinus*: vgl. zu P. I 7,2.

9 *Ossa ... Pelion*: Bei ihrem Kampf gegen die Götter türmten die Giganten (vgl. zu T. II 71) die thessalischen Berge Ossa und Pelion auf den Olymp, um den Himmel zu erstürmen.

11 *Enceladus*: einer der Giganten (vgl. zu T. II 71).

13 *des Tydiden*: Diomedes, Sohn des Tydeus. Er verwundete im Götterkampf um Troja Venus und Mars.

21 *Iulus' ... Geschlecht*: Augustus' Familie, die Julier, die sich von Iulus, dem Sohn des Äneas, herleiteten.

25 *Achaemenides*: einer der Gefährten des Odysseus. Er wurde versehentlich auf Sizilien zurückgelassen, aber von Äneas auf der Vorbeifahrt mitgenommen (vgl. Verg. Aen. III 590ff.).

26 *vom pelischen Speer*: vgl. zu P. I 7,51f.
ein mysischer Fürst: Telephus (vgl. zu T. I 1,100).

41 *der römischen Gottheit*: Augustus.

42 *den Tarpejischen Gott*: Jupiter.

61 *Irrtum*: vgl. Einführung.

70 *der Sohn*: Tiberius (vgl. zu T. II 165).
das ausonische Reich: Italien.

71f. *Germanicus ... Drusus*: vgl. zu T. II 167.

75 *die Paeonier*: gemeint sind die Pannonier, ein Volk im heuti-

1 gen Ungarn, die sich zusammen mit den Dalmatiern gegen die Römer aufgelehnt hatten (vgl. zu P. II 1,1 und 46).

80 *das Laub Daphnes*: Lorbeer (vgl. zu T. III 1,39).

81 *der liebende Sproß*: Germanicus und Drusus durften als Söhne des Triumphators auf seinem Wagen mitfahren.

83 f. *den Brüdern*: Auf dem Forum Romanum stand der Tempel des Divus Iulius in der Nähe des Tempels von Kastor und Pollux, den Tiberius mit seiner Beute aus Germanienfeldzügen 6 n. Chr. restauriert und mit einer Gedenkschrift auf den verstorbenen Bruder Drusus versehen hatte.

104 *der «Kunst»*: ‹Liebeskunst› (vgl. Einführung).

113 *Polyphemus*: der Kyklop, der von Odysseus geblendet wurde (vgl. Homer, ‹Odyssee› IX. Gesang). In der nachhomerischen Literatur wohnt er am Ätna.

114 *Antiphates*: König der Laestrygonen, eines Volkes von Menschenfressern in der ‹Odyssee› (IX. Gesang).

3 1 *Maximus*: vgl. zu P. I 5,2.

41 *Aeacus' Enkel*: Achilles, der seinem *toten Freunde* Patroklus zu Ehren großartige Leichenspiele veranstaltete (vgl. Homer, ‹Ilias› XXIII. Gesang).

43 *Theseus … Pirithous*: vgl. zu T. I 5,19 f.
stygische Fluten: vgl. zu T. I 2,65.

45 *Orest … der phokische Jüngling*: vgl. zu T. I 5,21 f.

55 f. *der Göttin*: Fortuna.

68 *den Gott*: Augustus.

75 *dein Vater*: M. Valerius Messalla Corvinus.

79 *dein Bruder*: M. Valerius Messalla Messalinus.

4 1 *Hister*: die Donau.

2 *Atticus*: Curtius Atticus, an den auch P. II 7 gerichtet ist.

22 *Nestors Sohn*: Antilochus, der mit *Aeacus' Enkel* Achilles befreundet war.

23 *Lethe*: vgl. zu T. I 8,36.

5 2 *Salanus*: Cassius Salanus, Rhetoriklehrer des Germanicus.

9 *vom «Gastlichen Meer»*: vgl. zu T. I 2,83.

41 *der Caesar*: Germanicus.

49 *des Iulischen Namens*: vgl. zu P. II 2,21.

5 67 *der Thyrsus*: vgl. zu T. IV 1,43. Thyrsus und Lorbeer waren Symbole der dichterischen Inspiration.

6 1 *Graecinus*: vgl. zu P. I 6,3.
2 *vom «Gastlichen Meer»*: vgl. zu T. I 2,83.
9 *Keraunia*: gefährliche Klippe an der adriatischen Küste von Illyrien und Epirus.
25 *Agamemnons und Strophius' Söhn*: Orestes und Pylades (vgl. zu T. I 5,21 f.).
26 *der Aegide*: Theseus, der Sohn des Ägeus (vgl. zu T. I 5,19 f.).

7 2 *Atticus*: vgl. zu P. II 4,2.
26 *Hybla*: vgl. zu T. V 6,38.
34 *die Ilias*: vgl. zu T. II 371.
44 *Appius' Straße*: vgl. zu P. I 8,68.
58 *Arktur*: der hellste Stern im Bootes (vgl. zu T. I 4,1).

8 1 *die beiden Caesaren*: Bilder des Augustus und Tiberius, vor denen Ovid täglich am Altar opfert.
2 *Maximus Cotta*: vgl. zu P. I 5,2.
4 *Livia*: die Gattin des Augustus.
17 *Palatium*: vgl. zu T. I 1,69.
31 *Sohn*: Tiberius (vgl. zu T. II 165).
33 *deinen Enkeln*: Germanicus und Drusus (vgl. zu T. II 167).
41 *Nestor*: vgl. zu T. V 5,62.
Sibylle: Apollon versprach ihr für ihre Liebe so viele Jahre, wie sie Sandkörner in der Hand trug, verlieh ihr aber dann, als sie sich versagte, nicht die ewige Jugend.
47 *Drusus*: Bruder des Tiberius und Vater des Germanicus.

9 1 *Cotys*: ein thrakischer König, der auf griechisch dichtete.
2 *Eumolpus*: mythischer König von Thrakien, der von Orpheus in die Mysterien eingeweiht worden sein soll.
20 *Erichthonius*: attischer Heros (vgl. zu T. II 293 f.) und mütterlicherseits einer der Vorfahren des Eumolpus (vgl. zu V. 2).
41 *den Laestrygonen Antiphates*: vgl. zu P. II 2,114.
42 *Alkinous*: König der Phäaken, der Odysseus gastlich aufnahm.
43 f. *Cassandreus*: Apollodoros von Kassandrea in Makedonien, ein grausamer Tyrann.

9 *von Pheräern*: Alexander von Pherai in Thessalien ließ seinen Bruder vergiften und wurde auf Anstiften seiner eigenen Frau im Bett erwürgt.
dem, der ...: Phalaris (vgl. zu T. III 11,39).
53 *Orpheus*: vgl. zu T. IV 1,17f.
54 *bistonisch*: thrakisch.
70 *die Schnur*: Urkunden wurden auf Wachstafeln geschrieben, die man zusammenklappen, mit einer Schnur umwickeln und versiegeln konnte.
73 *«Kunst des Liebens»*: vgl. Einführung.

10 2 *Macer*: Pompeius Macer, epischer Dichter, Verwandter von Ovids Gattin, mit dem Ovid Sizilien und Kleinasien bereist hatte.
12 *«Kunst»*: die ‹Liebeskunst›.
22 *das trinacrische Land*: Sizilien
23f. *Ätna*: Die Ausbrüche dieses Vulkans wurden einem *im Berg liegenden* feuerspeienden Giganten (Typhon oder Enkeladus) zugeschrieben.
26 *Cyane*: in eine Quelle verwandelte Nymphe, Geliebte des *Anapus*.
28 *eine Nymphe*: Arethusa, die Alpheios, der Gott des *Flusses von Elis* auf der Peloponnes, unter dem Meer hindurch bis zur Insel Ortygia bei Syrakus verfolgte, um dort nach ihrer Verwandlung in eine Quelle sein Wasser mit dem ihrigen zu mischen.

11 1 *Rufus*: ein Onkel von Ovids Gattin.
2 *der «Kunst»*: ‹Liebeskunst› (vgl. Einführung).
15 *Kastor*: Er war der Onkel der *Hermione* (Tochter seiner Schwester Helena), *Hektor* der des *Iulus* (Sohn seiner Schwester Krëusa, der Gattin des Äneas).

DRITTES BUCH

1 1 *Jason*: vgl. zu P. I 4,23ff.
51 *Kapaneus*: vgl. zu T. IV 3,63f.
52 *Amphiaraus*: einer der Sieben gegen Theben (vgl. zu T. II 319f.), wurde vor dem Stadttor, das er angriff, zurückge-

1 schlagen. Als er floh, spaltete Jupiters Donnerkeil den Boden vor ihm, und er wurde mit Roß und Wagen verschluckt.

54 *Philoktetes*: vgl. zu T. V 1,61f.

58 *Bittis von Kos*: vgl. zu T. I 6,2.

75 *dem Hause*: wahrscheinlich dem der Fabier (vgl. zu P. I 2,3f.).

78 *Marcia*: vgl. zu P. I 2,1.

95 *amazonisches Schlachtbeil*: Streitaxt der Amazonen, eines sagenhaften Volkes kriegerischer, männerfeindlicher Frauen.

106 *die Gattin Admets*: Alkestis (vgl. zu T. II 403f.).

107 *Penelope*: vgl. zu V. 113.

110 *Laodamia*: vgl. zu T. I 6,20.

111 *Iphis' Tochter*: Euadne (vgl. zu T. IV 3,63f.).

113 *Gewebe der Ikariotin*: Penelope, die Tochter des Ikarios. Eines ihrer Mittel, während der zwanzigjährigen Abwesenheit ihres Gatten Odysseus ihre Freier hinzuhalten, war ihr Schwur, keinen Freier erhören zu wollen, bevor sie das Leichenhemd für ihren Schwiegervater Laërtes gewebt habe; sie löste das bei Tage Gewebte nachts wieder auf, bis ihre List entdeckt wurde.

119 *Medea*: vgl. zu T. II 387f.

120 *Prokne*: vgl. zu T. II 389f.

121 *Danaiden*: vgl. zu T. III 1,61f.

Agamemnons Gattin: Klytämnestra, die ihren Ehemann ermordete.

122 *Skylla*: vgl. zu T. IV 7,13.

123 *Telegonus' Mutter*: die Zauberin Kirke, die die Gefährten des Odysseus in Schweine verwandelte (vgl. Homer, ‹Odyssee› X. Gesang).

124 *Medusa*: vgl. zu T. IV 7,12.

145 *dem Antlitz Junos*: der Livia, der Gattin des Augustus.

2 1 *Cotta*: vgl. zu P. I 5,2.

18 *dem göttlichen Zorn*: dem Zorn des Augustus.

33 *Theseus*: vgl. zu T. I 5,19f.

des Orestes Gefährte: Pylades (vgl. zu V. 43ff.).

45 *Tauris*: Zu dem im folgenden erzählten Mythos von Iphigenie vgl. zu T. I 9,27f.

2 48 *Phoebus' Schwester*: Diana.

59 *mäotisch*: die Mäotis ist das heutige Asowsche Meer.

72 *Trivia*: Diana.

105 *Volesus*: Urahn des Geschlechts der Valerier.

106 *Numa*: Numa Pompilius, der zweite König von Rom.

3 2 *Maximus*: vgl. zu P. I 2,1.

30 *Sechsfüßler ... Fünffüßler*: Hexameter und Pentameter.

31 f. *zum homerischen Sang*: In ‹Amores› I 1 zwingt Amor den Dichter dazu, statt eines Heldenepos erotische Elegien zu schreiben.

38 *«Kunst»*: die ‹Liebeskunst›.

41 *Eumolpus ... Orpheus*: vgl. zu P. II 9,2.

42 *Olympus*: wurde von dem *phrygischen Faun* Marsyas im Flötenspiel unterrichtet.

44 *Numa*: Numa Pompilius, der zweite König von Rom, soll ein Schüler des *Pythagoras* (vgl. zu T. III 3,62) gewesen sein.

51 f. *Frau'n, deren Haar ...*: vgl. zu T. II 247.

57 *Ehebruch, der verboten*: vgl. Einführung.

62 *Aeneas*: Der Stammvater des julischen Kaiserhauses war wie Amor Sohn der Venus.

75 *Irrung*: vgl. Einführung.

80 *der Kolcherin*: Medea (vgl. zu T. II 387 f. und P. I 4,41).

86 *der Triumphzug*: der Triumph des Tiberius über die Germanen vom Jahr 13 n. Chr.

100 *Herkules*: Die Fabier behaupteten, von Herkules abzustammen.

4 3 *«Triumph»*: Ovid meint offensichtlich P. II 1 über den Triumph des Tiberius und Germanicus nach dem Sieg über die aufständischen Dalmatier und Pannonier.

7 *Machaon*: vgl. zu P. I 3,5.

83 f. *der die Aeneis schrieb*: Vergil (vgl. zu T. II 533).

85 *auf zweierlei Rädern*: vgl. zu T. III 1,11.

90 *dem Gott*: Jupiter, dem der Triumphator seinen Lorbeerkranz auf dem Capitol weihte.

96 *Livia*: die Gattin des Augustus.

99 *deines Sohnes*: Tiberius.

106 *ein Bild*: vgl. zu T. IV 2,37.

5 6 *Maximus Cotta*: vgl. zu P. I 5,2.
56 *Styx*: vgl. zu T. I 2,65.

6 1 *vom «Gastlichen Meere»*: vgl. zu T. I 2,83.
2 *den Namen*: vgl. Einführung.
19f. *Leukothoe*: Meeresgöttin, die *Odysseus* aus dem von *Neptunus* gesandten Sturm an den Strand der Phäaken half (vgl. Homer, ‹Odyssee› V. Gesang).
25 *kürzlich*: Im Jahre 13 n. Chr. wurde der Tempel der Iustitia Augusta geweiht.
41 *Busiris*: vgl. zu T. III 11,39.
42 *er, der* . . .: Phalaris (vgl. zu T. III 11,39).

7 6 *dem Band*: vgl. zu T. IV 7,7.
40 *am «Gastlichen Meer»*: vgl. zu T. I 2,83.

8 10 *der Pallas Kunst*: Spinnen und Weben.
11 *die Gaben der Ceres*: Getreide.
22 *Maximus*: vgl. zu P. I 2,1.

9 1 *Brutus*: vgl. zu P. I 1,3.
9f. *Agrius*: Sein Sohn *Thersites* war der häßlichste aller Griechen vor Troja.
24 *Aristarch*: alexandrinischer Philologe (ca. 217 – ca. 143 v. Chr.), der u.a. den Homer-Text emendierte.

VIERTES BUCH

1 1 *Pompejus*: Sextus Pompeius, Prokonsul von Makedonien 8 n. Chr., Konsul 14 n. Chr., der von einem Onkel des großen Pompeius (vgl. zu P. IV 3,41f.) abstammte und ein Freund des Germanicus war. Er ist auch der Empfänger von P. IV 4, 5 und 15.
29f. *des koischen Künstlers*: Apelles (vgl. zu T. II 527).
32 *Phidias*: berühmtester Bildhauer des Altertums (5. Jh. v. Chr.). Eines seiner größten Werke war die Athene Parthenos auf der Akropolis von Athen.
33 *Kalamis*: griechischer Bildhauer (erste Hälfte 5. Jh. v. Chr.), berühmt für seine Pferdedarstellungen.

1 34 *Myron*: griechischer Bronzegießer (erste Hälfte 5. Jh. v. Chr.).

2 2 *Severus*: vgl. zu P. I 8,2.
9 *Aristäus*: der sagenhafte Erfinder der Bienenzucht.
10 *Triptolemus*: vgl. zu T. III 8,1.
Alkinous: Die Obstgärten des Phäakenkönigs (vgl. zu P. II 9,42) waren sprichwörtlich für ihre Fülle und Fruchtbarkeit.
11 *Helikon*: vgl. zu T. IV 1,50.
37 *Coraller*: Volk in Niedermösien am Schwarzen Meer.
38 *Hister*: Donau.
47 *dem Borne der Dichtkunst*: Der Musenquell Hippokrene, knapp unter dem Gipfel des Helikon in Böotien. Von ihm zu trinken bedeutete für antike Dichter, inspiriert zu werden.

3 37 *Krösus*: vgl. zu T. III 7,42.
38 *dem Feind*: König Kyros von Persien (559-529 v. Chr.).
39f. *Der, vor welchem ...*: Dionysius II., Tyrann von *Syrakus* (geb. ca. 397 v. Chr.), wurde nach dem Sieg seiner innenpolitischen Gegner nach Korinth verbannt, wo er jahrelang als Schullehrer sein Leben fristete.
41f. *Pompejus*: Cn. Pompeius, genannt Magnus. Er floh nach seiner Niederlage bei Pharsalus (48 v. Chr.) nach Ägypten und wurde dort heimtückisch ermordet.
47 *Marius*: römischer Staatsmann (157-86 v. Chr.), Sieger über *Iugurtha* (104 v. Chr.), die *Kimbern* und die Teutonen (102-101 v. Chr.). Er mußte der Macht Sullas weichen und sich in den Sümpfen von Minturnae verstecken.
51 *‹gastlichen Strand›*: vgl. zu T. I 2,83.
54 *Nieswurz*: Abführ- und Brechmittel, das in der Umgebung von *Anticyra* besonders üppig wuchs; im Altertum wurden damit Geisteskranke behandelt.
56 *des Gottes*: Augustus.

4 17 *Pompejus*: vgl. zu P. IV 1,1.
23 *Janus*: Gott des Jahresanfangs. Im Januar traten die neugewählten Konsuln ihr Amt an.
25 *des obersten Amtes*: Sextus Pompeius war im Jahre 14 n. Chr. Konsul.
29 *des Tarpejischen Berges*: des Capitols, auf das sich die Konsuln

4 am 1. Januar in feierlicher Prozession begaben, um Jupiter zu opfern.

32 *das faliskische Gras*: Die Stadt Falerii in Etrurien war für ihre Weiden und ihre weißen Rinder berühmt.

35 *Kurie*: Versammlungsort des Senats.

5 3 *nicht gleichfüßig*: vgl. zu T. III 1,11.

5 *Haemus*: Berg in Thrakien.

9 *Pompejus*: vgl. zu P. IV 1,1.

17 *Quiriten*: Römer.

18 *Elfenbeinthron*: Die höheren Beamten saßen auf einem Elfenbeinsessel, der *sella curulis.*

21 *zum Iulischen Tempel*: vermutlich die 29 v. Chr. eingeweihte *curia Iulia.*

35 *bistonisch*: thrakisch.

6 1 *Brutus*: vgl. zu P. I 1,3.

5 *fünf Jahr', eine Olympiade*: vgl. zu T. IV 10,95f.

9 *Maximus*: vgl. zu P. I 2,1.

15f. *Augustus*: Er starb 14 n. Chr.

17f. *auf den neuen Bewohner des Himmels ... ein Gedicht*: Ein solches *carmen* Ovids über die Apotheose des Augustus ist nicht erhalten.

46 *dem «Gastlichen Meer»*: vgl. zu T. I 2,83.

47 *des Thyestischen Schmauses*: vgl. zu T. II 391f.

7 1 *Vestalis*: diente wahrscheinlich in der 4. Skythischen Legion und wurde später in einer administrativen Funktion in das pontische Küstengebiet gesandt. Er war ein Sohn oder Bruder des M. Iulius Cottius, den Augustus als Herrscher über zahlreiche Alpenstämme anerkannte..
den «Gastlichen» Fluten: vgl. zu T. I 2,83.

9 *jazygisch*: vgl. zu P. I 2,77.

15 *Manipel*: Abteilung der römischen Legion.

21 *Aegisos*: vgl. zu P. I 8,11.

25 *sithonisch*: thrakisch.

27 *Vitellius*: wahrscheinlich Publius, ein höherer Offizier während des dalmatisch-pannonischen Aufstandes (vgl. zu P. II 1,1).

7 41 *Ajax*: verteidigte die griechischen Schiffe, als *Hektor* sie anzuzünden versuchte (vgl. Homer, ‹Ilias› XIII. Gesang).

52 *Pegasus*: das geflügelte Musenroß.

8 1 *Suillius*: P. Suillius Rufus, der Mann von Ovids Stieftochter, wurde unter Tiberius (und später nochmals unter Nero) wegen Korruption verbannt.

20 *Irrtum*: vgl. Einführung.

23 *der jüngere Caesar*: Germanicus (vgl. zu T. II 167).

31 *parischem Marmor*: die Kykladeninsel Paros war berühmt durch ihren besonders schönen Marmor, mit dem sie einen blühenden Handel trieb.

41 *den tarpejischen Herd*: den capitolinischen Altar.

42 *von dem faliskischen Gras*: vgl. zu P. IV 4,32.

51 *Agamemnon*: der Anführer der Griechen im Trojanischen Krieg.

53 *Theben*: vgl. zu T. II 319f.

59 *Giganten*: vgl. zu T. II 71.

60 *Styx*: vgl. zu T. I 2,65.

62 *der Alkide*: Herkules, Enkel des Alkeus, brachte aus der von ihm eroberten Stadt *Oechalia* Iole (vgl. zu T. II 405) als Gefangene nach Hause.

63 *dein Großvater*: Augustus (vgl. zu P. IV 6,15f.).

80 *das gorgonische Roß*: Pegasus, durch dessen Hufschlag die Musenquelle Hippokrene (vgl. zu P. IV 2,47) entstand.

83 *Corallern*: vgl. zu P. IV 2,37.

9 1 *vom «Gastlichen Meer»*: vgl. zu T. I 2,83.

2 *Graecinus*: vgl. zu P. I 6,3.

4 *zweimal sechs Bündel*: Ein Konsul wurde von zwölf Liktoren (vgl. zu T. V 6,31) begleitet.

29 *zur tarpejischen Burg*: zum Capitol.

31 *der mächtige Gott*: Jupiter.

42 *dein verbrämtes Gewand*: vgl. zu T. V 6,31.

die Bündel: vgl. zu V. 4.

45 *ein Lustrum*: vgl. zu T. IV 10,95f.

58 *dein Bruder*: Pomponius Flaccus, der Empfänger von P. I 10, wurde als Konsul des Jahres 17 n. Chr. Nachfolger seines Bruders.

9 74 *Styx*: vgl. zu T. I 2,65.

77 *das mysische Volk*: Bewohner der nördlich von dem thrakischen Berg Hämus gelegenen Landschaft.

79 *Troesmis*: eine mösische Stadt an der Donau.

107 *sein liebender Sohn und … seine Gemahlin*: Tiberius und Livia.

109 *die zwei Enkel*: Germanicus und Drusus.

115 *des Gottes*: Augustus

118 *Propontis*: vgl. zu T. I 10,30.

125 *des Kaisers*: Tiberius.

127 *Du zu den Göttern Erhobener*: Augustus.

10 1 *kimmerisch*: thrakisch.

4 *Albinovanus*: Albinovanus Pedo, Offizier und Dichter, Verfasser eines Theseus-Epos und eines Epos über Germanicus' Feldzug an die Nordsee vom Jahr 16 (beide Werke sind verloren).

13f. *Kalypso*: auf der Insel Ogygia wohnende Nymphe, die Odysseus laut Homer, ‹Odyssee› VII 259f., erst im achten Jahr verlassen durfte.

15f. *Aeolus*: Der Gott der Winde gab Odysseus einen Schlauch, worin die ungünstigen Winde eingeschlossen waren.

17 *Sirenen*: Mischwesen aus Mensch (mit Frauenkopf) und Vogel, die durch lieblichen Gesang die vorbeifahrenden Schiffer betören, so daß diese an den Klippen scheitern.

18 *Lotosfrucht*: vgl. zu T. IV 1,31.

21 *Lästrygonen*: vgl. zu P. II 2,114.

23 *Kyklop*: vgl. zu P. II 2,113.

Piacches: wahrscheinlich Häuptling eines wilden Stamms in der Umgebung von Tomis.

25 *Skylla*: vgl. zu T. IV 7,13.

26 *heniochisch*: Die Heniochier waren ein Volk im asiatischen Sarmatien.

27 *Charybdis*: vgl. zu T. V 2,73.

Achäer: Bewohner der Schwarzmeerküste.

45 *Flüsse*: V. 45-60 enthält einen Katalog von Flüssen, die ins Schwarze Meer münden, darunter Dnjestr (V. 50 *Tyras*) und Dnjepr (V. 53 *Borysthenes*).

51 *den berittenen Frauen*: vgl. zu P. III 1,95.

52 *griechische Helden*: die Argonauten (vgl. zu P. I 4,23).

10 55 *und der*: der Hellespont (vgl. zu T. I 10,15).
Schwester des Cadmus: Europa (vgl. zu P. I 3,77 f.).
79 f. *jene Feinde*: Theseus bezwang Räuber auf dem *Isthmos* von Korinth. Gewöhnlich ist aber nur von einem, Sinis, die Rede.

11 2 *Gallio*: L. Iunius Gallio, ein Rhetor, Freund des älteren Seneca.

12 10 *Tuticanus*: schrieb offensichtlich eine ‹Phaeacis› (vgl. V. 27 f.), vermutlich ein Epyllion um die Begegnung von Odysseus und Nausikaa.
28 *Pierus' Töchter*: die Musen.
39 *Er*: Augustus.

13 2 *nach dem, was du bist*: *carus* heißt «teuer».
Carus: ein Dichter und der Erzieher der Söhne des Germanicus. Er ist vermutlich auch der Empfänger von T. III 5.
11 *Kräfte ... als Hercules' würdig*: Carus hatte offensichtlich eine Dichtung über Herkules verfaßt.
15 *Thersites*: vgl. zu P. III 9,9 f.
16 *Nireus*: griechischer Held vor Troja, berühmt für seine Schönheit.
27 f. *Er*: Tiberius, der mit vorgespiegelter Bescheidenheit die Kaiserwürde, die ihm nach dem Tode des Augustus vom Senat angetragen wurde, mehrmals ablehnte.
29 *Vesta*: vgl. zu T. II 311.
31 *zwei Jünglinge*: Drusus und Germanicus.
47 *die Söhne der Götter*: die Söhne des Germanicus, darunter wohl schon der spätere Kaiser Caligula.

14 2 *dein Name*: Tuticanus (vgl. zu P. IV 12,10).
9 *Syrten*: das seichte, den Schiffern gefährliche Küstengewässer zwischen Tunesien, Tripolitanien und der Kyrenaika.
Charybdis: vgl. zu T. V 2,73.
11 *Styx*: vgl. zu T. I 2,65.
31 f. *Askra*: Heimat des Dichters Hesiod (‹Werke und Tage›, um 700 v. Chr.), der sich über sie bitter beklagt.
38 *der Skepsier*: Metrodor von Skepsis, Philosoph und Minister

14 im Dienst des Mithridates Eupator (um 100 v. Chr.), schmähte Rom so heftig, daß er den Beinamen «Romhasser» erhielt.

48 *Männer vom griechischen Volk*: Tomis wurde von Milet aus gegründet.

49 *Sulmo*: Ovids im Gebiet der Paeligner (vgl. zu P. I 8,42) gelegener Geburtsort.

57f. *Latona*: Als Latona die Niederkunft Apollons und Dianas erwartete, wagte, da die Göttin eine von Juno gehaßte Geliebte Jupiters war, kein Land außer der Insel *Delos*, ihr eine Zuflucht zu bieten.

15 3 *Sextus*: Sextus Pompeius (vgl. zu P. IV 1,1).

9 *Tmolus*: berühmter Berg Lydiens.

10 *Sikyon*: Stadt an der Südküste des Golfs von Korinth, wichtiger Ölproduzent.

Hybla: vgl. zu T. V 6,38.

15 *Trinacria*: Sizilien.

Philippus: König von Makedonien (359-336 v. Chr.).

17 *Campanien*: In der Campagna besaßen viele reiche Römer Villen.

25 *Verirrung*: vgl. Einführung.

36 *Parze*: vgl. zu T. IV 1,63.

16 5 *Marsus*: Mit diesem Namen beginnt ein Katalog römischer Dichter, die zur Zeit Ovids schrieben und z.T. mit ihm befreundet waren, darunter auch die Gedichtadressaten *Macer* (P. II 10), *Pedo* (IV 10), *Carus* (IV 13), *Severus* (I 8) und Tuticanus (IV 12 u. 14; er ist offensichtlich in V. 27 gemeint). Da die Werke dieser Dichter bis auf eine Ausnahme (von den ‹Cynegetica› des *Grattius* [V. 34], einem Lehrgedicht über die Jagd, ist der größte Teil des ersten Buches erhalten) verloren sind und da wir die meisten Namen nur von Ovid kennen, erübrigen sich Einzelerklärungen.

28 *Pindar*: griechischer Lyriker (ca. 518-438 v. Chr.).

29 *Kothurn*: vgl. zu T. II 532f.

30 *Soccus*: Schuh der Schauspieler in der Komödie.

32 *Kallimachus*: vgl. zu T. II 367.

41 *Cotta*: vgl. zu P. I 5,2.

EINFÜHRUNG

Vor etwa dreißig Jahren trat in der Altertumswissenschaft an die Stelle einer betont ablehnenden Haltung gegenüber Ovid, die vor allem von den deutschen Philologen des späten 19. und frühen 20. Jahrhunderts eingenommen wurde, die Bereitschaft, die Werke dieses römischen Dichters vorurteilslos zu interpretieren und ihre literarische Bedeutung angemessen zu würdigen. Diese Aufwertung Ovids ist zwar in erster Linie den erotischen Dichtungen und den ‹Metamorphosen› zugute gekommen, doch hat man im letzten Jahrzehnt nun auch damit begonnen, sich mit Ovids Exilpoesie, die man bis dahin besonders gering geschätzt hatte, ernsthaft auseinanderzusetzen. Hatte nämlich noch die bekannte Literaturgeschichte von Schanz-Hosius (1935) abfällig erklärt, in den ‹Liedern der Trauer› sei «das ‹Traurige› weniger in der äußeren Lage des Dichters zu suchen ... als in seinem Inneren, d.h. in seinem unmännlichen Charakter», so ist man heute aufgrund der durch das Hitler-Regime bedingten Erfahrungen bereit, eben jene «äußere Lage» Ovids, seine Exilsituation, zum Ausgangspunkt der Literaturkritik zu machen: Die Werke der von Nazi-Deutschland in die Emigration getriebenen Schriftsteller öffneten den Philologen die Augen für die Möglichkeiten, die sich für die Deutung der ovidischen Verbannungsgedichte aus der Berücksichtigung ihrer Entstehungsvoraussetzungen ergeben.

Den Befehl, Rom für immer zu verlassen, gab ein Edikt des Kaisers Augustus dem Dichter vermutlich im Jahre 8 n. Chr., als Ovid ungefähr fünfzig Jahre alt war. Zwar traf ihn die Strafe der Verbannung nur in der milderen Form der *relegatio*, die es ihm gestattete, sein Vermögen und das römische Bürgerrecht zu behalten, aber die Stadt Tomis an der Schwarzmeerküste des heutigen Rumänien, wo Ovid von nun an zu wohnen gezwungen war, lag denkbar weit von der Hauptstadt und ihren für einen Dichter idealen Lebens- und Schaffensbedingungen entfernt. Wie wir noch sehen werden, läßt sich darüber, wie der graue Alltag für den Menschen Ovid in Tomis aussah, nichts Bestimmtes aussagen. Aber um zu ermessen, in welche Notlage das Exil ihn brachte, braucht man sich bloß klarzumachen, worauf er als Dichter von nun an verzichten mußte: auf den direkten Kontakt zu seinen Lesern in Rom, denen er selbst aus seinen Werken rezitiert hatte und für die er neben Vergil und Horaz der bedeutendste Dichter seiner Epoche war. Und dies auch zu bleiben wurde ihm jetzt dadurch erheblich erschwert, daß er isoliert von seinem hauptstädtischen Publikum schreiben mußte.

Denn schreiben und seine Verse in Rom zirkulieren lassen durfte er noch. Dies jedoch verstand sich keineswegs von selbst, da einer der beiden Gründe für seine Verbannung der für gesetzeswidrig erklärte Inhalt eines seiner Werke war: Sein bereits um 1 n. Chr. veröffentlichtes Lehrgedicht über die Kunst des Liebens (‹Ars amatoria›) verleite die verheirateten Römerinnen – so ließ man ihn jetzt wissen – zu etwas, das ihnen im augusteischen Staat unter Androhung strafrechtlicher Verfolgung untersagt war: zum Ehebruch. Tatsächlich konnten nämlich die Leser der ‹Ars›, obwohl der Dichter eingangs verkündet, er werde in den Künsten Amors nicht frei geborene, sondern ausschließlich freigelassene Frauen unterrichten, zumindest zwischen den Zeilen eine frivole Respektlosigkeit gegenüber dem hohen sittlichen Anspruch der kaiserlichen Ehegesetzgebung erkennen. Aber allein schon deshalb, weil Augustus diese Art der Polemik gegen sein Reformwerk rund sieben Jahre lang nicht als strafwürdig angesehen hatte, darf man mit Sicherheit annehmen, daß die Ächtung der ‹Liebeskunst› nur ein Vorwand und der eigentliche Grund für die Verbannung Ovids das andere der beiden ihm vorgeworfenen Vergehen war. Worin es bestand, verrät der Dichter uns leider nicht, und wir werden es trotz der nicht enden wollenden Bemühungen der Gelehrten um eine Lösung dieses Rätsels schwerlich jemals erfahren. Auf jeden Fall hat Ovid, wie sich seinen vorsichtigen Andeutungen entnehmen läßt, in den Augen des Kaisers eine so schwere Untat begangen, daß er, auch wenn er wirklich unabsichtlich handelte – er selbst spricht immer wieder von einem «Irrtum» (*error*) –, froh darüber sein mußte, daß man ihn nicht schwerer bestrafte als mit der *relegatio*.

Aber wie gesagt: Gedichte zu verfassen und zu publizieren erlaubte man ihm weiterhin, und er machte von dieser Freiheit ausgiebigen Gebrauch. Denn in den rund neun Jahren, die Ovid bis zu seinem Tode (ca. 17 n. Chr.) in Tomis verbrachte, veröffentlichte er in neun Büchern knapp hundert Elegien, in denen er über sein Los als Verbannter klagt: die von etwa 8-12 n. Chr. entstandenen fünf Bücher ‹Tristia› und die von 12-17 n. Chr. geschriebenen vier Bücher ‹Epistulae ex Ponto›. Und da in dieser wahren Flut von Gedichten nur eine Handvoll Themen in immer neuen Variationen zur Sprache kommt – es sind vor allem die Klage über die schlechten Lebensverhältnisse am Verbannungsort, die eindringliche Schilderung der desolaten physischen und psychischen Verfassung des Autors, der Appell an die Solidarität der Verwandten und Freunde sowie die Bitten an den Kaiser, dem Relegierten den Umzug an einen angenehmeren Ort zu gestatten –, fragt man sich, welche Intention mit dieser Art von Dichtung verbunden ist: Vertritt der Autor hier wie in seinen früheren Werken ein primär literarisches Anliegen? Überträgt er also beispielsweise sein bisher zum Ausdruck gebrachtes Weltbild in die aus der veränderten Schreibsituation resultierende neue Form der poetischen Aussage? Oder ist die Absicht der Exildichtung Ovids nichts weiter als die auf Gehalt und äußere Gestalt keine Rücksicht nehmende Artikulation monotoner Verzweiflungsausbrüche ohne jegliche poetische Stilisierung?

Für die zweite dieser beiden Möglichkeiten entschied sich die ältere Forschung, nach deren Ansicht z.B. die ‹Epistulae ex Ponto›, wie Eduard Norden, einer der bedeutendsten Latinisten der ersten Hälfte unseres Jahrhunderts, es ausdrückte, «zu dem Inhaltsleersten der ganzen römischen Literatur» gehörten. Und nicht nur inhaltlich, sondern auch formalästhetisch glaubte man bei Ovid ein Nachlassen des dichterischen Talents feststellen zu können: In den Elegien des Exils vermißte man die von den früheren Werken her gewohnte sprachliche Eleganz und die strukturelle Ausgewogenheit im Aufbau sowohl der einzelnen Gedichte als auch der Gedichtbücher; da der Dichter selbst einmal darüber klagt, daß er das Lateinische nicht mehr so gut beherrsche wie einst und daß seine Verse «nicht wenig Barbarisches» enthielten (T. V 7, 57-60), schien die Auffassung, seine Exilpoesie habe ein geringeres literarisches Niveau als seine übrigen Dichtungen, glänzend bestätigt.

Sorgfältige Gedicht- und Buchanalysen aus jüngerer Zeit konnten jedoch diese Auffassung widerlegen, indem sie nachwiesen, daß die dichterische Qualität der von Ovid in Tomis verfaßten Elegien keineswegs hinter der seiner übrigen Werke zurücksteht. Um im Rahmen einer Einführung, der durch exemplarische Gedichtinterpretationen zweifellos gesprengt würde, wenigstens einen Eindruck von Ovids formaler Virtuosität in den Exilgedichten zu vermitteln, betrachten wir im folgenden kurz das System des Buchaufbaus. Denn die augusteischen Dichter pflegten ihre *carmina* auf besonders kunstvolle Weise innerhalb des Buchganzen anzuordnen, indem sie die verschiedensten strukturellen Bezüge zwischen den einzelnen Gedichten herstellten, und Ovid, der dieses Verfahren bereits in den ‹Amores› seiner frühen Jahre angewandt hatte, behielt es in den Büchern der ‹Tristia› und ‹Epistulae ex Ponto› bei; lediglich im IV. Buch der ‹Epistulae›, das sehr wahrscheinlich von Freunden des Dichters nach dessen Tod veröffentlicht wurde, sind die einzelnen Elegien ohne erkennbares Ordnungsprinzip aneinandergereiht. Daß die vorausgehenden drei Epistelbücher vom Dichter als geschlossene Einheit komponiert wurden, sieht man daran, daß nur Buch I einen Prolog und nur Buch III einen Epilog enthält und daß beide Gedichte an Ovids «Verleger» Brutus gerichtet sind. Analog dazu läßt sich das ursprüngliche Konzept der ‹Tristia› noch daraus rekonstruieren, daß hier bereits im Abschlußgedicht des vorletzten Buches (IV 10) eine für das Ende antiker Gedichtsammlungen typische Selbstvorstellung des Autors steht; Buch V ist also wie das IV. Buch der ‹Epistulae› als Einzelbuch vom übrigen Corpus zu trennen.

Zur Veranschaulichung der Methode, nach der Ovid die Elegien innerhalb der einzelnen Bücher gedanklich miteinander verknüpft hat, soll als Beispiel eine Übersicht über die Struktur von Buch I der ‹Tristia› dienen. Die drei Themen dieses Buches, «Reise in die Verbannung», «Verhältnis zu den Freunden in Rom» und «Lob der Gattin», sind dort so angeordnet, daß die Gedichte zum Thema «Reise» einen äußeren und die Gedichte an die Freunde einen inneren Ring um das genau im Zentrum des Buchs plazierte Gedicht an die Gattin legen. Auf den an das personifizierte Buch gerichteten Prolog (1) folgt eine Gedichttrias, in der Ovids wohl bekannteste Exilelegie, die Schilderung seines Abschieds von der Hauptstadt (3), von zwei Sturmbeschreibungen gerahmt wird (2 und 4). In einer weiteren Gedichttrias nehmen zwei gute Freunde, an die die Elegien 5 und 7 adressiert sind, die in Rom gebliebene Gattin des Dichters, die in Gedicht 6 gepriesen wird, gewissermaßen in die Mitte, und anschließend wird die Reihe der Elegien zum Thema «Freundschaft» mit einem Gedicht an einen falschen Freund (8) und einem Gedicht über «Freunde in der Not» (9) fortgesetzt; zwei Gedichte über die Stationen der Seereise Ovids von Kenchreä nach Tomis (10 und 11) runden das Buch ab. Bedenkt man nun, daß eine Gedichtsammlung in der Antike in der Regel wie eine fortlaufende Erzählung sukzessiv gelesen wurde, weil man während der Lektüre den Papyrus entrollen mußte und nicht wie heute durch bequemes Hin- und Herblättern einzelne Gedichte ohne weiteres auswählen konnte, dann wird einem sofort der Zweck der von Ovid geschaffenen Buchstruktur deutlich: Die Abfolge der Gedichte zeichnet die Chronologie der Reise nach Tomis nach, wobei die in der Mitte des Buches stehenden Gedichte zum Thema «Freundschaft» und «Gattin» die ersten Momente der Rückschau des sich immer weiter von Rom entfernenden Dichters repräsentieren.

Ein kurzer Blick auf weitere Bücher der beiden Elegiensammlungen lehrt, daß das «chronologische» Prinzip der Gedichtanordnung in den ‹Tristia› beibehalten ist: In Buch III z.B., in dessen Zentrum wieder ein an eine Frau gerichtetes Gedicht plaziert ist (Elegie 7 an Perilla), wird im ersten Teil vor allem die Verzweiflung des Verbannten unmittelbar nach seiner Ankunft in Tomis geschildert, während der zweite Teil die ersten Beschreibungen der Lebensverhältnisse am Exilort zum Gegenstand hat; hier sind als besonders gelungen die Gedichte über den Winter (10) und den Frühling (12) am Schwarzen Meer hervorzuheben. Hatten in den ‹Tristia› noch nicht alle Elegien sich als Briefe gegeben, so besteht die zweite Sammlung der Exilgedichte ausschließlich aus ‹Epistulae›, und wenn man einmal bemerkt hat, daß die Struktur der Bücher I-III an den Briefadressaten orientiert ist, stößt man erneut auf ein Netz formaler und inhaltlicher Querverbindungen zwischen den einzelnen Gedichten; so ist es z.B. sicher kein Zufall, daß Ovid die zweite und die vorletzte Elegie der Sammlung (I 2 und III 8) an Fabius Maximus, den älteren von zwei Söhnen seines einstigen Gönners Messalla, gerichtet hat. Es bedarf nun wohl keiner weiteren Hinweise darauf, wie kunstvoll der Dichter seine in Tomis verfaßten Elegienbücher strukturiert hat, um zu belegen, daß der Autor dieser Exilpoesie seine Empfindungen nicht etwa als unkontrollierte Aufschreie einer gequälten Seele niederschrieb, sondern in eine höchst anspruchsvolle literarische Ausdrucksform umsetzte.

Wie steht es aber nun mit dem Inhalt der ovidischen Verbannungsgedichte? Ist die vorhin erwähnte und von der älteren Philologie so heftig kritisierte Beschränkung auf wenige Themen ebenfalls das Ergebnis eines künstlerischen Plans? Oder ist sie lediglich dadurch bedingt, daß der im Exil lebende Dichter sich nur noch auf die Gedanken konzentrieren konnte, die ihm wegen seiner Notlage fortwährend im Kopf herumgingen? Diejenigen Ovid-Forscher, die für die zweite Erklärung eintraten, konnten, soweit sie der Vorkriegsgeneration angehörten, nur mit Verachtung auf eine Haltung reagieren, die ihnen «unmännlich» erschien. In jüngster Zeit aber ist man, wie schon angedeutet wurde, dazu übergegangen, Ovid als den Archegeten des Gattungstyps «Exilliteratur» zu betrachten und seine Gedichte mit denselben Methoden einer psychologisch und soziologisch ausgerichteten Interpretationsweise zu deuten, mit denen man sich mit den Schriften von Emigranten des 20. Jahrhunderts auseinanderzusetzen pflegt; dabei fand man folgende Rechtfertigung für die Themenarmut der ‹Tristia› und ‹Epistulae ex Ponto›: Das ständige Wiederholen bestimmter Motive, die den Gedichtadressaten geradezu eingehämmert werden, diene der Selbstbehauptung des verbannten Römers und Menschen Ovid gegenüber der Exilsituation und gegenüber dem Kaiser, der sie verursacht hatte. Eine typische Form der Selbstbehauptung sei es z.B., wenn Ovid sein unablässiges Klagen über das Schicksal der Heimatferne immer wieder damit verbindet, sich mit Gestalten des Mythos zu identifizieren, denen etwas Ähnliches widerfuhr wie ihm. Oder: Hinter den häufigen Appellen an die Gnade des Kaisers verstecke sich, da die erhoffte Übersiedelung an einen angenehmeren Verbannungsort nun einmal nicht gewährt wurde, massive Systemkritik, und diese habe wiederum den Zweck, das Selbstbewußtsein des von Augustus Gedemütigten zu stärken.

Zunächst zu Ovids mythologischer Sublimierung seines Exildaseins: Wie ein Leitmotiv taucht in allen neun Büchern der in Tomis verfaßten Elegien immer wieder der Vergleich auf, den der Dichter zwischen sich und dem Dulder Odysseus zieht. Da der zwanzig Jahre von seiner Heimat ferngehaltene griechische Held in Homers Epos in einen heftigen Seesturm gerät, weinend am Strand von Ogygia sitzt und vom Zorn des Poseidon verfolgt wird, kann der verbannte Dichter dadurch, daß er zwei schwere Unwetter auf seiner Schiffsreise ins Exil im pathetischen Stil epischer Sturmbeschreibungen schildert (T. I 2 und 4), daß er immer wieder von seinen Tränen berichtet und über die *ira* des Gottes auf dem Kaiserthron klagt, die Darstellung seines unglücklichen Schicksals ins Heroische übersteigern. Demselben Zweck dient es, wenn die berühmte Elegie über Ovids Abschied von Rom (T. I 3) auf den Abschied des Äneas von Troja anspielt. Oder wenn Ovid den Leser mehrfach daran erinnert, daß in der Gegend, in die man ihn verbannt hat, eine längere Episode der Sage von Medea und Jason angesiedelt ist (vgl. bes. T. III 9). Oder wenn er bei seinen Mahnungen an die Freunde in Rom, ihm die Treue zu halten, auf die bekannten Exempla der Freundschaft zwischen Theseus und Pirithous,

Achilles und Patroklus oder Orestes und Pylades verweist (z.B. T. I 9, 27ff.). Ja, er geht sogar so weit, einen Einheimischen den Mythos von Iphigenie und den Menschenopfern der Taurier als eine Begebenheit berichten zu lassen, die sich einst nicht weit von der Heimat des Erzählers wirklich zugetragen hat (P. III 2,43ff.).

Gerade das letzte Beispiel weckt jedoch Zweifel an einer Interpretationsweise, die das häufige Heranziehen mythologischer Beispiele rein psychologisch damit erklärt, daß der um seine Selbstbehauptung ringende Verbannte sich verzweifelt an jede sich ihm bietende Parallele zu seinen jammervollen Lebensumständen klammert. Denn die Tatsache, daß Ovid die Geschichte von der taurischen Iphigenie, bei der es sich doch eindeutig um eine von Griechen erfundene Sage handelt, durch einen Geten als historisches Faktum bezeugen läßt, macht es schwer zu glauben, daß es diesen Geten je gegeben hat. Ist sein Auftreten aber fingiert, dann trieb Ovid nicht die Verbannungsnot, dieses Exemplum anzuführen, sondern er setzte es als Mittel einer planvollen literarischen Strategie ein. Und wenn man nun, ausgehend von dieser Beobachtung, näher betrachtet, was der Dichter sonst über Land und Leute seines Exilortes zu berichten hat, erkennt man sofort, daß es sich insgesamt bei den Beschreibungen der Stadt Tomis und ihrer Bewohner nur um eine Art Mythos und nicht um die Wiedergabe realer Erfahrungen handeln kann: Am Ort herrscht ewiger Winter. Die Menschen, die dort leben, sind Barbaren, wie sie im Buche stehen, und zwar in der wörtlichen Bedeutung dieser Redensart. Vergleicht man nämlich Ovids Äußerungen über Aussehen und Sitten dieser Barbaren etwa mit dem, was Herodots Geschichtswerk (IV 1ff.) oder Vergils ‹Georgica› (III 349ff.) über die Skythen sagen, entdeckt man auffällige Übereinstimmungen, wobei Ovids Text sogar an die Formulierungen dieser älteren

Autoren anklingt. Ganz eindeutig also fußt das Bild, das der Dichter von den Tomitanern zeichnet, nicht auf eigenen Beobachtungen, sondern auf einer bereits durch Homers Charakteristik des Kyklopen Polyphem vorgeprägten und die ganze Antike hindurch beharrlich weitertradierten Klischeevorstellung vom langhaarigen, bärtigen, Felle tragenden, ständig auf kämpferische Auseinandersetzungen sinnenden und statt Feldwirtschaft nur Viehzucht betreibenden Wilden.

In Wirklichkeit lieferte die Gegend, in die Ovid verbannt wurde, den umliegenden Ländern große Mengen von Getreide, das ja wohl schwerlich in einem Dauerwinter angebaut und geerntet werden konnte. Und die einst von Kolonisten aus Milet gegründete Stadt Tomis wurde auch noch im Zeitalter des Augustus überwiegend von Griechen bewohnt, die dort z.B. ein *gymnásion* errichtet hatten. Also dürfen wir für das Leben in Tomis kein allzu geringes Kulturniveau voraussetzen. Da Ovid aber keinerlei Hinweise in dieser Richtung gibt, sondern statt dessen u.a. behauptet, er habe sich die Mühe gemacht, Sarmatisch und Getisch zu lernen, hat er die Darstellung seiner Lebensverhältnisse offensichtlich bewußt pseudoethnologisch stilisiert. Wir vernehmen folglich nicht die Stimme der Verzweiflung einer fern der heimischen Zivilisation unter der Verbannung leidenden Seele, wenn der Dichter sich in seinen Versen betont von der Primitivität seiner Umwelt absetzt und sich selbst mit den vom Schicksal verfolgten Gestalten der Heldensage identifiziert. Damit soll keineswegs behauptet werden, daß das Exildasein dem Menschen Ovid keine psychischen Qualen bereitete. Aber da er uns das, was er an Tomis und seinen Bewohnern als negativ empfand, nicht realistisch schildert, können wir auch nicht wissen, was tatsächlich in ihm vorging. Vielmehr ist der Mythos von dem mitten in den Entbehrungen und Gefahren der Barbarei schmachtenden Dulder eine literarische Pose: Der Dichter, der einst vor seinem hauptstädtischen Publikum, dem er persönlich aus seinen Werken vorlas, die Maske des elegischen Liebhabers aufgesetzt hatte, schlüpft jetzt, weil man ihn aus seinem bisherigen Wirkungskreis gewaltsam entfernt hat, in die Rolle des unter lauter Wilden seiner Notlage trotzenden Literaten. Von «Selbstbehauptung» kann daher in diesen Exilgedichten nicht einfach in dem Sinne die Rede sein, daß der Mensch Ovid die ihm durch die Verbannung auferlegten Schwierigkeiten mit Hilfe seiner Verse zu meistern versucht, indem er ungeschminkt die Gedanken ausspricht, die ihm der seelische Schmerz eingibt. Sondern die «Selbstbehauptung» besteht vor allem darin, daß der Dichter Ovid seine poetische Virtuosität dazu einsetzt, aus den verschlechterten Schaffensbedingungen das Beste zu machen, indem er wie bisher anspruchsvolle Literatur produziert.

Wieder also spielt dieser Dichter mit seinem Stoff, wie er einst in den erotischen *carmina* mit der Liebe und später in den ‹Metamorphosen› mit dem Mythos gespielt hatte. Einige unter den Ovid-Erklärern der Gegenwart, die den spielerischen Charakter der ‹Tristia› und ‹Epistulae ex Ponto› richtig erkannt haben, gehen sogar so weit zu bestreiten, daß Ovid jemals nach Tomis relegiert wurde, und betrachten deshalb seine gesamte Exilpoesie als pure Fiktion mit scherzhafter Absicht. Diese Annahme entbehrt aber m. E. schon deswegen jeder Wahrscheinlichkeit, weil ein so genialer Dichter wie Ovid, wenn er sich einen Spaß hätte machen wollen – und noch dazu einen ziemlich makabren –, es doch wohl bei einem Gedichtbuch oder höchstens zwei bis drei Bücher hätte bewenden lassen können, statt mit unermüdlichen Wiederholungen in einem schließlich auf neun Bücher angewachsenen Elegiencorpus auch dem gutwilligsten Leser jede Freude an einem solchen Spaß gründlich zu verderben; das Ganze wäre dann eine Art Katz- und Mausspiel in fast hundert Gedichten gewesen, über das zumindest Augustus, dem ja der Part der Katze zugeteilt wäre, mit Recht sogar sehr verärgert gewesen wäre. Es wird im folgenden zu zeigen sein, daß es gerade das Verbannungsurteil war, aus dem Ovid sein in den ‹Tristia› und ‹Epistulae ex Ponto› artikuliertes dichterisches Selbstverständnis entwickelte, und daß Ovid selbst uns die Voraussetzungen für dieses Selbstverständnis darlegt: im II. Buch der ‹Tristia›, in dem er sich ausführlich mit den beiden gegen ihn erhobenen Anklagen auseinandersetzt.

Man hat entdeckt, daß Ovid die Großelegie, die dieses Buch ausfüllt, wie eine Prozeßrede gegliedert hat: in eine Vorrede (1-26), einen Hauptteil mit einer Erörterung über die verhängte Strafe (27-206) und Argumenten zur Verteidigung (207-572) sowie ein kurzes Schlußwort (573-578). Inhaltlich ist der Hauptteil für das Verständnis der gesamten Exilpoesie Ovids insofern von spezieller Wichtigkeit, als ihm folgendes zu entnehmen ist: 1. daß der Dichter seine Schuld keineswegs in Frage stellt und deshalb lediglich um Strafmilderung bittet, 2. daß er auf den ersten Vorwurf der Anklage überhaupt nicht eingeht, also die Untat, die er aus einem *error* heraus begangen haben will, nicht in ein besseres Licht zu rücken versucht, sondern sich nur bemüht, die Behauptung zu entkräften, die Abfassung der ‹Liebeskunst› verdiene Strafe. Es ist ganz deutlich, daß Ovid zwar zugibt, mit dem, was er verschweigt, unrechtmäßig gehandelt zu haben, und folglich einsieht, daß er dafür bestraft werden mußte. Aber dadurch, daß er in einer fast zwei Drittel der Elegie umfassenden Stellungnahme den zweiten Punkt der Anklage als mehr oder weniger unbegründet zurückweist, läßt er den Eindruck entstehen, daß auch ihm Unrecht widerfahren sei. Und dies noch dazu in dem Bereich, in dem ein Justizirrtum besonders empörend sein muß: im Zusammenhang mit seiner Tätigkeit als Dichter. Denn Werke wie seine ‹Liebeskunst›, so legt er ausführlich dar, seien von den Anfängen der griechischen Poesie bis zur Gegenwart immer wieder verfaßt worden, und im augusteischen Rom gebe es überdies neben Liebesdichtung eine Fülle anderer Anregungen zu erotischen Vergnügungen, im Zirkus etwa, im Theater oder auf Gemälden. Über den zahlreichen Argumenten dafür, daß die ‹Liebeskunst› grundlos geächtet worden sei, dürfte der römische Leser, auch wenn er am Anfang der Elegie über das nicht näher bezeichnete Vergehen gerätselt hatte, dieses allmählich vergessen und am Schluß der langen Elegie die Überzeugung gewonnen haben, daß Ovid seine Verbannung letztlich doch vor allem einem völlig unbegreiflichen Fehlurteil über eine seiner Dichtungen verdanke.

Genau darauf aber kommt es dem Dichter in seiner Exilpoesie offensichtlich an: als der willkürlich aus seiner Heimat vertriebene und damit gewaltsam von seinem Publikum getrennte Dichter dazustehen. Mag der Mensch Ovid irgend etwas verbrochen haben, das zweifellos geahndet werden mußte – einen Musensohn, der eigentlich nichts anderes geschrieben hat als viele andere Musensöhne vor ihm, in die Verbannung zu schikken, das, so soll der Leser denken, überschreitet jegliches Maß! Und der Leser soll um so stärker beeindruckt sein von der Reaktion des Dichters auf seine viel zu harte Bestrafung: Der läßt sich von dem, was ihm zum Verhängnis wurde, durchaus nicht abbringen, sondern dichtet auch unter den unwürdigen Schaffensbedingungen, zu denen eine grausame Justiz ihn verurteilt hat, unbeirrt weiter, Jahr für Jahr ein Elegienbuch. Zwar zwingt ihn der fortwährend an ihm nagende Seelenschmerz, den die Entbehrungen in der Fremde in ihm hervorrufen, sein Unglück in den Elegien immer wieder zur Sprache zu bringen und sich deshalb auf wenige Themen zu beschränken, aber das ist ja allein schon angesichts des Unrechts, das man ihm angetan hat, nur zu verständlich.

Es dürfte noch deutlicher geworden sein, worin Ovids literarische Pose besteht: Er stellt nicht nur, wie bereits gezeigt, die Lebensverhältnisse, in denen er seine Elegien verfaßt, schlechter dar als sie in Wirklichkeit sind, sondern suggeriert auch dem Leser Zweifel daran, daß die *relegatio* nach Tomis eine verdiente Strafe sei. Betrachtet der Leser unter diesem Aspekt die neun Elegienbücher der Verbannungszeit mit der kunstvollen Gedichtanordnung und dem Wohlklang ihrer Verse, ist er gerne bereit, die Reduzierung der Aussage auf eine Handvoll Motive, in denen der Gedanke der Selbstbehauptung gegenüber der Exilsituation variiert wird, in Kauf zu nehmen, ja er bewundert es um so mehr, formal und inhaltlich immer noch Dichtungen von höchstem Niveau vor sich zu haben. Ovid will den Leser auf diese Weise zu der Erkenntnis bringen, daß es eben eine neue Art von Poesie ist, die hier entstand, der situationsbedingte Gattungstyp «Verbannungsdichtung», und daß der Autor, der schon mit den Themen «Erotik» und «Mythos» so meisterhaft umzugehen wußte, nun auch auf dem unfreiwillig gewählten Gebiet der Dichtung Hervorragendes leiste. Ovids Selbstverständnis als Dichter der ‹Tristia› und ‹Epistulae ex Ponto› besteht also in dem Anspruch an die römischen Leser, ihm für sein erfolgreiches Bemühen, trotz seiner desolaten Lage großartige Poesie hervorzubringen, denselben Ruhm zuzuerkennen wie bisher dem Dichter der erotischen Elegien und der ‹Metamorphosen›.

Aus der Sicht einer Interpretation, die den spielerischen Charakter der ovidischen Exilpoesie in den Vordergrund stellt, gewinnen einige der von Ovid oft behandelten Themen einen tieferen Sinn als in den Deutungsversuchen derjenigen Forscher, die die ‹Tristia› und ‹Epistulae ex Ponto› als eine Art Autobiographie des verbannten Dichters auffassen. Man hat nämlich aus einer Reihe von Stellen in der Exilpoesie, an denen

Ovid beiläufig über bestimmte von ihm verwendete Formulierungen reflektiert, die These abgeleitet, darin manifestiere sich die Sprachnot eines Menschen, der, weil seine Umwelt nicht versteht, was er sagt, zwanghaft mit sich selbst redet, um sich vor dem Verstummen zu bewahren. Wenn der Dichter z.B. einmal schreibt: «Dies ... schickt Dir Dein Naso, falls überhaupt der, der im Elend ist, jemandem der ‹Seinige› sein kann» (P. I 3, 1f.), erklärt sich für E. Doblhofer (1978) die mit «falls» beginnende Überlegung lediglich daraus, daß hier jemand, der ständig seine eigene Stimme vernimmt, besonders hellhörig ist für die tiefere Bedeutung mancher abgedroschener Redensarten. Dieser Gedanke klingt – auch wenn man davon absieht, daß es sich unserer Kenntnis entzieht, ob Ovid in Tomis in «Sprachnot» geriet – nur auf den ersten Blick plausibel. Denn bedenkt man, daß bereits in den ‹Amores› die häufige Verwendung von meist sehr raffinierten Wortspielen ein wesentliches Merkmal der ovidischen Diktion ist, kommt man darüber hinaus zu folgender Erklärung: Der Leser soll das Hinterfragen des Possessivpronomens durchaus als Wortspiel goutieren und gleichzeitig bewundernd wahrnehmen, daß der Dichter trotz seiner unglücklichen Schreibsituation immer noch mit dem Lateinischen so virtuos umzugehen versteht wie in seinen früheren Werken. Dementsprechend scheint mir Ovid, wenn er einmal sagt, er glaube seine Muttersprache verlernt zu haben (T. V 12, 57), den Leser indirekt dazu aufzufordern, die Eleganz des Stils der Exilgedichte, die ihm ja gar nicht entgehen kann, um so mehr zu würdigen.

Ebenso meine ich, daß W. Stroh in seinem Aufsatz von 1981 die Behauptung des Dichters, er tröste sich in der Verbannung selbst, indem er Gedichte verfasse, zu wörtlich nimmt. Wir lesen diese Behauptung nämlich wieder einmal im Zusammenhang mit einer Selbststilisierung: Der Dichter vergleicht sich mit Achilles und Orpheus, die ihr Leid durch Gesang und Leierspiel zu überwinden suchten (T. IV 1, 15-18). Auch das ist also in erster Linie literarische Pose mit dem Zweck der Leserlenkung. Denn das römische Publikum Ovids sollte bei der Erinnerung an die Sagen, die von den genannten Helden erzählen, deren Notlage mit der Exilsituation Ovids auf eine Stufe stellen; gleichzeitig sollte es die heroische Größe eines Dichters erkennen, der, obwohl man ihn so gedemütigt hat, seinen Kummer darüber mit Hilfe seines musischen Talents niederzukämpfen weiß. Und deshalb sollte es ihm denselben Ruhm zugestehen wie den beiden mythischen Sängern.

Unsere bisherigen Überlegungen zu Ovids Verbannungsgedichten haben ergeben, daß die in ihnen zum Ausdruck kommende Selbstbehauptung des Dichters gegenüber der Exilsituation identisch ist mit seinem Bemühen, auch unter den neuen Schaffensbedingungen anspruchsvolle Poesie zu schreiben und von seinen Lesern nach wie vor als bedeutender Künstler anerkannt zu werden. Die von den Vertretern einer rein biographistischen Interpretationsweise verfochtene Auffassung, wir könnten an den ‹Tristia› und ‹Epistulae ex Ponto› das Ringen des Menschen Ovid um physisches und psychisches Überleben ablesen, verkennt also die literarische Intention des Dichters Ovid. Dasselbe gilt für die vorhin bereits erwähnte These, Ovids Selbstbehauptung gegenüber Augustus, der die Exilsituation verursacht hatte, sei mit mehr oder weniger versteckter Systemkritik verbunden. Um dies zu widerlegen genügt es freilich nicht, darauf zu verweisen, daß der Dichter den Prinzeps nirgendwo in der gesamten Exilpoesie tadelt oder gar angreift, sondern ihm meistens sogar übertrieben schmeichelt. Wie Untersuchungen aus jüngerer Zeit gezeigt haben, dient Herrscherpanegyrik in der römischen Literatur der frühen Kaiserzeit nicht selten als Tarnung für eine oppositionelle Haltung, und es ist sicher nicht zu bestreiten, daß dergleichen in Ovids Exilpoesie zumindest in Ansätzen vorhanden ist: Wenn der Dichter dort immer wieder die Milde (*clementia*) des Augustus preist, die berühmte, vom (Adoptiv-)Vater Julius Caesar überkommene Herrschertugend, dann kann dem Leser nicht entgehen, daß Ovid dies wider besseres Wissen tut; denn der Kaiser ist dem Verbannten gegenüber ja gerade nicht *clemens*, sondern verharrt in unversöhnlichem Zorn. Was also auf den ersten Blick wie Huldigung aussieht, kann man bei näherer Betrachtung durchaus als Bloßstellung von Heuchelei verstehen.

Aber gesetzt den Fall, daß Ovids Schmeicheleien in diesem Sinne als doppeldeutig zu interpretieren sind: Will er den Kaiser auf solche Weise wirklich, wie man behauptet hat, als grausamen Tyrannen hinstellen und ihn somit auf der politischen Ebene attackieren? Diese Theorie hat man u.a. darauf gestützt, daß Ovid in den ‹Tristia› die Namen der Freunde, an die er seine Gedichte richtet, nicht verrät (dies geschieht erst in den ‹Epistulae ex Ponto›); daraus gehe eindeutig hervor, daß diejenigen, die dem Geächteten die Treue hielten, mit Verfolgung und Schikane zu rechnen hatten. Mit Recht jedoch hat W.-W. Ehlers in einem wichtigen Aufsatz (1988) darauf verwiesen, daß es sogar heute nicht schwer fällt, aus Ovids Andeutungen in mehreren Elegien der ‹Tristia› auf die Identität der Adressaten zu schließen, weshalb die Zeitgenossen es damit entsprechend leicht gehabt haben dürften. Dennoch erfahren wir nirgends etwas darüber, daß irgendeiner der Freunde Ovids wegen seiner Solidarität gegenüber dem verbannten Dichter von Augustus auch nur bedroht worden wäre, und deshalb haben wir keinen Grund, die Exilgedichte als Zeugnisse dafür anzuführen, daß man in Rom Willkürmaßnahmen des Prinzeps befürchten mußte.

Erinnern wir uns statt dessen daran, was Ovid dem Kaiser in der an diesen gerichteten Großelegie (T. II) tatsächlich vorwirft: nicht erkannt zu haben, daß die ‹Liebeskunst› eine erotische Dichtung ist wie jede andere auch, und den Dichter deshalb zu Unrecht wegen der Abfassung eines poetischen Werkes verbannt zu haben. Dabei geht es Ovid jedoch nicht primär darum, das Verhalten des Augustus zu kritisieren, sondern er will vor allem zum Ausdruck bringen, daß er sich in seiner literarischen Bedeutung verkannt sieht. Und deshalb läßt er sich, wie er an anderer Stelle sagt, auch jetzt nicht vom Schreiben abbringen, obwohl der mächtigste Mann der Welt ihn so schwer dafür bestraft hat. Denn mag der Herrscher den Menschen Ovid demütigen – seine Dichtungen sind dem Zugriff der kaiserlichen Justiz entzogen: «Sieh mich an», schreibt Ovid an die Dichterin Perilla (T. III 7, 45-48), «obwohl ich die Heimat entbehre und euch und mein Haus, obwohl mir alles geraubt wurde, was man mir wegnehmen konnte: Dennoch werde ich von meiner Dichtergabe begleitet und erfreue mich ihrer. Caesar [= Augustus] vermochte darüber keinerlei Macht auszuüben.» Was Ovid also durch das Verbannungsurteil des Kaisers nicht genommen werden kann, ist die Entfaltung seiner künstlerischen Persönlichkeit, und daraus ergibt sich: Auch seine Selbstbehauptung gegenüber demjenigen, der seine Exilsituation verursacht hat, besteht in erster Linie darin, daß er auf seinem unverminderten Anspruch auf den ihm bisher von seinen Lesern zuerkannten Ruhm beharrt.

Wir müssen daher im Verhältnis Ovids zu Augustus innerhalb der Exilpoesie zwei Bereiche unterscheiden: Auf der einen Seite steht das Verhältnis Kaiser–Untertan, das in Ovids Herrscherpanegyrik zum Ausdruck kommt; selbst wenn seine Art, dem Kaiser zu schmeicheln, aus dem Munde eines Dichters, der gern mit Worten spielt, nicht immer ganz überzeugend klingt, sollten wir dahinter keine Systemkritik vermuten. Denn Ovid wollte ja wirklich in die Hauptstadt zurückkehren und hätte sich deshalb selbst durch getarnte politische Attacken auf den Prinzeps möglicherweise noch unbeliebter bei Augustus gemacht als er es schon war. Auf der anderen Seite aber steht das Verhältnis Kaiser–Dichter, und wie Ovid dieses sah, sagt er uns selbst besonders deutlich im Schlußabschnitt der ‹Metamorphosen›, den er vielleicht sogar erst im Exil geschrieben hat. Dort läßt er nämlich unmittelbar auf eine Prophezeiung der Aufnahme des Augustus unter die Götter eine auf sich selbst in seiner Eigenschaft als Dichter bezogene Verheißung folgen (XV 871-879), die als Epilog des großen Hexameteropus eine Art literarisches Vermächtnis enthält: Das eben vollendete Werk, so verkündet der Dichter hier, werde nicht Jupiters Zorn, nicht Feuer, nicht das Schwert noch das nagende Alter vernichten können. Und auch wenn sein Körper eines Tages werde verfallen müssen, so werde sein besserer Teil doch ewig fortdauernd sich hoch über die Sterne emporschwingen; sein Name werde unzerstörbar sein, und solange das römische Imperium bestehe, werde man seine Dichtungen lesen, durch alle Jahrhunderte werde er im Ruhm fortleben. Es ist ganz offenkundig, daß Ovid sich mit diesen Worten weit über Augustus erhebt, denn im Vergleich mit der Göttlichkeit des irdischen Herrschers strahlt die Unsterblichkeit des Dichters in einem noch helleren Glanz.

Es kam mir in dieser Einführung darauf an zu zeigen, daß man die Exilpoesie Ovids nicht einfach als autobiographische Bekenntnisdichtung interpretieren darf, sondern ebenso wie die übrigen Werke dieses Dichters als Literatur mit einer ganz bestimmten geistigen Aussage lesen muß. Diese besteht in den ‹Tristia› und ‹Epistulae ex Ponto› darin, daß der Autor sich auch von den ungünstigen Schaffensbedingungen, die die Verbannung ihm aufzwingt, nicht in seinem bisherigen Selbstverständnis als Dichter beirren läßt: Hatte er schon in den erotischen Elegien, den ‹Metamorphosen› und den ‹Fasti› mit allem und jedem gespielt, so tut er das auch jetzt noch, indem er die Situation des Verbannten als literarische Pose stilisiert. Mag sein, daß neun Bücher über dieses Thema ein wenig zu viel des Guten sind. Ebenso ist kaum zu bezweifeln, daß die hohe Anzahl von Exilgedichten sich auch aus der menschlichen Notsituation eines in der Verbannung Lebenden erklärt. Aber Ovid macht uns nun einmal keine konkreten Angaben darüber, worin für ihn die mit dem Aufenthalt in Tomis verbundenen Entbehrungen tatsächlich bestanden. Was sich dagegen nachweisen läßt, ist die hohe dichterische Qualität der Exilpoesie. Und wenn künftige Detailinterpretationen den spielerischen Charakter dieser Elegien gebührend berücksichtigen, wird man um so besser erkennen, daß Ovid einer der geistreichsten Poeten der Antike war.

Niklas Holzberg

LITERATURHINWEISE

FORSCHUNGSBERICHT

J. Barsby, Ovid, Oxford 1978 (Greece & Rome. New Surveys in the Classics 12).

TEXTE, KOMMENTARE, ÜBERSETZUNGEN

S.G. Owen (Hg.), P. Ovidi Nasonis Tristium libri quinque Ibis Ex Ponto libri quattuor Halieutica Fragmenta, Oxford 1915 (Scriptorum Classicorum Bibliotheca Oxoniensis).

S.G. Owen, Tristium liber II, Oxford 1924 = Amsterdam 1967.

G. Luck, P. Ovidius Naso, Tristia. Hg., übers. u. erkl., 2 Bde., Heidelberg 1967-1977.

F. Della Corte, P. Ovidius Naso, Tristia. Commento, Genova 1973.

S. Posch, P. Ovidius Naso, Tristia I. Interpretationen. I: Die Elegien 1-4, Innsbruck 1983.

U. Staffhorst, P. Ovidius Naso, Epist. ex Ponto 3, 1-3 (Kommentar), Diss. Würzburg 1965.

M. Helzle, Publii Ovidii Nasonis Epistularum ex Ponto liber IV. A commentary on poems 1 to 7 and 16, Hildesheim-Zürich-New York 1989 (Spudasmata 43).

UNTERSUCHUNGEN

J. Benedum, Studien zur Dichtung des späten Ovid, Diss. Giessen 1967.

U. Bernhardt, Die Funktion der Kataloge in Ovids Exilpoesie, Hildesheim-Zürich-New York 1986 (Altertumswissenschaftliche Texte und Studien 15).

S. Besslich, Ovids Winter in Tomis, Gymnasium 79, 1972, 177-191.

J.-M. Claassen, Ovid's poems from exile. The creation of a myth and the triumph of poetry, Antike und Abendland 34, 1988, 158-169.

J.-M. Claassen, Meter and emotion in Ovid's exilic poetry, Classical World 82, 1989, 351-365.

R.J. Dickinson, The Tristia: Poetry in exile, in: J.W. Binns (Hg.), Ovid, London-Boston 1973, 154-190.

E. Doblhofer, Ovids Spiel mit Zweifel und Verzweiflung: Stilistische und literaturtypologische Betrachtungen zu Tristia und Ex Ponto, Würzburger Jahrbücher für die Altertumswissenschaft N.F. 4, 1978, 121-141.

E. Doblhofer, Ovids Exilpoesie – Mittel, Frucht und Denkmal dichterischer Selbstbehauptung, Der Altsprachliche Unterricht 23, 1980, 1, 59-80.

E. Doblhofer, Ovids Abschied von Rom – Versuch einer Modellinterpretation von trist. 1, 3, Der Altsprachliche Unterricht 23, 1980, 1, 81-97.

E. Doblhofer, Die Sprachnot des Verbannten am Beispiel Ovids, in: Kontinuität und Wandel. Lateinische Poesie von Naevius bis Baudelaire. Franco Munari zum 65. Geburtstag, Hildesheim 1986, 100-116.

E. Doblhofer, Exil und Emigration. Das Erlebnis der Heimatferne in der römischen Literatur, Darmstadt 1987.

M. Drucker, Der verbannte Dichter und der Kaisergott. Studien zu Ovids späten Elegien, Diss. Heidelberg 1977.

W.-W. Ehlers, Poet und Exil. Zum Verständnis der Exildichtung Ovids, Antike und Abendland 34, 1988, 144-157.

H.B. Evans, Ovid's publica carmina: A study of the Tristia and Epistulae ex Ponto as poetic books, Lincoln 1983.

J. Fairweather, Ovid's autobiographical poem, Tristia 4, 10, The Classical Quarterly 37, 1987, 181-196.

A.D. Fitton Brown, The unreality of Ovid's Tomitan exile, Liverpool Classical Monthly 10, 1985, 18-22.

H. Fränkel, Ovid. A poet between two worlds, Berkeley-Los Angeles 1945 = Ovid – ein Dichter zwischen zwei Welten, Darmstadt 1970.

H. Froesch, Ovids Epistulae ex Ponto 1-3 als Gedichtsammlung, Diss. Bonn 1968.

H. Froesch, Ovid als Dichter des Exils, Bonn 1976.

H. Froesch, Exul poeta – Ovid als Chorführer verbannter oder geflohener Autoren, in: H.J. Glücklich (Hg.), Lateinische Literatur – heute wirkend, Bd. I, Göttingen 1987, 51-64.

R. Gandeva, Zur Beurteilung von Ovids Gedichten aus der Verbannung, Klio 51, 1969, 267-276.

H. Hofmann, The unreality of Ovid's Tomitan exile once again, Liverpool Classical Monthly 12, 1987, 23.

E.J. Kenney, The poetry of Ovid's exile, Proceedings of the Cambridge Philology Society 191 (N. S. 11), 1965, 37-49 = Ovids Exildichtung, in: M. v. Albrecht/E. Zinn (Hg.), Ovid, Darmstadt 1968 (Wege der Forschung 92), 513-535.

W. Kraus, Ovidius Naso, in: Paulys Realencyclopädie der classischen Altertumswissenschaft, Bd. XVIII 2, 1942, 1910-1986; auch in: M. v. Albrecht/E. Zinn (Hg.), Ovid, Darmstadt 1968 (Wege der Forschung 92), 66-166.

H.O. Kröner, Aufbau und Ziel der Elegie Ovids, Trist. 1, 2, Emerita 38, 1970, 163-197.

H.O. Kröner, Elegisches Unwetter, Poetica 3, 1970, 388-408.

W. Marg, Zur Behandlung des Augustus in den «Tristien» Ovids, in: M. v. Albrecht/E. Zinn (Hg.), Ovid, Darmstadt 1968 (Wege der Forschung 92), 502-512.

B.R. Nagle, The poetics of exile. Program and polemic in the Tristia and Epistulae ex Ponto of Ovid, Bruxelles 1980 (Collection Latomus 170).

A. Podossinov, Ovids Dichtung als Quelle für die Geschichte des Schwarzmeergebietes, Konstanz 1987 (Xenia. Konstanzer Althistorische Vorträge und Forschungen 19).

H. Rahn, Ovids elegische Epistel, Antike und Abendland 7, 1958, 105-120; auch in: M. v. Albrecht/E. Zinn (Hg.), Ovid, Darmstadt 1968 (Wege der Forschung 92), 476-501.

E. Römisch, Ovid, in: H. Krefeld (Hg.), Interpretationen lateinischer Schulautoren, Frankfurt ^{2}1970, 176-195.

W. Schubert, Zu Ov. Trist. 3, 9, Gymnasium 97, 1990, 154-164.

K. Smolak, Der verbannte Dichter, Wiener Studien N. F. 14, 1980, 158-191.

W. Stroh, Ein mißbrauchtes Distichon Ovids, in: M. v. Albrecht/E. Zinn (Hg.) Ovid, Darmstadt 1968 (Wege der Forschung 92), 567-580.

W. Stroh, Ovids Liebeskunst und die Ehegesetze des Augustus, Gymnasium 86, 1979, 323-335.

W. Stroh, Tröstende Musen: Zur literarhistorischen Stellung und Bedeutung von Ovids Exilgedichten, in: Aufstieg und Niedergang der Römischen Welt, Bd. II 31, 4, 1981, 2638-2684.

R. Syme, History in Ovid, Oxford 1978.

J.C. Thibault, The mystery of Ovid's exile, Berkeley 1964.

K. Thraede, Grundzüge griechisch-römischer Brieftopik, München 1970 (Zetemata 48).

Th. Wiedemann, The political background to Ovid's Tristia 2, The Classical Quarterly 25, 1975, 264-271.

E. Woytek, Ovid, Tristia 1, 6. Bemerkungen zu Text und Aufbau, Wiener Studien N. F. 20, 1986, 205-214.

INHALT